縫糸

FIBRILLES

ミシェル・レリス
千葉文夫 訳

ゲームの規則 III

平凡社

目次

ゲームの規則Ⅲ　縫糸

Michel Leiris
La Régle du jeu III
Fibrilles
Éditions Gallimard, 1966

ラ・フィエール、ラ・フィエール……（LA FIÈRE, LA FIÈRE...）

I

一九五五年十一月。

新たな旅から戻る。今回の旅の舞台となったのは、ブルジョワ的なわが国の報道がいまだなお「鉄のカーテン」なる名で呼ぶものの背後に位置する極東だった。これまでの私の旅のなかでも、満足度という点では、おそらく今回のものが一番だったといってもよい。それほどの充実感があったというのに、いざ帰国してみると、その同じ旅がきっかけとなって、おそらく最悪ここにきわまれりというべき破綻を招いてしまったのはどうしたわけか。

五週間にわたり、歴史の古さと広大な規模からして、われわれフランス人から見れば、いわば長姉にあたる中国を駆けめぐる旅。五週間にわたり、自然資源の管理および社会の合理化という事業に邁進する人々の取り組みを目の当たりにしたわけであり、その事業はプロメテウス的と呼んでもよいものだが、仮にこの西欧的神話の中心的主題のひとつを持ち出せば、火の獲得という英雄的イメージ以上に、絶え間ない責苦という罰を受けた挫折のイメージを喚起しかねない。五週間にわたり、いまさにアジアの変貌を推し進める共産主義とじかに向き合い、もし自分がもっと若く、完全に自由の身であったならば、西洋と東洋の双方に跨る多数の招待使節のリストに自分を加え、その努力の規模および成し遂げられた進歩の現状を判断するように誘いかけてくれた中華人民共和国というこの国に定住してもよいと思えたほどに幸福な気分に浸ったのである。

とはいいながらも、その五週間が過ぎ去り、さらにまた帰国後すでに何週間かが過ぎた時点にあって、ごく近い将来に中国がすべての大国のなかで――最古の歴史を有するというだけではなく――ナンバーワンになるだろうという確信は変わらないにせよ、ふと気づくのは、いったんは自分が新たな生の入口に立っている（一篇の漢詩にも似たあり方をさりげない姿で示す完成されたものであればとそのつど願った歓迎会の席上、私を迎えてくれた相手に思いのたけを躊躇わずに口にした）と思ったのに、明らかに旅行以前の状態に確実に立ち戻ってしまっていることであり、また単に遠い距離ができてしまったせいですでに生じていたかなり大きな空白が、いまは時間的にも隔たりが生じるにつれてなおさら大きなものになって、この旅そのものがなんとも疑わしいものに変わってしまい、結果として魅惑が消え失せてしまうのに、ほんのわずかな期間（その期間、私の肺はまだ北京の空気で満たされていたが、パリの空気も呼吸していた）しか必要なかったことなのだ。巌のように硬いと思われていたものが、これほど急速に分解してしまうとはどうしたわけなのか。充実した五週間が、すでに語った短い浮遊期間のあとで、内実をすべて失い、ひょっとすると、この五週間は単なる夢だったのではないかと自問せざるをえない状態に陥るなどと想像しえただろうか。あらゆる困難に向き合い、この問題を探ってみなければならず、たとえあるべき「ゲームの規則」に到達する道筋と思い描いていたプログラムがそのせいで大きな変更をこうむらざるをえなくなったり、あるいは――はからずも提起されるほかの問いとの関係からすれば――それが実効力を欠いた些細な事実の集積を抱きかかえるだけと自分の目に映り、その結果、面目を失うことは覚悟のうえで、このプログラムを完全に引っ込めるには到らずとも、再度これを裁ち直す必要があると言わざるをえなくなるにせよ、ここで尻込みすることはできない。というのも、この問題に正面から向き合うことで、即座に（もしくはそれに近いかたちで）わが探求の核心を探りあててしまい、このような行為の継続の無益さが明白になる（それによって文学にけりがつくことになろう）ことも想定しえないわけではない。その道筋がこれほどまでに延々と長くなり、枝葉末節ばかりになってしまったのは、いわば交響楽的作品の骨法に心する芸術的配慮というわけでなければ、おそらくは、もっぱら自分自身との関係での倒錯、媚態、言い落としのしわざではなかったか。

現実の中国に先立ち、わが「中国に先立つ兆し」を長々と披露するのはやめにして、また重要だと思う問題に斜めから——しばしば多くの迂回路を経て——アプローチする自分独自の体質に起因する悪癖も半分程度に抑え、中国趣味の事物を数え上げることにする。それらは遠近双方の過去から引き出され、ほとんどすべては中国旅行が自分の背後に退き（語るべき事柄を述べようとすると、このような前兆が必要となるというかのようだ）どこに向かうのか定かではないが、書き物机を空飛ぶ絨毯とする新たな旅を前にした時点で書き記されるものなのだ。

まず最初に、小ぶりでありながらも均整のとれた一個の品に狙いを定めて、これから呼び出そうと思うのは、とくに時代物だったり、さほど価値のあるものだったりするわけではないが、わが家に残された品々のなかにあってとくに私が受け継いで所有したいと思っているものである。それは寝そべった闘士をかたどる陶器であり、いまもなお忘れずにいるのは、人物を彩る茶、白、黒などの色彩に似合った台座の柔らかな緑色ばかりではなく、われわれがふだん目にするくっきりした色調とはほんのわずかに異なる点が魅惑をなすあの中国独特の感触（朱、淡赤、藍、青緑、オリーヴ）がある紫がかった色調である。わが国の特権的文人のなかでもとりわけ異彩を放つレーモン・ルーセル、世界一周旅行の際に自分自身の内部にくりひろげられるパノラマ以外には真剣な注意を向けなかったその彼が私の母への贈り物として北京から持ち帰ったこの土産品は、彼女が暮らしていた家の小卓もしくはほかの装飾家具の上に長いこと置かれていたが、先の大戦中に彼女が一時期住んだムードンの家がドイツ軍によって接収された際に行方不明になってしまった。台座の四隅にわずかなへこみがあって、そこには刳り形が浮き出ており、一目ですぐにそれとわかる中国建築の顕著な特徴をなすと思われる四隅が跳ね上がった形状の屋根に似たものとなっていた。ただし、この品に強い執着を覚えたのは、典型的ともいえる形態や産地などの理由以上に、贈り主となった人物のためであって、その人を知ったのはまだ子供の頃だが、長じてからは称賛の思いを抱くようになった。奇想天外な『アフリカの印象』の作者にして、わが家では彼のことが話題にのぼる際には「ラムンチョ」という名（ルーセルはロティのエキゾティシズムを土台とする物語の数々を高く評価していて、この名をみずから借用していた）で呼ばれていた人物、パレルモの豪奢なホテルで悲劇的な最期を遂げた世に埋もれた人であり、その人生は、お伽噺の妖精の恵みを得て何ひとつ不自由のないものでありながらも、同時に不幸きわまりないものだったといえるのは、自分ひとりでひそかに栄光を感じるだけでは満足できなかったからであるが、比類ないほどに裕福で、優雅で、王侯貴族の鷹揚さを身につけたこの人物はずっと昔から、ほとんど毎週のように音楽を演奏しにわが家を訪れていた。みずからピアノを弾きながら、細い声をみごとに操って彼が歌うのは『魔王』だったり、オペラの断片（たとえばイゾルデの死、もしくは『ホフマン物語』のアリア）だったりしたわけだが、これに加えてレパートリーには『サン＝ジャックの塔の周りで』あるいはその他の感傷的な恋唄やら『ニヨンへの道すがら』などのジャック＝ダルクローズ編の民衆歌があり、

エスタヴェイエの娘たち

緑茂る美しい館、緑茂る美しい館……

すなわち思い出すままに例に引いたこの曲はとくに私が好きだったものであり、還らぬ昔になってしまった時間の奥まった地点に昔と変わらぬそのままの姿で横たわっている。

置物、あるいはむしろ玩具というべきもの——ほとんど価値などありはしない、というのも、数ドル程度のものだろうから——だが、自由に曲がる木製の蛇は、最初のアンティル諸島への旅からの帰路、ニューヨークに立ち寄った際に買って持ち帰ったものだ。これを買った小さな店は中華街にあったが、親切な女店主の艶やかな黒髪、麦藁色の肌、蒙古系の眼、そしてたぶん飾り気なく見える笑顔のよさなどのせいで、彼女はアメリカ人女性としては少しばかり特別な存在であるように見えるのだった。私はフランス人の友人に加えて、これもまた友人でニューヨーク在住の男女二人と一緒に中華料理店で夕食をすませたところで、男性の方は、少しばかりずんぐりとしていてクラインザック〔『ホフマン物語』の冒頭場面の歌に出てくる伝説的人物〕が現実になったような酒豪であるが、空気の精のような存在でもあって、両棲類を思わせるその顔に輝く眼はあくまでも柔和でありながらも想像を超える複雑な想念を秘めており（まだそれほどの年齢でもないのに晩年を迎えている様子でもあった）、女性の方は背丈もずっと高く、あらゆる危険から守るために手をつないで並んで歩く、鎧なき、そして当然のことながらコルセットもつけずにいる美しいワルキューレの娘を思わせる姿が心に残っている。夕食のあとのパーティ（私のためにパーティを企画したのは、すっかりニューヨーク馴れした旧大陸出身の友人であり、その彼はすでにイタリア北部の墓地に眠るわずかばかりの遺灰でしかないが、知的好奇心が旺盛で、表面は落ち着かぬ様子であっても、親しかった人々には、じつに繊細な趣味の持ち主だったという印象が残っているはずだ）で、われわれは――三面記事を得意とする記者の表現を用いれば――大量の献酒に及び、たぶんそれが原因で、蛇の輪をかたどった彩色木工細工を支える台座の薄くて柔らかな円盤部分をすぐに壊してしまったので、パリに持ち帰るにあたって、大雑把なやり方で元の形に戻してはみたものの、人をほとんど不安に陥れるような本来の素早い動きは失われた状態で我慢するほかなかった。一九四八年にニューヨークに約三十六時間ほど立ち寄ったときの思い出の華奢な一品を無傷のままに保てなかったのはなんとも口惜しかった。もっと長時間の滞在をしたいという思いはあったが、プエルト・リコのサン・フアン（マルティニック島出身の共産党員と一緒にそこで飛行機を降りたのだが、搭乗の際にたまたま彼と一緒の飛行機だということがわかったのだった）移民局事務所に睨まれ、滞在時間が極端に削られてしまい、大西洋に面する都市、想像していたほどには石造りの高層建築によって窒息状態になっていなかった都市がかもし出す桁外れの美を味わうには嘆かわしい短い時間になってしまった。

置物もしくは玩具に近いものとして考えられるのだが（とはいっても、こちらの方は比喩的な意味であり、眠り込んでいる最中に訪れる夢の作用を翌日になって書き記しただけであって、メモの紙片を除けば物質的裏づけをもたない）、昨年五月、その直後に中国に行くことになるとは思ってもいなかった時期に次のような夢をみた。私は思想家の孔子のもてなしを受けるのだが、この場合の孔子とは、髭のないアングロ＝サクソン系老人で、しかも気取り屋の男色家であり、宦官に変装し、眼鏡をかけ、仮面舞踏会の装いのような寛衣に身を包んでいる。いかにも孔子然としているのは、話しぶり――どことなく東洋風の装飾がほどこされた古びた広間での面会――があくまでも慇懃なのである。この夢をみたのはカンヌ滞在中のことだが、妻と連れ立ってこの地を訪れたのは、ピカソと一緒に数日間を過ごすためであり、われわれはまだ彼の新居（一九〇〇年頃の建築で、過剰なまでの刳り形装飾がほどこされた別荘風建築）を見ていなかったからでもあった。午後はずっと彼を相手にとりとめのないおしゃべりに興じたが、私の知るかぎり彼が描いたことがある中国人らしき姿はバレエ『パラード』に登場する曲芸師だけで、《朝鮮での虐殺》では、舞台となる土地独自の雰囲気などは一切顧みることなく虐殺が描かれているわけであり、そのときも話題は色々だったが、直接アジアに関係するものはどこにも見当たらなかったはずだ。それでも、若い頃のピカソは芸術家と詩人の会合の際にその場の流れでときには麻薬を吸引したことがないわけではなく、このときも話題は麻薬（阿片、ハシッシュ）に及ぶことがあった。アンティーブの料理店でわれわれは地中海の雰囲気が濃厚に漂う昼の食事をしたが、その際の少人数の集まりにはパウロ――ピカソの息子――および彼の二人の子供が含まれ、食事の最中にパウロの幼い息子はピカソのボクサー犬をうやうやしく「ムッシュー・ヤン」と呼び、このヤンという名が選ばれたのはいかにもそのアジア的な響きのためと思われるかもしれないが、実際はブルターニュ地方に特有の名であり、血統書つきの犬に関する厳密な指定の範囲のなかでつけるのが許可された名というだけの話だった。一角の中国の人物のように丁重に（結局のところ皺の寄った額と垂れ下がった頬にふさわしく）扱われる犬、阿片もしくはハシッシュによる注意力の拡散に関する議論、装飾過多の家と滑稽な複雑さをもつガラス窓などは、その晩に私がみた夢に無関係というわけではなかった。つまり直前の過去を出発点として作り上げられた物語であり、仏中友好協会がやがて私に提案することになる旅行に関係する漠然とした予兆などではないはずなのである。

われわれにとっての演劇の歴史のなかで忘れられぬ出来事として誰もが記憶しているはずのものに関連して――昨年夏の初めに選りすぐりのメンバーを集めた京劇の一座がパリを訪れた際に、大勢の観客は総合的スペクタクルからどれほど大きな悦びが得られるのかを知った――、この一座の団員によってレザンバサドゥール座に隣接するサロンを会場として、階層も政治的意見も千差万別のパリの有名人を招いて催されたレセプションで私は次のような場面を目撃した。飲み物と食べ物（なかに米酒があったが、これは枯葉色でちょうどいいぐあいに酸味がきいていて、アンダルシア名物のドライな風味のスペインの酒マンサニーリャにとてもよく似た飲み物であり、その後の中国旅行でも嬉しいことにこれをまた味わうことができたが、中国では温めたものをポットに入れて陶器の盃に注いで出すのが習慣である）がふんだんにサーヴィスされるなかで、招待客のために催された音楽会の最初に歌ったのは中国人の女性歌手であり、『蝶々夫人』の有名なアリアを、それもじつに上手に歌ったのである。招待客のなかには、めまいに襲われた気分になった者もいたはずで、というのも中国の女性歌手がフランス人聴衆のために歌う曲目は、イタリア・オペラから選ばれたアリアであり、しかもオペラの舞台となるのは日本であるうえに、アメリカを象徴する色合いに白地に赤の日の丸の国旗を加えるというありさまだし、このような二重底の連続がくっきりと頭のなかに浮かび上がるとなれば、めまいを感じないでいる方が不思議というべきではないか。だが、招待した側からすれば、東洋が西洋にオマージュを捧げる作法として、ごく当然の姿というわけだった。

　偶然の一致という面（好んで追求する対象となるのは、類同性もしくは相似性のほかにつながりをもたぬ二つの出来事の出会いが運命という詩的想念を呼び覚ますからである）では、旅に出る直前に罹った病に触れておく必要があり、軽い病だったが嫌なものだったこと、いまもなお完全に治ったのかどうか心配なところがあることをいっておかねばならないだろう。一般には「アスリートの足」と呼びならわされた菌症〔水虫のこと〕、というのも黴菌をもったプールの濡れた床の上を裸足で歩くと罹ることが多い病だからであるが、多くの場合、症状がよくなるまでにかなりの時間がかかる（その点はわが身をもって体験した）ものであり、湿気が多く暑い地方によく見受けられるもので、南アジアでは「香港足」の名で知られているということは私を診てくれた皮膚科医の先生に教えてもらった。もちろん、どこで罹ったのかわからない（明らかに中国ではなく、プールでもない）香港足は、私がなんともピトレスクなこの洗礼名の由来となる国にいたときには完全に治っていた。

もし私が中国に接するにあたって――そして中国から戻って考えたことだが――エピソード的で個人的な要素になおも頼らずにはいられず、本来の主題に真っ向から挑戦するのを避けるというわけではないにせよ、それまでどことなく語りにくい部分があった事柄をだいぶ前から私が慣れ親しんでいた世界に結びつけ、いわば戦場を知ったうえで、この闘いを開始しようというのならば、子供たちを誘拐するアリババ、つまり第一次大戦末期に流行したフォックストロットの一曲『チュ・チン・チャウ』がその繰り返しの部分で警戒を促して歌うあの盗賊にまで遡ってみることにしようか。中国を知る以前の時期に、この国に多かれ少なかれ関係する事柄を探し求めることにまず取りかかったのは、中国を自分のものとするための方法を見出し、そしてまた触手を欲張って伸ばすことが予備段階として必要だというかのようであった。だがすぐに判明したのは、このような試みの結果によって収集できるのは、私自身および私の主題と大したかかわりをもたない要素ばかりなのだ。多少なりとも幸福な印象を生むにせよ、暇潰しあるいは装飾品といった程度のものであり、いかに熱心に化粧をほどこそうとしても、正当化する努力がかえって浮いて見える。というわけで、この方向に進むのは避け、一件にかかわるのはやめにするが、ただし二つのメモだけは残しておくことにしよう。メモを捨ててしまうのが不都合に思われるのは、いったんは書きとめられたのだからすでに記録デ、ー、タ、の価値をもつ（このように昇進後に切り捨てるとなると降格のようにかえって身にこたえるはずだ）というだけではなく、記録データとともに、方向は反対を向いていても、まっすぐな道である点は共通する二つの道を通って私は中国に入り込むのであり、それはまずは隠し戸のごときものをすり抜けて宮殿の裏庭に入り込み、機を見て本殿への侵入を狙うようなやり方とは違うからである。

老子の『道徳経』仏訳を読んだのは二十代半ばの頃だが、以後ずっと長いこと、この本は私が哲学書に求めるもっとも重要な要素をそなえるものであり続けた。すなわち、提示される体系は謎めいた断定文から作られていなければならず、文の見かけは簡素であって、われわれの日常的経験に根ざしたものだが、自己完結の側面と同時に、奇妙な延長部分もそなわっていて、このようにして表現された理法はあまりにも古く遠い時代から送り届けられ、あまりにも古く、あまりにも根本的な真理をあらわしていて異議など唱えられない、それにまたこの断定文には、真理を書きとめるために用いられる表意文字の神秘にも似た謎めいた部分があって、適度の忍耐心と明敏さをもって武装せずにいる人間には解読不可能なものなのである。つまり諺の権威と明晰にして均衡のとれた構造を合わせもった断定文だといってよいのだが、明かすと同時に隠す文でもあり、じつに奥深い内容を秘めていて、皮を剝ぎ取るための苦労なくして内容は明らかにはならない。『道徳経』を読んだのは、シュルレアリスムの揺籃期であり、仲間と同じく、当時の私の視線も同じく太古の昔に根ざす知恵を象徴するアジアに向かったのは、ブラック・アフリカおよびオセアニアがまもなく独自の野生の象徴として視野に入りはじめ、窮屈さと機械装置しか生み出さない西欧的論理を瓦解させる力をもつものと見えるのに似たような事情からだった。チベットは高地に建つ僧院と生ける仏陀をもち、まさに「世界の屋根」をなしており（この表現によってとくに聖地なるものを念頭におくならば）その後まもなく私を虜にした瞑想の修行はこのような苦行僧がおこなうものだと知ることになるのである。すなわちじっくりと眺めた庭のイメージを細部に到るまで心のなかで見つめるために一片ずつ分解し、同じように一片ずつ組み立て直すこと、しだいに速度を上げながら、しかも細部に細部を重ね合わせて、このような過剰と大地の支えそのものの欠落のあいだの揺動が空虚の実質的把握をもたらすまで操作を繰り返すこと、暗い部屋に閉じこもって輝く光源をじっと見つめること、心のなかでいまは「私」であるとともに「私を眺める私」でもあるこの一点に自分をおき直すこと、こうして数々の加速する往復運動を実行し、この身体運動の果てに主体と客体との分離の消滅をはかることなどである。ラサを訪れたヨーロッパ人女性アレクサンドラ・ダヴィッド＝ネール夫人のチベットの神秘思想についての証言はすべてが信頼に足るかどうか疑問だが、一九二九年五月に私が書き記したメモで、すなわち詩作の技法という文字通り訳のわからない中国風パズルに匹敵する難問を主題とする一節は、まさにその証言が私に教えてくれたものに関係していた。「ある種の意識の分裂に慣れること、そして樹木や家と自分をふだん区別するように、心と自己を区別すること。自分に関していえば、内部である種の革命が進行中だという印象がある。――迂回行動のなかで思考が半円を描き、こうして思考そのものと対面する印象があるのだ。そのとき言葉は機械的（おうむ返し）に結合する代わりに重みと色彩を得る。言葉は私自身の感情を動かし、すでに言葉としてはどうでもよいものになる。」

　わが幼年時代の奇異にして倒錯的な中国――陶器製パゴダの中国、首枷と手枷を嵌められた受刑者の中国、頭に弁髪を結う中国、『責苦の庭』〔オクターヴ・ミルボーの小説（一八九九）〕の中国、すなわちその作品中の幾つかの残酷な話を聞きかじったにとどまる中国――から出発して、ほぼ乗り換えなしに、形而上学的な中国、すなわち「陽」と「陰」が対立と結合を繰り返す中国、さらにはわが同時代人マルローの名高い二つの小説に描かれるごとき戦争と革命の中国へと私は移動してきたのだった。より柔和な表情の中国を発見するには、自分の肉体のうちに五十歳というさして晴れがましくもない岬を通過せざるをえず、そしてまた相手の中国の方もまた――あたかも逆向きの運動によってというかのようにして――その巨大な庭を共有し価値づけることに精力を尽くし、以前ほどに不幸ではなくなった人々の住処となったのである。

　一九五二年――寒々とした灰色の日々――に世界各国のさまざまな肌の色の人々を代表、招待客、オブザーヴァーなど、さまざまな資格において招集する平和会議がウィーンで開催され、私もこれに出席したのだが、このとき中国派遣使節（モンゴル帝国侵攻の時代にお馴染みの角が尖った毛皮帽をかぶる人々がいた）の意向に沿って、アジア太平洋諸国に参加を呼びかけ北京で開催された同様の趣旨の国際会議に関するドキュメンタリー映画が上映され、大いなる魅力を感じた点は、この映画に見られる大衆の溢れ出る活力、あっけらかんとした陽気さ、そしてまたこの映画が笑いに対して払う敬意だった。

中国の青年男女の一団によって演じられる地方色豊かな舞踊、いつまでも尽きることのない喝采のなかで揺れ動く大量の花束。破裂音をともなわない花火に突き上げられる空。突如として宙に放たれる夥しい数の鳩。長いこと続く握手、そして贈り物もふんだんに渡される。記章、スカーフ、花の首飾り、ときには衣服が贈られることもある。ほとんど同時に交わされる拍手喝采は東側諸国における厳密なしきたりに則っておこなわれるものであり、そこでは（しきたりを額面通りに受け取るならば）拍手をもってなされる歓喜の表現がその場に臨む一方の側だけのものにとどまり、ただちに応答を呼び起こすことなく、双方に平等なやりとりの第一項とならぬようであるならば、中途半端な歓喜としか見なされない。この映画――もちろん教化的意図をもって製作されたものであるが、スローガンばかりが目につくほどに窮屈なものではない――の全編を通じて認められるのは同じ種類の喜びの爆発であった。友好、笑い、心身ともに健康である状態、重要なシーンではあえて滑稽な幕間の寸劇なども挟むようなやり方がなされていた。つまり国際会議の周辺では各国の派遣使節が気のおけない集まりのなかでさまざまな出し物を演じていたのである。メキシカン・ハットをかぶった日本人がボレロを踊ったりするのはユーモアという点に関して特別の創意工夫というべきものがあったわけではなかったし、革命家レーニンが重要な会議の終わりに際して同志を前にして気違いじみた笑いの発作に襲われた――トロツキーがレーニンを主題として書いた著作があって、すでに三十年ほど前、その書物を通じて私はマルクス主義思想の幾つかの特徴を発見することになったが、それはわれわれと同世代のひとりの作家がミイラの状態から蘇生した中国を描いたのと同じ頃のことだった――際にも、おそらく似たようなことがいえるにちがいなかった。ただしここで重要なのは滑稽さに関する皮肉のきいた特徴の有無ではなく、滑稽のなかに没入することであり、真剣な仕事が終わったあとは台座を離れて必要に応じてごく平凡なやり方でリラックスすればよいのであって、間違っても衒学者の雰囲気を装って自分を偉い人物だと思い込んでいる様子を見せたり、何が何でも「成功者だと思わせ」ようと試みてはならないのである。だいぶ前から、私はどんな分野でも、少なくとも滑稽な味わいをもたずになしえるものは大したものでありはしないと考えるようになっている。モーツァルトが『ドン・ジョヴァンニ』を「ドランマ・ジオコーゾ」(要するに、陽気な喜劇)と名づけ、ロマン派が独自の「アイロニー」(場合によっては皮肉たっぷりの)を身にまとったのは瑣末なことではない。

大げさな身ぶりを敵視してやまぬレーニンがみごとに遂行したこのような気取らないスタイル、そしてアジアおよび太平洋圏の人々の平和会議に関するドキュメンタリー映画が恰好な例となって示してくれたその姿は、毛沢東が支配する中国が――少なくともこの一点に関して――われわれに教えるところが大きいことを示しているように思われたのだが、私自身の旅の最中にもそのようなスタイルは幾度となく周囲に見出されることになった。度重なる移動の際にわれわれが出会った男女は、必ず友好の笑みを浮かべてわれわれに応対してくれた。相手を真正面から見据え、眼を輝かせて一心に相手を見つめるその顔は一瞬のうちに相好を崩すのだった。これほど直接的で人々に共通の(若い人々に比べると老人たちの場合は少しその度合いが低いが)陽気さは必ずしも自然な表現というわけではなく、おそらくは礼儀正しさに関係するという見方には同意してよい。しかしながら、外国人招待客の来訪がもたらす（あるいはもたらすとされる）喜びのしるしには単なる慣例的な要素しかないとしても、その場合に礼儀から要求されるのが鷹揚な——いかなる意味でも堅苦しくない——態度である点をもってして、やはりきわめつけの文明の国と評価すべきなのである。このようなゲームをおこなおうとする人間にとって本物の親愛の情という土台が必要なことは否定しがたいように思われる。自分の仕事を意識するあまり演じる役柄との距離を必要以上に保ちすぎる役者はなかなか役柄に入りきれず、成功するにはそれなりの幸運が必要となる。

大規模な祝典《フィエスタ》——大陸もしくは地球規模の——の映像は晩の催しが始まるとすぐに私を惹きつけたわけだが、スクリーンに映るのが一連のモノクロ映像という比較的地味なものでしかなかったにせよ、そこに見えたのは、色彩にしても厚みにしても、また現実の生を確かなものとする特質にしても何ひとつ欠けているところがなく遜色なくみごとなものであって、去年の十月一日に私が北京でほぼ四時間にわたり中国の国慶節の祝賀行進を眺めていたあのときと同じものがそこにあった。

われわれが連日のように目の当たりにしたのは、街路に照明器具が吊るされ、紅や金色をもって無数の扉の縁を限取る光景だった（このような色彩は中国古来のものなのか、それとも革命中国のものなのかの判断がつかなかった）。学生や学校生徒の男女の集団が所かまわずダンスの練習に明け暮れ、われわれの宿舎となったホテルの屋上テラスもそのような練習場所となっていた。行進がくりひろげられ、夜になるとダンスのための場所となる広場には、帆布製テント（古色蒼然たる故宮の壁やテントに隣接する付属の建造物の壁と同じく牛の血を思わせる色調）が延々と並び、何百人もの集団を受け入れる共同便所のにわか仕立ての仕切り壁ができていた。人口過剰気味の北京では、日が経つにつれて飛躍的に熱気が高まっていたが（慌てず乱暴なところがない数の増殖）、九月三十日深夜にはすべてが平穏を取り戻した。行進に加わる軍の部隊の一部がそこに車輛や装備をおいたために市街の一部は軍の支配下におかれたかたちになったのである。

朝、十時の鐘を合図に式典が始まった。砲兵隊による祝砲の一斉発砲は耳をつんざく轟音をともなっていた（大砲の火薬に関して中国は本家たるべき地位にあることを印象づけようとするかのようだった）。曇り空に太陽が見え隠れする空模様は長時間にわたり重たげな表情を見せ、地面近くに立ち込める煙の巨大な幕によって空が引き下げられたように見えた。毛沢東のひときわ大きな姿が印象的であり、ほかの権力者らが周囲を固めるなか、演壇の中央に平然と陣取っている。その演壇は、天安門なる名高い名称をもつ復興なった歴史的建造物の上方にあって大きな紙提灯が列をなして並ぶ巨大なヴェランダのようなものだと思ってもらえればよい。

第一楽章――アレグロ――はあくまでも厳格だが控え目といってもよい軍隊行進が内実をなしていた。戦争兵器をこれ見よがしに誇示したりはせずに、必要不可欠なものに限定して（と思われた）訓練の行き届いた兵士と近代兵器の装備があることを示そうとしていた。次に登場するのは――アレグレット――年若い同盟員、赤い絹のスカーフを巻いた少年少女らの短い行進の列であり、国家主席の前まで来ると鳩と一緒に色とりどりの風船を宙に放つ（鳩はやがて政府高官が陣取る建物の屋根に降り立つ）。

洗練された演出の効果なのか、たまたま首尾がよかったためなのか、後日偶然に目にした光景からも、中国の群衆は花の形や、そのほかの芸術作品を描いて展示する力を秘めていると思うに到ったのだが――たとえばとある駅の近くで作業着姿の労働者の一団が、山積みになった唐辛子のなかにうずくまり、背後にある乾燥作業用の建物は前面の壁がない家のようであり、房になった唐辛子がカーテンのように垂れ下がるので、建物の端もその陰に隠れ、全体が陽気な花束をかたちづくることになり、カラスや空中を高く舞うハシボソガラスの黒の筆致がこの一幅の絵に加えられる――みごとな武装兵士のパレードとこれもまたよく統制のとれた子供たちのパレードのあとで、まさしく民衆の行進によって、大通りはいわば余すことなく端々まで覆い尽くされることになったのであり、混乱状態にあってリズムを欠いた波動は群衆の示威行進の波動そのものだった。

最初の波に続いて労働者、農民、学生が通り過ぎる。最初の波には人民共和国における少数民族を代表する男女が腕を組み、思い思いの姿で参加し、着ている伝統的衣装は多様であるが、たがいに溶け合い玉虫色に変化するひとつの色合いとなった。先ほど通過した年若い同盟員と同じく、派遣使節団のそれぞれのメンバーは造花の花束を振り回したり高く掲げたりして挨拶を送り、そうすると――ときにはピンク、ときには赤、ときには黄――突如として泡が沸き立つような効果が生まれるのだった。労働者の男女らはありきたりの木綿の作業服を着ていたが、女学生らが着るさまざまな色合いと柄のスカートは極彩色の模様を描き出し、脚の動きに応じて、たえず騙し絵《トロンプ゠ルイユ》の効果が生まれ、壊れ、その繰り返しとなる。夥しい数の無意味な旗が――その多くはあまりにも短すぎるし、また高いところにある――行進から突き出ているが、軍旗というよりも面白半分に布の切れ端（淡い緑、明るいピンク、ライトブルー、薄黄）が長柄に掲げられていて、まるで凧揚げを楽しんでいるようにも見える。そのなかのあるものは一定の高度に達すると、ひとりでに小さな飛行機やらパラシュートが飛び出す仕掛けになっており、さらにパラシュートから下に垂れ下がった吹き流しには「台湾解放！」などのスローガンが書かれているのがわかる。地上に目を移した私の視線は先ほどからひとりの男の姿を追っている。男の子を肩車して行進の右脇を歩く姿は――ヨーロッパ資本主義諸国に対して二重の意味で裏側にある共産主義アジアの世界にあって――ひとりの市民が観兵式に参加するのは当然のことであって、それは七月十四日の革命記念日の一日が終わって汗をかいて帰ってくるのと同じく何の変哲もない行為であるというかのようだった。気球も幾つか空に浮かび、そこには色とりどりの気球に混じって、真新しいインクの黒々とした色が目立つ風船が浮かび、しだいに色とりどりの気球が大地から放たれ無窮動を続ける舞台装置となってゆくありさまに見入ったとき、私はひときわ強い喜びを覚えたのだった。偉大な指導者たちの肖像画（マルクス、エンゲルス、レーニンその他、ソ連と中国の人々）、何枚かのプラカードによって構成される檄文があり、一枚一枚に漢字が一文字ずつ記されている。サフラン色の僧衣をまとう剃髪僧が手にする杖の先にのった木彫の鳩、パネルに記された統計の数字、模造品の数々（機械器具、機関車、家）、仕事中の人間がグループ単位で表現され、もう少し実物よりも大きければ実際に型取りをもとに作られたものだと思ったかもしれない。果物や野菜は桁外れに大きく、鶩鳥は巨大で、雌牛はシルエットにすぎず、ほかの工業製品や農作物の数々はこの行進部分を何やら――実際よりも大きいと同時により優雅なスタイルで――われらのフランスにあってかつて五月一日の民衆的なお祭りの行列のありさま、さらにはツール・ド・フランスという名の一種の周遊儀礼がその例となる宣伝キャラヴァンを連想させるものに仕立て上げていた。

種々雑多な荷を担いだり車に積んで運んだりする密集集団に切れ目なく続いて登場するのは、奇妙な造作物の集団だった。何頭かの作り物の獅子（外見は同一の毛皮のぬいぐるみのなかにはどれをとっても人間が二人入っている）がグロテスクな身ぶりを見せて転がりながら進路を進んでゆくなかで、おかしな恰好をした猛獣使いも同じ数だけいて、一対一で獅子と睨み合うのだが、猛獣使いは獅子をコティヨンの踊りに用いられる棍棒状のアクセサリーで脅して手なずけている。このように人の意表を突くサーカス風の入場をもって行進のカーニヴァル的な部分が始まったのである。この部分を演じるのは、民族衣装を着た集団と、芝居の劇団（プロなのかアマチュアなのか）であり、私の受けた印象では、その山場は（山車の上で上演される活人画に続いて、紙、厚紙、木の骨組みで作られた張り子の龍の伝統的な舞いがあり、若い人々が頭上で一連の棒を使って操りながらうねる動きをこれに与えていた）丈が高い一輪車に乗ったアクロバット芸人の集団が、ほとんど魔術めいた雰囲気をもって出現する瞬間であり、そしてまた有名な猿の軍団が出現する瞬間だった。じつに整然とした行進姿だが、長い杖を竜巻のように回転させみごとに薔薇窓を宙に描いて、派手な彩色をほどこした顔をこれ見よがしに見せるそのありさまは、ちょうど古典的オペラにおいてこうしたカリカチュアのような蔑まれた兄弟が、みごとに着飾った天上の神々に対して勝ち誇ったように攻撃をしかける瞬間を思わせるのであり、そこには封建領主に対する庶民の闘いのイメージがあるのだ。

モラルの面からも、また美的側面からもお祭り騒ぎのあとは法の遵守に立ち戻る必要があると判断されたというかのように、行列行進の最後尾を務める役目は種々のスポーツ選手の集団にまかされた。いわばダ・カーポのようであり、あるいは、そうでなくともみごとに整った最初の部分の喚起がここになされるのである。ひとりの旗手を先頭に、白のトレーナーとパンツ姿の背の高い力強い女性たちの集団が姿をあらわし、拳を握りしめ腕を左右に代わる代わる思い切り伸ばして前進するのだが、兵士が自由に使える方の腕でバランスをとるときのように、その腕の振り方は目立っていた。大人と青少年の集団があとに続き、並々ならぬ洗練と正確無比な技をもって、ある者はスカーフを宙で回転させ、ある者は調子を合わせてバーベルをぶつけ合って行進した。花火が炸裂するなかで（真っ昼間の明るい光のなかに騒音が聞こえ、煙が立ち込める）、ロケット砲によって打ち上げられたパラシュートと細長い旗が宙に漂うなか、広場の奥に集まり、しだいにその数を増す一般市民の参加者が花束を打ち振り歓喜の声をあげながら観覧席の真下までなだれ込むところをもって祭典は終わった。芝居の世界では、最後に演じる者全員が勢揃いし、舞台の奥の方からフットライトに向かって一列に並んで、観客の方に歩み出る終わり方がある。しかしながら天安門では、喝采を送る者と浴びる者のあいだに区別はなかった（全員がお互いに称え合っていたのだ）のであり、夥しい数の人間がいましがた自分たちが動き回っていた舞台の縁の部分にまで押し寄せるとき、絹のように滑らかで、しかも驚くばかりに強い日射しの北京の秋の光があたりを包んでいたのである。

　中国の現実がそっくりそのままここに示されているというにはどこかしら不足があるとすれば、行列に霊柩車が欠けているくらいのものであり、人々は四時間にわたって、鏡のなかの自分の姿を見るようにこれに向き合っていた。大がかりな建設事業に大衆が一致協力して取り組む経験がないようなところでは、人々がこのような祭典を前にすることもないだろう。さまざまな階層と活動をすべて取りこぼすことなく扇のようにひろげる陽気な展開をパレードに反映させるには、ただ単に派手な見せ場をもつ何かという以上に中身の濃いそのような娯楽を提供する社会のそれぞれの構成部分とこのような活動のあいだにいわば共鳴が生じる必要があり、そしてまた活動のすべてが最終的には一大事業のなかに一定の共通項を見出し、各々の活動が全体の多様性を示す部分となっていると自覚する必要がある。ところで現代世界の数多くの国において、国民的祝祭が本質的に軍隊行進によって表現されることは、このような国々がどれほどまでに性格の不一致に苛まれているのかを示して余りある。十分な良識の光のもとに日常の装いをもって自分を褒め称えるどころか、ひたすら軍事的役割なる特殊な視角のもとに自分の姿を見るように促されるばかりで、猿の軍隊の登場によるバーレスクな埋め合わせなど存在しない扮飾のもとに事が進行する。

　私が立ち会った国民的祝祭のどの点に中国独自の性格があるのかといえば、おそらくは、ほかのどんな場所よりも気品があり、まったく異質のものの調和をはかる鷹揚さと無邪気さに恵まれている点になるだろう。こうして中国を発見した際に感じたのは、自然な側面、生産物の外観、表面にあらわれる人々の姿が、ある種の暗黙の了解のうちに結び合わされていて、それがこれほどの高いレベルで実現されている国を見た試しはなかった点であり、その暗黙の了解というべきものは、必要に応じて、一目で明らかな調和のうちに具体化されている。樹木がわれわれの国のものよりも丸っこく、パウダーパフもしくは羽根箒状の葉が茂る風景に始まって、まるで建物が盆の上にのせて差し出されるようだったり、あるいは建物が単独に誇張されて示されたりする（西欧の伝統ではそうなるのだが）のではなく、おそらく空間とアプローチ部分がいわゆる本来の意味での、これもまた丸形であり、苔が生すように極彩色の装飾がほどこされたという形容がしっくりくる建造物そのものよりも重きをなすモニュメンタルな造作に到るまで、そしてまた驚くほどに穏やかな古色が厚みと堅固さを補う石の水槽に魚が泳ぎ曖昧模糊たる鰭を見せるところに始まって、文字として見ればじつに複雑だが、その想像的な枠のなかで優雅で揺るぎない平衡を見せる表意文字に到るまで、そしてまた繊細なやり方でおのずと秩序にしたがう術を知る無機物に始まって、仮に加速する場合があっても、たいていは一定の速度で前進し、人間が果たすべき仕事の不確定性や不規則な動きではなくて、まさに天体が命じるままに一定のリズムにしたがう様子の人間に到るまで、目にとまる要素のすべてが、中国という名の世界を作り上げる被造物および物体の長い連鎖の一方の極からもう一方の極へと、三つの界に配分される要素（それでも不調和ではあるが）は、どこにも切れ目などなく続いているのであり、中国を一個の「世界」として語ることを可能にする、というのも文明なるもののもっとも大切な配慮のひとつは、この驚くべき一致を維持する、もしくはそれを堅固なものにすることに向けられていた（そして恒常的に向けられている）ように思われるのだ。

花咲く丘に金属の円盤がのっていて、一方は赤色に、もう一方はモーヴ色になっているのを見たのは、射撃場ではなく、南京駅でのことだったが、この複線の鉄道の終着駅では、重工業と園芸の産物の組み合わせからなるその種のものが緩衝装置として使われていた。ざくろ色やワインの澱の色（ほぼ炭火の色）のトレーナーを着た大勢のお転婆娘が北京の労働組合会館のそばで跳ね回り、電気照明の投光器の光を浴びてバスケット・ボールの球を延々とパスし続けている。同じく北京において、花々でかたちづくられた孤島が広々とした四つ角の中心部を美しく演出し、周囲を枝と花冠の環で飾られた台が用意され、交通巡査がその上に立ち、手旗信号を送る作法をもって、交通整理にあたり指示を出していた。繊細な色調の工作機械がおかれた紡績工場では、大きな黒板に、さまざまな色のチョークで書かれた計画日誌の記号と図があちらこちらでその色調に心地よく響き合っていて、女工らがタフタ織の埃除けの白いマスクをつけてはいても、眼が覗いて笑っているのが見えるのも同じ種類の心地よさだった。男女の子供たちから、すらりとした体つきの若い娘たちまで、誰もが同じように墓石彫像（見張り番の馬、墓石を背にのせた亀、ほかの動物たちなど、その上によじ登ることができる）の上で群れているのは、ローマならば夏の晩になるとナヴォーナ広場の名高い泉で子供たちの一群が隠れん坊をしながら、大河の神の髭に身を隠したりするありさまに似ている。泣くとも笑うともつかぬ軽いしゃっくりのようなものが喉の奥で弾けるなかで、別れの挨拶の際に握手をしながら感謝の念に心が動かされ笑みが洩れ出るときに覗いて見える白い歯――ここに認められるのは、私の見るところでは、こうした細やかな感覚の配合（組み合わされた対比の妙、もしくは呼応し合う対比の妙については、ほかに選択肢がないという場合、仮定の場合、第二項がすんなり受け入れられるかどうかは不透明でも、それなりの期待感がある場合など、色々なケースが考えられるが、最後の場合だと、初めから期待感があるわけではなく、いわゆる第一項とされる要素によってわれわれの心のなかだけに生じる反響が、やがては真理の地位にまで昇華するのを見たいという願いがあるからこそ、期待も生まれるのである）という点では、中国が享受するかなり稀有な幸運を表現する要素なのであり、特権的な偶有事によって多かれ少なかれ自然に生じるその幸福に接すると、およそどの国にあっても、こうした事例を大量に生み出せるならば、まさしくしかるべきかたちで優美さを所有することになるのだという気持ちになる。それでも中国の魅力を分析しようとすれば、最後の手段として優美さという話を持ち出すほかはなく、私が証拠物件としてあげた例をそれ以外のやり方で正当化することは不可能であり、これでは何も説明したことにならない。

「この世の苦悩のすべてがただの一杯の酒盃に込められ、それが飲まれることがないのは、まるで翡翠の泉の寺院ではなく、別のある寺院のペディメントの上の凸面鏡の大粒の涙のなかに宙吊りになった山——杭州近郊——に似る。」この数行（帰国後早々に書き記されたものであり、二種類の記憶の結合を土台にしているのだが、最初の記憶は劇場の舞台という擬似空間とかかわるだけであって、場所の特定はできない）の注解を試みることで、私を捉えた魅惑の所在を見極めるにあたって手助けとなる要素を引き出すことができるだろうか。

飾りにすぎない「翡翠の泉」は別にして（というのも、これは、正面部分に風景が映り込む寺院の近くにある別の寺院の呼び名であるが、その両者を訪れた際には、うかつにも寺院の名を確認せずに終わってしまった）、話題となる寺院（杭州と同じく、純然たる場所の特定の要素）もまた別にすれば、「酒盃」、「山」、「鏡」は二つの否定形の平行関係をもってつなぎ合わされた文の具体的な支えとなっている。存在するものではなく、存在しないものを前面に押し出すのを好んで、このような表現を選んだのは、ただの気取った趣味によるわけではないのはもちろんのことだが、私にとっての中国を表現するにあたっては距離をおいてするほかないという思いがあり、こんなやり方で作り出された余白の力によって、おそらくはそれにもまして、この巨大な国が内包する真実が私の目にはあまりにも繊細な特徴をもって立ちあらわれるので、断言的な物言いの粗雑な厚かましさの罠にはまらないようにしなければならないし、われわれの所作の不十分さと到らぬ点、すなわちその否定的側面を否応なく気づかせる中国の人々に特有の礼儀作法（基本的には抑制と中庸）をお手本として、この国にアプローチしなければならないからなのである。酒盃、山、鏡、すなわち私がこの三項を絡み合わせるのもまた、ありとあらゆる種類の過剰の対極にある否定性の遠近法を介してのことなのだろうか。

鏡と盃とはたがいに釣り合いをとろうとしている。というのも一方は山の巨大さを内包し、もう一方はこれもまた途方もない苦しみを内包するのであるが、その苦しみは、現在のところ中国の歌劇のなかでもっとも上演回数の多いある演目の山場をなす瞬間にあって、封建時代の田舎の領主たる白髭の父が結婚を許してくれないと祝英台が告げるとき、彼女に心を寄せる梁山伯が感じる苦しみにひとしいものであり、そのとき彼女は、裕福な家に生まれ育った洗練された物腰の娘に特有の優雅さをもって、相手に酒を勧め、結婚を望む相手から見ればほんの取るに足らぬ捧げ物を差し出すほかになす術がない。鏡に映り込んだ山、「この世の苦悩のすべてがただの一杯の酒盃に込められ」。面白おかしい物理の実験のように、そしてまた悲劇の純粋さのきわみは、ただ劇場という鏡によってのみ映し出すことができるというかのように、さほど大きくはないものに映った巨大なもの、もはやこの苦悩を乗り越えて生きることができないほどに深く引き裂かれてしまった二人が心に秘めて表現するのを拒む苦しみ（恋する娘のかつらの黒髪の先端は一本の留紐でくくられた一枚織の緞帳のように背中にまで降りて、恋する青年の方はどことなく鴨のような動きの身のこなしであり男性らしさを強調しているが、どの役柄も演じるのは女性だというだけでなく、役柄によっては、男装の女性が演じる越劇の慣習にしたがっている）。このようにして繊細な装飾がほどこされた建物正面に宝石を嵌め込んだようにに見えるほどに小さくなった（そしてまた中庭もしくは庭園全体に点在する建物から構成されていて、散歩道、公園、並木道などは普通は建造物の引き立て役でしかないヨーロッパの流儀とはまったく違って、建物よりも外廊下、橋、階段に優先的な地位が与えられていると思われる中国の寺院もしくは宮殿に象徴されるように、ほどよい稠密と空虚の結合に組み込まれた）山は尺度を欠いている点で本来の山ではなく、われわれ人間のスケールに引き寄せられて山に特有なバロック的な構造をさらに強いかたちで表現する。なみなみと注がれた状態にある酒盃、飲むためにそこにあるわけではないこの酒盃、若い娘のような顔をしているといってもよいが、不透明な長方形の雪のような髭の陰に顎が隠れた老人によって奪い去られた意中の娘と同じく、手で触れえないその中身、酒盃の周囲に漂う虚空、飲まずに酒盃を放っておくことで突然はっきりと感じられるようになる虚空は、ほんのわずかなものの表出によって、悲痛きわまりない意味を引き出すのである。

このように幾つかの寺院を訪ね歩き、なかにはその高みの部分の磨かれた表面が強く湾曲しているせいでそこに奇妙なまでに変形した風景の反映が見える場合もあったが、ひとまず訪問を終えたわれわれ一行は訪問客が自由に出入りできる茶屋に一休みして緑茶を飲んだ。その茶屋は——中国の絵画や版画に見られるような——ほぼ決まって長衣を着た人物の小さな姿が描き込まれた荒々しい風景の懐にあって親しく語り合うための場となる簡素な建物を思わせるものだった。われわれもまた、そんなふうにしてしばし休息をとり、通訳を相手に語り合い、木綿の上下を着た娘たちが急流のなかに行儀よく足先を浸す光景を眺めた（女学生たちのその日のメイン・イヴェントであったはずの野外の食事も織り込んだ遠足のあとで）。午前は杭州を散策し、漢代に皇帝の無聊を慰めるために考案されたコップの水のなかの嵐という風変わりな一品を見せてもらったところだった。博物館の小さな建物内には銅製の分厚い盥があり、縁には半円形の光り輝く二つの把っ手がついていて、底には四匹の魚が彫られているのだが、博物館館長もしくはその代表に促されて、若い娘が手のひらで二つの把っ手を擦り、強い力で支え（そう見える）、規則正しく揺さぶる。すると静かな鐘の唸り音が遠くから聞こえてくるようなぐあいにざわめきが生じ、容器を満たす水が震えはじめ、振動はしだいに水全体へと波及し、無数の皺のような波が立ち、しばらくすると細かな水泡の上下の動きが生じる。

遠足の最後に、われわれ一行の何人かはこのような精妙な背景音をともなう大量の水を使った魅力的で贅沢な仕掛けに接していたく感心したわけだが、その遠足の始まりの時点で舟に乗って湖に出たとき、漕ぎ手は体つきはほっそりしているが逞しい女性だった。遠足の最終段階で、われわれ一行の数名が急ぎ足で博物館に立ち寄ったときに、通訳のうちの誰が付き添ってくれたのかは記憶に定かではない（一行のほかのメンバーは別行動を予定していた）。そこにはワンという名の二人の男女がいたのだろうか。この二人は、「王《ワン》」という姓は中国でもっともありふれたものであることを知らない外国人が考えるようには、同じ名だといっても兄妹でもなければ親族関係にもなかった。ワン・シャンは二十歳代の青年で、広東省出身の両親が居住していた仏領インドシナで教育を受けており、当時、植民地政府の支配下で、ヴェトナムの友人仲間が出し合ってくれた資金をもとに不法渡航によって祖国に帰り着いたのである。痩せぎすの美青年で、ブルーの水兵帽を食糧・石炭係の船員や革命的な現代派の人々の作法にしたがって後ろにずらしてかぶっていたが、笑顔が魅力的で、ほんのわずかな心遣いでも、そのような所作があるとすぐにそれに気づき、血色のよい顔に明るい表情がひろがるのだった（というのもほとんど子供じみた臆病さの持ち主であるように思われたから）。一方ワン・ユアン＝チェンはといえば、その名を翻訳するとほぼ「真珠色の雲」という意味になるのだが（この種の詩的な名はありふれた通貨のようなものだったので、自慢することもなかった）、出身地である南部の田舎ではパルチザンとともに闘った体験があるにしては気性の穏やかな二十七歳の娘であり、尖った顎の線が優美な、端整な顔立ちをしていた。思慮深い勉強家であり、自分がまだ知らないフランス語の表現に接するたびに、手帳にこれを書きとめて、われわれ一行のなかでも特別に物識りの人間について回って、話題は何であれ彼女の国についてプラスとなるような事柄を聞き出そうとしていた。

ふだんは寡黙だが、ガイドという職業的役割を超え出て、われわれの滞在が心地よいものとなるようにホステスとして気を配り、明るくふるまおうと努め、場合によっては、からかいの口調を交えることもあったし、ときに笑顔になり、みごとな笑い声をあげるときは、真珠のような雲という名に恥じぬものがあった。平たくて小さな足に男物の靴を履くと、隙間から黄色あるいはその他の鮮やかな色のソックスが顔を覗かせ、腕を大きく振り、わずかに体を左右に揺すって歩くのが癖だった（中国の多くの男女と同じく）。その歩き方はゆっくりとしているが、切れ目がなく、どんな障害物があろうとも、この人は道を引き返したりすることはないだろうと思わせるようなものだった。ごく小柄で、華奢な体つきであり、男勝りの女というよりも寄宿学生に近く、硬そうな髪の毛を短く切った厳格な輪郭の顔におとなしそうな表情が浮かんでいた。私は新演出の『魔笛』を体験しようと望んでいたのだろうか。つまり、そこではエジプトは極東、フリーメーソン同盟員はマルクス＝レーニン主義者に姿を変え、二人のワンは疑いもなく若い男女として――ほとんど一体となって、ただしごく自然に――光の導師ザラストロが庇護する者たちの救出を使命とする三人の弟子もしくは子供たちの代役を果たすことになるだろう。主には杭州で午後を過ごすために催された小旅行にあって、結局のところは、このうえなく尊い神秘に導かれる場面へと思うがままに歩を進めるために幻想的な舞台装置を横断しなければならなかったのだろうか。というのも、われわれがお茶を飲んだ場所のそばに流れる急流は鳳凰山の麓を流れていて、きわめて複雑な建造物の組み合わせからなるその場には、切り立った岩壁もあれば、両側が狭まった通路もあれば、洞窟もまたあり、じかに岩盤に彫り込まれた夥しい数の仏像が随所にあって、人間の手をもって戸口を護る無数の番人が配されているようにも思われた。私の旅全体がそうだが、この日の旅程にあって、夢のように美しい光景ではなく、まずは目印となる語句を書き記し、夜になると昼間目にした事柄を手帳に書き入れる作業を続けることに気がとられていたのは確かだった。こうしていまになって初めて、作曲家、それもそのしなやかな天賦の才能がたやすく凌駕されはしなかった作曲家の作品のなかでも私が愛してやまない楽曲の力に頼ろうとするのである。中国からさまざまな事柄を受け取ったはずなのにそれに見合うものが見出せないほど干涸びていて、あまりにも飛び飛びでまとまりがないので、かなりの分量はあるにせよ、理にかなった利用ができる記録とはなっていないメモではあるのだが、最後の手段として、そしてまたあたかも（すべてをいうために）、タミーノの笛そのもの、さらに彼に付き添うパパゲーノがかぶる中国風の帽子あるいはグロッケンシュピールが発する魔術の力に頼って、できればこれを台本《リブレット》として、少しばかりメロディを歌わせたいと思ったのである。

日記形式のもとに注意深く書きつづけた文章を読み返してみると――真夜中をだいぶ過ぎた頃になって床につくので、夜遅くまで点したデスクライトの光で同じ部屋に寝起きする同僚が眠りに落ちる邪魔をすることになり、目が覚めると、書き飛ばしていたが、すぐに書きとめておくべき事柄があると思い直して、まだ明け方なのに必要に迫られて起き上がるのは、新たな仕事ができて、すぐこれにかかわり合うことになれば、いったん思い出したことも忘れてしまうはずだからである――、演劇史、労働運動史、文盲撲滅運動、農業改革、衛生改善のプロパガンダ、研究院や博物館で見たもの、中国を「多民族国家」に作り替えるために少数民族に対してほどこされる政策等に関係する雑多な情報などの記録をもとに、そこから拾い上げて利用できる断片はほんのわずかしか見つからない。熱狂が鎮まることがほとんどないというのは、一人芝居の喜劇を演じているにすぎないと思われるほどだが、その熱狂の背後に隠れているのは無頓着なのではないかと、いまの私は自問する。つまり、自分の目の届くところに生起する現象を即座にことごとく捉えようとするやり方は、あらかじめ決められた二、三の論点について資料を集中的に集めるのに比べればさほどの労ではない。こうして提供されるさまざまなプログラムにあって、もっとも興味を惹く要素を（対象は何であっても観察そのものがある種の作業を意味するわけだから、しかるべき意識をもって）選ぶことが可能になる。本格的な調査（アフリカおよびその他の地域において、場合によってはチームを組んで、場合によっては単独でなされた何回かの専門的調査旅行の過程で取り組んだようなもの）をおこなうには、あまりにも限られた時間しかないという口実をもって、限られた短い期間であってもぎりぎりのところで研究調査ができなくはないはずの事柄に取り組む姿勢がはなから認められないのは、いわゆる学問上の懸念からだといってはみても、ことごとく真剣さとは手を切って、単なる見物客のようにふるまうほどに大胆にはなれず――自分なりの手管を意識していたかどうかは別として――、一番安易な解決法を選んだことになる。別の表現を用いれば、中間的解決法に類するものであって、結局のところは、できるだけたくさんの場所を訪れ、もう二度とその機会はないだろうと思って何ひとつ見落とすことなくすべてを見て回ろうと考える旅行者のやり方を自分なりに踏襲してみようというわけである。列車と航空機で北京から満州に、満州から上海へ、その後は北京から四川省に、それからまたビルマとの国境に近い地域にまで足を延ばし、大変に疲れる旅だったが、楽しくもあった。工場のあとは記念碑的建造物へ、人民のための公園から映画館に、シンポジウムからガイドつきのツアーへ、美味しい食事から見世物見物へと移動を続け、メモを書き記す段になると、にわかに真剣な顔つきになって、規則正しくこの仕事に取りかかり、（安上がりの手段をもって、自分が意識的な旅行者だったという点を証明するかのように）実際に動き回っている最中はとても細部にまでは手が回らない記述を明確なものにするためにかなりの時間を割いた。妥協策という点では例に洩れないが、このような中途半端な解決策を選んだのは大きな間違いであり、たぶんこの旅行が瞬時のうちに台無しになってしまったように思われた理由はそこにあるだろう。きちんとした方法にしたがわずに自制を怠ったことから、価値あるものは何も手に入らず、せいぜいのところが、これまですでに語った切れ切れな断片のみである。見聞を可能なかぎり記録にとどめようとして、ぼんやりと時間を過ごしたりはせずに、策略を弄することなしには中国のリズムに自分を合わせることができず、この広大にして興奮でわき立つような国についてすでに見たようなほんのわずかな脈絡のない断片しか持ち帰ることができなかった。いまの時点で、このように些細なものの解釈を試みることは、間違いなく向こう見ずな行為である。そのときの私が手に抱きとめようとしたものは、あまりにも不手際だったせいもあって、埃のごときものしか残っていない。この埃の山からほんの小さな粒を少しばかり拾い上げ、これに検討を加え、後追いでしっかりした中身を付与しようと試みるのはいささか現実味に欠けるのではないか。

「その顔はさりげなく東洋風の一重瞼をしていて、まさに日常の姿とは違うといわんばかりに、化粧したあの蠟人形の娘たち（あるいはサン゠シールの娘たち）は西から東へと滑るように移動し、舞台の子午線を横切る。女神たちが逃げ去るときに使う空飛ぶ絨毯が見当たらないので、滑って動く絨毯に乗るような、起伏のない横手からの退場。」

新中国の娘たちのごく自然な身のこなし（いまだなお彼女らの先祖にあたる年老いた女たちが、動かぬ鳥のような覚束ない足取りで歩く姿を随所で見かけるが、前に進むには注意を怠らずにそうするほかなく、纏足のせいで萎えて衰えたあの足では、大地を踏むのも楽ではなかったろうが、娘らの方はその大地を踏みしめる幸せを味わっている様子であり）、穏やかで、軽くバランスをとった身のこなし（見てすぐにわかるように体の重みを片足にかけ、さらにもう片足にかけつつ）、悲観的な人間ならばいかにも鈍重と形容しそうなところだが、私自身はむしろ自己解放を遂げつつある国民の歩みそのものだと見ておくつもりであり、そのような身体の動きに対置されるのは、洗練の極致にある女優たちの身のこなし、少なくとも、古典劇において封建時代の女性の登場人物を演じる女優たちの身のこなしである。完璧なまでの水平移動、その光景は、ある種の天体の破片の光跡を見るときの喜びに比較しうるものを与えてくれる。見かけは流星よりも大きいが、熱帯地方の空を横断する際には、もちろん錯覚に類するものではあっても、ゆっくりとした移動に見えて、最初は息が詰まるように感じる。「平行移動によって息づく運動体……。」彼女らの直線的移動に、その甲高い声の魅惑的変化(言葉と歌の中間)と同じくらいに微妙なニュアンスがあったとしても、上記の表現——リセにいた頃、数学の教科書に見つけた表現の残存だと思う——は、大体のところ、この世のものならぬ被造物のあれこれが移動する姿を説明するのであるが、頬に紅を入れた蒼白い美しい顔の化粧を落とした彼女らを舞台の外で見ると、その所作からしても服装からしても、街中で出会う女たちと変わらぬ姿であり、いわば天体に類するものの移動能力があるわけではないのだし、役柄を解かれてみれば、平衡感覚に溢れていて同じように心地よい身のこなしをそなえているのを発見して驚くことになる。つい先ほどはその身ぶりと極度に洗練された朗唱法をもってわれわれを虜にした人たちが、少しも飾らずに、ありのままの姿を人目にさらしているところに、いまのわれわれは——二重に——惹かれている。どのようにして、完璧なまでに人の目を欺く装い——なぜなら、そのような装いをする人物は目を欺く装いのほかに実体はないと思われるのだから——から、完璧なまでにどこにも繕いなどない状態に移行しうるのか。「神秘とゴム球」、そうワン・ユアン＝チェンがここにいれば、耳元で囁くことだろう。「まったく訳がわからない」という意味のこの言い回しを彼女は私の同僚のひとりに教えてもらったのだが、これを用いるに適切な場面かどうかは別にして、事あるごとに面白がってこの表現を口にしていた。

「半ば(厳密にいえば)異性装の恋人たちはすでに鞘翅目に姿を変える途中である……。」祝英台は男の姿で大都の師範のもとで一年を過ごす。というのも、この伝説的な恋物語の舞台となる時代には、女性が学問をしようにも門戸は閉ざされていたのである。こういうわけで同じ師範のもとで学ぶ梁山伯は祝英台を男だと思って親しく接するが、じつに巧みな変身の秘密をついに突き止めた段になって自分の恋心に気づくことになる。仮の装いはすべて打ち捨てられ、自然史と神話学をかけ合わせた変貌をもって、この牧歌は幕を閉じる。父親がもっと裕福な結婚相手を望んでいるのを知った恋する男は悲嘆にくれて——雷鳴がとどろくなかで——死ぬが、恋する娘は弔いの舞いのあとで亡き恋人の墓に身を投じ（半円球の石のそばまで来たとき彼女はみずからの婚礼の行列を立ち止まらせると、雷が落ちて覆いが割れる）、雲間から顔を覗かせる太陽に向かって二羽の蝶が飛び立つことになるだろう。二羽の蝶は恋する男女であり、いまはこのうえなく薄く軽い衣に身を包み、花々と虹を描いた舞台装置を前に動き回る二人の女優によって演じられ、そのひとりは、ほとんど男を演じつづけたことになるが（もう一方は一時的に男装したにすぎない）、二人とも悲喜劇の衣裳を脱ぎ去り、いまは台詞抜きで無言のうちに舞い、その旋回運動は、変容した二人の恋人の地上における大詰めの場面に引き継がれる（輪廻転生に関係する昔からの信仰は、ここで生物学的な変異と混じり合う）と同時に、二人の女優の勝利を表現する場面となるのであり、彼女らは笑顔をもって拍手に応じ、小走りで舞台を縦横に動き回ると昆虫が酔いしれたように羽を動かして大きな円を描く。二重の意味をもつハッピーエンドである。というのも蝶となってひとつに結ばれた恋人たちの時間を超えた幸福のありさまは二人の主人公の現在の喜びと一致し、観客の喝采は俳優の技量に向けられるとともに、涙を誘う物語の幸福な結末にも向けられているのである。

大多数の女性は物を識らぬ状態に押しやられ、両親の意のままに婚姻の取り決めがなされるのは、封建社会の悪癖であり、昔話『梁山伯と祝英台の恋』のなかで告発の的になっているわけだが、この物語をもとにした芝居を見たのは、現代の翻案にあってもっとも普及した版を元にした上演に接したときだった。いまは過去のものとなった生活様式の情景であり、というのも、自由化に向けて前進する女性解放と結婚制度改革の波は、現在の指導者たちが中国人民のために果たした一大進歩と考えることができるのである。この風俗劇は、どの部分をとってみても格言もしくは諺に特徴的な簡潔な詩情の域に達しており、さらには新たな法律とも一致する批判的な意味合いを含んでいる。その結末は全面的に驚異の舞台となるのだが、そこに到るまで、マルクス゠レーニン主義の思想が（ぎりぎりのところで）折り合いをつけられないものはない。もしも霊魂不滅が夢でしかなく、唯物論者にとってみれば輪廻転生の可能性を信じるなどもってのほかだとしても、わずかでも慰めを以下のようなかたちで求めることは禁じられていないのではないか。すなわち、少なくとも人間の肉体は完全に消滅するのではないと考え、そして人間の肉体の構成要素は新たに入れ替えられて一連の系統立った組み合わせを得るが、このような無限の多様性の組み合わせからなる「自然」と呼ばれる要素の三つの界のひとつには、さまざまな生き物のなかにあって蝶々という繊細な有翅類が入ると考えることでわずかな慰めを求めることは唯物論者にも禁じられてはいないのではないか。梁山伯と祝英台は、魔笛の力によって焰と水の試練を克服するタミーノとパミーナよりも本物の真理に近いところにおり、その運命はいささかも自然の法則を逸脱するものではなく、法を犯すのではなく撓めるのである。たとえば異教徒の死者がそうであるように、埋葬されると同じ場所に植物となって生え、やがては食物となってひそかに生き延びるのに似ている。

あまりにも長い巻物に描かれているので、これを見るには、描かれた山々、渓谷、水面の連続を、旅をするように目で追うほかはないといった絵が中国にはあるわけで、あたかもそのひとつをモデルとするかのようにして、私はひとつながりのメモを繰り出してみることにするが——ときには説明的な注釈のようであり、またときには整った語彙集もしくは自由な余録《マルジナリア》のようでもある——、冒頭におかれるテクストの切れ端は、フランスに舞い戻った私が、印象記となる手記があまりにも頼りないので、その幾つかに手を加えてもう少し手ごたえのある中身を与えようとしたものである。このように骨を折って細部に少々手を加えてみても、形はどうあれ全体の眺望が得られるというところまではゆかないし、心の弦を探り当ててこれに触れて震わせればよいといった状態にはならない（しかもそのときおのずと整った姿になるわけではなく、全体が少なくともひとつになった真理の連鎖となってあらわれるので、最初の鎖の輪をうまく捉えることができれば、ほかにも同じ家族に属するものがあると見当がつくので、熱心さと明敏さをもってとことん努力すれば、ほかのものも手に入るだろう）。努力を重ねてみて少しばかり驚くのは、まがりなりにも最初のうちは、私の旅がその後の自分の人生を幸福な方向にむかわせる特別なしるしをもたらすはずの事件と見えていたのに対して、このような細事をいくら積み重ねてみても、それを乗り越えた先の地点に辿り着けないことなのである――それは（たしかに）私が「拘束を逃れた」ときもまた同じであり、というのも旅の必要を信じている点は変わりないとしても、近い国を目的地とする短期間のものも含めて、旅への出発のうちに、強引に引き離す作用を認める傾向はしだいに強まっているのである。

しかしながら、まさに、大いなる幻滅の危険があるからこそ――最後の切り札を出す人の場合のように――中国に向けて出発した際に、拘束を逃れるのにあれほど苦労が必要だったのではないか。それにまたこのような幻滅を嫌うからこそ、いまの私は、難破を逃れようと破片にしがみつく人間のようにして、細々とした事実に執着するのではないか。それでも、ここで問題となる細々とした事実は、中国にいたときには生き生きと感じられた確かな体験であり、琴線に触れるものであった。ならば、たとえそこに不足があるにせよ、仮にも私の心を動かし、自分の方からしっかりと捉えにゆこうとする事柄のほかに、一体この私は何について語ればよいのか。もしもいまの私が難破の状態にあるとしても、まさに災厄たるものは、火を見るよりも明らかな以下の二重の観察のなかにあるのだ。すなわちある大国が現在まさに成し遂げようとしている一大飛躍をほんの一部であっても自分の目で確かめたという事実があっても、私の人生は相変わらず元のままだし、さらに観察を推し進めることを通じてこの国が近代化を進める際の手段の純粋さをめぐる不安――説得力のある手段というだけのことだとつねに聞かされた――が払拭されるとしても、それによって私の人生が変わることなどなおさらないだろう。万が一、私の人生の歪みが修正されるとすれば、選ばれた土地における事態の展開が、たとえば、些細なものではあるが現実にぴったり一致すると同時に私の心を動かす事柄を起点として、わが中国体験の性格を見極めようとしていまの自分が取り組む仕事が、中国の友人たちには（もしも彼らがこれに接するならばの話だが）私に期待される戦闘的姿勢に貫かれた証言という点では拙いものと見えても、それ以外の点で興味あるものと判断されるようでなければならないのだし、そしてまた同じく戦闘的姿勢に貫かれた証言という点では、その価値原器を人民への奉仕という点におく種類の文学という観念にひたすら支えられていなければならない。こんなふうに問題を立ててみると――いつものように迂回路を辿ってということではあるが――以下の根本的問いに向かわざるをえなくなる。対象は何であれ、個人的不安を解消するに十分な信念を寄せることがこの私には、未来永劫まったく不可能なのだろうか。あるいはまた社会主義建設そのものを私は断罪しなければならないのだろうか。それが――中国においてさえも――あまりにも杓子定規の行程にしたがって進められているので、そのような生の本質をなす不安は、そこから生じうるありとあらゆる類の技術的に無駄な産物とともに、英雄的な建設の担い手によって、原理原則の貫徹を楯にして土俵の外へと追いやられはしないだろうか。社会主義は万能薬とならねばならない（自分が死すべき存在だと感じる不安も含めて）といった要請は、ないものねだりにひとしいし、要請に応じられなくとも、社会主義そのものに背を向ける理由にはならない。ただし本源的ともいえるこの不安の穴をどうにかこうにかふさごうとする仕事が、マルクス主義的社会においても市民権を得てほしいという期待があるのもごく自然な流れではないだろうか。なぜならこのような社会は、その定義からして、本当の意味での人間的な社会の実現をめざさねばならないからである。たしかに私は何かを求められたわけではなかったし、完全に自由な立場で、証言ができる（逆に証言しないでいることも可能だ）。中国人民が取り組んでいる巨大な事業に関して自分が目撃したものすべてを元に判断すると、この事業に直接かかわりがない者には、ごくわずかな不安定な場しか与えない傾向が見られるように思われるのである。演劇、考古学、伝統芸術など、要するに国民的文化のさまざまな局面がかなり重要なものとして扱われているし（この点を強調できるのは嬉しい）、映画産業もかなり華やかな原則を見せており、大衆教化のための巨大な企てのほかにも、大多数の西欧人からは硬直していると思われているこの国がそれなりに強力な文化活動がくりひろげていることの証左となっている。だがすべてをさしおいて、中心軸は中国における社会主義の樹立にあることに変わりはなく、私が没頭する類の活動がどうすれば再教育の対象となるブルジョワ的――封建的でないにせよ――遺産以外の場に分類されうるのかという点に関する見通しは自分には立たない。それが自己中心的な議論だということは認めてもよいが、この点を捉えて人は文学者だって、この場合には、もっと本心を見せてもよいのだと私に向かって言う機会とするだろう。集団そしてまた彼らの直接的欲求という次元に照らし合わせてみれば、間違っているにちがいない。というのも緊急を要するのは――もちろん――厖大な数の人々の生活の改善なのだ。それでも、後ろめたい気分は別にしても、計画を遂行する人々の厳格さは私にはすんなり受容できないものであり、私個人としては以下のような疑問を出さざるをえない。すなわち、取り組むべき事柄は、みんなで全身的に（革命において中途半端は排除される）向き合わねばならないが、それでも際限なくこれにかかりきりになれば自分のもっとも大切な部分を否定することになり、こうして集合的な事業に自分が本当の意味で寄与する可能性をも流産させかねないということがわかっているというのが、正しい方向に向かう（自分自身にとっても、後の世代にとっても）行動指針なのだろうか。物語のなかでは、梁山伯と祝英台は死して蝶となってよみがえり、驚異の恵みを得る。つまり、たえず変身しつづけるにしても自分であるには変わりないのである。私の場合だと、自分との和解の希望を完全に断念すべきなのだろうか、それとも戦闘的行動の面においては、物語的世界に生きるこの二人の恋人たちの奇跡的な変貌に匹敵する事柄はまったく想像しえないと結論すべきなのだろうか。

花壇のある庭の門を閉めよ
ああ、ミルテは色褪せ、ばらは枯れてしまった

ヨーロッパに向けて発つ前の晩、われわれの通訳を務めてくれた人々が送別会を催してくれた。乾杯が繰り返され、おまけに数々の歌が披露された。使節団のメンバーのひとりの歌に応じるかたちで（その人は、そんなふうにしてボールを投げることしか考えていなかった）、小柄な女性シュアン・シエン——この英語通訳の美しい女性の両親は上海に暮らしており、その同僚のワン・ユアン＝チェンは雲南省の昆明の出身だった——が、子供っぽいその顔からは想像できない豊かな声で中国の歌を一曲うたい、その次は私の番ということになって席から立ち上がり、十九世紀末の曲を歌う気になったのは、別れの時が迫りくるなかで私自身の憂鬱な気分を表現するのには、散文的なスピーチではあまりにも興趣に乏しく、たとえ歌が下手で断片的であっても、歌ったほうがよかろうと思ったからだった。「乾杯して私を勇気づけてほしい」と、夕食会の席で私は発言した。その乾杯の主題は心に感じ

ていた苦しさと訣別し、翌日になれば、嘘ではなく根を下ろしてもよいとまで思ったこの国を去るにあたって必要になるはずの勇気であった。北京のとあるレストラン、中庭に家禽小屋があって北京ダックの一品として供される運命の生きた鴨が閉じ込められることもあるのではないかと想像されるそのレストランにあって、こみ上げる感情を押しとどめることが不可能になったあの瞬間から現在に到る流れを逐一思い返しながら、私はあれほど隔てなく、またいつまで続いても不思議ではないと思われた通訳との親しい交流が、休暇中だけの――若い頃の――美しい友情（ただすぐに色褪せる）に類するものではなかったのかと自問するのである。

　食事が終わり、食卓を離れて、われわれは何の気兼ねもなくしばらく歓談を続けた。そして私は、つねに感情の金色の糸を追い求める者のように、翌日は出発という段になって、この旅行に教わった事柄を同志ワンに対して説明しようという気になっていた。つまり社会主義建設は倦怠感や四角四面の厳格さのなかで果たされるのではなく、上機嫌で陽気に（笑顔を絶やさぬ熱意溢れる姿勢を決して失うことなく、われわれのさまざまな要求《デジデラータ》への対応のため粉骨砕身の働きをする通訳連中と同じく、私の通訳を務めてくれた女性の態度がまさにその証拠となるように）取り組みうるはずであり、新中国でわれわれが五週間を過ごしたなかで得た最大の結論はそこにあると述べたのである。しかしながら、善良な心根のワンは、その髪型の律儀さをそのまま反映させた思想の信奉者として、こと社会主義建設に関するかぎり、ほかのやり方などないと答えるだけだった。彼女の目には、はなから当たり前と思われる事柄について、私が口にしたそんな称賛の念は、完璧なまでに俗物の驚きと見えたにちがいなく、彼女と話をしている最中にもそのことは理解できた。こうして私がこの点に関して執拗に強調したのは、ごく自明の事柄をあえて口にしても軽薄に見えたりはしないと説き伏せるためだったし、ほかにも、中国がそのようなスタイルから離れずに革命をとことん推進できれば、中国の成功に示される驚異的な側面は彼女にも有効にはかれるようになるという希望があったからでもある。祭師に盲目的にしたがう熟した麦色の若い娘、もしくは北京郊外の北小河公園の九月の夕暮れどきの色合いの若い娘は、理論に全身全霊を捧げることで大きな精神的安定を見出していたと私もまた思うのだが、その理論の、いわば機械的な、恩恵をさほどのものと思わずにいるとともに現在は中国の共産主義の可能性だと思われているものをより明確に意識するならば、私は彼女らにより近い立場に引き寄せられていたかもしれない。

「甘草根の三つ編みの氷砂糖の少女がわれわれの手を引いて蝶々倶楽部へと案内してくれる。」

象徴主義の時代を生きるフランス知識人にとっての無政府状態とニヒリズム（その予言者のひとりとなったのは『モネルの書』を書いたマルセル・シュオッブだった）は、われわれの世代だと、共産主義がほぼこれにひとしいものになる。現在の状況をどのように判断するにせよ、そしてまたこの大いなる運動が今日間違った道に迷い込んでしまったとしても、われわれとしては、一九一七年の十月革命こそ、現代の最大の運動と捉えざるをえない。すぐれた透視力をもつ人々にとっては、新しい時代の幕開けを刻印した事件であり、あるいは、少なくとも、人類があるひとつの責務、たしかに数多くの危険と困難を抱えているが、めざす目標という点で擁護すべき責務に取り組む姿を見ることに究極の希望を見出していたはずなのだ。この大事件が生じたのは、私が十六歳のときであり、その時点では、新聞や定期刊行物が伝えるほかの出来事と比べてみてもとくに重要な事件とは思わずにいて、連合軍のもとに戦争の局面が好転するのか暗転するのかという点だけが関心の的だった。怪僧ラスプーチンの暗殺後、アレクサンドル・ケレンスキーによって権力掌握がなされた（何年かあとパッシー地区の街路でケレンスキーに遭遇したことがあるが、そのときの彼は国家主席の地位をすでに失い、亡命者の境遇にあったはずであり、閑静な十六区の歩道を、ナポレオンになり損ねた男といった風情の陰気で気難しい姿で歩いていた）。当初ブルジョワの意識はロシア皇帝の追放を好意的に受け止める方向にあり、ロシアでは戦争遂行の態度変更が起きるのではという憶測だった。しかしながら論調はすぐに変化した。「多数派《ボルシエヴィキ》」と「少数派《メンシエヴィキ》」の策謀はブルジョワに不安をもたらし、さらに大きな抗議の声があがったのは、ケレンスキー内閣が多数派によって打倒されたときであった（ボルシェヴィキはメンシェヴィキと対比されるが、大雑把なフランス語訳によるその呼び名から想像されるのとは違って、この極左勢力の二分派のなかでは少数派だった）。封印列車でドイツ国内を横断したレーニン、ユダヤ人トロツキー、ツィンマーヴァルトおよびキエンタールの平和主義者などは十把一絡げにされ、スパイと敗北主義者、アルメレイダやボロ＝パシャなど怪しい外国人、インドネシア系美女マタ＝ハリ、ほかには、知名度では劣るが、シュジー・デプシー、あるいはあの「裏切り者」ギボー、つまり新聞などで名前を見かけるときは必ず「裏切り者」という形容が冠されており当世風ガヌロンと称されていた人物と一緒くたに語られることになったのだ。レーニンおよびトロツキーという人物が私にとって少しばかり具体的中身をもつ存在になり始めた頃、サンクトペテルブルクは、現在ではほとんど忘れられているようだが、ペトログラードという名で呼ばれた一時期を経て、名前がレニングラードに変わってだいぶ時間が経過しており、その時期の私はまず完全に美的感性上の理由から仲間となった何人かの芸術家および作家との接触を通じて、芸術という領域において非順応主義を貫くだけでは駄目であり、ある種の社会的かつ政治的次元の現実に直面して独立のしるしを際立たせねばならないと考えるに到った。軍国主義が規律を獲得し（アフリカのフランス囚人部隊の場合のように）、あるいはまた植民地に波及（モロッコ戦争のように）したときにとるきわめて言語道断な形態を見ると、軍国主義はこのような現実のなかでもひときわ象徴的なものであって、たぶんこの究極の象徴的現実の周囲に、私にとってみれば、すべてが結晶化したのである。レーニンは、プロレタリアートの偉大な指導者である以前に、私の目にもシュルレアリストの目にも、ブレスト＝リトフスク平和条約の調印を敢行した人物として映っていた。それ以来、私の姿勢がどれくらい大きく揺れ動いたか（ときにはスターリン的方法の権威主義に怒りを覚え、ときには社会主義に向かうロシアの歩みを擁護し強化する必要があるという視点からこれを評価したりする）という問題とはかかわりなく、レーニンを二十世紀の使徒もしくは聖人と見なしつづけてきたことには変わりない。この場合の二十世紀とは、じつに多様な潮流の影響をこうむった時代ということであり、資本主義世界の内側にあっても、アンダルシア出身の人間ピカソとロンドン出身の人間チャップリンの二人が輝かしく生き生きとした担い手としてイメージを供給してきたのである。

天津——ほかの多くの中国の都市と同様に、新体制になって別の名で呼ばれるようになった——では子供たちが集まるセンターに案内された。そこでは男女の子供たちによる友好的な歓迎を受けたが、女の子は大半は十代後半であり、巧みに化粧をしていた（口紅と頬紅をさしていた）。なかでも物怖じせぬ子らはわれわれの手をとってこれを放そうとはせず、手を引いたまま案内してくれ、子供クラブを代表して最大級の敬意を示してくれた。歓迎の意を表すために、鮮やかな彩色のフラシ天で作られた小鳥がわれわれに贈られた（北京その他の場所の店で見かけるものだ）。可愛らしい贈り物だが、そのほかおまけとしてもっと戯けたプレゼントも貰った。それは林檎なのだが、見るからに完熟の状態にあり、しばらく手にしていると溶けて水になってしまうのである。われわれ一行のうちの有志は誘われるがままにフォークダンスに加わった。元気な笑い声があがり、それも馬鹿にする意図など感じられない素直な笑いであって、仲間と一緒に私は動きの輪に入ってあてがわれた役割を果たそうとするのだが、相当に単純な動きであっても、どうにも難しくて、教えてもらわないとできないのである。この訪問のあいだは、ずっとひとりの少女がそばについて案内してくれた。私が会場に到着したときに、フラシ天の鳥を贈ってくれたのもその子であり、私の左手を握り、ときどきこれを強く握りしめ、私を見上げて満面の笑みを浮かべて微笑みかけてくる。彼女と私のあいだには、当然のことながら、会話が成立する可能性は皆無だったが、指にかかる力がそれを補って余りあった。われわれはまず中庭を散歩し、ときおり私はわが幼いパートナーから離れて、ほかの子供たちの求めに応じてダンスに加わったりもした。はしゃぎ回って一段落すると、彼女の手がまた伸びてくるので、こちらから彼女の手を探しにゆく必要はなかった。こうしてまた二人の散歩が続くのであり、そのあとは建物内部をホールからホールへと移動し、遊戯室や学習室を通っていったが、共通言語がなかったせいで、私が覚えているかぎり、これらの異なる場所がどのような目的をもつのかという点について案内の少女から明かされることはなかった。そうした部屋のひとつの壁には、革命的情景を描いた着色石版画が飾られていて、そのうちのひとつには——ソ連の絵画の複製だった——どのような場面にあたるのかはわからなかったが、レーニンの公的生活のエピソードを見ることができた。この石版画の前に一瞬立ち止まると、少女はさらに手を少しばかり強く握りしめ、はっきりと「レーニン」という語を口にした。われわれの気持ちの一致を言葉にする一語を彼女自身の語彙のうちにようやく見出しえて嬉しいという様子であり、なぜなら、この有名な名を当然のことながら私が知っているだけではなく、彼女からすれば、ほとんど私と同じ国の人間であるといってもよい誰かを指し示すものだからなおさら効果的なかたちでその名の再認識ができるのだ。ラテン語がキリスト教的世界にとってはいわばエスペラント語のようなものであり、魚の象徴が、新たな信仰を抱く人々にとって同胞を見分けるしるしとなったのと同様に、レーニンなる名、さらには半月鎌とハンマー、ピカソの版画の霊感を受けた鳩などがいまのわれわれには人種、言語、さらには年齢などの違いを超えて生きた結合線を構成している。私の見るところでは、共産主義のはかり知れぬ力は、人々を共通な何かによって実際に結びつけた点にあり、それなしには人々はたがいに無縁なままであっただろうし、地球上のあらゆる地点に散り散りになったままであっただろう。だがこのような共同体が宗教的夢想ではなく社会的現実にしっかりと根ざしたものだったとしても、やはり流動的なものであることに変わりがないのは、この世界もまた異端者と見なされる人間をすぐに追放する神学者を抱えもっているからである。

「五日に一回は犯罪が起きるし、イタリアでも一番物価が高い。」まさにパレルモにおいてプロパガンダの宣伝板にこの文章を目にしたのだが、その現場は、お洒落なイギリス式庭園で共産党の地方支部が『ウニタ』紙のために祭りを催したときであり、この祭りには回転木馬や宝くじその他の娯楽が用意され、なかでも「ミス・パレルモ、新たな道《ヴィエ・ヌオーヴェ》、一九五六年」の選出がひときわ目を引く出し物となっていた（ただし栄冠を勝ち得た幸福な女性を実際には目にしなかったのと同じく、この場合の vie nuove なる語が社会主義によってひらかれた新たな道を指すのか、それとも新たに整備された街区、もしくは多くの貧しい家が建ち並び、整備の計画がある街区に建設された新たな道路を指すのかは私には定かではなかった）。私は妻と一緒に休暇の残りの日々を過ごそうとしてこの土地にやって来たのだが、最後の週には、最初のシチリア旅行の際に宿泊し、最近の旅行でもふたたび訪れた「グランド・ホテルと棕櫚の木々」――Grande Albergo e delle Palme――よりもずっと静かな場所に宿を取った。前の宿は、だいぶ以前から衰退ぶりが目立つが、かつては豪華なホテルとして知られていたものであり、ヴァーグナーが『パルジファル』の最後の部分の作曲をしていたときに暮らしていた部屋をいまだ見ることができるし、九年前にわれわれもそこを訪れ、四方が飾りのない壁になった部屋を見せてもらったが、これは一九三三年にルーセルが死んだ場所であり、まさしく彼が意図的に死を選んだのかなりの量を嚥下した（彼の行為そのもの）という状況からすると、バルビツール睡眠薬のかと考えるのが妥当である。いま現在われわれがいるホテルは時代遅れの贅沢さを有するひと続きの建物になっていて、海を見下ろす公園内にあるが、その周囲にひろがるのはあまりにも貧しい地区であって、文字通り廃墟のような地区の真っ只中に外国人が集まるこのような高級な建物があるのもどこか違和感が漂うと同時にかなり衝撃的だ。モダン・スタイルの室内装飾をもつ広々とした大広間の壁には古代シチリアの情景が描かれており、長衣を着た魅力的で美しい娘たちが戯れ、いささか過剰なのではないかと思えるほどに花々が咲き乱れる光景が描かれているが、そこには白鳥や孔雀もいる(食堂にくりひろげられるのはポンペイ風装飾を思わせる情景であり、そこに、わざと十八世紀風を模した中国趣味の装飾に混じって、どのように分類すべきかよくわからない洗練された装飾が入り込んでいる)。今日この大広間では、法律家たちの会議が開かれている。「左」の思想にかぶれ、あまりにも度が過ぎた社会的不公平に眉をひそめて共産党シンパとならざるをえないと感じている私の場合のように、多くはブルジョワとして自分を位置づける人々にとってのふるまいという小さな問題(法律的なものでも道徳的なものでもなく、むしろ社会性に関係するものだ)。すなわち、共産党祭りのブースを覗いて歩きながら、私はバッジの購入を求められたのだが、無論これに同意する気持ちはあったが、もともと私はボタンホールにいかなる装飾品も、何らかの団体に帰属する標章もつけるのを好まぬ人間であり、これを上着の襟の折り返しの部分にピンで刺してつけてしまうと、散歩から戻りホテルの受付ホールに足を踏み入れ、ドアマンの黒の制服を威厳たっぷりと着込んだ陰気な口元の白髪交じりの小柄な男に向かって部屋の鍵を渡してくれと言う瞬間に、自分でもことさらに場違いだと思うことになりはしないか。「五日に一回は犯罪が起きるし、イタリアでも一番物価が高い……。」私の上着の目につくところにこれをつけるのか、それともつけないのか——そして、これに関して決心がつかないのは、まずもっていささか不本意ながら優柔不断の証明となるのではないか——スローガンの作者には同意以外の態度はありえず、それはパレルモのある特定の地区にひろがる悲惨な光景がスローガンの正しさの証明となっているからである。

「レーニン」と私に向かって口にしたのは、自分が所属する子供クラブのさまざまな部屋を次から次へと案内してくれた少女であり、あたかも運命が魔術の国において彼女を選び出して私のチェチェローネに据えたような按配だが、彼女が私に贈ってくれたこの鳥はその魔術の国——それは、モネルが彼女の物語を書きつづる者に向かって語る白い国ではなく、赤い国である——からやって来たものなのだ。克明に描かれてはいるが俗悪な彩色画が「レーニン」とすでに言っていたのであり、これに一瞥を加えると、偉大な革命家は誰が見てもそれとわかる姿でそこに描かれていた。社会主義リアリズムの原理に則って制作されたあまりぞっとしない作品であり、もしも少女が「レーニン」という語を口にして、これに例示の役割しか与えなかったとすれば、私にとってこの卑俗なイメージはまさにその種の作品(ただそれだけのもの)の域を出なかっただろう。レーニンという語が発音された瞬間は、余計な字幕のようなものでしかなかったが、時間が経って過去に遠ざかってみれば、ありきたりの教育的な彩色画は最終的には積極的な相互理解を可能にした象徴的威厳をそなえたものへと格上げされたのである。

私という人間は、ごく平凡な日常的ふるまいにおいても、しかるべきやり方で自分を説明する能力に欠けるという思いにほとんど偏執狂的といえるほどしつこく苛まれるのだが(たとえばつまらない表現でも、どんな言い方をすればよいのか、あらかじめ頭のなかで反芻しなければ、買い物のために店に入れないほどであり、結果としてパリ市内を歩いて買い物をするときに、市街の光景を楽しむのではなく、ひとつのフレーズを繰り返し思い浮かべることで散歩の楽しみの大半が失われてしまい、しかも店に入れば入ったであらかじめ考えておいたのとは違った口の利き方をしたりする)、人と話す際には——幸運が左右する場合、それにまた話し相手に信頼感が抱ける稀な場合を除いて——何を言ったらよいのか、私が口にしうる事柄をどんなふうに言うべきか、ということが気がかりで、ぎごちない話し方しかできないし、そのうえ半ば公共の場所（レストラン、床屋、シャツ専門店、仕立服店、どんな種類のものであれ行きつけの店）であっても、私に応対する人間から、大目に見てくれて、場合によっては支払いをあとに回してくれるほどよく知っている客として扱われるだけではなく、もしもそのようなことが可能ならば、一対一の人間的関係をはっきり示すように名前を呼んでもらいたいと思う人間であり（自分の目の前にいる相手に数多くのことをしなければならないときに、戸籍上のラベルなどという顔のないものではなく、自分の肌に寸分の隙もなくぴったり合った音節によって定義される名前があるということは、すぐさま相手を一個の魂をもった存在として認知することを意味し、それゆえに気分が落ち着くかのように）、当然のことながら、ほかの誰よりも耳を澄まして、魔術的力をもつ語が口にされる場合のように、大きな心のときめきをもってその名が口にされるのを聞き取ろうとしたわけだが、それは豊かで普遍的な意味をもっていて、黄色人種の少女と、そこに巻き込まれた私のような西欧人とを結ぶ交換貨幣ともなりうるものなのである。この語を耳にして、その瞬間すべてが容易になり、それが指し示す人物がひとつの観念になるまで記憶が薄れずに生き延びているのに対して、私は何も答えなかった。「レーニン」とおうむ返しに口にするほかに答えなどありえただろうか。さらには少女の身ぶりと同じ身ぶりをもって、彼女の手をさらに力を込めて握り返す以外の何ができたというのか。

潑剌とした子供たちの姿、男たちの親切さ、未婚既婚を問わず無意味な媚態などには無関係の女たちの魅力などの要素は、私が中国を愛する最大の理由となっていて、このような美徳が表面にあらわれるのに必ずしも革命は必要ではなかったとしても、この革命はこうした美徳を奪い去ったりしなかったことを認めておかなければならない。未婚既婚を問わず女性たちの境遇は大きく変化しており、かなりの部分が、この新中国の産物と見なすことができる。仮に中国の共産主義が生み出したものがそれだけだったとしても、それはそれで偉大で美しい達成として功績が認められるべきところだろう。フランスの報道がこの一九五六年十月（数々の痙攣的事件の衝撃が続き、陰で進行する戦争は北アフリカにあって多大な犠牲を強いてやまず、中近東では動乱の予感が強まる一方、さらに長い年月にこうむってきたあまりにも苛酷な扱いを不満としてハンガリー人民が蜂起するのをわれわれは目にする）の時点で伝えるニュース、そしてまた共産党体制の民主化に関して中国から送られてくるさらに漠たるニュースは、私のように、この革命もまたかなり犠牲を払ってもあまりにも短い期間で国民生産の成長を遂げようとする点からして、本来のヒューマニズムから逸れた方向にむかって進んでいるのではないかと懸念しはじめた人間にとって、信頼を新たにする効果がある。勝負に勝ったわけではない。自由な共産主義を主張する人々にとってみれば、それどころではない。彼らに敵対する勢力としては、鉄の拳をもった社会主義を主張する者および古典的な拒否反応を見せる者の両者がいるのである。しかしながらこの種のニュースは、「非スターリン化」という呼び名が一般化して以来、事態は好転しており、やはり何らかの変化があったのだという考えにわれわれを誘う。

「ただ一本の糸が決して切れずに、北京原人から同志毛沢東まで。」二十世紀前半に北京近郊においてシナントロプスに結びつく骨とさまざまな痕跡が発見された。このシナントロプスは現在知られている最古の人類の証拠だとされ、中国人にとっていまでは国家的栄誉にひとしいものになっている。子供向けの小さな歴史教科書は巻頭の挿絵として、復元された北京原人の横顔——ほとんど動物の鼻面といってよいもの——の図を載せ、巻末には革命の主要な立役者たちの肖像を掲載している。そのようなやり方は、大いに議論の余地があるものだし、世界のほかの地域での発掘が進むことで、新たな情勢変化がもたらされる可能性がある点も考慮に入れておく必要があるわけだが、かなり高い知性をもつ最初の存在であり、火を用いるとともに道具を作り出す力をもったこのアダムの出生地が中国であることを彼らは自慢に思ってもよいはずである。これに関する書物のページをめくってみてわかるのは——雲南省に向かう途中、重慶でこれを確かめてみたが——、中国の教育者には、彼らの国が、文明に関しては、現代を待たずして遥か昔から前衛であったことを示そうとする意図があるのではないかという点である。つまり、シナントロプスあるいは「中国の人間」の遺跡の存在は、ただそれだけで、中国が歴史の夜明けにおいてすでに前衛の位置にあった証明となると主張しているのだ。

私としては中国には一貫した伝統があり、共産主義革命は病気のようにこれに取り憑いたわけではなかったと主張したい。この古き知恵と類稀な生活の技は昔から、多くの西欧人にとって、大いなる威光となってきたわけであり、真の意味でのその達成を新中国で展開される事柄に見出し、一本の糸が中国の歴史のまどろみの時期と飛躍の時期を通じて、世界のこの地域に生じたさまざまな有為転変をつなぎ合わせているのだと明言できるだけの材料がある。話題を変えて自分自身に目を向け直すと、まさに何十年も前から私にとって導きの糸となってきたもの、もっとも密接なかたちで私と一体となってきたものが、突如として断ち切られてしまったところなのだ。ソ連軍はブダペスト市民の蜂起を圧殺し、この社会主義国の軍隊はハンガリー民衆の目には、独立を求める国民に対する占領軍と同じものに見えたはずである。中国は当初は態度表明を保留していたが、まもなくソ連に同調し、今日ではロシア兵の行動を賛美し、ファシズムとの抗戦のために再度血を流すことを厭わなかったと褒め称えている。数多くの事柄に失望を味わったあとで、いまは共産主義にも絶望すべき時期が到来したのだろうか。

「確固たる自己、狂気に満ちた暴力を排除するもの。」仕事のためのカードの一枚（「中国のかけら」なるタイトルがついたカードの一枚であり、この一連のカードには、私がここで利用している頼りない観察が記されている）の下の部分に、私は以前、以下の数語を書きつけている。「昆明近郊の西山にて、活動が盛んな仏教寺院（僧侶の存在、祭壇に供えられた果物、点された線香など）。さまざまな建物——そこには僧房と巡礼者のための食堂などがあった——のなかに進歩的な講堂があり、毛沢東の肖像画が掛かっている。」そこでは巡礼者が信仰心があるふりをする気になれば、僧侶の方は客を迎える主人として臨時収入を得ることができる。強制ではないが、講堂もまた同じく訪問の対象に含まれるのが望ましいとされている。真理は遅かれ早かれ明らかになるはずであり、あとは一般の人々（しだいに数は増えている）の手に届くものにするだけでよい。これをおこなうにあたって、一兵士の考案になる集中教育の手段をもって、複雑きわまりない漢字の世界を完璧にマスターするのは無理だとしても、大量の必修漢字の読み取りができるようになる。

しかしながら——中国に関する点検作業がここまで進んできたとき、あたかも私が困り果てて気分転換を欲したというかのように——まさにその晩、夢が静かに入り込み、すぐに解読をほどこさなければならない一個の表意文字であるかのような姿をもって立ちあらわれたのである。一個の夢といっても、目覚めのときには（よくあるように）細かな断片に砕けていて、必ずしも即座にそれと見分けることができるわけではないが、もともとは同じひとつの夢だったことがわかっている。もちろん一個の夢であり、現実の私の人生の出来事（すぐそれと判別できることもあれば、よく解きほぐす必要があることもある）に関係している。それにまたもうひとつの過去の夢にも関係していて（より絵に近いが、前のものに劣らず何を意味しているのかわかりにくい）、その夢のうちの二番目のものが出現した六か月後に雲南省の西山——私の中国旅行の最先端——で見た光景によって両者のあいだに渡される壊れやすい懸け橋がもうひとつの夢にこれを接続するのである。以上の夢のうち、みた時期からすれば、二番目のものは最初のものとのあいだにほぼ十三年の隔たりがあるが、両者はこの連鎖のほかの環とともに、奇妙なことに、同じ家族の一員めいた雰囲気がある。
　ほぼ垂直といってもよい岩だらけの断崖、あるときは自然が作り上げたバルコニーであって長い道のりの果てにそこに自分は辿り着き、遥か下に展開する魅惑的な光景を見下ろしている。あるときは高くそびえるファサードであり、散歩を終えようとする私は単なるめまいなどではありえぬ不安な感情が入り混じる恍惚感を胸に抱いて、そのファサードの壮麗な装飾を眺めている。それこそ異例ともいえるほどにかけ離れた時期に自分がみた三つの夢および昆明近郊の散策に共通する要素であり、この地域では（ワン・ユアン＝チェンの生まれ故郷の景観が台無しになってしまって、ほとんど涙を流さんばかりの状態になっていた彼女によれば）われわれは永遠の春に出会うはずだったのに、しつこく何日も雨が降りつづけるなかで一日を過ごす羽目になった。

　　雪がひろがるのを上から見下ろして飛ぶ
　　ほらそこに白い真珠が……

　雲南省に旅し、この寺院——幾つかの寺院があり、そのうちの一つはマルクス＝レーニン主義のプロパガンダをおこなう施設として用いられていた——を訪れる六か月ほど前にみた夢では——自分は見晴らしのよい山の上にいて、ほとんど直角に下を覗き込むと——、色のはっきりしない一頭の馬の姿を目にしたのであり、それは平原もしくは大地が区別なく一体化するなかでこの目ではっきりと捉えることができる唯一の存在だった。馬の鬣にも特定の色はないが、そこにはこの動物の生のすべてが凝縮して示されているようであり、自分でもよくわからないままに親密であるとともに遠くかけ離れた意味をこの馬に私が与えているのは、曖昧ではあるが精確な絆があって、私自身の存在のなかでも一番把握しきれないでいる要素とこの馬を結びつけるようにしてのことだった。真夜中に私を揺り起こして、まるで私の話を聞こうというかのようにまさにその瞬間に目を覚ました伴侶に、この夢は「美しく憂鬱な」ものだったと話したわけだが、出来事としてみれば、ただ単に、ある時点で馬が移動したというだけでしかない。完全に直線的で、速度も一定したその動きは、高低差が主たるものとなる馬と自分との距離の隔たりを縮めることなく、垂直線が示すラインに沿って私の視線が伸びてゆけば、視線が深く沈み込む先の地点にこの馬が近づくことになっただろう。なびく鬣を別にすれば、おそらく馬のどこも動く部分はなかったというのに、音もなく場面転換が生じる。そのとき自分が発した言葉は、馬の色、さらにこのパノラマ的眺望の全体の色を特定するものであり――以前の私の目には見えなかった真珠の柔らかさをそなえた雪の白――夢の到達点と教訓のごときものを同時に表現しつつ、私に夢の本質を開示するように思われたのであり、それも夢によって私に詩的なかたちで授けられたものについて、いったん向こう岸に辿り着いた私自身が夢に対してくりひろげる白日の解釈をもって理屈っぽい言葉で翻訳するだけというあり方なのである。何ものにも妨げられないその流れを（きわめて高い場所から見下ろすように）眺めることができれば、疾駆しているはずなのになぜか動かぬ馬の姿が、なだらかな平面の上を移動する瞬間に私に差し出すものは、どうにかこうにかコントロールできる運命のイメージといったものとなろう。自己を何らかの客体（芸術作品）、すなわち、その物語は自分の物語とは独立して展開し、自分自身であると同時に別のものでもある客体への自己投影によって得られる持続性の保証、それこそが、翌日から夢および夢を締めくくるこの語句に立ち戻りつつ、考えうるすべての教訓を汲み尽くそうとしたときにあらわれ出たものだった。

　この前の晩（「別の晩」であって、この二番目の物語に取りかかっている時点にあっては、もはや「昨晩」ではなくなっている）にみた夢の境界部分には、またしても断崖絶壁が登場し、私は山に登る小旅行の最後にそこに辿り着いたのだった。岩だらけの砂漠のような土地を駆け抜ける動物を私は眼下に見ることになるのだが、妖精のごとき馬との共通要素はほとんどない。その馬は中国への出発時期が数か月後に迫った頃に、あのサンティレールの別荘での夜にみた夢にあらわれたものであり、別荘には、家族ともども週末になると決まって滞在する習慣だったが、憂鬱な出来事が相次いで生じ、この儀式はかなり長い期間にわたって中断されることになった。憂鬱な出来事のひとつ目は私の母の死（サン＝ピエール＝レ＝ヌムールで死は訪れたのだが、母はあまりにも高齢だったがために、生死の境目の危機をほとんど乗り越えたと誰もが思い込むほどだった、すなわちこの境目とは、大多数の人々にとっては不幸を意味するが、少数ながらある種の人々にとってみれば、これに対する永遠の勝利を収めることができる性質をもつものなのである）であり、これに加えて、母の健康状態がわれわれにとって深刻な気がかりとなっていた時期に、妻が遭遇した事故（サンティレールの家の寝室に通じる階段でつまずき転倒した妻は助け起こされる際に体をひねり、膝の脱臼と同時に小さな骨だが「脛骨突起」と呼ばれるものの骨折もあった）というぐあいに、私生活の領域にある悲しみと気がかりに加えて、社会的激動という次元では、あたかもすべてが一挙に瓦解するのではないかと思われるほどに、ハンガリーの陰鬱な事件（いまだなお終息していない）および惨めなスエズ運河事件が並行して生じ、その帰結のひとつは——より長期的な影響の深刻さについての予断は差し挟まないにせよ——すでに明白な事実となってあらわれている。すなわちフランスでの生活という点で、石油製品の欠乏はさまざまな産業分野に波及し、田舎で週末を過ごす習慣の人間にとっても——もちろん規模は小さいが、困った影響があることには変わりない——色々と厄介な問題をひき起こした。

最近パリでみた夢に登場する、小鳥を追って駆けてゆく動物は、別の夢に出てきた馬とは大きさも色も違っており、両者に共通する要素は四つ足動物という点のみである。散文的で、まさに田舎育ちの動物らしいと思われるのは、現実世界におけるその原型にあたるものがサンティレールの家（この家ではなんとも嫌な出来事があった。前に管理人をやってもらっていたグアドループ出身の男女に代わってあまりぱっとしないフランス人農民の男女に働いてもらうことになったのだが、以前の管理人は少しも規則にしたがってくれなかったので、辞めてもらったという経緯があり、その際の話し合いは、こちらが望むように穏便にはすまず、激しい立ち回りを思わせるものとなった。そこには超自然的な力による制裁に訴える脅しの言葉も抜け落ちてはいなかった。というのも、家政婦をしていた混血女性は私の妻のことを封建時代に存在していたような奴隷主義者だと決めつけ、大仰な呪いの言葉を彼女に浴びせ、同じくわが家にもまた呪いを浴びせかけたのだ）にいるからであるが、田舎育ちにふさわしいこの剛健な動物は正式な血統書はもたないが、由緒正しい育ちであることは間違いない。要するに動物とはまさに私が飼っている雌犬ディーヌなのだが、一か月前からその姿を見ておらず、相手ができなくて寂しく思いはじめた頃、夜になってみた夢の始まりの部分で、雌犬は私をいきなり放りだして駆け出し（現実の散歩ではよくあることだが）、断崖から真下に向かって——骨折せずにそんなことができるのは猫だけだが、ちょうどそんな様子で——一羽の鳥を追いかけ、勢い余って身を宙に躍らせたのだった。この向こう見ずな動物は、同種のボクサー犬が一般にそうであるように人なつっこいが、気性が激しく言うことを聞かせるのは一苦労であり、野原を横切る散歩を繰り返しする際にも途中でこんなふうに——狂える狩猟犬となって——走り出したり、そしてまた、この雌犬がボース地方の丈の高い草むらのなかで——褐色の毛並みの小さな体で、あるときは潜り、あるときは二つの大きな茶色っぽい耳を羽のように動かしてそこから浮き上がる様子がちょうど地上に棲息するイルカのように見える姿で——動き回ったあとで、遠くに姿を消してしまったりすると、犬なのだから必ずまた見つかるはずだと思いながらも、ふたたびその姿が見られるかどうかといつも心配になるのだ。私が夢で感じたのはこれと同じ種類の困惑であり、いきなり走り出した雌犬がどこまで走ってゆくのか、そしてまたこの雌犬がどうやって断崖の縁の部分に立つ私のもとに戻ってこられるのかがわからなかった。しかしながらそんな心配は長くは続かず（現実のディーヌが興奮して同じような種類のへまを犯す場合も同じだが）、数分後には断崖の別の地点に雌犬は姿をあらわし、私をめがけて駆け足で戻ってくるのが見えたのだった。

ここで情景は一変し、次の舞台となるのは、荒涼たる平野を見下ろすあの断崖とはまったく異なる場所である。例の断崖は三つの夢のうちで一番古いものにあっても屹立する姿を見せていたわけだが、形態という点からするとたがいに似通ってはいなかったはずであり、両者を近づけることがまがりなりにも可能になったのは、昆明近郊にあって、岩だらけの急斜面を私が訪れた際に得たある種の目撃体験が介在したからなのである。鷲の巣のように斜面にへばりついている一群の建物（上下の方向にたがいに折り重なるようにして連なる礼拝堂は、どれも思うままの装飾がほどこされ、彫像をそなえ、驚くほどに険しい建物外部の壁の壁龕部にも彫刻群が並ぶ）を有する道教寺院のほかに、つまり高低差のある位置関係をもってほとんどこちらのめまいを誘うようにしてへばりつくかたちで数珠つなぎになっている建物群のほかに、私は——いまはすっかり落ち着いた目をもって——遥か遠くまで眼下にひろがる湖が砂底を見せたり、あるいは水面に泥が浮き上がったりしていて、さらには、雨が降りやまぬその日は、モアレ状に対岸が霞み、まるでエスカルゴの粘液のような光景が出現し、雲間から洩れ出る日射しを受けて、金色の斑点のそばに銀色のきらめきが陸上に展開するありさまを眺めるのだった。湖といっても水深はかなり浅く、それでも航行が可能だとわかるのは、湖に小型帆船が列をなして移動するありさまが、遠く離れた地点から眺めると、まるで玩具のように小さく見えるからだった。訪問者が（きわめて急な斜面が続くなか、山道になったり、階段になったりするところを苦労して登り、ときには自然にできたアーケードをくぐって岩棚の細い道を伝って）辿らねばならぬジグザグの道（道になったり階段になったりして急勾配の坂道が続くので骨が折れるが、そのまま行くと自然が作り出したアーケード内部の崖沿いの道になる）の脇には、礼拝堂の内部と外部とを問わず、人の姿やその他のものを象った彫像（とぐろを巻く蛇と一緒になった亀、若い水牛、不死鳥）が立ち並んでいるが、その道沿いに休息所を配する上下に層をなして折り重なる地形の随所で現実の急斜面がそんなふうに飾り立てられていなければ、そしてまた聖なる彫像の存在がなければ、細かな類推が働いて、すでに十三年以上も前にみた夢に忽然とあらわれた崖に山の壁面を結びつける発想は生まれなかっただろう。山の壁面はこれを登ってゆくにつれてひらけてゆく眺望もそうだが、その組成のありさまを見ていると息苦しくなってくるのだが、もしも山の壁面がこのように二重の関係をもつことがなければ、おそらくは、ずっと昔に見たものであり非現実のものであることには変わりない崖が、先ほど話題にした二つの断崖との類似に気づかずに終わっていただろう。というのもこの最初の崖が明らかにほかの三つ——夥しい数の像がある西山の崖、両者ともに四つ足動物の疾走によって生気を得ている夢のなかの崖——とどこが違っていたかといえば、崖の上から覗き込むというのではなく、私の真正面に崖があったという点になる。たしかに山歩きという事情は同じであり、寺院を訪ねるという目的がこの山歩きのきっかけとなっていた。ただし一番の見ものというべきものは、山を背にしてそんな急斜面に建つ教会そのものだった。高さも幅もある正面壁は岩の塊にぴったりと接しているのでなんとなく一体化しているように見えるのだが、そこに彫られた巨大な着色人物像はウェストミンスター寺院にあって奇観をなす王およびその他の多くの人物の蠟人形のような像、サンチャゴ・デ・コンポステラの大聖堂の祭壇に覆いかぶさるように存在する長いトランペットを持つ巨大な天使たち、さらにまたもっと小さな頃に見た音楽家たちの人形に回転木馬のオルガン演奏が興趣を添える情景などに似ているように思われたのである。じつに美しく大きな（二重の意味で）像の数々が彫られていて、一定の距離をおいて見るだけでめまいに襲われるのであり、さらに近づいて――そうすると本当に桁外れの大きさとなる――教会の外側の崖にじかに彫られ、たぶん岩盤の塊からそのまま浮き上がって立ちあらわれるように見えるはずのこの彫像を前にしたときには、一体どのようなめまいに見舞われることになるやら想像して不安な気分になった。

「中国では希望の赤いしるしがひろがっている」とわが友人の詩人エメ・セゼールが述べたのは、数年前にフォール＝ド＝フランスの市民を前にして彼が演説をしたときのことだった。その時点での彼は戒律を厳密に遵守する共産党員であり、――まさにロシアの地においても――実態が明らかになったスターリンによる専制支配体制に心のなかでは嫌悪感を抱いていても、そしてまたフランスの政治的指導者たちが公式に告発をしたあとに見せた無能ぶりを見て取ってはいても、自国の労働者をアンティル諸島本来の目標に向けて組織し、ソ連の中央集権的な圧力から彼らの行動を解放する意志がこれに加わり、いまだフランス共産党と袂を分かつには到っていなかった。いつだったか最近の夜にみた夢の第二のエピソードはエメ・セゼール（彼の子供のひとりは妻と私の二人に預けられ、父親の方は自国で熱弁をふるっている）を軸としてかたちづくられている。

この場合舞台装置には、ピトレスクな要素は見当たらず、ただ単純に田舎の風景であるというしかない。ほかの人々が「海に行く」とか「山に行く」という言葉で休暇の滞在地を語るように、今度の日曜には「田舎に行く」とこの瞬間に口にすれば、この言葉を聞いた人が思い描くような漠然とした意味しかない田舎である。目立つところがない舞台装置（サンティレールの家のはずだが、現実の家に似たところはなく、草が生い茂る庭はたぶんその土台に私の母が住んでいたヌムール近郊の「ゴール荘」の記憶が混入している。別荘は隅々まで知っている気がしていたが、まさにその日私は一枚の写真を受け取っており、写真を見ると母の墓は完全に花々で覆われ、石の角が隠れるほどで、土墳の粗野な雰囲気が漂っていた）に倣って、夢の最後の部分の挿話もまた曖昧模糊とした塊であって、昔の記憶が現在の関心事と混在している。私の招きでエメ・セゼールはこの家に滞在しており——おそらく現在彼の息子のひとりを住まわせていることに由来する要素——、そこに肌の黒い人々がわが家にいる賓客に会おうとしてヴェランダとなった長い通路に詰めかけるのだが、その通路は彼がいる部屋から私の仮住まいの場となった小さな部屋を結ぶものである。私がいるのは箱のような場所で、ドアはなく、片側には壁も何もない。セゼールと私は一緒に外出をする予定であり、たぶんわれわれと親しい誰かと一緒に遠足に出かけることになっているのだろうが、貸切バスに乗ろうとしている（都市に暮らす人間にとって田舎という言葉は「休暇」を連想させるものなのだ）。例の箱に入って出かける支度をしようとすると、マルティニックの人々の一部がすでに部屋に入り込んでいるのに気づくのだが、これは部屋といっても開け放たれている構造になっていて、彼らは私の持ち物を勝手に移動させてもよいと考えているようだ（持ち物のなかには二十年ほど前になるが、遥か昔のことのようにも、ついこの前のことのようにも思われるエチオピア旅行の際に雄騾馬に乗るのに履いた紐つきの長靴があった）。私のテーブルに飲み物のスタンドを据え付け、レモネードやシロップの類をふるまっている（通夜とともに、マルティニックの共同体の生活にあって大きな節目をなすアジューパもしくは守護聖人の祝日のときのように）人々に対して、私はこれから着替えをするのだから外に出ていってもらいたい、ひっかき回すのはやめてもらいたいと説明した。散らかった状態を元通りきれいにするために彼らは素直に手伝ってくれ、私は肌の黒い若い女と一緒に大きな天秤の竿に、一方の端を鉤型に曲げた粗末な鉄線を使って、私の持ち物をしまう引き出しやらその他の収納箱を吊り下げようとする。私はセゼールのいる部屋を出て、人々が群れ合うなかを横断し、そのとき一人か二人のアンティル諸島の人と瞬間的な言葉のやりとりをするのだが、その際に慎重になるのは、話し相手は私が支持するセゼールのために闘うのか、それともこの反体制派代議士の動向を知りたがっているだけの物見高いブルジョワなのか見極めがつかないからである。

格調高く峻厳な山岳風景に始まった夢は、家に人々が溢れかえる混乱へと引き継がれ、さらに自由と戸外の空気に酔いしれる動物のめくるめく跳躍を経て、やがて選挙活動の大騒動となり、最後はある種の応急措置に終わるのだが、最後の局面で恥も外聞もなく用いられるのは微妙なオブジェであって、威厳ある夢のたたずまいが台無しになる危険があった。つまりバランスが危うくなるのであり、天秤が正確さと正義の象徴となるのもそのおかげなのだ。このように要約してみると、数々のファンタスムの断続は一個の教訓話に通じる論理を獲得することになる。これらの出来事がひどく不安な雰囲気をともなってくりひろげられた点はいったん忘れることにして、私としては以下のような意味をこれに割り当てようと思うのだ。あくまでも純粋で動物的であるように思われる生の営み、つまり閉ざされてはいない生を求めるわれわれの願いは政治的行動によって後景に追いやられる。しかしながら、このような自然の欲求と思想的規律のアンチノミーは——たしかにアクロバットまがいのやり方で——実際には、少しばかりの意志と創意工夫をもってすれば解決不可能ではない。

この図式は仮に違った方向に(表面上の成功よりもむしろ、最後の応急措置に含まれる困難で問題含みの箇所に注意を向けて)進んでいたとしても結果的には貧しいものとなり、それにまた当然のことながら、精確を期して度が過ぎると、細かな事実は蛇足だという性急な判断のもとに整理が進められた結果がすべてそうであるように、あるいは単純な態度決定にともなって完全に支離滅裂の状態から無理矢理に引き出してこられたものがそうであるように、嘘偽りになってしまう。もしも私が天秤の竿の挿話を支えとして(細長い棒は大きく動き、その両端に私は苦労してやっとの思いで引き出しを吊り下げる)、この奇妙なオブジェが道しるべとなる混乱した道にあえて足を踏み入れ、すべてを性的な語彙で解釈していたならば否応なく私を捉えたはずの図式以上に先の図式を疑わしいものと考える必要はもちろんどこにもない。すなわち、性的解釈だと、雌犬とその向こう見ずな跳躍は性愛の激しい欲望のイメージとなり、輝かしい友人は父もしくは兄に代わるものとして、その男性的逞しさを羨ましく思いつづけてきた人になり、相応の苦労をしつつ私が愛すべき女性を助手として一緒に取り組んでいる、寄せ集めの材料を組み合わせる作業は、生殖の装置である二つの筋張った球体をそなえた竿を適切に用いればやがては見えてくるはずの力業の表現となるのである。ただしこのような図式を言語学的次元にある要素をより前面に押し出すときに得られる図式以上に有効だと考えるべき理由があるわけではない。後者の場合だと、鳥を追いかける雌犬は語の本来の意味における「雌が雄を追い回す」場合の雌犬となるのではなかろうか。情景の舞台となる田舎を意味する語 campagne は自動的に「選挙キャンペーン」を呼び出すのではないだろうか。ボトル類を片づけたあとのテーブル、そして天秤の竿と引き出しがいかにも危ういかたちで水平になったその二つの境界線を描き出す四辺形は、台形つまり trapèze という語から派生してきたのではないだろうか。これは物理的には体操選手が不安定な状態でぶらさがる器具つまりは体操用ぶらんこを喚起する言葉であり、語源的には古典ギリシア語の τράπεζα に関係することを知っているが、現代ギリシア語では銀行を意味する——レストランで勘定をしてもらう際の「計算《ロガリアスモス》」という語の用法と同じく、最初のギリシア旅行の際に知った事柄——語の祖先であり、本来は「四本足」を意味するわけだから、むしろテーブルもしくはカウンターが元になっているのであれば、balance もしくは équilibre などの語を通じて支払残高(balance des comptes)、予算均衡(équilibre du budget)などの表現へと触手を伸ばすのではないだろうか。このように異なる分析方法はたがいに排除し合うのではなく、相互補完するものであり、そして最終的には多くの点においてたがいに一致しつつ支え合う状態にあるという証明ができるとしても、それらをあまりにも機械的に評価してしまうと、本質を取り逃がしてしまう危険があり、あるいは概観を過小評価してしまうことになるが、この概観はほとんど思いのままに連続的に見通しをひろげてゆき、たとえば天体の神話を持ち出して、第四のアリアドネの糸を発見することだって考えられるのに、そのような可能性を限定してしまうことになりかねない。要するに夢の夜明けにあって、太陽の鳥が先陣を切って始まったときの疾走にも似た雌犬の疾走。詩人であり、演説家である友人、実人生にあっては必ずしもオシリスのような人間ではなくとも（アフリカの血を引いているにせよ）、まさしくジャン＝ポール・サルトルの評論がその周囲に閃光をきらめかせたあの「黒いオルフェ」の具現化。イシスもしくは夜の女王の枯葉の色合いは、夢の終わりにあって、散逸状態にあるものを整理整頓し、それから彼の仕事を私の仕事と結びつけ、天秤を空に見立ててそこに何かを捉えようとする。その皿は（もしこれが見えれば）もちろん銅からなる双子の二つの月なのである。最後の説明はたしかにカリカチュアに類するものであるが、物の像を拡大する鏡でもあり、そこには私が以前素描を試みた説明の不十分性と軽さが映り込んでいる。不条理による証明、そのあとは、梯子を外すほかない……。

ロカイユの驚異的な透かし細工の技を尽くしたものは中国の庭園でよく見かけるものであり、その形態は起伏以上に穿たれた孔によって決まるわけだが、そんなふうにして私の夢には空洞の孔があいていて、孔であってもそれなりの重要性があると思ってみる。中身が詰まったものばかりではなく、もしもこの孔を次に調べてみるならば、たぶん空洞が「雄弁な沈黙」となり、これを出発点として、おそらく夢の真実を完全に捉えることができるようになるのではないだろうか。

空隙のうちでもっとも驚くべきもの、つまり目覚めた瞬間に、それがただひとつにつながる夢だと一瞬たりとも疑わずにいればそうはならなかっただろうが、じつは同じ晩に二つの夢をみたのではないかという考えに向かわせるきっかけとなる空隙は、まさしく山に関係する挿話と田舎の別荘を舞台とする挿話を分離する空白だった。どこにも人影など見当たらない場での飼い犬の跳躍と、セゼールをめざして大勢の訪問客が押し寄せるときの彼を主人公とする政治社会的な場面展開とのあいだには、どのような関係があるのだろうか。より細かく眺めてみて、中身が詰まった部分にあって、旅の主題がそのつど異なる姿をとって繰り返し顔を覗かせていることに気づくだけならば、関係など見えてこなかったにちがいない。山野を歩き回っているときに雌犬ディーヌは私から離れて勝手に動き回りはじめ、そしてまたセゼールと私が遠足——この場合は貸切バスによる——をしようとしていた。客人に会おうとしてわが家に押しかける人々は、私がアンティル諸島に滞在した際に親しく接した褐色の肌の人々である。装身具の類の所持品であり、滑稽ながらも自分で工夫して整理しておいた品々のなかで唯一具体的な言及がなされていたのは、最初のアフリカとの接触の際に使った紐つきの長靴であり、あまりにも軍隊の雰囲気が濃厚に漂う代物なので、いまの私はアイロニー抜きではこれを頭に思い描くことはできない。このような光のもとに、夢の綻びは、たとえ一部は記憶の欠如に起因するものであるにせよ、まさしく綻びそのもの——突如として生じるカット、場面転換、事物と感情が対極のものに変化するめくるめく移動——、別な言い方をすれば、およそ旅という名にふさわしい風向きの急変および気まぐれをもまた反映しているように思われるのである。ときには個人的な、ときには公共の交通手段に類するありとあらゆる種類のものを用いること、いったん腰を落ち着けても、自分が移動キャンプにいると意識すること、次の出発のためにトランクやその他の鞄から取り出したばかりの身の回り品や用具をまたかき集めること、野生の光景から人間が密集するところに移動すること、自然を人里離れた状態で眺め、それから人々の動きの真っ只中に自分の身を投じること、最初のうち心が惹かれた人々の典型的姿に対して苛立ちを覚えはじめること、もしくは反対に、最初はそのしぐさに苛立ちを覚えた人々の魅力に気がつくこと、ある場所に腰を落ち着けてみても運動の状態にあり、人々と一緒に、自分の周囲にあるものと一緒に、たとえば心が重く、目が覚めてもう自分は愛してはいないとつぶやくと、ひどく悲しい後悔の気分に陥って、また愛がよみがえるときのように、情念の満ち引きにも似た何かを生きること、どこかに到着し、何をしにそこにやって来たのかを自問すること、そしてこの観察から、旅行が真の本質を明らかにするのは、その正当性が疑問に付される瞬間、すなわちノスタルジーがふと姿を見せるときでしかないとするマゾヒスト的な快楽を引き出すこと、だが、最終的には、わが家に帰りつき落ち着いてみると、自分を見失った状態にあると感じること。

幾つもの小さな部分に分かれていて、そしてまた断片から組み立てられているような夢の数々に対して、たしかに、その狂おしい出来事の連続は表面上のつながりはなく、舞台装置の上での一貫性もまた認められないにもかかわらず、枠組みとなるのは、われわれがいま終えようとしている想像上の旅だと認めることで、あるひとつのまとまりのある外観が比較的容易に得られる。断崖らしきものの下へと飛び込んでゆく動物の狂ったような疾走に始まり、最後は（ただし潜在的な意味での最後だというべきなのは、手前で夢が終わっているからだ）貸切バスの遠足に終わる夢を旅の夢として眺めつつ、私が身をゆだねるのはその種の安易さなのだろうか。たしかに考えるべき問いであるはずだが、旅という発想によってつなぎ合わせられる部分と断片からなるこの夢には、あらかじめ検討すべき違いがある。すなわちこのような発想が作用しはじめる瞬間から、論理的な骨組みだけではなく、背後にある感情の全領域が開示されるのである。

私が不安について語ったのは、一語をもって夢の全体を支配する音調を示したいと思ったからだ。緊急処置をとりつつ、この不安の性質を正確に定義するよりも、それがいつどこで生じたのかを厳密に探ることに努めたのである。

初めのうちは、雌犬のことがたしかに心配だった。あんなに勢いよく宙に飛んでまだ生きているのだろうか。この犬が生きていたのを見た瞬間にあっても、私がいるところまでどうやってよじ登ってくるのだろうか。それでも雌犬がすぐに戻ってきたことで、さらに心配が強まる時間的余裕はなかったと見えて、自分は高い位置にいるのだから、パノラマ的な眺望が得られると思うことで生じる幸福感にわずかな亀裂が生じた程度のものだった。私の心配は杞憂にすぎなかったので、このような幕開けには、ある意味で不安よりも勝利の感覚のほうが強く働いた。どこか死んだような山岳風景の荘厳さに包まれ、石ころだらけの荒地を走ってゆく愛しい動物の姿は、日頃馴れ親しんだ関係からくる親密な気分を少しばかりともなって、空気をかき乱すのではなくて、「頂上の澄んだ空気」を生き生きとしたものにするために突如舞い上がる風のような何かを付け加える。もしも夢が悪い方へと転じるならば、その転機は田舎の家にあり、いうまでもなく見知らぬ人間の侵入にさらされる部屋の光景とともに不安が高まるのである。

　エメ・セゼールは私の家に住んでいる。彼がいる部屋は数多くの訪問者が押し寄せるヴェランダの突き当たりにあり、反対側には一時的に私自身のために設けられた囲いで仕切られた部分があった。彼が部屋にいるのはわかってはいても、ほとんどその姿を見かけることはなく、姿は見えないながらもこの一連の流れが彼を中心とする軸に沿って成立するなかで、家には大きな庭があること、それもほとんど手入れがなされずにいたせいでほぼ野生状態に戻ってしまっていることを漠然とではあるが私は知っている。夢は実際の体験と感じられる出来事《アクシオン》という点では、ずっと以前に終わっているのだが、これが想像的な出来事にすぎず、何よりもまず迷わず再構成すべきものとなるとき、この庭の光景、もしくは庭が存在するだけという感覚は、実質的な内実を有しているのか、あるいは植物が繁茂して半ば覆われてしまった囲い地が果たして思い出という資格であらわれたのかは定かでない。思い出とは、言い換えれば曖昧なイメージであり、もしも現在時の夢が秩序立ったものとなるときの中心にいる「私」なるものが、過去の出来事の一片として自分のあとに引きずるものだといってもよい。その場合の過去の一片は私自身のものではなく、もう一方の「私」のものなのであって、私自身の記憶のなかでは、すでに痕跡が失われた過去の夢の内容、そして「私」にとっては現実のものである内容をその「私」が想起するならば、そんなふうだったとしかいいようがない。とはいっても、書くことで、この夢をとどめようと躍起になったのはよいが、かろうじて幾つかの切れ端を拾い上げたのかどうかという程度だったが、サンティレールの現実の家の庭とはかなり姿が異なっているにしても、この庭はおそらくその神秘の主要な部分を現実の想起から引き出していたのであり、その上に庭が築かれていたように思われたのである。とどのつまりはサン＝ピエール＝レ＝ヌムールの「ゴール荘」の庭の荒れ果てた姿、そしておそらくは私の姉がその直前に送ってくれた写真があって、大量の花束に母の墓が埋もれてしまっている光景を見たことがあったのだ。こうしてわが友人セゼールの輝ける姿が喚起する遠い熱帯地方に向き合いながら、夢には、私の人生においてもっとも動きがなく、文字通り家に閉じこもりっきりの生活という要素が表現するものの暗示があった。子供時代に知ったこの家は、いまは黒い太陽にも似たあり方をもって亡くなった母の像の光で照らされている。

田舎のエピソードに徐々に不安の影響が波及してゆく流れの源を探るには、私はどちらを向いたらよいのだろうか。このように苔が生す方角なのか。すなわち私がこれときっぱり袂を分かつにはあまりにも自分に近い一個の庭との親しい関係であり、現実にそこにあるという以上におおよその見当をつけて見ている方角なのか。それとも、エメ・セゼールに代表される灼熱の方角なのか。これもまたほぼ暗黙のうちに示されるものであり、彼自身は舞台の奥にいて、彼の存在を示すのは、ヴェランダに押し寄せる人々がいることと、そしてまたわれわれが一緒に散歩に出るというので準備のために私が支度をすることだけである。夢の空隙が、私の判断通りに重要性を有しているとすれば、セゼールの姿がせいぜいのところ半開きになったドアからちらりと見える程度なのは偶然とはいえず、この家の屋根の下で何が起きているのかを理解しようと努めるときに、論理的には庭は家の周囲のどこかにあるはずだが、その姿が曖昧になってしまい、自分でも記憶にすぎないのか、それとも自分の目——眠りのために閉じてはいたが、夢に向かって見開かれていた——をもって目撃したものなのかがわからなくなるほどだった。

このエピソード全体の要石となるエメ・セゼールはそれでも潔白であるように私には思われる。いま私に勇気を与えてくれる誰かがいるとすれば、それは間違いなくこの人である。というのもセゼールにあっては、現在この世にいる友人のなかでは、ただひとり芸術と政治が——別の言い方をすれば、想像的なものの最高の贅沢であり、社会的に有効な操作の金属的な響き——たがいに相容れず排除し合うのではなく、あるいはまたせいぜいのところ共存するというだけではなく、まさに両者が融合するのを見る思いがあるのである。彼はみずからの芸術を党の指導者たちの手にゆだねて骨抜きにしてしまう詩人ではなく、無益な美学的配慮によって本源的な反逆がいつのまにか道を逸れたり停滞したりするのを許す人間でもない。自分自身の蜃気楼を逃れるために知識人に戦闘的人間という裏地を縫いつけて行動するのでもなく、ひとりの黒人として作家の才能の赴くまま、教育者としての知識のすべてを賭け、指導者としての明晰さを尽くして、最優先の課題として、同胞の運命をより美しいものに変える仕事に取り組み、すべての人々の解放のために働くのである。何代にも及ぶ世代の重なり合いを通して、奴隷監督の機械の腕に鞭打たれた種族に彼が属していたとしても、精神的には疑いなく——ランボーによれば——「拷問をこうむりながらも歌っていた」種族のひとりなのである。

こうしてセゼールがいかなる嫌疑も寄せつけずにいるのを見るとき、例の庭について私は一体何を言うべきなのだろうか。庭に生い茂った草の下には母の墓が隠れているというだけではなく、庭そのものが自然と隠れようとしていて、夢にあらわれるとしても不確かな状態にとどまっている。庭の秘密を引き出そうとしても、ひょっとすると秘密などないのかもしれず、どうしても、それよりもずっと前の時代に実際に訪れたことのある別の庭のイメージをここで喚起する誘惑に駆られる。エルムノンヴィルにある城館は（ネルヴァルの言を信じるならば）大革命以前は「幻視者たち」の会合場所となったということだが、この村の近くにあるイギリス式のみごとな庭園はいまはほとんど手入れがなされていないというのに、整った姿はなおも保たれ、ミシェル・ド・モンテーニュに捧げられた哲学堂と昔弓を射った場所に加えて、ポプラの島の中央には空洞になったルソーの墓がある。夢に出てきた庭を話題にしつつ、一連の確信と疑念が代わる代わる訪れる体験を通して——私はその庭を見た、あるいはむしろ思い出したという方がよいのだが、記憶、いやそうではなく、自分がみた夢を記述しつつ、私は無邪気に夢を作り出したのであり、しかしながら、作り出したとはいっても、その夢は本物の過去の残存で作られている、つまりこんなふうに現実から作られているので、あたかも私はこれを実際に見た、あるいはその記憶があるという気がしている——私を深い物思いに誘ったエルムノンヴィルの散策のあとで、私の思いは入れ子構造の連続に向かう。すなわち葉の茂る公園の密のなかに水のひろがりという虚があり、この水の虚のなかに一個の島の形をなす土地の密がある。ほぼ円形の土地の密の内側には、ポプラ並木によって描き出される一回り小さな円が入り込んでいる。このようにしてかたちづくられる円環が生み出す虚の中心には墓石の密と、さらにはその石の密の下に空洞があって——ネルヴァルが言うように——「ルソーの遺骸はそこにない」状態になっている。闘う乙女の眠りを護る三重の焔の囲いのように、この墓の周囲には象徴的なかたちで防護柵が設けられているように思われるといってもよいかもしれないが、これはもはや墓ではない、というのは主人はいまはパンテオンに祀られているからであり、元の墓から遺骸を運び出して移送することで、あたかもさらなる慎重な心遣いをもって痕跡を隠す必要があったというかのようだ。

夢から立ちあらわれるこの庭は、あるいは夢を語る最中にあらわれるのかもしれないので、それだとある程度の遅れがあるにせよ、登場の仕方があまりにも自然だったので、付け加えられたものがあるなどとは到底思われないのだが、二重の意味で輪郭が不明確な（自然のままの状態の茂みには庭をめぐって私自身が抱く当惑に類する複雑な感情が絡んでいるのだから）庭は、いかなる国籍の旗のもとにイメージが航行しようとも、私の目にはその組成の一部をなす神秘の茎の部分で最初からもつれていて、この点についてはほんのわずかな躊躇も自分にはない。

原理的にはサンティレールの家の庭であるが、本当はサン＝ピエール＝レ＝ヌムールの姉の家の庭である。この庭がどこに位置するにせよ、わが家族の庭であることには変わりなく、猫の額ほどの広さの土地には、空間と時間のうちのわれわれの位置を記す疑いえない目印が根を張っており、その裏手には必然的に墓が隠されている。ほの暗い色合いを夢に与えるために、庭はまさにそこに存在する必要があり、もうひとつ別の皮膚をまとって生まれ変わることなしには逃れられないこの現実に無言のまま注意を促すものとしてまさに介在するのである。セゼールの姿が熱気と生気をもって未来に向けて秘めるすべてを前にして、そこには過ぎ去った時間の重みをともなって、この長方形の土くれが存在し、半ば消えかかった内部の痕跡がこれを活気づけることなく飾っている。

この庭は根を下ろす行為を文字通り翻訳したものだといっても差し支えないが、季節の悪循環がわれわれを導く最終的な不動の状態が予兆としてそこに示されているように思われるのだとすれば、それはあまりにも暗い影を生み出す場ということになりかねず、自分ともっとも近い距離にある人々に一時の別れを告げて旅に出るたびに、私はその暗い影から離れたことにもなるのである。

パリ、あるいは多くの人口を抱えるそれ以外の都市のブルジョワ家庭に育った子供時代の思い出のなかで、数々の庭が特権的な場となるのはごく当然のなりゆきだといってよい。市営の公園にその子が連れてゆかれたのは、散歩のためという理由がないわけではなかったし、逃げた馬のように駆け回ったあとで、汗だくになって、彼を待ち受ける母もしくは姉のところに戻ってゆくと、そんなに夢中になってまだ汗が乾いていないじゃないかと叱られたのも、たいていは（重厚な建物が建ち並ぶ街路とくっきりとした対比をなす戸外にある）そんな場所でのことだった。一大冒険の舞台となり、滅多矢鱈に動き回るための舞台となった公園（わが家では「街の庭」と呼び慣わされていたもの）はそこで跳ね回る子供にとってみれば、一定の規律を守るように番人に命じられることはあっても、空間そのものは自由にふるまえる場だった。自由な場を思う存分に利用できる喜びがどれほど強いものであっても、個人の庭こそ――ずっと狭いが、うるさい禁止条項はさほどない――ときには農園となり、その一角にスイートピーやエゾギクを植えて園芸に手を出してみたり、ときには彼にとっての「猿の島」もしくは「熊の共和国」となるのであり、聖書に登場するような、動物とのつきあいのなかで「知恵の木」の果実を味わう囲い地ではなくともそれはそれでよかった。いまとなっては測定可能な表面のひろがりを完全に失ってしまい、堅い大地というよりも、記憶の沼地というべきものになってしまった「ゴール荘」の庭で生じた出来事ではなかったかと思われるのだが、ある日のこと、仲のよかった犬のブラックが後ろ足で立ち上がり、前足で私の脚にまとわりつき、ほかならぬ私を相手として、奇妙なふるまいに出たことがあり、当時その意味を理解することはできなかったが、猥褻なものだというおおよその見当はついた。それから何年かあとには、別の家の庭での出来事だったと思われるのだが、飼っていた雌犬――白と赤茶が混じったスパニエル種の雑種――と一緒にいたとき、その体を撫でていて、たまたまきわどいところに手が触れたのを、根がおとなしい犬のフローラは意に介することなく受け止めたということがあった。われわれの気まぐれにしたがう動物、もしくはそれとは逆にわれわれをその気まぐれにしたがわせる動物がいたかどうかは別として、頭上に空がひろがる庭の静けさに包まれて、われわれは「野蛮人」になったつもりで遊ぶ自由があり、ヴィロフレで休暇を過ごした日々、兄たちと一緒になってインディアンごっこをするとき、長兄は大酋長を演じ、自分で考え出した戦の雄叫び「バウクタ！」と叫ぶのだが、その野蛮な荒々しさに私は驚き、合図の言葉、もしくは火星人の言語から抜き出してきたような、あるいはまた中心に陣取る祭司たる長兄だけが意味を知っているような秘密で粗野な語彙に属す意味不明の言葉という様相を見て私は不思議な気分になったのではなかったのか。

いつもは家に閉じこもって暮らすことが多いまだ年の若い都市生活者にとって、家族の一員として夏に過ごす家あるいはふだん暮らす家の庭は、規模が少し小さいというだけではなく——いかに慣れ親しんだものとはいっても——それなりに、たくさんの襞が隠れていて、こうしてたえず探索の対象となるのだし、そこから種々の奇妙な事柄が次々と立ちあらわれたりもするのである。地形学的にいえば、その庭は既知の世界に未知なるものが部分的に挿入される飛地のようなものであって、ずっとあとになって異郷的な色合いを失うのと入れ替えに最古の層にあっては揺るがぬ親しみを意味するようになったが、それは、その場で撮影された何枚かの集合写真を見ていて、細い棒を削ったり、あるいは栗の首飾りを作ったりする粗野な職人技の材料をそこから得ていたことを思い出したからだった。注目に値するのは、この意味において、私が夢にみた庭が、枠組みとしてはサンティレールの庭を元にしているのに、より古びた土台に支えられたサン＝ピエールの庭へと接近してゆく点である。このサン＝ピエールの庭は、自分の関心事のなかでも「庭」が独特の場を得ていた時代へと私を連れ戻すのであり、独特の場といっても、わが家からさほど離れていないところに現実にあった庭のようにごく質素なものであってもかまわないのであり、ジャスマン街のほんのわずかな面積の土地を一年間にわたって両親が借りたのは、われわれ兄弟三人が戸外でのびのびと遊べるようにと思ってのことだったが、両親の庇護はあったにせよ、豊かな開花があったとはいいがたい。私の夢にあって、最近の例を押しのけて遥か昔の時代に潜り込む例が見られるのは、このような庭の出現にどれほど重く両義的な要素が含まれているかを示すものである。植物の栽培がおこなわれていたにせよ、半ば掘り返されて、野生状態に戻ってしまったこの場所は、持続のなかにあるという点では、私自身が境界線に囲まれ限定されたグループに所属していることの不吉なしるしでもあるが、可能ならばまた見てみたいと思うほどに愛着がある場所でもあるのは、「暑い国から帰還したこれら獰猛な不具者たち」〔ランボー『地獄の季節』の一節。宇佐美斉訳〕をモデルとして療養の状態にわが身をおくためではなく、——そこであたためられた魅力的な計画のおかげで——実際のところ狭隘な場所の境界線を押しひろげ、ほんのわずかな面積といえどもそこに無限を導き入れる可能性を秘めた極限の若さがこの場にそなわっているからなのだ。

　深い根をもつこの両義性の存在を説明抜きで認めることで、セゼールが寝泊まりしている家に隣接する囲い地に関して私なりに口にしうる事柄はほぼ言い尽くしたはずだが、その先に進めないでいる自分の無能力の原因は、この主題を導き入れるとともに手に触れるのは私にとってもっとも本質的な何かであるがゆえに、それは文字通り語りえないものとなっていると思わざるをえない。私の夢に登場したほかの幾つかの庭から得た甘美な感覚と悲痛な感覚を思い起こしてみるならば、私は少しばかり真理に近づくことができるのだろうか。それとも単刀直入に言い当てることができないでいる事柄に、おしゃべりをもってして偽りのヴェールをかぶせてみせるだけのことなのだろうか。植え込みの暗がりで（屋根裏部屋で始まった陰気なシーンを引き継いで）私は、肉屋の台の上においたように心を剝き出しにした女友達と逢引を重ねた。女性の肉体とはアルミーダの庭であると彼女は私に明かしてくれたのだが、四年も経たずして、肉の喜び、もしくは魂の喜び、すなわちわれわれ二人の融合をもたらす喜びが潰えてしまうことは教えてくれなかった。その小径にはおそらく砂利が敷かれ、両脇には茨が植えられていたはずであり、数年前にその場で名状しがたい憐憫の情に囚われたのだが、その性質と、さらには想像上の事柄ではあるがこの感情の対象となった生き物の性質が誘いかけて引き寄せたのは、自分がまだ幼い時分に、おそらくまぎれもないヴィロフレの家の現実の庭にあって、そのとき立っていたところから何歩も離れていない場所に、巣から一羽のひな鳥が落下するのを見たときに感じたのと同じものだった。このありきたりの小径の突き当たりにあたる場所がどこにあるのかは、夢では（ただパリのそばにいるという言葉を耳にしたことで）どうにかこうにかその場所の特定ができる。周囲にいた誰かが一羽の鳥を叩き殺した。「叩き殺した」、すなわち木の枝から落として捕まえようとして（悪意があったわけではないが、強く叩き傷つけて殺してしまった）、何度も枝葉で叩いた。身をかがめて小鳥を拾い上げようとして、右手を小鳥の腹の下に入れてみると、それはナイチンゲールだったが、とはいっても、この種の鳥に固有の特徴はどこにも認められなかったのだ。拾い上げたと思うやいなや、右手の中指が濡れていて、小鳥が血を流しているのに気づいた。そばにいる誰かが、おそらくそれは妻だったはずだが、そのとき「鳥を殺した、殺した、鳥の眼が切られた」と私に言った。このように小動物がいわれもなく傷つけられ、とくに意識と生命の閃光が宿るとされるその繊細な視覚器官に損傷を受けたことで、強く心にこみ上げてきたのは、愛と詩を特権的な舞台とする感情に近いものだった。強い感情と恐れのあいだにはいかなる関係もない（この夢に立ち戻るいまの私にはそのことがはっきりと見える）。恐怖はより強烈だが、より外側にあることは確かであり、「責苦の庭」において拷問を受け見世物にされる人間が呼び覚ます感情とはたしかにその種のものである。この違い——量の多寡の問題ではなく、まさに感情の質に関係する——から導き出される問題は、夢の覆いのもとに体験される感情は芸術の領域に属すのではないか、なぜならそれはわれわれが作り上げる想像的世界に結びついているのだから、というものになるだろう（最初のきっかけであったり、回帰するショックであったりする）。あるいはそこにむしろ見て取るべきなのは、強い哀れみを抱くとき、人をその対象に結びつける感情とは、ただの同情とは断じて同じ性質のものではありえないとする根拠なのだろうか。代数計算には馴染まぬ親和力を根拠として、誰かひとりの人に差し向けられる愛、あるいはごく少数の限られた人々に差し向けられる愛、さらには違いを区別することが不可能な大衆、人類全体とはいわないまでも一国民に対して抱く愛だと誇らしげに言われるものすべてをひとまとめにして同じ一語によって指し示すのは、言葉の吟味が十分なされていないからだという批判を浴びかねない。

「この世の苦悩すべてがただ一杯の酒盃に」、銅製の盥になみなみと張られた水と、小鳥の羽の下にあって、その存在が私の気にかかるすべてのものたちの脆さ。このようなエピローグの言葉をもって、私が夢にみた小さなドラマをうまく教訓の装いでもって包んだと自画自賛できるはずだ。ところが邪魔をされてそれができないのは、自分でもわかっているのだが——そろそろ結論部分にとりかかろうとしていたそのときでさえ——、私自身が、自分の都合で、問題の本質的要素をないがしろにしていたからだ。たしかに小鳥の死に自分もまた無関係でありえないのは、私も同じく小鳥を捕まえたいと思っていたからである。感情がそれほどまでに乱れたのは、憐憫の情に緋色を添える後悔の念があったからではなかったか。疼く痛みのなかで、小鳥と一体化するとともに、ひどく狂暴な熱意に突き動かされた人物の方にも同一化していたのであり、だからこそ名づけようのない悲しみが生まれたのだ。その悲しみはへまをして玩具を壊してしまい、自分もまた清廉潔白ではなく、度を越してはしゃいだのが原因だとわかっている子供の悲しみに近いものだ。私の強い感情が結晶化する中心にある言葉はたしかに暗黙の非難を秘めているのだし、さらにはそれを口にするのが私の妻であったという点を見れば、そこには道徳に反する略奪行為の数々への苦い暗示が隠されているのであり――その夢の仮面が外されたとき――実際に妻が私に対して不満を抱くのもそれなりの根拠があるはずだと思う。

サンティレールの庭ではなく、サン＝ピエールの庭（またしてもみたその庭の夢のなかで母に会うと、花壇を背にまっすぐ立つ彼女はほとんど生き返ったように見えるのだが、生きていた頃よりずっと小さくなって、マンダラゲみたいに、あるいはペストに冒されたが一命を取りとめた人のように、ところどころに隆起物ができて姿が変だった）から出発して、幾つかの別の庭を横切って、ありきたりの散歩道の突き当たりに辿り着いたわけだ。鳥の仲介によって向き合うことになったのは以下の現実である。生への愛とともに生がこれほどまでに危うい姿であるのを目の当たりにする恐怖に関係して、衰えを知らぬ、運命の絆によって堅く結ばれているのがわかる人々に対する執着の念、ほかにこれとは逆に、われわれを待ち受ける想念が次々と自分にとって耐えがたいものになる瞬間に、底意地の悪さ、あるいは冷淡な態度へと向かう自分の傾向。侵入に次ぐ侵入の結果、さらには修整に修整を重ねながら、なんとか問いに答えようとしてきたそのあとで、さらに深まる空虚を埋め合わせる必要に迫られたとき、私は思弁的議論ではなく、経験の充実をもってこれに向き合おうとしていた。このような選択をしてみても、すでに知っていたはずのことのほかに何も発見できなかったのは確かである。だがこれと同じく確かなのは、私が重要だと判断する一定の事実を解明するには、荒れ果てた庭という支えが必要だったことであり、ひと気のない庭の静けさは（目立った無益さと同じく）アンティルの人々がせわしなく立ち働く姿と対照的である。ところで、そのような事実は、これまでの私の数々の旅をきっかけとして、強く問題として意識されるようになった対象のなかにすでに存在している。どの旅も漠然としたかたちで私をすでに不安に陥れていた問題を解決しようとする試みであり、あるいはまた、この最初の問いとは最終的に切り離せないものに見える別の問いに直面するようにと私を誘う道筋であった。

アンティル諸島（そこから私の夢で押し合いへし合いする多数の人々が立ちあらわれることになった）での二度の調査旅行は別にして、ブリダから遠くないシファの谷（その最大の娯楽は猿の一群であり、ピーナッツ売りの呼び声がするだけで山から道路の一定箇所に下りてきて旅行者から餌をもらう）に招かれたときの滞在のような短期間の特別なものを除いて、そしてまたそれ以前にスペイン領モロッコ（とある村の近郊、といっても遠く離れてはいない場所で、子供たちの一団に遭遇するが、なかのひとりの小さな女の子は、ヨーロッパの人間を見たことがなく、褐色の指で、それよりも白い私の妻の手に恐る恐る触れた）に二度にわたって立ち寄ったことを別にすれば、私はヨーロッパの外に出るときはいつも妻を同伴せずにひとり身の旅をしてきたことになるわけであり、昔から変わることのない根無し草の境遇にしばらくのあいだ無理矢理引き戻されたように見える。

エジプトに向けて旅立ったときの私は若かったし、結婚してまだ一年半が過ぎるかどうかという頃であり、それは純粋状態の——そのような言い方ができれば——逃避だったといえる。自分が見にゆこうとする土地に本当の意味での関心はなく、環境を変えなければという暴力的な必要に応じるものであった。ブーローニュ＝ビヤンクールにあって妻の親族が暮らす家の一角に彼女のために用意された部屋に二人で暮らしていた。この家の内部には現代絵画と彫刻が、夥しい数の（私から見れば過剰な量の）骨董品とそれに類する品々と同居しており、そのなかには中世ドイツのピエタ像、宗教的あるいは世俗的な主題を描くガラス製品もあり、ほかのエキゾティックなオブジェの大部分はアフリカの異教を源とするものだったが、脇にはイースター諸島の一体の木製の像があった。シュルレアリスト仲間の多くと同じように、私は共産党に加盟していて、毎週一晩は配属された地域細胞の会合に顔を出していた。このような戦闘的行動の装いが、これまで完全に観念の域にあった革命を革命的行動へと変化させるという考えによって正当化されるように見えても、実際には、いわば平々凡々たる些細な私事への埋没と見なされる――その舞台装置には数多くの貴重な点があるにせよ――暮らしに取り込まれた隷属状態にすぎなかった。私はかねてから詩人になりたいと思っていたが、現実には書店の販売代理人でしかなく、それゆえ（もちろんのこと）執筆のための時間的余裕はかなりあったが、シュルレアリスム精神をいかんなく発揮して詩の名のもとに労働に楯突く発言を繰り返してばかりいる状態だった。何事によっても定着しえない絶対を希求する飢えた人間とみずからを位置づけていたにもかかわらず、結婚生活に腰を落ち着けてしまった自分を発見して当惑を覚え、そんなふうにして、妥協抜きの狂える心を早くも捨て去った姿をさらして生きる恥辱を感じていた。パルチザン的な精神に凝り固まっていた私は、「人生を変える」というランボーの観念を指導原理とする運動の域に達していないという理由から、周囲の人々の芸術および生活上の行動に関する意見が自分よりも体制順応的だと考え、非難を繰り返す精神状態にあった。パリの仲間とのつきあいが少なくなったのは、私が郊外に暮らすようになったからだが、二重の裏切りを後ろめたく思い、悪いのは――当然のことながら――妻とその家族だと考える傾向があった。ほかに、ずっと以前から、情けないほど自分には欠けているものがあるという印象があった。つまりハムレットを小粒にしたような人間、恋する臆病者、駄目な反逆者、鏡などなくとも私の目にはっきり見える自分の姿とはそんなものであり、日々考えるだけで不安になり、さらには息苦しさを覚えるのだった。

いまの私から見れば、最初の旅立ちの要因となる危機は遥か昔のものとなってしまった。この旅立ちについて直接的な動機がどのようなものであったのかは私にも明言できない。自分の仕事に飽き飽きしていたし、退屈な仕事をやっているせいで屈辱を感じていたが、それでも甘んじて仕事は続けていた（仕事に対する情熱はしだいに薄れていった）。教科書通りに組合に属し、こうして意識が高い組織化された給与生活者となることで、つまらぬ仕事をこなす堕落を回避できると思っていたが、いかなる解決もなかった。外交員と販売代理人の組合に登録しようと思い立って出向いた先で私の相手をした担当責任者からは、この人を主幹として発行される機関誌への寄稿を求められ（私は作家気取りだったから、自然ななりゆきだった）、反対すべき理由はとくに見当たらなかったので一応はこれを受け入れてみても、じつをいうと、このような専門的刊行物の趣旨に沿うものを何であれ書くと考えるだけで吐き気を抑えられなくなり、CGTという大きな労働者組織に私が所属することは最終的に、かえって後ろめたい気持ちを募らせる結果にしかならなかった。当時は共産党陣営の内部でトロツキー分派の主張をめぐる議論が盛んにおこなわれていた時期で、私は細胞の同僚のひとりと一緒に、持ち場の集会に派遣された。それは日曜日のことで、場所はジャン＝ジョレス大通りにある学校の構内だった。対立する二つの党派の論客が壇上に立ってクラーク〔ロシアの富農〕の問題、都市と農村のあいだの物価バランスの問題、中国共産党員は国民党内にとどまるべきなのか、それとも袂を分かつべきなのかという問題をめぐって何時間にもわたる論争を聞くことになった。説得的だと思われた比喩的イメージが幾つかあった。たとえば少数派の側は、都市の物価と農村の物価を近くに揃えるやり方は、鋏を閉じるときの二つの刃の関係のようなものだとし、これに対して多数派の側は「革命の導火線としての中国」という表現を使った。私は反対派にアプリオリに共感を抱いたが、やがてはスターリン主義者と呼ばれることになる人々の理路整然とした議論、そしてまたロシアの同志たち、すなわち背後にあの驚くべき体験を有しているわけであって、われわれよりもずっと鋭く事態を把握している人々の決定を正当と認めるためにも、十月革命という大きな主題を想起すべきだという訴えは反論の余地のないものと思われた。公然と反対派の側に立つには、もっと多くの情報を手にしていなければならなかったはずだ。というのも、少数派の側に立つには反抗するだけの覚悟がなければならないのだ。弁証法の面での能力不足、正確さを重んじるあまり賛成反対をすぐに明確にしえない細心すぎる傾向、要するにどんなぐあいに議論を始めればよいのかがわかっていなかったのは確かであり、私の伴侶からは「意見を述べる勇気」は必要だと思うと注意される局面がしばしばあったのも故なきことではなかった。こうして私はできるだけ注意深く人の意見を聞こうと努めるばかりで、ルノー工場の細胞から派遣されてきた男が街頭の細胞はろくな仕事をしていないと発言した際にも黙ってこれを聞くだけだった。私の神経衰弱的な状態をとことん悪化させたきっかけは、細胞の同志に向けてこの会合についての報告文を書かなければならなかったことにあった。議論の要約を試みたが、情けないことに誤った理解（同僚から批判された）にはまり込んでしまった。たとえばクラークの危険の過小評価、鋏の二つの刃のような措置の必要性（誰もがこの点を強調した）、信頼を寄せるべき導火線としての中国（ソヴィエト正統派を代表して最後に演壇に登った男が強張していたように）などの内容把握の点で混乱を来してしまったのだ。私の要約は理解不能なものとなってしまい、最終的にはわれわれの細胞への批判に対して強く抗議しなかった点を厳しく問い詰められる羽目になった。この点に関して、応答する前に七回ほど口のなかで舌を回せとする言い回しにならって、じっくり考える必要などなかったはずであり、非難されるのも当然の話なのだ。この日曜日の私の行動から導き出される唯一の結論は、的確な理解だけではなく、献身的なパルチザンにとどまらず真の意味での戦闘的人間になるために必要な知性と精神の両面での膂力が自分には腹立たしいほどに欠如していることだった。

プロレタリアートがブルジョワの軛から解放される手助けをすること、私が抱える数々の問題のひとつの解決法として——論理的に——提示されたのはそのことだった。それは、いつも変わらぬ適応不能者という綱渡り芸人的な立場を離れ、より健康な方向に物事の流れを向け直す努力をする人々と合流し、口先だけの告発から現実的な闘争へと歩を進め、私的生活の水準にあっては、私のようにロマン主義的なあり方から脱け出せない者にとって、結婚が意味するブルジョワ化に抵抗することだったのではないか。しかしながら、このように表向きは立派な理性の構築物が崩解せずに存続するには、戦闘家気取りでいるだけでは駄目なはずだった。しかもこのような構図にあって、私が敗者であることはまもなく判明することになる。こうして何らかの手段を講じて、このような泥沼から抜け出ることが最重要の課題となる時がやって来た。

自分の方からは比較的距離をおいていたのに、友達づきあいが続いていた詩人と画家のグループのひとり（あるいは数人）と酒を飲み交わした影響が見た目にも明らかな状態にまたしてもなって、ブーローニュ＝ビヤンクールの家に帰り着いたときだったのだろうか。私は、地平線が完全にふさがれ、罠に落ちた動物になったように感じて発作を抑えられなくなり、そしてまた、かなり悲観的な話ばかりしたせいで、私の伴侶もお手上げだと結論せざるをえない羽目になったのかもしれない。壺から水が溢れるのに厳密にはあとどれくらい水を注げばよいかをはかることは、実際には、どうでもよいことであり、このような無益な探求は途中でやめても何の後悔もない。要するに、以下のほかに言うべきことはないのである。カイロに行けば、現地のフランス語教師にして、つねにランボーを生み出す同じ鋳型からそっくりそのまま取り出されたような人間だと思っていた友人ジョルジュ・ランブールが私を鍛え直してくれると思ったのであり、妻もまた私にこの旅行を勧めてくれたのだ。

こうして私は自分なりに「すべてを捨てよ」〔ダダとの訣別にあたってブルトンが一九二二年に書いた文章への暗示〕に相当する行為、あるいは少なくとも「旅立ち」という観念が、長いことロマン主義的な夢想の主題にしかすぎぬものから転じて私にとって何らかの現実的様相をもち始めたときに、これに相当するふるまいに出たのである。私の行為は実際は白紙還元《タブラ・ラサ》というよりも学校をずる休みするに近いものであり、思いきり大気を胸に吸い込み、私の人生の純白なページを汚した方程式の殴り書きを消去したうえですぐに帰還する予定だったのである。しかしながら、このように台無しにしたいという思い――家をあけるほかに治療薬はない――はやはり衝撃であるにはちがいなく、心から納得できる確証のないまま――夏の休暇以上の長い期間を予定したわけではなく――愛情の絆がようやくでき始めた時期にその絆を緩めかねない行為に及んだのである。ほかに、少なくとも卑しい心性からする気がかりがあった。母と一緒に暮らすのをやめたのは、別の家族の一員となって居場所を見つけるためであり、つねに自分のことしか考えていなかった。そして今度はあらゆる枠組みを奪われたかたちになって、水のなかに投げ込まれた私はそのあとは自力で切り抜けなければならなくなるのだが、子供じみた無能さを引きずる身としてはまるでダイヴィングのときのようなめまいは相当なものだった。要するにアレクサンドリアをめざして客船「ラマルティーヌ号」に乗り込んだとき（移民ではなく、二等船客として）、無秩序な私の精神状態は手のつけられないものとなっていて、あたかも事態は、ことさらに悲劇的な運命が――神々の注意を示す燃えるように激しいしるし――私を促して神話的物語を思わせる遍歴へと駆り立てようとするかのようだった。家にこもりきりの私のような小市民は、家族のもとを離れるのがつらいという程度のことで、自分は大旅行家だと思い込んだりするのだし、冒険的要素などどこにもない移動を幻想的な色合いで飾り立てるのである。

「ラ・フィエール……ラ・フィエール……。」私がなおも体のどこかに引きずりつづける、ほとんど記憶の彼方に位置するといってよい遥か遠い昔の破片のひとつがここにあり、それは、『海賊モルガン』の配本の一冊を出典とするものである。これは昔エシュレル書店から出ていた海洋と陸地を舞台とした冒険物語であり、中くらいの大きさの判型の仮綴じの本であり、ほかのシリーズとしては探偵もの『ナット・ピンカートン』やインディアンもの『シッティング・ブル』があった。舞台となるのは中央アメリカのどこかにある、海賊一味のおかげで有名になったベラクルスとか亀の島といった名で知られる地域（この島を統治する名高いドジュロンが住むバス＝テールの要塞は惨めな寒村の姿をさらすだけになって、一九四八年に訪れたときには、崩れかかった壁の骨組み部分のそばには長大な大砲が半ば埋もれて見えていた）であって、モルガン船長の一行は情け容赦ない土地に迷い込んでしまい、そこから抜け出すのにひどく手こずっていた。一行は空腹、喉の渇きに苦しみ、疲労も激しく半ば死にかけた状態の夢遊病者が、鉛の重しがついた足を動かすようなありさまだったが、窮地に陥ったうえに高熱に苦しみ、意識がもうろうとした錯乱状態で、自分たちを苛むこの灼熱の炎を指し示す言葉を力なく繰り返すだけだった。このとき私は、なぜか「ラ・フィエール」という言葉を口にしていたわけだが、それは植字工の不注意に帰せられる誤植によるものだったのか、それとも子供がまだ文字を読み慣れないせいで思い違いが生じたのか、あるいは言葉を知らないせいで、あるいは想像力がやけに発達していて、数多くの語を変形してしまう聴き手たる私自身の間違いの結果だったのだろうか（というのも、『黒旗のもとに』と題されたシリーズの粗末な印刷の小冊子を読んでいたのが本当に私だったのかどうか記憶は定かでなく、ひょっとすると兄がこれを読んでくれたのかもしれない）。姉がフォレ（Forez）山脈のノワレターブル村に滞在中の友人女性に招かれ、フィエール（Fier）渓谷を訪れたのも、同じ時期の出来事だったかもしれない。いわば証拠物件としてこれを提示するのは真面目さを欠いていると思われかねないが、この男性形 Fier と女性形 fière はともに険しく乾燥した感触だが、両者のあいだには、ひとつの関係が築かれるのであり、この単音節の語のうちには、入り組んだ難所にさしかかったときに認められるような、厳しくも魔術的な力のすべてが集約されているると私には思われるのだ。

糸が断ち切られると、叙情的な陶酔状態に入る神経衰弱の状態のせいで低調な日々が続き、旅立ちを控えた数日前には、ラ・モット・ピケ駅のあたりで高架線となる地下鉄路線の駅のホームに列車が進入してくる瞬間、私はすんでのところで線路上に身を投げ出すところだった。文学の面での尊敬の念とともに、世捨て人のような生き方を選んだ姿が私には模範的なものに思われた件の友人に会いにゆくという口実のもとにそんな精神状態のなかで始まったこの旅は、最初に予想したよりも遥かに大きな孤独のなかで結末を迎えることになった。ジョルジュ・ランブールは学年末になるとヨーロッパで休暇を過ごすためにエジプトを離れ、私はギリシアに向かうことにした。反古典主義的な思想を抱いていた私の目からするとギリシアは信用ならぬところがあったが、ランブールがこの国の美を褒めそやし、それにまたカイロの夏よりもギリシアの夏の方がまだ過ごしやすいし、そこでドラクマを使う方が、エジプトでルーブルを使うよりもずっといい暮らしができると彼が言う影響もあった。アッティカ地方、アルゴリダ県、ペロポネソス半島を縦断するひとり旅が終わりにさしかかったときに、最初はわからなかったが、あたかも私が遭遇すべき本当の相手はそれだったというかのように、高熱をともなうマラリアに罹ってしまったのである。

エジプト滞在中の私は何から何まで再会した友人の世話になった。会話、読書、旧カイロ市街の散歩、周辺地域への小旅行（オートバイに乗っての移動であり、少し前に友人はこのオートバイに乗ってシリアを縦断している）、『オーロラ』という題名をつけた詩的小説――この小説では私自身の心の葛藤を表現しようとした――の仕上げに時を過ごすだけで十分だった。結局のところ、療養のために旅立ったわけであり、生活費が高い国への旅行だというのに旅費はかなり限られていて、移動は極力少なくして時間を過ごさざるをえなかった。観光旅行というものに敵意をもっていることから、ほとんどどこも訪れずに終わったようなありさまだが、そもそも観光旅行は、価値ある文化遺産に対する敬意が前提となっている点からしてもシュルレアリスムとは両立不可能だと私には思われたのである。

見物したごくわずかなもののうちで、私の心を一番揺り動かしたのは、カイロ郊外の遺跡だったといってよいだろう。そこから獲物を狙う鳥になったつもりで眺めると、古代のカリフたちの墓として遺骸を納める記念碑的建造物が見え、さらに視線を下ろせば、あたかも断崖の下にひろがるようにして、石灰化と貧困のせいで骨の髄まで蝕まれたような粗末な住居がひしめき合う想像を絶する光景が見えるのである。「遥か遠くを眺めれば、微塵に散った光に包まれた都市……」とアポリネールは語った。これは光に目が眩んだ鷲を主題とするものであり、ただの一行をもって、驚異的な情景を描き出しているが、カイロ郊外にいた私には、それが現実の光景となったように思われたのである。

私を乗せてアレクサンドリアに向かうイギリス＝エジプト国籍の船がその視界にピレウスが入るあたりまで来たとき、情景は一変した。甲板にいるギリシア人たちはアクロポリスを一目見ようと甲板に押し寄せ、この陽気な騒動によって私の先入観は吹き飛んでしまった。到着予定地は、柱廊が立ち並ぶ晴れがましい土地ではなく、生きた国なのだ。そこではパルテノンのイメージそのものが――まばゆい空にあくまでも白いその姿――ルナン風のフロックコート姿ではなく夏の衣装をもって私を迎えるのだった。いまはひとりになって、気を紛らわせるのにこの土地を見物するほかにすることもなく、いまや先入観も消え、エジプトに比べれば金銭面での余裕もあり、完全に自由にさまざまな箇所を探索することができた。行動半径はひろがり、ときには陸路を、ときには海路を経て（乗った小船の揺れぐあいは操縦士の腕前もあるが、偶然に左右されていたように思われる）到るところに足を延ばした。読むものといえば『ブルー・ガイド』（エジプトを出るときに持ってゆくことにした唯一の本）のみで、廃墟から廃墟へと、古代ギリシアからビザンティン時代の建造物へ、あるいは十字軍の遺跡へと移動し、ほとんど誰も足を踏み入れない地域では、農民たちの好奇心をかき立てたのか、財宝探しをしているのかと訊ねられもした。たいていの場合、言葉のやりとりの道具となったのは、アメリカから帰国した「アメリキ」と呼ばれている移民がひろめたアバウトな英語であり、彼らのなかには太巻きの葉巻をふかし、縁が鋸の歯状になったカンカン帽をかぶり、新築の家の屋根に星条旗を掲げ、自分たちが大西洋の向こう側から戻ってきた人間であることをこれ見よがしに示そうとする連中がいた。エジプトでは現地の人との交流がほとんどなかったのに比して（カイロのブルジョワにはまず反感以外のものは感じなかった）、いったん首都——白大理石で建物が作られ成金然とした嫌味な雰囲気がある気取った高級住宅地を抱える商業都市——の外に出れば、すぐにギリシアの人々とは気楽につきあうことができた。ときに私が埃だらけになり、全身汗だくになって、歩くのが好きなのと、経費節約のためもあって、とにかく徒歩で動き回っていると、家の扉の前で休んでいったらどうかと声をかけてくれる農民に出会ったりすることもあった。その人は貧乏なのでワインの一杯も提供できないと言って水を飲ませてくれるのだった。列車では一緒に乗り合わせた人々を相手にどうにかこうにか会話らしきものが成立すると、そのうちのひとりは——見るからにひどく貧しい男だった——、同じ客室で数時間を一緒に過ごし、言葉を交わして気持ちを通わせようとした記念に、持っていた鉛筆を私にくれると言ってきかなかった。どんな場でもどんな状況でも、会う人々はことごとく心をひらいて迎え入れてくれた。アテネの煙草商人はフランス語を好んで話す中年の男だったが、ナウプリオの小さなレストランでの食事の際の話し相手になってくれただけでなく、とある山村にある彼の妹の家に何日か泊めてもくれた。この女性の夫は村長であり、煙草商人は休暇で家に招かれていたのだった。フスタネルと呼ばれる小スカートを履いた羊飼いたちが長々と叙事詩の物語を歌うのを聞いたが、その主題は次のようなものだった。偉大なマルコス・ボツァリスが亡くなって、途方にくれる仲間たちは彼の墓に来て助言を求める。合唱隊が問いかけると、死んだ反逆者の亡霊に代わって合唱隊のリーダーがこれに応じる、といったものである。スパルタから来た私は、ギュテイオンで（トルコ占領下の時代に作られた小さな砦があったが、それは子供たちが遊びに用いる銃眼のある張り子の要塞を連想させるものだった）、ペロポネソス半島の沿岸を航行するみすぼらしい蒸気船に乗り込んだのだが、私と船長のあいだに友好関係が生まれ、旅の終わりにさしかかると、船上にほとんど乗客もいなくなったので、当初船室なしの乗客として乗り込んだ私には、船長のはからいによって一等船室の寝台があてがわれた。フランスの政治状況について意見交換をした際に、船長は、目下の情勢にあって、もし巧妙なオデュッセウスがフランス政府を率いる立場にいたならば（私にとっては居心地の悪い主題だった、というのは私はこれに関してあまりにも無知だったのだ）、どのようにふるまっただろうかと好んで自問するのだった。荒れ模様の天候のなかで、われわれが船橋で打ち解けた話をしながら波が襲いかかるのを見ていると、船長は、この晩は、老ネプチューンを非難して本当に「われわれには無愛想だ」と言うのだった。彫像の世界と同じように、日常世界にも神話がつねに目の前にあり、名前は忘れたがある都市の上空に満月が輝いているのを見た夜などは、移動して望遠鏡を貸す商売をしている男の姿を見かけたが、その広告看板には何ドラクマかの料金で野次馬たちにアルテミスを見せるという宣伝文句が記されていた。私はといえば、旅行者の神話を自分なりに生きているところであり、わずかな手荷物しか持たず、四六時中着ている衣服はまもなく織糸が擦り切れてしまうだろう。粗食に甘んじ、松脂を加えたワイン（革袋と高級家具の匂いがするあの神酒）を飲むときは、ことごとくギリシアの真理を飲み干す気分になった。頭の固い学者連中は風土の荒々しさを指摘するのを怠り、それと同様に、ここにもバロック的な要素と折衷的な要素があることを無視したのである。

「熱」という言葉の取るに足らぬ複数形が神秘的で定まらないどこか遠く離れたところに位置づけようとする病すなわちマラリア、私がこれに罹ったのはエジプトではなくギリシアでのことだとずっと考えていた（事の当否はどうあれ）。半島で過ごした二か月余りの滞在の最後の頃、馬鹿げたことが起きて、蚊が多く衛生上の問題を抱えた土地で二晩を過ごすことになり、寝る場所の環境があまりにも不潔なのでわが身を守りきれなかった。帰国が間近に迫ってきたので取引のある銀行に旅費の送金を求めていたのだが、銀行の側に手落ちがあって、オリンピアではホテルの宿泊料を清算できず足止めを食ってしまった。宿の主人は親切にも数日間支払いを待ってくれたが、私のほかに宿泊客はいなかったので、たったひとりの客のために、おまけに宿泊料も払っていない客のためにホテルを開けておくわけにはいかないと告げざるをえなくなったのである。私の預金を扱う担当者に催促の電報を打っておいたが、返事がないままだったので、宿の主人はこの状況ではもはや送金を受け取る可能性は私にはないと結論を下した（論理的な結論だ）。ホテルの主人は私を追い出さねばならなくなったことを心底腹立たしく感じたようであり（彼の後悔したような態度から疑う余地なくそのことがわかった）、私のために一番近い町フィリゴスに小さな部屋を借りたので、三日間は宿泊料を払わずに暮らせると言ってくれた。荷物はオリンピアに残し、最小限必要なものだけを持ってゆけばよいという話だった。私は言われたままに、惨めな場所に身を落ち着けることにした。窓の閉まり具合は悪く、ベッドには蚊帳がなかった。四方を壁に囲われた部屋はひどく暑苦しかったが、外気を入れようとすれば、大量の虫が部屋に侵入する危険がある。しかも建て付けが悪く継ぎ目部分からなかに入ってくる虫に刺されると、おちおち寝てなどいられなくなる。直射日光のもとを四六時中歩き回ったり、ちゃんと食事を摂っていなかったことによる疲労、銀行から返事が来ないことによる困惑、それに加えて見捨てられたという思いが働いて、私にとってみれば、すでに十分に悪臭を放っている空気はさらに重苦しいものに変わった。ポケットにあるわずかな額の蓄えをできるだけ長くもたせることを考え、食事は極端なまでに簡素にしようと決めた。大きなパンを買ってそのひとかけら、そして近くの葡萄園で盗んできた葡萄の幾房かを口にすれば一日二日の栄養補給は十分だとすることにした。帰国手続きのために、ほぼ六十キロ離れたところにある町にゆくのに、歩いてゆくほかに手立てはないとわかった瞬間はひどく気が滅入った。領事館がある一番近くの町がそれだったのである(つねに携行していた『ブルー・ガイド』が教えてくれたところによれば)。事の自然ななりゆきとして、そんなことをすれば余計に疲労と嫌な問題を抱えるところが、労せずにこの不快な問題は片がついた。歩いてその町に向かう計画を立てる前に、フィリゴスの銀行を行き当たりばったりすべて回ってみて私の名前で送金がなかったかどうかを確かめてみたところ、銀行のひとつに案内は届いており、私への連絡についてはパリの銀行が担当したものと考えて連絡を怠っていたことが判明した。私は勝ち誇った気分でオリンピアに戻り、汽車に乗る前にホテルで昼食を摂った。ホテルの主人は彼自身にとっても私にとっても満足すべき結果だと言って、酒倉からデメスティカ銘柄の上等なワインを一本取り出し、昼食に添えてふるまってくれた。私はひとりで一本全部を飲み干したが、自分がもっと元気だったとしても、これはどう見ても飲み過ぎというべき量だった。ホテルの主人と友好的な言葉を心ゆくまで交わしたあとで、興奮と幸福感に包まれた状態で私はオリンピアを離れたのである。

私が向かったのはパトラスであり、ブリンディジ行きの船に乗り込むためだった。フランスに戻る前に、ミソロンギへの巡礼行を果たそうとすでに心に決めていたのである。ミソロンギはバイロン卿の終焉の地であり、その最期の姿は彼を伝説的な人物に仕立てる効果があった。トルコの支配からの解放を求めるギリシアの人々の手助けをするために立ち働いていたとき、彼は熱を出して倒れたのだ。もちろん私の行為は曖昧きわまりない政治的意味しかなかった、というのも本物の詩人は当然のことながら圧政の敵でなければならないという信条を私がもち続けているとしても、私自身の「すべてを捨てよ」に臨んだ際に戦闘的気分はすでに消え去っていたからだ。ごく単純に自分はバイロン卿を十九世紀の代表的文学者のなかでも最高の地位においており、そのロマン派詩人に敬意を表しに出向き、自由に殉じるために遥か遠方の地に赴いた——数々の情熱的事件、放蕩、醜聞のあとで——足の悪い貴族の最期の息が少しばかり混じっているはずの大気を呼吸したいと思ったのである。

現実のミソロンギは陰気な村だった。中央にバイロン卿の彫像が立つ(記憶が正確ならば)小さな広場があって、そこにはカフェ・バイロン(正確にいえば、ギリシアの正字法にしたがって「Mpiron」と書くべきところだ)なる店もあった。海も海らしくはなくて、少なくともその海岸部分は表面が排泄物に覆われたように見えるのだった。あたりには臭気が立ち込め、実際に、詩人であるかどうかにかかわらず、外国人は誰であっても、長いことこのような瘴気に耐え、毒に冒されずにすむことなどできなかったにちがいない。ミソロンギからパトラスに戻る途中、体の具合がおかしいことに気づいた。不調は執拗かつ強いものであり、単なる疲労とか暑気が原因だとは思えなかった。

とあるカフェのテラス席に腰を落ち着けて冷たい水を一杯飲んだときに異変に気づいた。最初の一口で、おそろしく苦い飲み物を口に含んだ感じがして、変な水なのではないかと考えた。少しあとで、別の飲み物を口にすると、これもまた苦かったので、この不快な味は飲み物が原因ではないことがわかった。もっとも美味な液体といえども、このときの私には嫌な味になってしまっただろう。というのも苦さは外側から来るものではなく、内側から来るものだったのだ。

最初はオリンピアに、次はフィリゴスに足止めを食う結果を招いた出来事によって自分がどれほどひとり忘れ去られた存在になってしまったのかを突然悟って私は怖くなった。自分は病気だと気づいて、パトラスの病院——最良の病院もしくはそのひとつ——に受け入れてもらえるように試みたが、気の滅入るような醜い町であり、ひどく荒廃していて、泊まったホテルも雨漏りがして、私がいる部屋にも天井から水が漏れ落ちてくるありさまだった。もはやこれ以上ぐずぐずしているわけにはゆかず、イタリアに向かう客船の最初の便に自分の席を確保した。

それでもまだ恐るべき疲労との闘いは続いたのである。私の船はすっかり夜も更けた時刻になって碇を上げるはずだった。もっとも賢いやり方は出発予定時間まで起きて待つことだったはずだが、それだけの気力がなかった。私はホテルの受付に予定時間になったら起こしてくれるように頼んで寝ることにした。朝の五時頃、ボーイが部屋のドアをノックし、しどろもどろの状態で言うには、船はすでに出発してしまい港を離れたという。私は茫然自失の体で怒る気力もなかった。運賃として支払った金は泡と消え、もう一度電報を打ち、別の便を予約するために必要な金額の送金を依頼するしか手立てがなかった。そうなると前と同じような危険があるかもしれず、それに加えて、急速に病気が悪化する危険もある。だが、フィリゴスのときと同じくパトラスでも最終的には幸運な解決が得られた。午前中に思いがけぬ機械仕掛けの神《デウス・エクス・マキナ》が金モールの飾りをつけた通訳官の姿で目の前にあらわれたのだが、それというのも旅行会社でこの一件を耳にし、問題解決に乗り出してくれた人物がいたというわけだった。特別の措置を講じてくれて、料金を払い直すこともなく、まさにその晩ブリンディジに向けて出航する船の客室が私のために確保されたのである。

今度は十分な時間的余裕をみて港に行き、乗船するとほぼ同時にすぐに横になって休んだのは、平静を取り戻したいと思いながらも長時間にわたりそれが不可能だったので一日の疲れがもろに出てしまったからである。それまで、あのホテルのボーイのひとりが執拗に部屋のドアをノックしてはチップをねだり私を苛立たせるのだった（チップは渡そうと思っていたが、無礼な態度に不信感を募らせ、すぐに応じるのではなく、ホテルを出てゆくときにそうするつもりだった）。この争いの当事者たる二人、休息を得られない私も、当てにしていたドラクマが得られないボーイのどちらも敗者だった。というのも、最後はうんざりしてチップを外に放り投げ、彼の目の前でドアを勢いよく閉めたほど、この男を殺してやりたいと思う気持ちになっていたのだ。

バーリ——ブリンディジ到着にはかなりの遅れが生じ、真夜中で誰も下船できなかったので、追加料金なしにバーリまで来ることができた——では、また別の嫌がらせを受けることになった。市街の散策のあとで港まで戻ると、税関吏に呼び止められ、監視所に通され、所持品の検査を受ける羽目になったが、相手は私の抗議にもかかわらず、からかうような様子でポケットナイフを取り上げ、こちらはお手上げの状態だった。この事件のせいで気分は釈然としなかったが、駆け足のバーリ見物（貧しい地区のひとつに立ち並ぶボンボンのようなサーモンピンク色の家々は忘れられない）、さらにその後ミラノまでの鉄道の長旅によって、ギリシアほど落ちぶれてはいず、また絵葉書風の魅力に身を落としているわけでもなく、木々や背の高い棚に葡萄の房が垂れ下がる光景があちらこちらに見えるイタリアを発見して、その埋め合わせができた。

ミラノでは体調不良が力を増して《リンフォルツァンド》私から離れなかった。カフェの椅子に座っていると、本当はイタリア語であるはずなのに、フランス語の会話のようなざわめきとして聞こえてきた。話題は家族に関するものであり、ほかの客の話がそうだと思われるのと同じく暇潰しの話でしかなく、ほとんど無意味な話をこちらは細部に到るまで何ひとつ洩らさずに追わざるをえなくなるのだが、その感覚は私がみた不条理な夢と同じく執拗につきまとう性格をもつものだった。夢というのは、あるひとつの長い文書（辞書なのか、それとも論文なのか）がもっぱら目の前にあらわれるだけのものだが、私は一行たりとも疎かにせずに解読を迫られ、自分では夢にあらわれる文章だと思っていても、実際には場面に応じて私自身が作り出す文章なのである。根気を要する嫌気のさすその仕事は一晩中ずっと続くと思われたのだが、それはたぶん本を読むとき文章のひとつひとつを反芻してみなければ先に進めない自分独自の癖のカリカチュア的なイメージであり、さらには十五年ほど前から一貫して私の最大の関心事となった仕事を先取りして示しているのではないかという思いもあり、その関心事とは、この長い独白を文章化して表現することにほかならず、素材はすべて私の体験に求められるのだから、ある意味では、有無を言わさずにすでに与えられていると考えられ、また別の意味では、無限に新たな素材が加わってゆくときにこれに一個の秩序を導き入れ、構成要素を組み替え、調整し、洗練を加え、なんとか意味合いを捉えうるところまで導かなければならないのだから、与えられているというよりもたえず作ってゆかねばならないと考えられるものなのである。

駅の軽食堂で昼食を摂ろうとして、発泡性赤ワイン一本を注文したが——元気回復と美味しいものが飲みたいという気持ちから——、それはおそらくランブルスコ種のものだった（この発泡性ワインは、褪せた赤色をしていて、少しばかり苦みがあり、一九五四年に妻と私がマントヴァを訪れたときに、リストランテ・アルベルゴ・アイ・ガリバルディーニで味わったものであるが、そのレストランは美食の店とはいっても、気取りのない雰囲気であり、店の創始者は三人のガリバルディ信奉者、「二人の父親と一人の息子」なのだとこの店の給仕は教えてくれたが、それ以上に詳しいことは言わなかった）。食事が終わってとくに酔いも感じずに勘定をすませて、立ち上がろうとしたが、驚いたことに、足が言うことをきかない。正直なところ頭はしっかりしているので酔ってはいないが、いくら努力してみてもテーブルから立ち上がって動けないのだ。やっとの思いで表通りに出ると、日射しを浴びて、めまいがして、ひっくり返らないようにしばらく壁にもたれかかっていなければならなかった。目の前に見えるのは——あたかも奇妙な恍惚状態に入り込んだようであり——、強烈にまばゆい形の定かではない霧のようなものでしかなかった。目に見える世界が一時的に溶けてしまったことに加えて、意識も薄れてゆくようで——すべて冷静に観察しているのだが——、私はすっかり不安な気分になり、腹具合がおかしくなって急いでトイレに駆け込む羽目になったが（このときは形而上学的快楽をいささかも引き出すことはできなかった）、そのあとで駅のプラットホームに立ったときには、どうやら気分が元に戻り、気がつくと旅行鞄もちゃんと手元にあって、乗車直前の状態だった。

列車の客室では、とうとう旅の最終段階に達したという意識にも助けられ、大いなる幸福感に揺られる気分だった。ふだんの私ならば乗り合わせた客同士の会話にあえて加わろうとする気にはならないはずだったが、このときは居合わせたほかの乗客と盛んに話をした。同じ客室には、ミュージック・ホールあるいはカジノでバンド演奏する人々が着るようなブレザーを着込んだ音楽家の一団と、夏が終わってヴェネツィアのリドから引き揚げてきたという婦人服仕立てを仕事とする女性がいた。彼らは職業柄、多かれ少なかれ季節に応じて場所や仕事場を変える人々であり、「大道芸人」もしくは「サーカス芸人」と呼ばれる人々にそなわる理想的な魅力があるように思われた。この人たちを話し相手として、そしてまた通路ですれ違った何人かの見知らぬ乗客を相手として、私は旅行に特有の高揚感について興奮した調子でしゃべりまくった。旅とその危ない出来事は過去のものとなり、安全な場所に戻ったいま、完全に落ち着いた状態になったからこそなしうる信条告白の類である。話し相手から見れば、警戒すべき怪しげな人物とまではいわないとしても、恐ろしく退屈な人間のひとり、つまり船の甲板にあっても、あるいは鉄道車輛の客室においても、私自身が注意深く接触を避けようとする人物に見えたとしても不思議ではない。

パリに到着し駅のホームに降り立ってみても、誰も私を待つ者は見当たらず（到着時刻を知らせていなかったのだから当然のことだったが、それでも不快な気分にならずにはいなかった）、つくづく自分は根無し草だと感じた。クレープソールの靴の踵（この踵については、『アフリカの印象』で描写されるコルセット用の鯨のひげで作られた彫像の下に敷かれたレールのように、「子牛の肺臓」で出来ていると言って遊んでみたい）の下で大地は揺れ動き、衣服は「熱帯地方」への滞在という一種の苦行について自分が抱く観念そのままに痩せ細った体の周りにひらひらと舞いつづけ、疲労感に加えて、親族の誰も迎えにこないことが、旅立ちの最初の試みがおそらく自分で望む以上に私自身を周辺的な存在に変えてしまったという考えに導いたのである。

帰宅の翌日から、寝床から起き上がれない状態が続いた。四十度以上の熱が出て、往診に来た医者は、マラリアに罹ったという診断を下した。この医者による丁寧な治療の甲斐もあり、数日間で熱は下がった。ふだんの自分は読むのが遅いし、注意の集中にたいへんな努力が必要となるが、隔離されていたこの時期は一日に一冊の割合で本を読んで過ごした。読んだのは、さまざまな姿に変身する悪漢の冒険が語られるパリを舞台とする冒険小説『ファントマ』の一部である。この時期に体験した極度の精神的集中をめぐるいささか傲慢な印象は忘れはしない。たしかにぼんやりと過ごす瞬間もあり、そんなときは部屋の壁のどこかに半ば錯乱した状態から生み出された一連のイメージを投影してみるのだが、誰かが部屋に入ってきて私に話しかけると、意識的な努力の末に、鮮明な意識が戻ることに変わりはなかった。熱が引いたあとも、汗が盛んに出て、シーツは完全に濡れ、病気が治っても、私自身は、まずはじっとりと濡れた寝具類という吸取り紙に、その後はまた別の吸取り紙に吸い上げられ、最後は、横になって寝ていた長椅子に接する壁紙の上に大きくひろがる濡れた染みと一体化したのだった。

いまはより冷静な目でこうしたことを眺められるようになり、それにまた自分のことをよりよく理解したあげくに（というのも、時の経過に応じて、ほとんど変化なしに繰り返される身ぶりからなる自分の狭いレパートリーについてより明確な見通しが得られるようになったのだ）、意図的な詐術は別としても、自分なりに抜け目なく窮地を切り抜けたというかのように、敗者ではなくむしろ勝者として無謀な企てから脱出したのであり、冒険を体験したとはいっても、深い痛手を負うほどに試されはしなかったと自分に言い聞かせることができる。このマラリアの発作、たしかに穏やかではあるが、天の許しのように私に覆いかぶさり溶けていった病のおかげで、何か月かの彷徨の無為な時間を有終の美をもって飾ることができて、自分の目から見ても、「決して休息を与えてくれぬ運命に追いかけられた者」という称えるべき存在となったのである。

歩き回るという象徴的手段をもって世界をわがものとすること、知的視野をひろげ、暦通りの時間の流れを断ち切るために新たな舞台装置のなかで生きること、別種の人々と接触することで頭脳と心の双方の渇きを癒やすこと、以上が——直接的な変化の必要よりもさらに深い次元での——旅をする本質的な理由だと考えられる。当初はただエジプトをめざしていただけだったこの最初の旅立ちに照らしてみると、あえてそうする必要はなかったのに、私を家族から物理的に引き離す遠方への移動を実行に移さねばならなかった理由として、より目立たぬものであるが、同じように決定的な重要性をもつものが見つかる。

存在に不在を置き換えるのにさんざん苦労しても、別れを告げた人々にとって私はなおも存在しつづけることに変わりはなく、それゆえこの場合の不在は完全なものではなく「距離を介して」存在する不在となるのである。最初の旅立ちによってもたらされた当然ともいえるこの結論は、ひどく波瀾含みの様相を抱えもっている。家族がとどまる世界とは異なる世界で私は動き回り、私が彼らのもとを離れていても架橋は完全に切断されたわけではなく、それどころか事態はその逆であり、私が差し出す手紙と絵葉書によって、支離滅裂な私の人生のありさま、さらには私が辿った行程について書き記された事柄をもとに彼らの頭のなかには、いまは旅行者となった私自身の姿が思い描かれているはずだという面映ゆい考えに浸ることで——（私の側では）伴侶から離れたところにいることで彼女が奪われたという思いに誘う、ただ単に社会的なものではなく、ほとんど神話的ともいえる次元にある観念を通して——われわれの絆はさらに強まることになるのだ。あたかも——ずっと以前から、例の有名な話が体のなかに浸み込んでいたみたいに——私なりの流儀で、あの聖書の伝説を体験し直したいと望んだかのようだった。十九世紀末には影絵という体裁のもとに、この物語が転写され挿絵本として出版されており、かつて私は自分でも読めると思って、父親の本棚から何冊かの本を取り出したことがあるが、なかにその一冊があり、暇にまかせてページをめくり、飽きることはなかった。結局のところ、私が演じていたのは、悲惨な一時期を過ごす放蕩息子、子牛を屠ることでその帰還を祝ってもらい、偶然に身をまかせて放浪したことで思いやりのこもった視線が注がれるようになった逃避者といったものだった。ただし、ご馳走が待っているとは予想しえず、あらゆる危険を冒す放蕩息子とは逆に、私の場合は帰還に思いを馳せ、好奇心の赴くまま、どこに連れてゆかれるのかわからないというのとはほど遠い状態に身をおいて目標を追いかけたのだった。そこにいるのは嫌だと思っても、ほかの場所に行けば見つかるものに惹かれるというのでもなく、見るためというよりも、旅しているのを見てもらうための旅だったような気がする。ペネロペのまなざしをもって私の旅の足跡を追う女性との関係では、決定的に絆を断ち切ることなく少しばかり遠方に出かけ、たしかに孤独者であろうとはしたにせよ、それも限られた期間のことだった。

こうしてこの逃避行（私を取り巻く環境から抜け出ることを主要目的としていた旅を逃避行という名で呼ぶことが可能だとすればの話だが、本来の逃避行が人目を忍ぶものであるのに対して、これは日中堂々ととりおこなわれたのだった）の最中にあっても、私にとっての家の神《ラレス》との絆の糸は手放さずにいた。その神々は、私が最近みた夢では、庭の木陰を通り抜けて地上に姿をあらわしたのであり、神々の大部分と同様に二重の顔をもっているというべき所以は、彼方においては、ノスタルジーを私に感じさせ、この場においては、根を生やしたくないと私が思うものだったからである。

「どのようにして孤立状態を脱するのか。どのようにしてひとりぼっちにならぬようにし、他者の理解を得るのか。すべてを明らかにし（あるいは明らかにしたと思い込み）、理解されたときから、どうして最悪な状態となったのか。つまりごたまぜという印象があり、そしてまた他者がわれわれに対して全権を有するようになる。」私が――まさに一九三四年の中頃に――このような想念をメモしたとき、そこでは同じ「私」（いまはそのような一人称として語り、三人称代名詞という不定形にごく近いものの背後に隠れているわけではない）という語が、秤の錘を共同性ではなく、沈黙と自閉の方へと傾けたわけだが、それは私が自分の旅のなかでも最長の期間に及ぶものを終えて戻ってから十六か月が経過したときであった。その旅によって私はブラック・アフリカを研究対象とする民族誌の世界に導き入れられたのだが、一九三一年に始まり、一九三三年に終わったこの旅は実際には私の人生のかなりの部分に影響を与えるものとなった。準備期間や、同じような波瀾の嵐に満ちた帰国後の時期のみならず、私の人生の流れにおいて重要な転回点を記す挿話がもたらしたものをことごとく考慮に入れるならば、ある一定の職業を私に与えてくれたという点だけを見ても、重要な転回点になっているのは確かなのである。

この二度目の旅立ち――ある意味で最後の旅立ちといってもよいと思われるのは、その後の旅はどれもが「旅立ち」という美しい言葉を適用するに足るロマン主義的な色合いを帯びてはいないからだ――この二度目の旅立ちは、最初の旅立ちよりもさらにはっきりと追放令を発する必要が動機となっていた。私を取り巻く状況は目に見えて悪化し最悪の状態になっていた。自分の外の状況にも、私の周囲の人々の態度にも、とくに重大な欠陥は認められず、私自身の意気阻喪、それに加えてしだいに頻繁になる過失の根源には何らかの病理的な要素があってもおかしくないと認めざるをえなかった――屈辱的な観察結果だが、完全に楽観的な観測が排除されているわけではなく、それというのも、仮に病気となれば、同じく治る可能性だってあるはずなのだ。そういうわけで、精神科医の診断を受けることになり、エチオピアでの調査研究が目的だが、ダカールを出発点とし、直線的な経路をとらずにエチオピアに達する予定の派遣調査団の秘書を引き受けないかという申し出を受けるかどうかについて、当然のことながらその人に忠告を求めた。忠告者は、このような転地および何か月にもわたる研究に活動的な生活が加わるのは私にとっては益するところが大きいはずだと考えて、これを受け入れるように勧めてくれた。

この旅の期間（一年半もしくは二年間にわたってわれわれを拘束するという計算だった）、通過したそれぞれの土地の性格（「原住民」という語そのものと同様に、あるいはまた、ぎくしゃくした音節のせいで世界の奥深い部分へと押し込められた「コーチシナ」という語同様に、熱帯地方の灼熱を含んだ名であるガリエニ将軍指揮下のマダガスカル島に配属された植民地軍医だったプロスペル叔父が昔私に話してくれたのと同じような「原住民」が暮らす暗黒の土地であり、レヴィ＝ブリュルの理論を解説する啓蒙書を読みながら、いささか性急に未開人と呼ばれるアフリカ、オセアニア、アメリカの人々について学習したにもかかわらず、ほとんど、シャトレ座の見世物に登場するチョコレート色の肌着を着て黒人の肌を模倣する野蛮人の通俗的な表象の特徴のもとに、このアビシニアもしくはエチオピアと呼ばれていた西欧の従属国ではない土地を思い描いていたといってもよいが、その元首はランボーが銃火器を売った相手のメネリク王にしても、ソロモンおよびシバの女王にまで系図を遡ってみせるのが慣わしなのだ）、直面せざるをえない厳しい生活条件と健康を害する気候（灼熱の太陽、香辛料を利かせた料理、甘口のリキュールとは別物のアルコール飲料、少し堅い赤身の肉などを好む傾向、これまでつねに、体が沈み込むような、柔らかすぎるベッドを敬遠し、やはり鋼鉄の柔軟なバネの利いた軍隊式ベッドに心地よさの頂点があると長いこと思わせるように仕向けた好みの傾向、それらはいずれも甘美さと明らかに対立するものを好む傾向を示してはいても、もう一方で私には激しい運動や冷水を嫌い、熱い湯を張った風呂でくつろぎたがるシバリス人のような惰弱な遊蕩者という側面がある妨げとはならない)、それこそこの新たな旅立ちを、最初の旅立ちに見られる多かれ少なかれ騙し絵《トロンプ・ルイユ》のごとき性格とは完全に別ものの厳格な枠組みのなかにおいた本質的特徴なのである。ある一定の男性的特質が参加者に求められるチームでそれなりの役割を果たすことによって自己を解放できるという考えだけでなく、破壊という考えも入り込んでいた。まさに自分がやろうとしているように、暗黒大陸の奥地深く身を沈めること、ときには乾ききっており、ときには芳醇きわまりないこの土地の現実と摑み合いの格闘をすること、明らかに私よりも自然状態の近くにいる人々とじかに接触して暮らすこと、それは私を閉じ込めていた習慣の円環を破壊し、二足す二は四だというのが知恵の定石となっている西欧的人間の知的束縛を取り除き、全身全霊をもって一個の冒険——その冒険から自分は二度と戻ってはこない、なぜならこのプリミティヴィズムの水のなかで泳いだあとでそこから出るときには知的にも精神的にも元のものと同一人物であるはずはないと思われたのだから——に自分を投げ入れることである。私が加わろうとしていた旅から黒人世界の直接的認識が得られるのだとすれば、その世界とはジャズの登場以来、理屈を抜きにして私を完全に魅了したものであったが、さらにこの旅が、人間嫌いのしるしのもとにある孤独な逃避行とはまったく別のところで、私が加わった研究調査の一行があらかじめ設定した計画からできるだけ離れずにこれを熱心に実行しようとするヒューマニズム的な探求という意味をもっていたとするならば、そのほかに、議論の余地のない正当な旅の根拠にもかかわらず、さらにはすぐれて学問的な後ろ楯があったにもかかわらず、私は、必ずしも絶望した者《デスペラドス》ということでなくとも、向こう見ずな人間の挑戦と同じ焔の色合いをこれに与えようとしていたということがある。その色合いは、必ずしもこの旅の基盤をなしていた要素、すなわちその当時の民族誌という、どこか逆説的な学問研究によって撓められてはいないのだ。研究を志す意図を超えたところで、私にはコンラッドの小説に登場するさまざまな人物を――これらの人物には明らかに両立しがたい要素があることなど気にかけずに――演じる準備ができていたのは確かだった。つまり『ロード・ジム』に登場するように、いったん落ちぶれても、そのあとで復活してみせる水夫、『勝利』に登場する白い麻服を完璧に着こなす紳士、『闇の奥』において語り手が「文明の果てるところで」黒人のような姿になっているのを発見する無鉄砲な男を演じる、というわけだ。

アフリカ横断を準備中の精神状態――その状態を語るために再現ができればと、思いが空回りするのも当然で、その素朴さはあまりにもアナクロニックなものだった――について以上の思いを書き記したのもまた旅の最中のことだった。それでも、このような状況は私にはまるで救いにはならず、というのもその旅は、実際にはもうひとつの旅、その広さだけでもほとんど世界を所有した気分になり、集団で生活し、人々とのさまざまな交渉にもかかわらず、やがて心に生まれた孤立感のせいで、まるで自分が神もしくは追放されたルシフェルのごとき存在であるように思われはじめた旅とはあまりにも異なるものだった。現在、妻と一緒にフィレンツェに滞在しているのは、休息と気晴らし以外に目的はない（今月初め、温泉療法の一環としてモンテカティーニの温泉へ行ったあと）。このような滞在は――山や海に出かけるのとまったく同じように、記念碑的遺物およびほかの文化遺産にひたすら取り囲まれて暮らす休息法――私が新中国を訪れたときの「政治参加」の旅（文化使節としてこの旅に参加することは、暗黙裏の共感を表明するにひとしいのだから）とは明確に異なるし、孤独のままにとまではいえないにせよ独身者同然の状態で始めた旅とも異なる。アフリカの西から東まで、ディレッタントの暇潰しでもなく、ほかの国に比べて完成からは遠いと見なされている国をじっくり眺めてみることで救いを見出す必要があったわけでもない。

いかに違いが強く感じられるとしても、それだけではアフリカを排除する理由にはならないだろうし、いまの状態からすれば、これほど距離をおいて見たとき、記憶の喚起は時代錯誤的に見えかねない。トスカーナ地方での滞在にあって、観光という側面は医療という側面のおまけでしかなく、それに先立つものとして、かなり波瀾に満ちた事件があって、そこまで切れ目なく遡ることはできるが、地理的な目印をもつ私のほかの遍歴と同じく、この事件について確実にいいうるのは、魔術的な施術によって深いところから無理矢理引き上げられ、自分の生命を危険にさらした暗闇の外に出たとき、遠くから戻ってきたという実感があったことだった。

私はすでにこの挿話を語りうる状態になっているのか。あるいはまだ眠った状態のままにしておき、まるで悪寒の震えのような挿話を生む原因となった傷が元通り回復するのを待った方がよいのか。このことについてはあくまでも厳密な描写を（少なくとも大筋において）冷静におこなうために必要な距離があるかどうかは別にして、いずれにしても、私にとってみれば——ほぼ文字通りの意味で——冥府降りにひとしい体験を出発点として何事かを語るとすれば、どうしても嘘っぽく聞こえることになってしまうだろう。それにまた問題の傷はいまだなお癒着しない状態にあるといった方がよい。ならば、近い将来終わる見通しがない宙吊り状態、私にとってみれば——その支配が持続するかぎりは——麻痺にひとしいこの宙吊り状態に何を期待しえるのか、またそこから何を獲得しえるのか。すべてを述べることができるようになるには時期尚早だとしても、本質的部分に関する説明はできる。ある日のこと、自分の人生があまりにも縺れたものになり、一時的にせよ脱出口が見出せなくなったとき、書かれた方程式を抹消する手段となるべき旅立ちの主題をめぐる相も変わらぬとりとめのない思いが、このうえなく絶望的な身ぶりへと転じてしまったのはどうしてなのか。

中国への逃避行により苦悩を厄介払いしなければならず、そこで過ごした五週間が私にもたらした幸福感があまりにも早く壊れてしまった変化を語ることで、私を苦しめていた病がどれほど深刻なものであったかはすでに理解してもらえたと思う。何かが軋む鋭い響きとともに、中国への旅(それは私にとっての最後の大旅行になると思われたし、そのあとでは、もはや本気で動く機会も欲望もなくなっているはずであり、伴侶と一緒に暮らせる残りの時間はすでにひどく少なくなっているのに、この旅の実現の結果またしても彼女から遠く離れてしまうことになる)の括弧が開かれ、帰国とともに、同じように何かが軋む鋭い響きをもって括弧が閉じられたのだ。北京に向けて飛び立つ欲望がいざ実践しようというとき、気分は落ち込み、パリに戻った際にも同じように気分は落ち込んでいた。一事が万事、どちらを向いていても生じるのは不都合だけ、ほとんど偶然にそんな状態から脱出し、ほんの時たま一時的な満足が得られるだけという調子なのだ。

「生きるべきか死ぬべきか」という問いは、自分にとって、歯をへし折る思いでぶつかってゆくものだったわけではない。いるのか、それともそこにいないのか、ここにいるのか、それともよそにいるのか、私にとってみれば、むしろこうしたものこそが白熱した問いであるはずだ。よそにいたいと思うとき、ここをあとにするのが怖い。そしてよそは、そこに到着したとき、少しも休息をもたらさない。相変わらずよそであり続け、そこにいる私が行き場を失うか、私があとにしたものを惜しむ気持ちになおもつきまとわれるか、よそがここととなるにはあまりにも頼りなくて大した評価ができないかのどれかである。きわめて軽微なものも、きわめて深刻なものも、ただ単に舞台装置にかかわるものでも、事態の展開にかかわるものでも(昼間の活動、大きな知的なあるいは心情的な活動であって、旅に限定されるわけではない)、どれをとってみても時計の振り子のこの無益な遊戯、つまりどこに私がいても、私が何をしていても、その正確無比な進行が心に重くのしかかり、そこから逃れるのは難しい。

かなり昔から文学への警戒心——もちろん自分の著作だって例外ではない——が心に宿っていたにせよ、私の人生に彩りを与えるのがほかならぬその文学だということには異論の余地がない。私の最初のアフリカ旅行はこの視点からすると、道化芝居にも比すべき逆説を示している。民族誌の発見とともに、将来は自分の活動の主たる部分をこれに捧げようと思い立った私は、唾棄すべき美的趣味にすぎないと思われる傾向との訣別の欲望に駆られるまま、この調査旅行に加わったのである。だが、みずから書こうと努めたもの（あまりにも根強い習慣となってしまった物書きの作法にしたがって）、旅から戻ってまもない時期に、ほとんど手を入れることなくそのまま出版の運びとなった旅日誌は、実際には、ほとんど私家版というべきそれまでの出版とは異なる姿で世に出た最初の一冊となり、私が職業作家という地位を得るきっかけとなるものだった。文学の類から距離をおこうとして努力したあげくに、正反対の結果になったのであり、私は文学者となり、そこに第二の職業——民族誌——が付け加わるにとどまったのである。最近の中国旅行については、同じ観点から、私につきまとうアイロニーに豊富な材料を提供することになった。中国にいたときは、人民中国の中国人として生きて、工業生産と農業生産を最大限の水準に高める事業を理想に掲げる構成員が作り上げる社会とうまく折り合いがつけられると自分でも考え、それにまた彼らは場合によってはその代償として、驚くべき「労働の英雄」の称号（繊維業、鋼鉄棒の製造、養豚業などの分野でのもっとも強力な人々）を得る——ほかのタイプの社会が、人々に大作家あるいは天才的芸術家の地位を与えるように——のだと考えたわけだが、一方中国から帰国する際には、本来の文学的関心が私にとってほとんど取るに足らぬものとなってしまい、自然への働きかけの力を強めるほかに論理的に人々に提案できる正当な根拠を自分でも見失うなかで、いざ帰宅したところ、新聞記事の切り抜きがひとまとめになっているのを発見したのだが、それは出発の数日前に献本の手配をした本——『軍装』——が、それまで自分が書いたどの本にもまして好評をもって迎えられたことを私に教えるものだった。文学の外部に自分の人生を築くこともできるという確信を得たばかりの時点でこのような比較的好意的な反応があらわれたのも、ある種の皮肉のように思われたのだが、いささか遅きに失した観のあるこの出来事については苦い思いを嚙みしめるほかなかった。若き作家として出発した頃の昔の自分は（そのことをみずから告白することはなかったが）いつの日か一定数の読者を得たいと望んでいた。長い時が過ぎて年老いた私は、自分自身が発するメッセージの必然性を信じることがしだいに困難になっていて、このような成功からはほんのわずかな喜びしか引き出せず、一定の評価を得た作家となっても、私という人間は少しも変わっていないと認めざるをえない。結局のところ、私が陥った状況を説明すれば、恋愛面に関して、どうやら風向きがよくなってきたというのに、あまりにも年を取りすぎてしまって、これを利用する能力――さらには欲望――が見出せないということになる。

妻が私のためにかき集めてくれた書評、およびその後手にすることができた記事に目を通してみると、問題点の明確化に寄与する十分に的を得た論考にして、興味をもって読むことができた二、三のものを別にすると、まるで自分の死亡記事を目の前にしている気分に襲われた。自分自身の彫像を作ろうと躍起になっていて、自分のことしか話題にしなかったわけだから、書評の主題は本であっても、その中身となる話は私に関するものだった。そして私自身があれだけ細心な努力をもって彫刻の制作に励んでいたというのに、いまの私には、外面的な装いからすればこれが墓石のように立っている姿が目につきすぎて、おぞましく感じられるのである。『軍装』への反応はこちらを勇気づけるというようなものではなく、意気消沈の原因となっていたのであり、自分なりに仕事を続けてゆくうえで障害ともなるものだった。すでに言及したおぞましさと嘲笑という二重の感情に役者の舞台負けにも似た感情がまもなく加わることになった。この分野では私にはまったく新しい体験であり、これもまた逆説的な事柄だった。すなわち、いまではこの種の称賛の言葉が自分には欠かせないものとなってしまったようであり、しかもその称賛の言葉は私を満足させるというよりも、居心地をさらに悪いものにし、この毒を味わってみて、しかもひどく顰め面をしながら飲み込み、これが不足すると我慢しきれないのではないかと心配し、続巻も同じような評価が得られるだろうかと気になりはじめる始末であった。中国にいたときからこの『縫糸』に取り組んでいるが、難航しており、おそらくその理由は（しばらく前からそう考えるようになった）中国が子供時代の自分のエキゾティシズムに大して貢献しておらず、その結果、打てば響くというものではないという点にあり、難航しているのは疑いなく真実を追求する私自身の気遣いのせいだが、新たな不安が加わることでそれが極限までに突き進んでいたのである。もはや対処できないのではないかという不安、それなりに活躍した時代もあったが、いまでは終わった人間と見なされているのではないかという不安、いま本質的部分を語り終え、さもなくば、いずれにしても、それ自体が内容的に魅力をそなえているので特別な芸（自分が言うべき事柄の魅力が段々薄くなってゆくにしたがって、ますます芸の方に磨きをかけなければならなくなるのだし、それにまた、語るに値するものを自分の人生に何ひとつ見つけられなくなるとき、フィクションとしてそれなりのものを作ることができなければ、遅かれ早かれ沈黙を余儀なくされることになろう）をもって語る必要がないものを語り終えてしまったという思い、そうした不安や思案が私を不安定で、ほとんど肉体的な嫌悪感に苛まれる状態に陥れ、さらに事態を悪化させる要素として、世の中の多くの文学者と同じく、読者の判断に左右される傷つきやすい存在となってしまった私自身が自分を見つめるときに極度に嫌悪感に満ちた目で見るということがある。少なくとも一個の神話が永久に解体されたのだ。すなわち反抗する作家、周辺的な位置に身をおくことで、いわゆる作家らしからぬものとなった作家という神話である。仮に書くという行為が私にとってほぼ肉体の内奥から発する欲求になおも応えるものであるならば、自分なりの論の展開を書き記したその先に、よりよく生きるための規則の発見を望んだり、心のなかに打ち明けなければならぬ何かがあったり、すでに自己を語る欲求に是が非でもしたがわなければならないという理由から書くというのではなく、口を噤めば、これまで私の書いたものを読んでくれた人々の目にはいわば死んだ存在になってしまうように思われたからなのだ。私にはいかなる外見上の変化も生じてはいないはずであり、踊り子のためのパンタロン・ブッファン〔ゆったりとした広がりをもつパンタロン〕など穿いてはいないが、私はシェヘラザードに変身し、それも、サルタンの様子を窺い、今夜の話には前夜の話ほどの面白みが感じられなかったのではないかと不安を抱くシェヘラザード、要するに、物語の種が尽きてしまえば、サルタンの命で死刑に処せられる運命のシェヘラザードにわが身を重ねるのである。

『軍装』および私の著作全体を論じる考察として世に出た文章の大部分には、一個の「示導動機」、すなわち私独自の死の強迫観念が反響しており、これらの論を読むと、『カルメン』におけるトランプ占いの歌の場合のように、私の書いたものにも同種の強迫観念があらわれているように思われた。カードを混ぜ、切り、シャッフルして、幸運なカードの一枚が出てくるのを期待しても無駄であり、私の手札が繰り出す形象と生彩を欠いた意味は「またしても死だ、つねに死だ」というものでしかない。私という存在に、私が必死にわが身を引き離そうとしてもがく相手がぴったりと寄り添ったままであるのがわかる。称賛の言葉がそこに入り込んでいるにせよ、大量の論考を読んだあと、つねに無の観念を漂わせる呼吸困難な空気を逃れる試みは、結局のところ失敗に帰したと私は結論せざるをえなかった。ある批評家に言わせれば、もっぱら充溢した生を夢みるのはマゾヒズムの傾向が私にあるという証拠であり、批評家連中は私の葛藤に興味深い症例を認めようとするあまり、病気を愛する患者のように私を扱うのだった。たしかに、自分にはめまいを厭わず内面の深淵を覗き込もうとする傾向があるのを否定しようとすれば、無分別だという証拠となってしまうだろうし、それにまた、その注釈が何らかの仕方で、私がどのような地点に立ち到ったのかを、自分がやる以上に明確な見取り図をもって示してくれることで私の努力を肯定的に支えてくれる人々に相応のお返しをせずにいるのは義理を欠くことになるだろう。だが、私は――断固として、ただし、とげとげしさ抜きで――ある人たちが言うように、私自身が病的な衝動の影響下にあって、精神の高揚にとことん水を差し、希望に結びつく根拠を徹底的に破壊しようとしているとする見方に対しては異を唱えることができる。愚かな人間にはならぬようにするといっても、すべてを切り捨て欺瞞しか残らぬというのでは話が違う。実際に私は厳しい点検に自分を処す以外の何ものをも受け入れまいと思ったのである。ただし、そこから多くの幻想が打ち壊される結果になっても、倒錯的な快楽をめざし、すべてに否定的評価を下す狙いをもってやっているわけではない。それでもやはり、必死になって死の観念に立ち向かうこともそうだが、神経症患者でなくして、このような観念の侵入に抵抗するには困難がともなうのはごく当然のなりゆきであるように私には思われる。その数が多くなければ、私の偏執についてほとんど何も考えていない彼らの方こそ異常なのであって、あらゆる試練をものともせぬ勇気の持ち主なのか、それとも明晰さを欠いているかのどちらかだと主張しよう。残念ながら彼らの能天気な結論はその明晰さの保証とはならない。

私に賛辞を寄せてくれる者たちは、誰もが、敗残者の身を飾り立てる独特の高貴な形態に対して人々が抱くような、憐れみと尊敬の入り混じった思いをもって私の彫像を眺めたというわけではなかった(私はそのことを強調する)。ある者は友情溢れる気遣いを見せながらも、試論を締めくくるにあたって(そこでは色々な時期に私が書いた文章について巧みな比較がなされており、私自身にとっても益するところが大きかった)、以下のような勝利、すなわち、個人の生と神話を隔てる距離をことごとく消し去る可能性をもつシステムの発見という功績を私に帰するのだった。だが私の支持者《サポーター》の書いた文章を読んで即座に虚栄心が満たされるにせよ、そのような文章は結果的には慰めではなく、むしろ傷口に突き立てられるナイフとなるのであり、私の人生を神話に変貌させることができたとしても、あくまでも書かれた文章によるわけであり、私が現におこなっているような過去形の叙述によるものでしかなく、私が生きる現在において、それだけで神話となるわけではないのだ。とどのつまりは、私の敗北（その極端な性格は私の注意を逃れることはなかった）に敬意を表する者たちの賛辞によって傷つく場合と、意地悪さの程度は大して変わらず、この勝利の証明書類によって私はさらに傷つくことになった。

　幼少期の頃の愛読書の一冊の表紙を飾る金文字（あるいは金地に浮き上がる黒い文字だったかもしれない）のタイトルは「決して満足せず」というものであり、本の主題は以下のようなものだった。兄と妹の二人の子供が、過去はいまよりもずっと価値があったとひたすら純真に考え、夢のなかでさまざまな過去を体験するが、どの時代も欠陥がないわけではなく、そのつど幻滅を深める羽目になる。私自身に関しても「決して満足せず」という表現があてはまる。この二人の子供よりも一層顕著な聡明さの欠如は明らかだが、彼らの間違いは、すでに手にしているものについての判断を誤り、自分たちがいまだもっていないものに驚異の色彩を付与することにあった。ただ、少なくとも、引っきりなしに失望を体験することを通じて、最後には、現在から授けられるものを受け止めて大事にするようになるのである。人が私の不運を哀れと思って、私に名誉を与えようとするのが仇になって、逆に私が苦境に陥るとすれば、称賛の言葉を私に向かって書き連ねる行為もまた私を苦境に陥れるのである。私自身が誘い出した判断に敏感に反応し、そのなかでもごく少数しか相手にせず、家に帰り着いたときは一連の記事の切り抜きを読まねばならなくなったせいで嫌な気分になり、ただし記事が出なくなればそれもまた心痛の種になるわけであり、文芸の仕事に携わる人間として称えてくれる賞を受賞する段になると、すぐに落ち込み（受賞するかもしれないと思っていたのに受賞できなければそれはそれでまた気分を悪くする）、これとは逆に、作家としての仕事を続けられる状態ではなくなったときも落ち込み、自分でも、このような状態が続くならば、もはや自分は誰の目から見ても存在しないも同然の人間になると思い、確実なのは、私のための特権的な場と思われる領域もそうだが、約束された土地を探し求めるほかのやり方となる大がかりな旅行という領域にあって、つねに私はふくれっ面をした子供のようにふるまい（別の時代に行きたがるこの小さな男の子と女の子のように）、そこから脱出しようとする気持ちがあるにもかかわらず、あたかもこの「決して満足せず」の生きた事例だと自認してもいるのである。

自分でも憂鬱気質の人間だと思う。私は自分をまずつねに満足しない者として描く。ほかの誰かにペシミストだと指摘されたらすぐに憤慨する。これは天の邪鬼の意志からなのか、それとも隠れた媚態の裏にある自尊心の強さなのか、完璧なる支離滅裂なのか、それともいったんは抜き差しならぬ事柄に足を突っ込んでしまった以上逃れるのが困難な逆説の例なのか。ありのままの存在として人から愛されるには自分の殻を出て、いかなる危険も顧みないようでなければならないが、告白がなされ、これが受け入れられれば、言質をとられ仮面が剝がされた状態を人に見られたと思って苛立ちを覚えることになる。自分が述べた事柄があまりにも単純素朴に受け止められてしまったことに対する私自身の反応のなかで、あまりにも不当で、嘲笑もしくは、肩をすくめて苛立ちを示す身ぶりを誘い出すような何かがあるが、異常さはまだほかにもある。たしかに、まさに自分は絶望しないと確信しつつ、私の著作にあまりにも暗い意味を強引に見出そうとする人々に対していきり立った瞬間に、他人が見れば、自殺の試みと考えられるような行為に身をゆだねたのであり、それはずっと前からみずから幸運と呼んできたものが実現してまもないとき、すなわち激しい恋という冒険であって、これについては自分がかかわりをもちうるほかのいかなる種類の冒険も控え目な代理物であるにすぎないと考えはじめた（すでにだいぶ前のことになったが）ところだったのである。ほかの土地への逃避行、ヒューマニズム的研究調査、政治的姿勢などは、私が抱く倦怠感の派生物だということが明白になったものであり、（今日北アフリカで進行中の出来事がなければ）ハンガリー動乱のあとで私はおそらく政治からは遠ざかっていただろうが、一九五二年のウィーン会議後に、私自身がおおむね「隠れ共産主義者」と右翼の連中から呼ばれるものになっていたとき、ハンガリー動乱はいかに自分が気色の悪い宗教的な静寂主義に浸り込んでしまっていたのかを突きつけて示したのである。

不幸な結果になりかねなかった身ぶりの動機となった危機については、最小限の事柄を示すだけにしよう。いまだなおそのことに囚われているので、突っ込んで話すのは難しい。

最初に読者に知っておいてもらわなければならないのは、何か月も前からランテリュル・ド・フェノバルビタールを手元においていたが、これは元はといえば、不安定な神経症的状態の改善のために服用するよう医師が処方箋を書いてくれたものだった、ということである。文通相手の女性と私のあいだには、「八グラムのソネリル」をめぐって暗黙の了解が成立していた。すなわちこれは睡眠薬の致死量に相当するものであり、手の届くところにおいておくのが望ましいのは、いかにも甘美な自己消滅の手段がつねに用意されていると、むしろ純粋に生きる手助けとなるのである。この薬に代わるものとして、私は誰にも内緒で、文通相手の女性にもまたそのことを言わずに、バルビツール系睡眠薬の相当な分量を貯め込んでおり、その六グラムに相当する量を例の晩に嚥み込んだのだった。

次に読者に知っておいてもらわなければならないのは、あれほど自分が待ち望んでいた愛はその同伴者たる高揚をともなって訪れたが、次のような苛酷な真実を私に突きつけることになったということだ。すなわち本当に平穏な短い期間を別にすれば、あたかも私は、頭がおかしくなってしまう気がするほどの倦怠感と、恋愛感情の葛藤から生じる耐えがたい緊張状態のあいだを揺れ動いているようなぐあいであり、倦怠感から逃れて激しい感情の方向にむかおうとするとすぐにこの葛藤が生じるのである。詩的なレベルにあって、美しい夢の表現としえるものは社会的関係の言語にあってはブルジョワ的な不倫と書き記され、私はこの分岐に苛まれるとともに、現実的には二重性の戯れにまで行き着いてしまって、それに苛まれる。つまり私が語った苛酷な波瀾にもかかわらず、あまりにも深く、またあまりにも長い期間に及ぶ絆で結ばれ、別れるなど思いもよらぬ伴侶を前にして秘密を守りつつ、何もこれについては言わずにおいて彼女を裏切るのか、それとも私の秘密を打ち明けてもうひとりの相手を裏切るのかの選択しかない状態に自分はおかれていた。

　嘘偽りは真実を害するだけではなく、嘘偽りによって真実の全体が疑わしいものになる。私は嘘偽りに取り巻かれて愛を体験することで、愛そのものが嘘偽りだったのではないかという思いに囚われ、相手が私に対してどの程度本当のことを言っていたのか、われわれがアンリ・バタイユ〔フランスの劇作家。恋愛心理もしくは病理を描く作品で知られる〕の芝居を思わせる言葉のやりとりをしていたとき、これを楽しんでいたわけではなく、そしてまた、死ぬまで地道にこつこつと着実に生きるほかに道はないとする通念を吹き飛ばすほどの勢いのある出会いを望みながらも、弱ってゆく力に新たに適用の場を与えて強さを取り戻す必要から、あるいはまた、初老にさしかかった男たち、ことに私のように経験が乏しく、自分に対してほとんど自信がもてず、ぎりぎり土俵際で手遅れにならぬうちに力を試さねばと焦る人間を襲う激しい欲望のひとつに翻弄されていただけではないかと思い返す羽目になった。そこで私の身に生じたのは、ひとりの女性によって差し出される——ここで絵に描き出されるその人が輪郭を欠いた姿でしかないのは、遠近法をひどく歪める馬鹿げたメカニズムのせいであって、それは、自分としてはそのような二次的な細部を完全に心地よく感じているのに、この重要な要素について口を噤むように求めるのである――幸運だったが（そのことを否定はしない）、文学的な評価の訪れと同じく、幸運はあまりにも遅れてやって来たので、摑めばひどく火傷するようなものだった。結局のところ、私は以下の二者択一を迫られる場に身をおいていたのである。その二者択一とは、厭わずに火傷を負うのか（それにまた、こんな私の二重生活が長続きはしないと知りながらも）、それともお定まりの慣習に身をおくのかというものだった。まさしくこの点に私は突き当たったのであり、出口なしの状況に自分がいると思い、吐き気をもよおす状態にとめどなく引きずり込まれ、それがいかなる物理的原因および精神的原因によるものかわからずにいた。

古代の宇宙開闢説は世界の形成を原初の統一の崩壊として描き出す。原初の統一は断片に分裂し、その断片がまた次々と分裂する、一なる全体が分解され最終的には無数の塵芥となるなりゆきである。私独自の統一はまずもって二人の女性のあいだに分かたれ、このようにして始まった分裂がそこで終わっていたら、不幸がいかに苦痛をともなうものであっても、たぶんそれは限度を超えるものとはならなかっただろう。しかしながら、この分裂は、先ほど触れた宇宙開闢説の場合と同じ状態にあるのだ。文通相手が訪ねてきたとき（ドイツから来たのだが、医学の勉強を終えるところで、懸命に物書きになるための修業をしていた）、二度目の、そしてこらえがたい分岐が生じたのは、どことなく雌態を思わせ、作家修業についてほかの人間にも忠告を求めていると裏切りを告白して殊勝にも自分を責めてみせるこの訪問者の口から洩れ出た「あなたにはどこか悲痛なところがある……」という言葉を耳にしたときであり、これを（貪欲な身ぶりをもって）受け止めるにあたって心の動揺を抑えきれなくなったが、しかも私がそれに満足を感じたといっても、むしろほかの女性の口からこの言葉が洩れるのを聞きたいと思っていたので苦しみは増すばかりだった。出来事の現場となったのは、私にとってみれば、時の経過とともに純然たる巣穴と化していった人類博物館の地下にある研究室だったが、この博物館は人類学関連ではもっとも現代的なものとして出発し、人種差別に反対する思想の拠点となった歴史を刻んだあと、いまはすっかり眠り込んでしまっている。こうして、一週間のうち五日は何時間かそこに閉じこもる習慣だった私は、わが家同然に感じた壁に囲まれた隠れ家の船底にあって、経験豊かな人間になりきれずに、優美と真実——猫と熊——が私という人間を囚われの麻痺状態から連れ出そうとして交互に姿を見せる道化芝居との折り合いがうまくつけられずにいた。こんなふうにして、私という男は、世間が言うように、縺れ話のなかで破滅したのだ。

かなり前から私は自殺の観念に取り憑かれていた。これを話題にするにあたって以下の事柄を述べないでおくのはあまりにも軽々しい。自殺の観念に支配される度合いが強まったのは、「社会主義建設」と呼ばれるものの人間的価値に対する素朴な信仰をすでに失い、ただ単に宗教が自分には欠けているだけでなく、ふだんの行動に到るまで一貫性が欠けてしまっているのは、私を導く光は遠くに、そして間歇的なかたちでも見えなくなってしまい、決定的に自作執筆のぬかるみに足を絡め取られてしまっているからなのだ。マルクス主義の道にはどれほどの罠が仕掛けられているのか、もしも実直にこれに肩入れしようとするならば、どれほど無味乾燥な分析に身をゆだねなければならないのか、という困難が歴然としてしまったいま、大まかな見当をすでにつけた最終的な決着にまで、いかにして本書を導けばよいのだろうか。仮に決着をつけないということになれば（もしも自分が決着をつけることになおもこだわっているなら）、突如幕を降ろすことにならざるをえず、それでは私の敗北が記録される結果になってしまうだろう。まさに鍵は『抹消』の冒頭で語られる体験が私に示唆する路線を引き継ぎ、詩的な要素と社会的要素の融合を実現することで見出されたのであり、その体験とはある程度はデカルトならぬ私自身のコギトに相当するものであり、正しくは「……かった」ではなく「よかった」と言うのだと知って、私という存在を超え出る外部の現実に相当するものとしての言語の存在を発見したとき、そこから演繹すべきは「人はひとりだけで話をしない」（話す行為のなかには不在の他者もまた絡んでいるのは、その他者の言語を用いているからだ）ということであり、さらには、話す瞬間から——もしくは書く瞬間からといっても同じことだが——自分の外部に他者が存在することを認めているのであり、言葉を話したり書いたりすれば、時間と場所の制約をことごとく乗り越えて顔をもたぬ対話者によって代表される人間という無限の連鎖に自分を結びつける関係の絆を認めないのは不条理だということなのである。どのように本書に決着をつけるのかという迷いに完全に新たな事実がひとつ加わり、盃に注がれた液体が溢れてしまったのだといってもよい。それはすべてを言い尽くすなどありえない話だということはわきまえていても、たぶんかなりのおもねりも一緒にみずからくりひろげてきた数多くの主題以上に遥かに重要なこの一件について口を閉ざしたまま自分のことを語りつづける粉飾に手を染める自分の姿が見えていたという事実なのである。

　このような状態のまま、たとえどんな犠牲を払っても自分の著作を完成させようと望むのは、これまで私が書くものを注意深く読みつづけてきてくれた人々を失望させかねないという大きな危険があった。たしかに彼らが示してくれる共感のしるしは、思い違いなどなしに交感が成り立ちうることを私に証明していたのである。妻との生活は状態が徐々に悪化し、いわば死の踊りのようなものへと変わっていくように思われた。というのも別れるより偽善を押し通す方を選びながらも、裏切るまでゆかないのは、どこかに許されるという甘い気分があるからで、そんな私を彼女が見れば、自分という人間の信用はなくなり、我慢ならぬ相手になってしまい、あげくの果てに、私を軽蔑し憎むことになるだろう。しかもまた、だいぶ以前から、われわれ夫婦の関係は、私が妻に対して抱く後ろめたい思いによって蝕まれていた。自分でも非難の対象になると思われる点としては、まず逃避行があり、それまでの私の数々の旅がこれにあたる。そのほか、われわれ二人の関係のなかで私が演じる食客的役割（わが家は経済的にはむしろ妻の働きに支えられているといってもよく、博物館員としての私の仕事は補助的なものでしかなく、私の同僚との関係上の気まずさもそこから生じており、それに輪をかけるように博物館の仕事が自分の一番の関心事ではない点もよくない結果をもたらしている）。私が書く文学的著作において、妻を主題化するときの不快なやり方（この文学という点に関して私は「いたずらな遊戯ではない」と口にするが、経済的にはあくせくする必要がないという事実によって、数々の誘惑から護られている）、われわれ二人を結ぶ密接な絆に私の方から加えることができたはずのほんのわずかな金色の糸の欠如（精神的、知的、それに肉体的な面でも強い絆があったが、危険な時期に入り、ときに性的不能になるまで気力喪失の状態に追い込まれ、その結果として自閉的な気分に閉じこもらずにはいられなくなった）、彼女の厳格さについて最初の頃から一目おいていたこと（平等と自由を尊ぶ私なりの原理を無視して、妻がペネロペもしくはルクレティアのような存在だと捉える一方で、自分の方はまったくこれと釣り合いがとれていない）などがそれにあたる。

こうした精神力の低下という原因に、もっと一般的なレベルにある別の原因が加わった。百万長者、王、世界中に名がとどろく人物になるのは土台無理な話だとしても、自分がおかれた状況を嘆くとすれば、花嫁が美しすぎると文句を言って、けなすのに類する事柄となろう。現代芸術を扱う画廊が偶然の流れで引越を余儀なくされたあとは、ドイツ占領軍による最初の反ユダヤ的措置にしたがって妻の名前を看板に掲げることになったが、結果的に、この種の画廊としては面積も、扱う作品点数も最大のものになった。われわれの別荘は、現地では「城館」という豪勢な名で呼ばれている。私自身の側にあっては、作家として、そしてまた民族誌家として、それなりに名が知られる存在となった。しかしながら、喜んでもよいはずのこの地位向上を考慮に入れても、私の人生は客観的に見て、考えるだけで嫌な気分になる限界点に達してしまったのである。つまり社会的な成功という点に関しては、理性的に考えて、今後期待しうることは何もないということになってしまったのだ。このようにして私の目の前に姿をあらわした人生の終末は、最近フィレンツェで過ごした日々に似たところがある。トスカーナの古都には、隅々まで見て回ってみても些細なものでまだ見物すべきものが残っているが、これから先なおも生きてゆく時間にあっても、なすべき事柄としては幾つかの些細なものが残っているだけだ。ただ単純に『ゲームの規則』を終わらせるために書き終えること、交わした契約によって拘束されていると感じる黒人芸術に関する骨の折れる大部の著作の執筆、約束したエメ・セゼール論を書くことなどである。もはや遠方に旅行する計画はなく、休暇を利用して行ってみたいと思う場所もない。何人かの親しい友人たちに会ったり、舞台を見たりするのは楽しいが、こうしたことに本当の意味での強い魅力は感じなくなっている。第二次大戦後のことだが、ル・アーヴルから戻る際に乗ったディーゼルカーで、ワイン、コーヒー、アルコール類を手当たりしだいに飲んだせいで肝臓と神経に変調を来したことがあったが、そのときのように、あらゆるものから切り離されて病の激しい発作を感じ、そしてまた風景を見ながら（冬だったが明るい日の光が射していた）抑えがたい錯乱状態に陥り抑制がきかなくなり、叫んで暴れ出すのではないかと自分でも怖くなった。夕暮れが迫り、かつて私が愛したアフリカを思い出していたのだが、そのアフリカはすでに神話的なひろがりを完全に失っていた。ディーゼルカーの狭い車内に閉じ込められていたせいで、抑えがたい不安がさらに強いものに変わり、車内にはほかの乗客もいたが、不安の原因は、車窓から線路の両側に見えた風景がそうだったように、夕日が沈むなかに一群のアフリカの小屋の平和な光景が頭に浮かんだことにあった。威嚇的な鉤も爪もない苦痛であり、別の機会にこれを眺めれば心惹かれる美しい風景だと思えたかもしれなかったが、そのときの印象は完璧なまでに丸裸で乾ききった客観的なものだったといえる。後日、一九五〇年六月の日付のもとに書き記されたこのメモにおいて、毎日少しずつ疲労が募るなかで想像的な道のりを進んでゆく先に見出しうるはずの財宝に果たして価値があるのかどうかと疑念を表明したとき、ほぼ七年後には、どこから見ても完全にそのメモのような姿になってしまっている自分の予感がすでにこのときあったのだろうか。「――辛抱強い努力のおかげで――自分のなかで迷信であったり、審美的態度であったり、スノッブ趣味であったり、子供っぽさに類するものをことごとく捨て去ったとき、そんなふうにして余計な部分を削ぎ落とし、修復がなされ、表面的な装いを取り除いた私の人生は批判すべき点がおそらく前より減ってはいても、もはや生きるに値する何かを表現してはいないと認めざるをえなかった。」

こんなふうに行き詰まり、ときには、私の窮状がかなり深刻な展開を見せて、マニコミオへの滞在(すでに述べたことだが、妻と私は冗談でこの語を用いるのだが、イタリアの都市を訪れたとき地図に見つけたもので、精神病院の意味だと知っていた)によって気分転換をはかるのがよいと思うようになったとき、突然生じた恋愛感情の縺れに先立って、文字通り本物の旅立ちを成し遂げるに十分な用意ができていた。自己消滅をはかることで、近親者には傷つかずの肖像を残すことができるし、著作に関しては、それが中断されたままになってしまっても、もともとあったはずの可能性を損なうような小細工を弄するほどに落ちぶれた姿を見せるよりはましだと思われたのだ。書き溜めていたカード類は、友人のひとりが私の遺言執行者となり、場合によってはその刊行にあたることを引き受けてもらう取り決めがなされた通りに、将来彼の手によってそのままの状態で出版されることがあるかもしれない。こうしたすべてが相俟って、私を揺り動かした葛藤が私をどこに運んだのかは見通せないが、私の人生にもう一度味わいがもたらされるような変化があったにもかかわらず、自殺という観念が速度を早めつつ歩みを進めていなかったならば、それだけではおそらく自分自身を清算するには到らなかったはずだ。常備しておいたフェノバルビタール睡眠薬（常備量を増やすために「ソネリルの一撃」と私好みの呼び名をもつ行動を起こす前日、たまたま見つかった処方箋を利用することでもう一壜余分に手に入れることができた）を勢いよく嚥み込むには、ほとんど偶然のきっかけがあればよかった。心の動揺があったので、カタストロフの様相を呈し、それが引き金となった。

　逢う約束をしていたところに待ちぼうけを食らって、午後の終わりにはだいぶ神経過敏になっていた。約束といってもはっきりしたものではなく、そんな可能性があったというにすぎない。彼女から離れて遠くにいるときの私は、分割、葛藤、悲嘆、吐き気といったものでしかなかった。私の生活に彼女が入り込んできて不安な状態に突き落とされたのだが（たしかに別種の不安からは解放されたが）、不安を忘れるにも彼女に代わる存在はなく、ときどき逢う程度というのは互いに了解済みの事柄であって議論の余地などなかったが、そうではなく頻繁に逢うことになって彼女が幸運として、それも、今後このような幸運がまたやって来ることがあるだろうかと疑問に思って応対する種類の幸運として姿をあらわすのをやめれば、いまほどの輝きはなくなるだろうということも同時に——衝撃的な確実さをもって——わかっていた。その日の午後は、さらに一段と事態は悪化していた。逢いたいと思ったのに逢うことができず、おまけに毎年の彼女の習慣通りに数か月のあいだは遠くに行ってしまう時期が近づいていることに気づいていた。極度に調子の悪い状態で私が出かけた先は、マルシェ・サントノレという奇妙な一角であり、ほとんど大衆的といってもよい雰囲気の場所ではあるが、といってもヴァンドーム広場やリッツとは目と鼻の距離だった。この界隈に足を踏み入れたのは、パリに滞在中の知的洗練《ハイブロウ》をきわめたイギリス人エッセイストのお祝いの会として催されたカクテル・パーティのためだが、地理的には、私が住んでいる地区とさほど離れていなくても、右岸と左岸を分け隔てる観念的な深淵によって両者は切り離されているのである。時代遅れの雰囲気が漂う地区にあるモダンなアパルトマンに迎え入れられた私は多くの見知らぬ招待客のなかに何人かのごく親しい人々を見つけた。まずその会の主人となった人たちであるが、男性の方はイギリス人であり、シュルレアリスム運動を体験したあと、いまはピカソの評伝を執筆中の人物であるが、そのピカソがとりもつ縁でパリ解放直後に知り合うことになったのである(イギリス軍の制服姿の彼が目に浮かぶ)。女性の方は、元気旺盛なアメリカ人であり、女像柱のように強固な体つきをしていて、何といってもその魅力は、鷹揚な雰囲気にほんの少しばかり風変わりな部分を意識的に加えている点にあった。二人を相手に楽しくつきあった思い出がある。妻と一緒に出かけた前回のイギリス旅行の際には、サセックス州にある彼らの農園を訪れたし、パリで彼らが住む家の周辺を彼女と二人で散歩したときは、家禽とジビエ類を扱う店先に猪が丸一頭吊るしてあるのを驚きの目で見たり、ルーヴル界隈の店を覗いて、クリスマスの馬槽なども見にゆくほどの野次馬根性を丸出しにして、占いに関係する品を集めた棚をじっくり眺め回したりした。そこには占星術、タロットを始めとするカード類があり、手相占いや、ほかは忘れてしまったが、さまざまなものがあったのは確かだ。カクテル・パーティの際には、私の方はそこから出発して最後は冒険的という表現では収まりのつかぬほどさんざんな結果を招く旅出となったわけだが、二人の方は連れ立ってベルギー旅行をしてきたところだった。

これまでもこの種の招待客の集まりを苦手としていたのは、ある程度の人数が集まる場にいるとなんとも手持ちぶさたで、そこでは——ぎごちなく立ちすくむばかりで——知らない人々に囲まれ、合間を見て、長いこと顔を見ていなかった相手、あるいはどこかで会ったことがある程度の相手と言葉を交わしたりはするが、より親しい相手は(もしそこにいればの話だが)素通りしてしまって、人から誰かを紹介してもらっても、自分の方からそれ以上に関係を深めようとはしない。飲酒が禁じられてからは、とくにこの種のカクテル・パーティが嫌いになった。昔は他人と自分の距離を縮めようとして酒を飲み、ときにはうまくいく場合もあったが、酔って失態を演じるだけのこともあった。いまは、飲酒そのものが禁じられており、自分をもて余し気味だ。おぞましい泥酔の危険からは解放されたと思ってみても、この点に関しては、いかなる救いにもならない。

いま話題になっているカクテル・パーティより少し前、旧知の親しい医者がたまにウィスキー一杯飲む程度ならかまわないと言ってくれたが（ただし一杯以上は駄目だという）、この人は、私の人生において新たな希望がほんの少し見えかかった瞬間、あらゆる手立てを尽くして好機を逃さぬようにしたいと思い、救いを求めた相手だった。私を苛む欠乏感について、恥も外聞もなく事細かに説明したり、泣き言を口にできる相手というだけではなく、書く文章を読んでくれ、ほかの同僚に比べて、私のことをよく知っているので、安定した状態に連れ戻してくれる力があるもっとも頼りになる人物だった。その日の私はとくに限度を超えるほど酒を飲もうとしていたわけではなかったが、すでに述べたように、極度に神経が昂っていたのは間違いない。禁酒命令に素直にしたがいはじめてだいぶ時間が経つが、このカクテル・パーティでは、私を招いてくれたホスト役二人への友情は、誘惑に抵抗するには役立たず、居心地の悪さが、すでに始まっていた極度の緊張状態に接ぎ木され、ますます居心地悪く感じられるようになったばかりでなく、逢う約束が反故にされて生じた心の動揺もあって混乱は深まった。とはいっても、すっぽかされたのはこれが初めてというわけではなかったのだ。まずはウィスキーを一杯だけ飲んで、一気に飲み干してグラスをおいたあと手持ちぶさたでいると気分が落ち着かないことはなはだしく、このパーティに辿り着く前に、ウィスキーを一杯だけ飲むよりは、シャンパンを二、三杯飲んだほうがよいし、害もまた少ないだろうと考えた。実際には、二、三杯どころではなく、何杯もひっきりなしに貪るように次々と飲みつづけたのは神経が苛立っていたせいもあってのことだった。知り合いのなかには、前日か前々日にパーティを開いた夫婦がいて、私もまた招待されたが、健康状態がすぐれないという理由で断ったのは、だいぶ前にこのカクテル・パーティに行くと約束していた以上、できるだけ無軌道なふるまいを避けようと用心していたからだった。理路整然と考えれば、ここで私に会うなどまったく予想外だったはずの二人は私がいるのを見て怪訝に思った様子など少しも見せず、むしろごく親しげに相手をしてくれた。私の方は自分の健康状態が悪いと見えないところにばつの悪さを感じ、そのせいで酒を飲み過ぎた可能性もあるが、そこに行き着いてしまった第一の原因は無軌道なふるまいを避けようと用心したことにあった。

こうして一時間余りでかなりの量のシャンパンを飲んだが、たしかに適量は超えてはいても、滅茶苦茶な飲み方ではなかった。昔から酒には強くなかったし、たとえ気分がすぐれぬ日々にあっても飲み潰れるほどに酒をたくさん飲んだことはなく、アルコールは私には危険なものだという以前に、もしもこれを余計に飲むと、翌日はひどいことになり、それだと飲んでいる最中から味わいなどあったものではなくなる。私が飲んだものは、いかに口当たりがよくても、そのせいで心に動揺が生まれ、口は粘つき、頭は鉛のように重くなって同時にたしかに大きな疲労感をもたらす予感があるように思われた。飲めば飲むほど、このような印象が強まったので、まもなく私は無理矢理というのではないが、ペースを抑えることにした。アルコールという観念と有害な媚薬という観念とを結びつけるほとんど有機的な絆ができ上がったこの瞬間でやめて、ひどいゆき過ぎにならないようにしようと思ったのだ。マルシェ・サントノレの友人宅にあって、酔ったことは酔ったが、それはむしろほろ酔い加減であり、支離滅裂なことを口走ったり、呂律が回らなくなったりはしていなかった。

ふだんよりもだいぶ饒舌になり、色々な人々と話をしたが、最初のうちの陰鬱な気分がこんなに元気な姿に変わっても、それは軽やかさというよりも空虚感との結びつきの方が大きく、不条理の盃を飲み干すと知りながらこれを飲むのに似た不快な快楽を含むものであるわけだが、そんな変化のなかで私が執拗に絡むという極端な行動に及んだ相手の若い女性はブリュッセルで知り合った人で——この女性の母は私の友人と一緒に暮らしていた——十年あるいは十二年ほど前から顔見知りであり、それまで顔を合わせることを楽しみにしてはいたが、およそ言い寄るなどという大それた考えが頭をかすめたことは一瞬たりともなかった。この出来事が生じたのは、無礼講がまかり通り、公然と少しばかりキスが交わされたからといって、顔を顰めたりする連中がいるような場ではないのだが、私はすぐに自分のふるまいが不適切だったと思い直した。親しみの表現ならばよいが、恋愛感情を交えるなど度を越したふるまいをしてはならなかったはずだというだけではなく、このような節度のない態度は——私のような年齢の人間にとってもってのほかだという以上に——、妻がその場に居合わせていないこともあって、完全に彼女を無視している印象を公然と与えてしまったと思われるのである。招待客の出入りや思いがけない動きがあってグループの顔ぶれが変わる偶然の流れのなかで、私は魅惑の女の腕を抜け出し、ディオニュソス神の誘惑に負けたことを恥じたのだが、その瞬間は、単なる空虚な作法とは歴然と異なる本来の礼儀作法の掟に違反していたことになる。

夕食後の時間になり、また別の集まりに顔を出さずに終わっていれば、その程度ですんでいただろうし、不都合が雪だるま式にふくれ上がりはせずにいただろうが、現実は違った。たしかに、私はまたしても弱い自分に戻ってしまい、これほどみっともない姿を見せてしまったことで屈辱を味わっていたにちがいない。それに加えて、逢う約束がキャンセルになったことで、相手にしてくれる女性がいなくなった気がして、恋に悩む若者のようなふるまいに及んでしまった罪悪感を強く感じていたはずなのである。そんなことがあって、空中分解が起きてしまったという堪えがたい感情を味わっていたところに、本当は別の人の口からその言葉が発せられるのを耳にしたいと思っていた例の言葉が、文通相手の女性の口から発せられたとき感情が抑えられなくなってしまったのである。この新たな苦しみが、私自身の落ち度のせいもあって別の苦しみに重なるなかで、ほかの予定がなかったならば、その晩は、後味の悪い一日の流れを反芻しながら寝床につくだけであり、あれほどひどい結果にはならなかっただろうという思いがする。

そのあとに続く二番目の集まりには妻と一緒に出かけたわけだが、午後の遅い時間に、事情があって自分ひとりで顔を出した集まりよりも遥かに内輪な性格のものだった。われわれ夫婦がかなり昔から知っている哲学者が、おそらく歩いて五分ほどの距離だが、飾り窓には、種類も大きさもまちまちの動物の骨や頭蓋骨剝製などが所狭しと並べている、自然史関連の品々を扱う店をさらに通り越した先にあるサン＝ミシェル大通りのアパルトマンに友人たちを呼んでいたのである。この場合は窮屈な思いを忘れるために酒を飲む必要があるわけではなく、すでにかなり飲んでいたという理由もたしかにあるが、招待客も、その大半は何度も会った人たちか、ふだん顔を合わせるお馴染みの顔ぶれであり、私にとってみれば、見ず知らずの相手などではなかったのである。それでも悪い癖がついてしまったのか、二時間ほど前に生じた出来事のあと、神経の昂りは収まるどころか、その逆だったのだ。右岸にいたとき飲んだのはシャンパンだったが、左岸ではウィスキーを飲みはじめ、じきに抑制が利かなくなり、この話を続けるには、ずっとあとになって妻がこの晩の私の言動について話してくれたことを頼りにするほかはない（私自身の記憶はそれほどに不鮮明なのだ）。つまりその後の記憶はクロード＝ベルナール病院のベッドの粗い手触りのシーツに包まれている自分に気がついた瞬間まで飛んでしまうのであり、私の背後には（あとで私が知ったことによれば）三日半に及ぶコーマによって深く穿たれた深淵が修復しようもなく大きな口をあけていた。ここでは、私自身の記憶をもとに、あるいは眠り込んだ私の記憶を活性化させるために妻が私に語った内容が果たした触媒の力を借りて、拾い上げることができたほんのわずかな事柄を書きとどめておく。

右岸にいた私はしばらくのあいだ若い頃の放蕩生活が戻ったような状態だった。左岸では、さらに酔いがまわり、感傷的な気分という曖昧な水のなかに深く潜り込んでいった。明るい照明にもかかわらず、どこか寂しげなこのアパルトマンで静かに語り合う以外の考えをもっていない人々に混じって、ただ単に親しいというだけではなく、ほとんど家族同然といってもよい関係にある夫婦がいた。彼らが結婚したとき、私は新婦（私の仕事仲間の小サークルに属す音楽家）側の証人となり、そのアメリカ人女性には、愛情と尊敬の念をもって接していたが、もともとが美人であるところに、いわゆる美人には滅多に見られない優しさと飾り気なさがそなわっていた。前後不覚の状態に陥っていた私は、話に飽きて、彼女に絡みはじめ、知的な話題にはさほど強い興味がなかったうえに、スコッチ・ウィスキーを飲んだせいで頭がもうろうとした状態で、ますますその種の話題に興味がもてなくなり、むしろ感情の機微に触れる言葉のやりとりに心が傾いていた。「ひどく落ち込んでいる」と彼女に言うと、それ以上の説明はせずに、誰かに慰められるのを待っている子供のような口の利き方をした。それから子供じみた執拗さをもって彼女に抱きつき――もはやどうすることもできない――、長椅子の片隅もしくは肘掛け椅子の端に腰をかけて長いこと彼女にもたれかかっていた。（手術後の回復期に、このパーティの最後の方は、相手を困らせるほどにしつこくつきまとっていたことを改めて知り、迷惑をかけたことを詫びたが、彼女は笑って、大丈夫だと親切にも言ってくれたのだった。）

家に戻って妻と私が簡単に用意した夕食についてはほとんど何の記憶もない。二、三人の親しい友人たちと一緒にキッチンでテーブルを囲んだが、そこに件の音楽家と三角形の蒼白い顔色の顎の尖ったアメリカ人女性が一緒だったかどうかもはっきり覚えていない。私はこの女性にすがりつき、溺れる者が救命ブイに、あるいは子供が母親の服にしがみつくようなありさまだった。友人のランブールの姿（背景から浮き上がったその姿はいつも私には海賊が索具をよじ登ってゆくのを思い出させるのだった）がぼんやりと見える。そして食べるだけでなくまた少しワインを飲んだこともわかっている。

深夜になって客が帰り、妻と私はあとは横になって休むだけになった。服を脱ぎ、寝支度をするあいだに少しばかり酔いが醒めたのか、あるいはまた、外側からは子供じみた軽薄な様子に見えても内側では深く心が蝕まれていたせいなのか、注意力の低下と回復が代わる代わる訪れるなかで、表面にあらわれたふるまいの点では自分を見失った姿をさらした一方、奥深い部分で何が生じていたのかを悟ったのだった。いきなり私を襲った暗い発作的な思いについてはかなり鮮明な記憶があり、そのとき下着類がしまわれている戸棚の前に立った私は怒りに駆られた衝動的身ぶりをもって（物を手に取って壊したり、窓の外に投げ捨てたりするようなやり方で）引き出しをあけたのだが、そこには――毛織物、手袋その他の身につけるアクセサリーに混じって――バルビツール睡眠薬の小壜が入っていたのだ。

この最近の何日かのあいだ、私はたしかに奇妙なゲームを演じてしまった――いまはその何かを隠れん坊の奇妙な遊びにたとえる気分でいる。ならば、欲望を呼び覚ます女性を見るたびに頭がおかしくなるケルビーノ、それも六十歳になろうというケルビーノのような人物、ただしケルビーノとは逆に、初めて武器を手にしたというのではなくて、撃ち止めに近い者であって、さもなければ自分はほかの何でありえたのか（いまモーツァルトのオペラの登場人物を持ち出すのは話をわかりやすくするため、しかもせいぜいのところが、考えたというよりも感じていた事柄を翻訳することができるというだけのことであり、その瞬間にこの登場人物を思い浮かべていたと主張するつもりはない）。私はみんなを裏切り、実際のところ、人々に執着するようでありながらも影の地位に貶め、個々の相手は姿が薄れ、ほかの誰かに席を譲り、その相手もしばらくすれば消えてゆく流れのなかでの、傍若無人なふるまいであり、その人々がいなければ自分の行手には虚空しか見出せぬというのにすべてぶち壊してしまった。ずっと以前から自分自身を抹殺するという考えを抱いていた私にとってみれば、そこにあるのは、まさにその瞬間に行動を起こすか、それとも行動を起こさないかという分岐点だった。仮に待つとすれば、行動を起こす時機を逸してしまう。あるいはもはや行動を起こさないということになってしまう。そしてまたそんな調子が続けば、これまで自分を愛してくれた人々からそっぽを向かれる結果になるだろう。

しまってあった睡眠薬を手にした私は、毎晩寝る前にそうするようにトイレに向かった。そこに閉じこもり、何ひとつなくさぬように気をつけながら、手のひらに六つの小壜の中身をあけ、それから素早い動作で、ランテリュル錠剤を全部口のなかに勢いよく放り込んだ。噛み込んだとき、苦みはあったがそれほど不快には感じなかった。医者の処方にしたがってランテリュル錠剤を服用していた頃に、すぐ二つに割れるように中央に溝が刻み込まれているモーヴ色のこの小さな錠剤は、これを噛み込むのではなく、なめてみることもあってその味がわかっていた。ただしこれほど大量に味わうことはこれまでなかったわけであり、今度という今度は、味の薄いスミレ色の苦みの塊全部を一度に口のなかに感じて、心に激しい動揺を覚えたが、そこには喜びが混じり込んでいないわけではなかった。全部を噛み込み、何度も水を流したあとで(洗面台の流しに捨てた小片を最後まで始末するのに手間がかかった)、私は妻のいるところまで戻り、ベッドに横たわり、寝ている彼女に隣り合わせになって体を丸めた。

どうしようもなく事態が悪化した場合は、致死量に相当する分量の睡眠薬もしくは快感をともなうほかの薬物を使おうという思いがしだいに強まっていたわけだが、それはいわば理論的な次元の話だった。それにまた薬のスペアを宝石のように貯め込んだのは、むしろ——場合によって自分が手にすることになるこの最後の切り札によって——心を落ち着かせるためであって、周到な自殺の計画があったわけではなかった。決定的な一歩を踏み出す時が来たと判断したとき、——その瞬間に——破壊の意志が私にあったとしても、それは瞬間的なものにすぎなかった。毒薬を貪り噛むことでめざしたのは、みずからの命を断つというよりも、思い切って宙に身を躍らせるのに近い行為であり、のちに——救助され、二度と同じことはしないと心に誓い、再出発に向けて懸命な努力が必要となったとき、この行為は例の夢のなかで示されていた意味へと改めて思いを向かわせることになった。その夢の解釈を途中でやめるべきではない理由は明らかであって、いきなり駆け出して、一羽の小鳥を追おうとする犬のディーヌが断崖から宙に身を躍らせるその跳躍の意味を明らかにしなければならない。どんなことになるのか先をよく考えずに突進し、コインを投げてその裏表で決めるようなやり方で自分の命をあずけるに似た向こう見ずなふるまいを成し遂げること。睡眠薬を噛むことで私がなおも求めていたのは（あらゆる批判をかわすためには、一連の愚行の最後の仕上げとして、輪をかけてそれ以上の愚行を付け加えざるをえなかったというかのように）、無に帰すというよりも、ある種の貪欲さの極限に深く落ちてゆくことだった。酒に酔ったあげくの果ての安っぽい芝居の無惨なふるまいを悲劇の高みにまで押し上げようとして、私はアルコールなどよりも遥かに毒性が強いものを致死量に達するほど大量に口のなかに放り込み、至福の存在として、そしてまた同時に非存在として、そのなかで（いってみれば）溶け合い、すでに死の領域に入り込んでいるが、いまだ完全に死そのものとはなっていない境界地帯に接近するのだが、それはまた私がみた数多くの夢に登場しノートにも書きとめておいたあの急斜面が（おそらくは）そびえる場所なのである。

　思い切った行為に踏み出したあと、私はすでに述べたように寝室に戻り、妻の傍らに横になった。精神状態は、こっそり隠れておいしいものを腹いっぱい食べ、こちらから許しを請わずに許されるのを待ち望む子供のそれにもひとしかった。

私という人間に特有の、ほとんど先天的な要素というべき欠陥にあたる意気地のなさをこれまで執拗に強調してきたのは、その瞬間にあって怖いという気持ちはなかったと無益な限定は抜きに言うためだった。そのほかに、大きな賭に出て、ぶざまな笑劇が予想外の結果を導き出す可能性があるのを知らないわけではないにせよ、これで一切合切片づいたと信じていたわけではなかった。すでに述べたように、コインの裏表を占う賭に及んだのであり、最終的な決着をつけようとする揺るぎない決心に応じるふるまいだったわけではなかった。

妻の傍らに横になると、隠しておくのは不可能であるように思われた。この数週間というもの自分がおかれた状況のもっとも厳しい側面のひとつは、まさに妻こそが打ち明けるべき相手であったのに、その彼女に苦しさを明かすことができないでいた点にあった。というのも、話せば、私は別の女性との関係という秘密に触れることになり――相手を貶めてしまうことになるからだ。毎日のように、私は自分の秘密のすべてを（私のことをほかの誰よりもよく知っている人に）打ち明けられないでいるのを心苦しく感じていたが、その私がここで打ち明けたのは、ただ以下の事柄だけだった。つまり半ば眠り込んでいる私の口から洩れ出た数語は、フェノバルビタール睡眠薬を常備していて、これを嚥んだということに尽きるものだったのだ。

この言葉を聞くとすぐに、彼女は知り合いの医者に電話すると言った。こんな時間に電話するのは迷惑だろうと私は応じた（たぶん本当はその人に来てもらいたかったのだが、弱みを見せたくなかったのだ）。自分はこれから静かに眠ることにすると言って、そのあとに生じる事柄については、「胃の洗浄くらいですむだろう」とも言った。そう言いながらも、文通相手で医学を勉強している女学生が、これに先立つ数日前のやりとりの際に、ソネリルやガルデナルなどを用いた自殺行為や、睡眠薬嚥下の何時間もあとで治療がほどこされる場合でも、このように難しい状況に陥った人間の命が救われる可能性があると、私に教えてくれたのだった。私は白状した。私のふるまいは修復しがたいものから発していた。そして――いま退却した地点からこれを眺めれば――陰鬱な喜劇のうちにすべてが瓦解することが約束されていたように思われる。

私は、同じ日に会った二人のアメリカ人女性、私を招いてくれた右岸に住む女性と私を慰めてくれた左岸に住む女性を「好もしい女たち」と形容することで褒める言葉を口にしていた（らしい）。ほかの女性をさしおいて、対になったそのイメージを呼び出す理由は、（思うに）私が北京にいたときに幾度も惚れ惚れと見上げた秋の空のように穏やかでありながらも燃えるような天空に突き刺さる宵の明星に（ずっとあとになって）結びつけることになる人の姿が輝く星座の形象の只中においてみたとき、その必要があれば、後悔の念なしで話題にできる唯一の存在であるからだ。

「一切は文学だ……」として、文学が心の奥底まで私を腐らせ、私という人間がもはやそれ以外のものではなくなっているというだけでなく、通常の三次元のうちの少なくとも一次元を欠いた世界にあって、もはやインクと紙によって作り出されるものを上回る重みのある事柄は私には訪れることがないということもまたその意味に含めながら、私はそう自分に言い聞かせるのだった。

そのあとで、（証人の話にしたがえば）私は闇の世界に深く決定的に落ちていった。

II

「マッケローニ……」と(できるだけはっきりとした発音で、このうえなく耳に心地よい声を出して)勧める白い上着姿の給仕長がもうだいぶ前から試みていたのは、どの国の言葉でもよいが、そこに居合わせる者たちの誰もが理解できる言葉に共通財たるべき単語がひとつでもありはしないかと探りを入れるむなしい行為だった。そこに居合わせた者たちとは、まずはローマはシスティーナ街にあるオテル・ド・ラ・ヴィルの給仕長、その彼の相手となるのは西欧的な装いであっても即座に日本人と知れる二人連れの女性であって、要するに彼女らの夕食を世話する役目が彼に負わされていたのだが、二人を相手にイタリア語、英語はもとより、その他の国の言葉を色々試してみたし――メモ帳を手に注意深く目を走らせ、わずかに前傾姿勢をとって――、また応援に呼んだ助手が給仕長の知らないほかの言語を試してみても、やはり理解できない様子であってみれば、作戦行動としては、具体的戦果は得られなかったといわざるをえない。「マッケローニ……」と給仕長が勧めると、恰幅のよいその顔の表情が一瞬明るくなり、このインスピレーションの効果を得て輝いて見えるようだった。「マッケローニ」、すなわち世界中どこでもお馴染みの料理の名は世界共通語の一部となっていて、少なくともこの点に関しては、理解を妨げる氷がついに砕けようとしている。しかしながら、二人の女性は相変わらず伏し目がちに微笑むだけであって、給仕長の顔に浮かんだ明るい表情はやがてまた落胆の驚きに場をゆずる。もはやマッケローニというイタリア語はマッケローニなる料理同様に力を有するものとはなりえず、この場合、ヨーロッパとアジアを結ぶ意思疎通の扉をひらく魔法の呪文とはなりえなかったのだから、その先は何も望めない。

私自身はマッケローニなる語――世界中到るところにまでというわけではなくとも、かなり広範囲にひろまっているもの――に対して、たとえばあの世に霊魂を導く者が人を蘇生させるために耳元に口寄せて教えるかのごとき謎めいた語としてこれにしがみついたわけではなかった。正体不明の何かから抜け出した際に、相手は具体的な意味での何かではないとすぐに判明したのだが、その当のものは問題にすらなっておらず、ただ、いま振り返って考えてみれば、完璧な暗闇のなかに三日半ほど沈み込んでいたのではないかと思われる。沈み込んだ地点から再浮上するまさにそのときに、どこかにしがみついたのだとすれば――しかも次のようにいうことで真実をより近くに引き寄せることになるだろうか、すなわち、もしもどこからやって来たのか不明な何かが私を引き上げ、自分をいっとき浮上させたとするならば――それはマカロニなる料理の観念（マカロニという語そのものではない）であり、意識が完全に夜の闇と化した瞬間にそれが入り込んできて、相応の役割を果したのだった。突如訪れる不快感――厳密には何かがあって、そのあとにやって来たものではない感覚、もしくは、少なくとも説明可能な何かのあとに来るわけではない感覚――が私を捉えたのは、食物摂取のために長々としたマカロニ状の管が鼻孔の一方を伝って入り込んでくるのがわかったときだった。嘔吐する際、さらに流れるままに吐瀉物の一部が鼻窩に入り込むときにわれわれが体験するじつにおぞましい感覚が連想されたのである。こうして他人の手を借りて栄養摂取がなされていることが想像できるようになるまでには、錯乱状態の知覚が積み重なり、私の背後に層をなすのをいったん待つ必要があり、それをもって自分がおかれた状況について、何から何まで漠然とはしているが、とにもかくにも、かろうじて認識らしきものが生じるようになったのである。だが、この嫌悪感、それに加えておぞましい食物摂取の方法への直接的な拒否反応は、おそらく自分が沈み込んでいたような、いわば死も同然の状態から抜け出る際に本物の光が初めて意識に射し込んできた証ともいえるのである。回復に向かうなかで、わが友人である医師に向かって、純然たる妄想だと思いながらも、このあたりの詳細をひとまず報告してみたのだが、その友人が笑いながら言うには、鼻腔のなかのマカロニはこちらの妄想などではなくて、意識を失っているあいだは食物注入管を用いた栄養摂取がなされていたということだった。そこから何を結論すべきだったのか。鼻の穴を通って異物が深く差し込まれていることに由来するおぞましい感覚は、私にとっての暗黒の最終局面に重なり合っていて、蘇生に向かう時期に訪れた数々の混乱した印象のなかでも、最初期のものだった（論理的に考えると）のではなかろうか。

ベッドに横たわる自分に気づくと、周囲を囲む二枚の板のせいで、そのベッドは細長く蓋のない箱のごときものに変貌していて、それぞれ腸詰めの形をした布で作られた輪に足と手が挟まれており、暴れるといけないというので、こんなにきつく縛られ、拘束衣を着せられた患者になった感じがするのだが、事態をそこまで追い詰めてしまった脱線は、決して極度の錯乱などではなく、恋愛感情によるものだったのは明らかであり——鼻腔へのマカロニ管の挿入という苦行とは裏腹に——そこにある種の物語的な感情の昂りをもたらすきっかけがある。このブリュッセルの病院では、見知らぬ人々が私の面倒をみてくれていたのだが、そこでの自分は、いわば囚人用の鉄金具につながれ、タワーズ公爵夫人から引き離されたピーター・イベットソン〔ジョージ・デュ・モーリエの同名の小説の主人公〕にも似た存在、敵対する相手方に捕らえられ、恋人を思って嘆きの歌をうたうオペラの主人公、ベッドラムの門が閉ざされるのを見る哀れなトム〔ウィリアム・ホガースの《放蕩者一代記》の一情景〕、あるいはこのうえなく感じやすい心の奥深くに刻み込まれた苦悩が木石をも涙させる囚われ人のような存在であった。

バルビツール睡眠薬の壜の中身を嚥み込んだ瞬間ははっきり覚えていたが、そのあとの展開についての記憶はなんとも頼りない。わかっていたのは、この行為に及んだあとカンヌ行きの列車に飛び乗って、ピカソとその伴侶ジャクリーヌに会いにゆこうとしたのは、二人に別れを告げるためであり、また自分の胸のうちを明かして、これまでピカソが終始一貫して私に示してくれた模範的な態度を完全に裏切るにひとしいこの行為について、ただひたすら詫びるためだった。というのも自沈行為の結果として、創作に用いるべき自由な時間の相当な部分が奪われることになるからである。こうして、ピカソやジャクリーヌと一緒に、彼女の友人で、航空機の操縦がいまだなお特殊技能を意味していた時代にパイロットでもある人で、二、三回顔を合わせたことがあった親切な医者の家を訪れたつもりになっていたのである。ジャクリーヌとは、かつて彼女が滞在したことがあるスーダン地方の話をしたことがある（そのせいでわれわれのあいだにはフリーメーソン的な絆のようなものが生まれた）のだが、彼女と一緒にこの人の家で私は痛飲し、睡眠薬の効果も加わって前後不覚の状態に陥り、わが遁走劇の顚末として、ブリュッセルの病院に緊急入院させられる羽目になったという筋書だったのだ。医者の家で酔っ払う、さらには酒を飲んで気晴らしするなど現実にはありえぬピカソの目の前で、というわけだが、それは電光石火の展開の様相を呈するこの旅に加えられる愚かな結末のように思われた。麻酔薬の影響を深く受けていても、グランゾギュスタン河岸の自宅をあとにして、ひと飛びに南仏は地中海にのぞむ刳り形装飾のある大きな別荘にまで移動したのは、彼とのあいだにほとんど親子同然といってよい精神的つながりがあったからだが、この失態はその絆を裏切るものだから恥ずかしくてならない。

ひたすら自分の記憶だけを頼りに、意識が戻った日とその翌日について、経緯を辿り直そうとしても、得られるのはどれもこれも辻褄が合わないものばかりだ。人から聞いたところでは、起き上がろうとする動作があったのを見て身体に拘束器具が取り付けられたというのだが、その器具を払いのけようとした瞬間の記憶がないばかりか、そもそも喉仏の下の部分にひらいた傷口に気がついたのがいつなのかもわからない。この傷跡は長く残るだろう。吐き出す息の一部が傷口から大きな音を立てて出てゆくのと同時に、切れ切れになった語句をつなげて、嗄れ声で、ひどく苦労しながら、休み休み息をついでようやく話らしきものができる状態にあると気づくに到った。看護婦は目の粗い白布の夜着（パジャマの上着ほどの丈でじつに着心地が悪い）を私に着せると、まるで子供を扱うように食事をさせ、まずいスープをスプーンで掬って口のすぐそばまで引き寄せ、これを幾度も口に流し込むのだが、このように食べ物を私に流し込む看護婦は母親のようでもあって、無愛想にしていかめしい態度で、飲み込むとき苦しくはないかどうか尋ねる。あるいはまた、喉に巻いた包帯を交換しながら、傷の状態について何らかの言及をするのだった。その瞬間、ひどい状態にある自分を意識したが、私を離礁させようと複雑きわまりない治療行為が試みられ、さらに私にとっては救世主にひとしい人々がスムーズな呼吸を確保するために気管切開——今日では常套手段——に頼らざるをえなかったことについて、この時点での私は何も知らずにいた。墓から立ち上がるラザロみたいだという漠然とした思いだけがあり——命を救われたことに満足も怒りも覚えず、「愛と悲哀」の激しい息吹に翻弄されてふくれ上がり——危険を顧みずわが身を一連の大きな有為転変のなかに投じて、非常事態にまで追い詰めたのをわれながら誇らしく思っていたのである。大きな賭に出たのだ。「私は闇の人間、鰥夫、慰めようのない者」〔ネルヴァル「エル・デスディチャド」の一節、『幻想詩篇』所収〕であり、死および狂気と対等の扱いを受ける者となった。どこにあるのかわからぬ部屋の壁に取り囲まれ、たしかに人間的な扱いは受けてはいるが、現実には囚人同然の状態におかれ、病床に臥せりながらも、この特別な不幸に押し潰されるというよりむしろ酔いしれた自分がいて、誇らしげに思う気持ちさえあった。こうして（初日の午前も終わろうとする頃になって）、幸福感がひときわ強まったのは、すぐに誰かはわからなかったが、褐色の髪の白いシルエットが目に入ったからであり、ふと気がつくとジャクリーヌが枕元に立ち、限りなく優しい目で私を見下ろしていた。

まさに同じ日の晩（妻と一緒に友人の医師が訪ねてきてくれて、私がいるのは実際にはクロード＝ベルナール病院であり、「リハビリ」段階にあることを教えてくれた）になって、私の遍歴の旅の支離滅裂な全貌が明らかになった。意識不明になるほど睡眠薬を嚥んだというのに、どうやって真夜中にわが家を抜け出て、リヨン駅で列車に乗り込み出発できたのか（いま思うに、これほど遅い時刻の列車の出発そのものが異様ではなかったか）。カンヌで酒を飲み、最後は前後不覚になってしまい、果ては一瞬を争って私がすぐさま担ぎ込まれたのがブリュッセルの病院だというのも奇妙な話であった。ただしその瞬間に立ち戻れば、多くの夢の例と同じく、この遍歴の旅についても、現実にはありえぬはずの出来事が連続してもさほど不都合とは感じられなかったのであり、私自身はあくまでもあの愛情のしるしの支配下にある思い込みに完全に囚われ、明白な事実だと思い込み、考え直そうとはしなかったし、自分がどこにいるのかわからずに生じる不安を鎮める必要があって、再構成の試みがなされ、多少なりとも幸福な結果としてこのような思い込みが生じたとは考えてもみなかった。

訪問者たちの口から洩れ出る言葉の断片は、南仏に行ったとする筋書を完膚なきまでに打ち壊してしまった。この筋書については、みずから積極的にこれを作り上げたのか、それとも覆いの布が裂ける瞬間に自然と私の前に出現したのか、そのどちらとも決めかねる。というのも、意識が戻る過程で、自分の背後に、まるで一個の過去の出来事のようにして、この筋書通りの過去としてごく単純な姿で存在するのが見えたというわけだった。親しい人々との接触のなかで、切断された糸は、ふたたび元通りになった。ベッドの脇に立っていたジャクリーヌはもはや一個の幻像でしかなく（あるいはより正確にいえば思い違いの結果である、というのも、彼女のシルエットだと思ったのはじつはよくある白衣を着たひとりの看護婦の姿だったからだ）、もはや出来事の展開の場についても、このような場に自分が入り込んだ経緯についても、錯覚に翻弄されない状態になっていた。まさにその翌日、文字通り正体不明の病人の状態から抜け出すきっかけが待っていた。というのも、妻がパジャマを持ってきてくれて、収容者用のカザックのように、頭からかぶる鬱陶しい夜着、丈も短く、ぶかぶかの夜着をもはや着なくてもよくなるからである。こうして測地学と天体暦の定めにしたがう戸籍上の身分に結びついた秩序にすべてはふたたび収まるように思われた。激しく心が揺れる葛藤にあって、病院という休戦地帯への強制的な滞在を例外的状況が導き入れる宙吊り状態として享受する、そしてまた生き返った自分は、恋愛感情に翻弄される人間特有の権利という手痛い代価を支払ったことを隠しようもないのだから、その場で何らかの解決に向かう萌芽が熟すのを待つほかに手立てはなかった。しかしながら現実回帰の道のりの最初の一歩をようやく踏み出したにすぎないということもまた思い知らされた。緊張緩和を望んでみても、それは病からの回復を待つ人間のユートピア的夢想にすぎないことが明白になるだろう。つまり暗いトンネルを幾つもくぐり抜けたあとなら、未来はばら色に見えるという話にすぎないのであって、私の行動は、自分の身を蝕む病の深さを示すばかりではなく、そもそも私のごとき不出来な人間が他人にどのような思いを強いるのか、そのことにあまりにも無頓着でいることを明らかにする結果しかもたらさなかったのである。一方、私の人生にいきなり飛び込んできて、わが混乱状態を極限にまで追いやった相手が——私が求めるのに応じて——幾度も来てくれ、とくにそのときに見せてくれた親密さ——私を見つめる、手を握って放さない、という以上に隠されたものを示唆するあり方——は、彼女と私とを結ぶ感情を余すところなく証しており、その絆は私がどこにいても相手に来てほしいと願い、どんな状況にあっても相手を愛しく思わせる性質のものだった。私という人間の組織の修復に何日にも及ぶ時間が必要だったのは（しかるべき方式にしたがうかどうかは別として砂上の楼閣全体の基礎工事に向けて最初からやり直さねばならなかった）、長い期間にわたって意識を失っていたことや、種々の投薬がなされたことが重なって、組織そのものが大きく揺り動かされてしまっていたからである。

危機の結果として、昏睡状態の空白に三日ほどもぐり込むことになって、精神的には想像以上に激しいショックがあった。たぶん二十四時間ひっきりなしに、あるひとつの思いに呪縛されつづけ、それもさほど奇異なものではないが、自分は何者かという点をめぐって、確信というべきものが見出せない状態になっていったのである。ことごとく統一性が壊れるとき、あたかも分割こそが決定的に私が引き受けるべき宿命であるというかのように、二人の人物がごく当然の流れという顔をして、本来の私という人格に代わって姿をあらわすことになり、私はミシェル・レリスであることをやめ——長椅子および芝生の庭がある、本で読んだのか、それともどこかで図像を見たかした漠たる背景のもと——スノッブぶりが鼻につくイギリス人作家夫妻となったのである。それも、あるときは男になり、あるときは女になり、どちらになるかは体の左側を下にして横になるか、右側を下にして横になるかの違いによるのだが、そのとき、何やらあてどない妄想が嵩じたせいで苦痛が惹き起こされる印象はまったくなく、たとえ妄想をはじき返す力はなくても、このような荒唐無稽な話など本来ありえぬはずだという漠然とした知覚が働き、そこに不協和音のような乱れが生じるのである。

頭が奇妙きわまりない思いに支配されていた時期が過ぎて、自分に取り憑いた空想が記憶という段階にまで後退し、その突飛なありさまが、単に面白おかしく思える程度になったが、それでもなお、これもまた風変わりといえば風変わりな二つの観念が夜になると決まって私に訪れるのだった。そのうちのひとつは、真夜中の十二時を越すことはなかったが、ほぼ二時間にわたり私に襲いかかり、さらに、眠気もすっかり消えて醒めた状態で夜が明けかかるのをひたすら待つあいだに漠然とした思いに囚われることもあって、この揺らぎのなかでもうひとつの観念が加わるのだった。漠然たる思いとはいっても、そこから徐々に夢に滑り込んでゆくにせよ、自分が寝ているベッドや大きな建物の一部をなす別館にはめ込まれたこの病室についての意識が薄れるわけではなかった。特筆すべき事柄、さらにまた最初はそれほどには思われなかったにせよ、実際にはきわめて重要だったのは、二種類の奇妙な想像が、要となる部分において劇場世界に属する登場人物を有していた点であり、あたかもこれらの想像は――いずれの場合も――私の初期の錯覚を補完し、美的センスをそなえた洗練されたカップルを登場させるだけのやり方よりもずっと生彩溢れるやり方で――直接的あるいは間接的に――たとえ限られた数の人間の視線であっても、これを自分に引き寄せる手段となる芸術的行為の主題を描き出すために出現したかのようだった。ひとまず状態が落ち着いた現在の段階になってみれば、少なくともどこかしら舞台役者の姿をした芸術家なる観念にこれほど執着したのはなぜなのか、そしてまた、いわば一時的に死に類する状態に自分を誘い込んでしまった身ぶりにも、やはりこうした種類の思案の影響があったのではないかと思わざるをえない。

昼になるとその糸が解かれるのだが、夜になればなったで、毎回決まったように紡ぎ出される二種類の想像の最初の要素については、おそらくは、遥か昔の記憶（というのも、それは第一次大戦直後の時期に遡るものだから）に無関係とはいえないだろう。その頃、何か月もつねに行動をともにしていた仲間のひとりの娘と二人の青年を相手に一緒に週末を過ごしたあと、ポントーダームの養老院の前を通りかかったことがあった。これは、（誰もが知るように）舞台俳優のなかでもさほど成功しなかった人々のために作られた養老院であり、徒党を組むわれわれ四人組がそこに立ち寄ったのは、仲間の青年の母——昔女優だった人——が管理人だったからである。ほんのいっとき立ち寄っただけのこの一件については、以下の点を除けばあえて言及すべき要素は何もないはずだし、それも——実際は取るに足らぬ——過失というべきものにすぎぬ私自身の愚かな行為であり、月曜の朝は当時自分が勤めていたシテ・パラディ社の仲買人事務所(とにかくぶらぶらしていてはいけないというので勤めていた)に出勤するために仲間と別れなければならず、そのことを思うとひどく悲しい気分になり、こんな別れ方をするのは、四六時中一緒にいられるわけではないので、ほかの人間を交えぬ緊密な四重奏の絆に結ばれたグループのなかでは周辺的な地位に甘んじざるをえないことを意味するように思われて、嫌で嫌でたまらない仕事を投げ出す決心をして、上司に電報を打ち、健康上の問題あるいは一身上の都合を申し立てたが、もっともらしい細工もせずに書き送ったその文面は、退職届にもひとしいものだった。

ところで私が変身してなり変わった相手は、昔はブールヴァール演劇の華と称され、いまはある施設の管理責任者となっている女優であり、その施設はある晩は、私には権利などないくせに一夜を過ごしたポントーダームのそれに似た慈善施設となったり、ある晩は私立の演劇学院のようなものとなったりする違いはあるにせよ、そのとき自分が横になっているベッドは、まさしく昔パリの花形だったこの女優の所有物であり、かつてあれほど名高い芝居で称賛を浴び、いまもなおこの女優が完全に忘れられていないのは、慈善事業もしくは教育関係の施設に名前が掲げられているからなのである。船室の暗がりで夢想にふける際にも、託された船という建造物の責任者としての道義的責任のある立場を意識しつづける船長のように、私は孤独な「偶像」に変身して、この偶像が君臨する小世界に注意を注がねばならず、それは偶像と小世界のあいだに具体的関係がなくなるときまで続くように思われるのだった。器の大きな俳優、滑稽さとは無縁な地点で、心の動きもしくは軽はずみな判断のせいで、いともあっけなく経歴に傷をつける時期があったと思われもする美女、父なる神もしくは母なる神（操舵室の船長、家中の尊敬を集めるマトローナのように）、こうした数々の形象こそ、毎晩、夜の始まりに合わせて、私が背負い込むことになったものだといってよかった。その姿の一連のあらわれの最後のひとつが、この形象と私のあいだに一定のずれが生まれる時期になって（というのも、像は相変わらず私に取り憑くことをやめずにいたが、私の頭のなかではその姿はすでに三人称に変わったとき、相手がとりあえず得た戸籍上の名はデーヌ・グラソ夫人、私の両親が褒め称えていたのは彼女が若い頃、まだ若い私が舞台姿を見た頃、彼女の方は老女になっていたわけだが、はっきり名が浮かび上がった夜には、明らかにずれが生じていた）、多くの俳優の例に見られるように、彼女の呼び名はただ姓だけになってしまっており、たしか「サンディエ」もしくは「サンギエ」に類するものであって、いずれにしてもその二つの音節は、多くの俳優の場合のように乾いた響きを立てるのではなく、ある種の人々にとっては、われわれの公けの劇場の出し物とは別の舞台での成功の数々が語り継がれ、伝説となっていたその人が惜しみなく人々に与え、みずからもまた体の奥に感じていたはずの燃え立つ感情によって織りなされる過去全体を彷彿としてよみがえらせる人の名であった。それじたいが雄弁に語りかけ、しかも歴史の厚みをそなえたこの姓の出現とともに、まさしくその晩、私につきまとうものの正体が完全に明らかになったのである。

その女優の名が人々の称賛の的となったのはさほど昔のことではないのに、すでに同時代を生きた者たち、あるいは、かつて弟子だった年下の俳優を除けば、彼女の名にさしたる意味を見出せなくなっている状態にあって、なぜか夜ごとにぴったりとまとわりつき、私自身と区別がつかぬほどになった相手には特別な原型があるというのでもなかった（と思う）。さらに考えてみると、おそらくはそのモデルとおぼしき二人の名前が見つかった。まずはマルク・サンニエの名、この人はわれわれ兄弟が青春期に共感を寄せた「キリスト教的社会主義」の思想の提唱者であり、それなりの理由があったかどうかは判然としないが、われわれは「サンギエ」と発音していた。そしてもうひとつは同じ頃に花形女優だったエメ・テッサンディエの名であり、その後、すぼまった口元、肉感的な唇、ボヘミアン特有の暗く悩ましいまなざし、肩までかかる黒髪の彼女の写真をたまたま手に入れた記憶がある。しかしながらそこにあるのは（私の感じだと）、二つの名の機械的利用——一方はほぼそのままの名で、もう一方は最初の音節を削り落として——に応じる形式的な縁戚関係であり、実際のところ道化師めいたやり方で、ここにあげた舞台女優たちの輝きを一身に引き受けるひとつの形象に名を与えようとしたわけだが、何人かの女優は子供の頃に噂を耳にしたり、フェリックス・ポタン社刊『現代の著名人』シリーズで肖像写真を見て知った人々であって、食料品の箱に入ったいつ果てるともなく続くおまけの写真が見せてくれるのは、科学、文学、芸術の分野の名だたる人物だったり、政治家あるいは王族のメンバーだったり、探検家あるいはスポーツ選手だったり、僧侶、陸軍・海軍士官の大きな帽子だったり、あるいは著名人たるにふさわしく何らかの分野——犯罪は除く——で際立った存在となった人々の姿だった。この不確かな人の姿、舞台関係の人々の光と影の象徴、その輪郭はおぼろげでありながらも、生き生きとして熱気をおびた象徴とは正反対のものとして、私自身との関係では定まった位置にあり、わが家族の記憶帳に明確に整理済みの人——母方の従兄であり、すでに長いこと消息は耳にしない——その人物こそ、色彩も輝きもないままに、わが夜を足繁く訪れる第二幕の主役となったのだった。

「ルイ・ド・キプル」、「キプール」、「キルプー」……大体のところまさにそんなぐあいの名こそ（最初の幾晩かは輪郭が曖昧で、そのあとは、いかにもインドのあたりにありそうな公国の名にも似た雰囲気を喚起する音節の一つ二つはまだ欠けてはいたが、かなり輪郭が明確になってきた）私の夢想にあっては、実際はルイという名をもつわが従兄が十六区の住居の手狭な客間で自作の素人芝居を上演しようとするか、さもなければ演劇評を日刊紙の隅に載せる際に用いる変名だったのである。この従兄は痩せぎすの愛想がよい人物であり、発明特許に関する事務所を引退まで長らく経営していて、暇さえあれば乗馬に熱中するような人間で、劇作家もしくは劇評家として一角の人物になろうとする野心などはほんのかけらももち合わせていなかった。ただし、この従兄の姿につきまとわれる結果になったことを思えば、そんな彼であっても芝居の世界に寄せる執着は純然たる気晴らしにとどまらぬ要素を含んでいたと考えられる。高等馬術に熱中し、白髪交じりの頭になっても相変わらず「ルル」という子供っぽい渾名で呼ばれていたこの人の父親にあたる人物の再婚相手となったのはベルギーの女性歌手クレール・フリシェであり、艶やかな声と、人気あるヒロインを演じるときフランドルとスペインが幸福な結合を遂げたように見える印象的な容貌に加えて、完璧なまでに飾り気のない心根に惹かれて、幼い頃の私はある時期その魅惑の虜になっていた。ほかに、この従兄の母にあたる人物もまた女優だったと思うが、私にとってみれば、あまりにも遠い昔の話なので、記憶は曖昧でとくに確証があるわけではない。過去というよりも、親族のあいだで語り継がれてきた逸話の漠然とした記憶の残香のようなものといった方がよいだろう。従兄の母はかなり早い時期に引退し、消息不明となったが、クレール叔母の方はブリュッセルおよびパリで、とくにヴェリズモ系の演目を得意とするソプラノ歌手として名声をほしいままにしていた。

毎晩繰り返し執拗な侵入攻撃を試みるその相手は、特徴が知覚できたり識別できる具体的人物といったものではなくて、無味乾燥なシナリオ、すなわち完全に無意味で、噂話や新聞の拾い読みなどから得られた知識、あまりにも無内容なのでなおさら腹立たしく思われる知識が元になったシナリオであって、侵入攻撃が続くあいだは、一体どうしてこの従兄——彼とは長らく親しい間柄だったが、だいぶ前から顔を合わせていない——の記憶がこれほど執拗につきまとうことになったのかよくわからなかった。あまりにも執拗なので昼間のあいだずっと思案をめぐらせる羽目になったが、この想像上の侵入者が上演や出版を飽くことなく追求するなかで見せたにちがいない姿は、同じく自分にも関係するものではないかと疑わざるをえなかったのだ。この想像の相手は、もともとの由来がはっきりしない変名（「ルイ」の名に小辞つきの姓がくっついている）をもつ人物ともっぱら一体化していたが、しばらくするとかなり輪郭が明確になりはじめ、謎めいた相関関係の作用によって、この名をもつ存在が、たとえば小型双眼鏡を覗き込んだときに見えるごく小さく滑稽なまでに洗練された存在だと思われてくるなかで——この想像の目鼻立ちが明確になり、仮借なき立体感をもつ一個のステレオタイプとして固定化するにつれ——固定観念のごときものではなく、距離を介して存在しながらも、つねに私の枕元に立ちつづける見知らぬ相手といった様子で、私を責めさいなもうとするのだった。従兄に関係する想像が完成の域に達すると、多少なりとも感覚的世界の要素をもたらすはずの視覚的側面（それにまた音声的側面）がこの相手には完全に欠けたままなのに、寝室の右手の部分に居座っているように思われてくるのだった。私にとって確実なのは、ベッドの縁からこれと平行する壁に向かってひろがる右手部分の空間、すなわち洗面台と二、三の家具や調度品がおかれ、空のベッドがあるだけの一角に陣取っているらしきものが物質感をともなう想像物であったのに対して、その左手部分に（ドアの正面におかれた故障中のテレビ受信機の向こう側を）独り占めにしているのは、言葉はもとより、動く力もほぼ奪われたひとりの病人、数週間も前から原因不明の痛みに襲われ、昏睡状態のまま、幼虫さながらの状態で私の傍らに横たわり、運動治療が専門の、小型の白いベレー帽をかぶった優雅な女医の手で、生気を欠いた体でありながら体操もまた課されるプログラムに含まれるさまざまな人工的手段によって辛うじて生命が維持されている人間だった。結局のところ、あたかも私はこの半ば死せる者が占有している部分を避けてほかの一角を選び、そこにたたずませる必然性も可能性も見当たらない相手を強引に住まわせるようなかたちになった。蜘蛛の巣ほどの質量すらなく、設計図以上に抽象的な想像のたまものであって、そこに介在するのは、わが従兄への思いのみであり、私がこの人と知り合ったときのままの姿（愛想のよい笑顔、手入れの行き届いた口髭、鼻眼鏡、つねに洗練された装い）、もしくはその後の彼がそうなったと思われるような姿（隠居老人となり、ほとんど盲目に近く、毎日共通の知り合いの親族のひとりに電話をかけるのだが、そこには子供のいない鰥居からほんの数分間でも逃れようとするほかにさしたる理由などなかった）との関連からいっても、この人の姿を彷彿させるイメージなど、どこにも見当たらない状態だったのである。

　わが従兄ルルの父方の叔父——片足が曲がっているせいで歩くときは松葉杖をつき、同名の甥と区別するのによく「体の不自由なルイ」と呼ばれていた人——は自分が暮らすヴォージラール街の教区会報もしくはその種の粗末な印刷物、ときには薄手の小冊子だったりしたが、そこに「ルイ・ド・リュテース」なる署名をもって時評を寄稿していて、その記事が認められ、『ボタン・モンダン』誌（そこに名前が載れば自尊心が満たされると考えていた）の「演劇評論家」に昇格し、芸術的趣向と、さらには幾分ボヘミアン的雰囲気を合わせもった平凡なパリの小官吏であった人物に、「黒猫《シャ・ノワール》」的スタイルをもって、大都市に暮らす中世の学徒らしき香りを加えるその名を勲章のように与えることができたのだった。「リュテース」から「キプール……」まで、そのあいだにあるのはガロ＝ロマン時代の高貴なる者の末裔たる芸人からカプルタラのマハラジャのごとく、選ばれしヒンドゥー教徒がパリジャンでもあるような人間になり変わる道のり、あるいはまた十五区に居住する保守的な芝居狂から十六区に居住する真正なる演劇通もしくは自分で演劇通と思い込んでいた人物に到る道のりであり、二世代にわたる人々を——斜めに横断しつつ——、愛すべきへぼ画家にして、ミラクル小路〔アンシャン・レジームのパリで乞食や不具者が集まる無法地帯〕の不自由な足とドルイド教徒めいた顎鬚が雄弁な武器と思われたこの人物を曲馬師の甥に結びつけるのだが、私なりの脚色を加えて後者の像の誕生の現場となったのは、ヴォードヴィル的雰囲気を完全に払拭した地点にして、蘇生の途上にある生ける屍同然の人々、鋼鉄製の肺とその他の延命器具、夥しい数の寝具をそなえたSF的な物語の枠組みをもつ場所だった。執行猶予の期間にある屍というならば私自身がまさにそうだったわけだが、何度もその屍に対してこうした完璧な姿をもつ手段が適用されたのだった。ほぼ幼児同然のわが身が、いわば死にもひとしい状態のあとで新たな誕生を迎える流れのなかで、子供時代の遠い記憶が次々と去来するなどということがあろうとは。それでもなお、私のもとに舞い戻ってきたのは、奇妙なことではあるが、まさしく子供時代の記憶だったのであり、自分にとってさして重要な意味などもたないはずの記憶だったが、間違いなく回帰と呼ぶべきものであって、その種の記憶が私自身の思考の扉をたたき、このような荒唐無稽の物語という姿をとる流れにあって、すべての原動力となるのは、あくまでもむなしい演劇的野心のみだった。

　より直截的には批評、さらに芸術へと向けられた叔父の思い（芸術への思いはとくに印象派もどきの小さな絵の数々によって示され、財務省執務室は絵で飾られていた）に関して、私はモデルに修正を加えながら、これを甥に移し替えたわけである。一家の主人で、三人の子をもつ薄給の官吏であるこの叔父の方は、月末の支払日がやって来ると決まって、（陰口によれば）親戚の誰かに援助を求めなければならず、おそらくはそのせいで、私の幻覚に登場する甥はいわば他人をあてにする人間の姿をとったのだが、現実には、むしろこの叔父の支えとなっていたにちがいないというだけでなく、かなり洗練された要素をもち合わせ、金に困ったへぼ絵描きという側面に加えて周囲からは大目に見てもらえる（当然のことながら）三文文士という姿を合わせもつその生き方は、本分を外れるとして嫌われるよりも面白味があると受け止められていた。キプール——そう考えてもよいだろうが——は、特徴の一定部分をリュテースに負っており、その特徴は、私自身を襲う不快感と周囲の環境の奇妙さをめぐる意識が徐々に明確になるにつれて顰め面にまで追いやられた。だが、そうだとしても、このキプールになぜこれほどまでに執着するのか、より正確にいえば、なぜこれほどまでに彼を中心軸とする展開に取り憑かれてしまったのか。

手足に痛みがあり、体の随所に紫色の沈着が認められ、度重なる血液採取と繰り返される注射によって血管は硬くなり、とくに胸はこの送風装置によって動かされ（気管切開の影響）、その動きはトイレに立つ際に活発さを増し、排便時は力むにつれて怖いほどにふくれ上がり、喉と直腸に挟まれたすべての部分に影響がありそうで、自分が空気穴のあいたアコーディオンあるいは汚水放流装置の管となったように思われて慄然とするのだった。加えて、自分の性器がそれと見分けられなくなったのも奇怪な感じがして、知らぬ間に食物注入管が差し込まれたせいでこの部位はひどく変形をこうむっていたが、管は生物学的に見れば自分がいわば最小限の生命体にまで後退した時期には四六時中装着していなければならなかった——こうした不具合が徐々に明らかになり、新たな秩序を回復するまで、体の不自由な人間になったという思いが植えつけられた。そのせいもあって、迂回路を通って、体の不具合を抱えた親戚の記憶が強引に割り込んできたのだろうか、さらには私の頭のなかで陽気さを欠いたカーニヴァルがくりひろげられる際に、従兄ルルが姿をあらわすには、片足を引きずるその叔父に代わるための代理委任状というほかに動機に相当する何かがあったのだろうか。

すでに述べたように、絶えざる従兄の気がかり、あれほどまでの執拗さ、あの癒やしがたい欲望は、劇作家としてしかるべき地位を得る、それが無理ならば、演劇評論家として地位を得ることに向けられていたが、彼の執拗さとは、実のところ、同じ妄想を幾度となく繰り返す私自身の執拗さにほかならず、癒やしがたい欲望が従兄を煩わしい存在に仕立て上げていたというが、実際には、私を苛むものは私自身の欲望の奥で生まれていたはずなのだ。これもまた――現実の従兄について――すでに述べたことだが、彼が舞台の世界に対して抱いていた愛着は、少なくとも私がよく知っていた人であり、思い出すだけで心が動揺するあの人を媒介として手に入れたものだった。それは、私にとっては「クレール叔母」という名で呼ばれる存在であり、従兄の父親の二度目の妻だった人である。この従兄が思いがけないかたちで登場したことには、苛立たしい思いなどはなく、その彼には当然のごとく親族としての思いを寄せるばかりだったが、従兄の登場の説明として、私自身が陥った惨めな状態をきっかけとして呼び覚まされた誰かあるいは何事かを伝える密使の役割という意味しか思いつかなかったのに対して、私が思うに、不自由な足の人の方は――私がこうむった体の不具合がその不具合を引き寄せ、この歪みに依拠して、芸術家になり損ね、うるさく要求する人間という類型を作り上げたというこ となのだろうか――ここでは女歌手ほどの重みはもたず、私の従兄が哀れな主人公となる筋書を作り上げる一方で私が発したメッセージを解読するためには、「生粋のパリジャン」なる種族に属するのを自慢にするリュテースの人ではなく、むしろブリュッセルの人間として謙虚に生きる叔母の方に視線を向けるべきなのだ。

こうして、まるで小説の登場人物を相手にするかのように半ば虚構の親戚の姿を彫琢する流れになったわけだが、実際の特徴とほかの人物から借りてきた特徴を混ぜ合わせて作られた（「キプール」なる語が表現するように思われる細身の体、彼自身はそこに住んだことなどないのに、生活圏としてあえて選んだパッシーやラ・ミュエットなどの地区からかもし出される良家の子弟という側面）その彼がさしあたって表現するのは、芸術という分野に関連して、自分の名が新聞や雑誌紙面に出るのを願ってやまない文弱な人間特有のグロテスクで醜悪な面でしかない。緑の田園風景を背景としてまるで湖畔詩人を思わせるイギリスの優雅な夫婦が登場したり、その生涯にわたって舞台で熱演をくりひろげ、引退後も聖なる焔をもって輝きを失わずにいたブールヴァール演劇の花形が登場したあとにあらわれたのは、あくせく動き回るこの愛好家であり、彼は随所に出入りして、企画の押し売りをはかるのだが、中身の方はじつにお粗末な出来なので、人々の興味など惹くはずもなかった。このなんともむなしい抽象的存在は、引き立て役であると同時に出来損ないであるが、あらゆる芸術家――もっとも真正なる芸術家も含めて――にとって、いつかは自分自身を貪り食うかもしれぬ怪物に匹敵するものを私に示していた。すなわちその意識が生じる以前に、ある種の成功への渇望、当然のことながら決して癒やされるはずのない渇望（成功したら成功したで、さらに大きな成功を求める気持ちが強まる）が姿をあらわす場合があり、さらに、いったん猫の首に鈴がついて警鐘が鳴れば、この点に関しては、長年にわたってなんとかうまくやりおおせてきた者であっても、信じがたいほどの平板な状態に引き戻されることになるのだ。結局のところ、この抽象的存在が表現するのは、私自身がそうならずにすんだと思って安堵の胸をなでおろす何かであると同時に、私自身のうちに芽生えつつあった知的な虚飾と、私自身のうちに潜むパリ十六区特有のプチ・ブル的スノビズムとが合わさってひとつの不愉快な基礎をなす時期に、ほとんど私がそうなりかけていたような何かでもあった。私の記憶によみがえるさまざまな木霊が描き出す姿と同じく、わが従兄は、ある意味ではもうひとりの別の私自身でもあった。疑いもなく、一個の猿にも似た写像であって、猿とはいっても、何から何まで似通っていて、まさしく猿から人へと、滑稽な模倣を超えた地平で、真の意味での本来的な類似の基盤があり、完璧なまでに文明化された人間にあっても――ほんのわずかな瞬間であっても――これが表面化することがあるのではないか。だとすれば、不安をかき立てるこのような類推のせいで、わが闇夜のもっとも暗い部分に第二の眺望をひらく見通しが生まれ、人を悩ませる無際限の能力が操り人形に与えられたというべきなのだろうか。それとも、操り人形を通して、歌姫がこっそりと介入を試みようとしたのだろうか。子供時代の自分にとってみれば、文字通りの意味での生ける芸術の究極の化身たる人の記憶がそんなシナリオの片隅に追いやられてはならぬはずだというのは、そのシナリオは彼女に近い親戚のひとりを断罪するだけでなく、かつて彼女にふさわしい評価を求めて（と私は聞かされた）子供じみた虚栄心の色合いをおびると同時に愛情がこもった努力を積み重ねた夫の行為をパロディ化するように思われたのである。

イギリスの作家夫婦に完全に同一化を遂げた結果、男女が重なり合った姿に自分が二分されるのを目の当たりにしても困惑はなかった。ブールヴァール演劇の女優の場合は、最初は自分とぴったり重なり合い、最後は自分とは明らかに違うものとなった。疫病神のような従兄に関しては、従兄弟同士という関係を除けば共有点はなく、いまの時点でアイロニカルな分身として彼のことを語るとしても、それは本心から出た言葉ではなく、考え直してみると、最初のうちは勘違いしてブリュッセルの病院と思い込んでいたクロード゠ベルナール病院を退院してから相当な時間が過ぎているわけだ。こうした幻覚の数々については、ごく初期のものから、後の時期のものまで並べてみると、しだいに劣化が進んでいるようであり、絢爛たる神話的な輝きが消え失せるにつれ、あたかも芸術家の人生——この三つの幻覚を貫くただ一本の横糸——は、自分にとってみれば、かなり遠い存在となり、判断基準の対象ではなくなり、それと並行してあれほどまでに魅惑的だったのが色褪せてしまったかのようだった。一時期の自分は、わが分身たるあの特別な作家夫妻との一体化に没入して完璧な満足を覚え、大女優の輝かしい過去と現在の憂いの双方がまるで自分のものであるかのように心のなかに棲みついていたのだし、そしてまた次のケースだと、私自身の存在は揺らぎないものでありながらも、情けない小人物につきまとわれることになったわけだが、その笑うべき小細工——それは世間の噂話によってこちらの耳に届くわけだから二次的な要素でしかない――は、いかなる点から見ても自分とは無縁のものであり、近親者の失態だからというわけではなく、耳にたこができるほど聞かされたせいで苛立たしさが増すのだった。ある点では、不条理ではあっても間違いなく魅惑的な変身を、目をつむって、まるでお伽噺のように受け入れたわけであり、また別の点では、芸術的行為に関連する事柄だとはいっても、みっともない裏面の把握であり、批判的な厳しい目による観察であって、そんなけちくさい話にかかわり合ってはいられないという気持ちがないわけではなかった。子供じみた熱中と夢から醒めたときの拒否反応とのあいだで、例のサンディエもしくはサンギエなる人物の行状に注意が向かうということがあったが、血と灰の味がする名は、海賊もしくは盗賊団の首領の名でありえたかもしれない。その女優の才能は、たしかに少しばかり品位を欠いているが、鷹揚さを特徴としていて、きわめて優れた知性という面で抜きん出ている例の夫妻にはない特質であり、虚栄心の強い貧相な男が執拗に自作の上演を試みるちっぽけな劇場が、せいぜいのところ彼にとっての到達不可能なオリンポス山に相当するものだったにせよ、彼の場合も、鷹揚さという点では同様に際立っていた。

私はこの夫婦の姿のもとに、長いこと夢みてきたほとんど神的といってもよい生活――コールリッジあるいはトマス・ド・クインシー流の生き方であり、彼らは阿片のもたらす冒険的な魔力にも、お茶の時間の洗練された会話にも同じように心がひらかれていた――を送りながら、私とこの相手のあいだには、相手に名を与えてしまったら生じるかもしれない亀裂などないまま、この夫婦と一体となっていた。これに反して、自分とのあいだに類似性など見出しえないと思った人物には「キプール」なる滑稽な渾名を与えている。舞台女優の場合は、ライムライトにぼんやりと照らし出された姿に完全に自己投影がなされていた段階では名前がなく、彼女と一体化しつつも区別が生じはじめた瞬間にサンディエもしくはサンギエなる美しい名が得られたのだった。似たものになりたいと願った詩人たちが私の目には、ダンディ、予言者、半ば神的な存在のごとく見えて、とうてい同じ土から造られたものとは思われない気がしていた時期特有のユートピア的高みから現実へと立ち戻り、しかもなお――視力が鋭くなるにつれて――この分野において徐々に私の目に明らかになってきたリリパット的な混乱《バベル》の増殖という期待外れの状態にめげずにいた自分は、あの女優をさらに高らかに褒め称えるために自分から切り離し、やがては遠く離れた地点におくことになるのだが、あたかも、その姿のうちに、素朴なまでに天上的な感情の表現と、すべてを埃まみれの場に差し戻し、本来の自分の場所におき直す批評眼という二つの要素のバランスをはかる秤を得ていたように思われる。

努めて避けようと思ったわけではないが、いつのまにか錯覚は消え去り、イギリスの趣味人の夫妻が私のもとを訪れたのは、二十四時間以内という枠に収まることでしかなかった。落伍者たるわが従兄は、なおも執拗に出現しつづけたが、私の方からすると、不承不承これを甘受したかたちになる。これとは逆に、むしろ気持ちよくその侵入を受け入れたのは、例の舞台女優であり、同程度にぶしつけな登場の仕方ではあったが、娼婦のように社会の周辺に生きる者の作法をもって（娼婦もまた厚化粧、夜の生活、人工的照明に身をさらす）、観客の心を動かすことが仕事であり、つまりはほんのわずかな時間だとしても、その人独自の誘惑の魔術的円環の内部に観客を完全に閉じ込めるのが仕事だったといってよい。イギリス人夫妻と一体となっていたときは、芸術の超越性のうちにあぐらをかく純粋精神を彼らに送り返し、そしてまた、好もしくない相手キプールを押し戻すことで、一定の社会的評価を得る手段として――優雅さを欠いたまま――芸術を用いようとする無教養な人間の手から逃れようと考えたのに対して、昔のパリの舞台の主役――つねに情熱の輝ける演技に打ち込んでいる――が私の目には完璧な模範例と見えた人々とは一脈通じるものを感じていたという結論がひとまず引き出されてもよいのではないだろうか。天使でも悪魔でもなく、生き生きとしたシルエットをそなえた想像上の存在であって、おそらくその姿が――私の夢想が審判の寝台の代わりをする部屋という地獄にいる――私のもとに届いたのは、驚くべき近道を辿って、芸術家がおかれた境遇を、私にとってはこのうえなく鋭い真の姿として見せようとするためだった。すなわち栄光と悲惨、偉大さと隷属、芸術は売淫であるとするボードレールの燃えるように熱い託宣にもかかわらず、この曖昧な境遇に関して長い時間をかけて自分が理解しえたのは、自己の才能、好かれたいという欲求、真摯さ、演出などが、貨幣鋳造工の手でいかなる君主の肖像が刻まれるにせよ、貨幣の表と裏の関係にひとしい必然性によって、たがいに調整をはかるべき状態にあるということだけだった。

相手は女優であって、引退したとはいっても、相変わらず自分が関係した職業に身を捧げる仕事を続けているのだが、彼女が私のもとを訪れたのは、ある種の芸術家の類型を身をもって示すためであって、いまの私はその類型を人を感動に誘う力を最大限もつものと見なしており、完璧なまでに個人的で、しかもなお、おそらく一時的な感動をもたらすにすぎない何事かを土台として法則化するような愚かな真似はせぬ方がよかろうと思い、だからこそ模範的と高らかに宣言するのをよしとしないでいる。演技につきものの情熱のせいで彼女は罠にはまったように見えたし、体のしぐさや台詞回しにみずから溺れているようにも思われた。恋愛関係に匹敵する力が、観客と彼女を結びつけていたのである。そして、いまになってみれば、自己の演技への愛を貫き通し、自分自身に向けられる愛を越えた地点で彼女が愛していたのは劇場そのものだったのは明らかなのだから、自分のことだけが頭にあったわけではなかった。というのも、彼女が世界とのつながりにおいて唯一執着していたのは、舞台に命を捧げ尽くしたと形容できる人々、あるいはより若い世代で、勇敢にもその試練を受けようとする人々に向けられた献身にほかならなかったからである。一定量の毒をあおった瞬間の私が、自分の仕事に対してこれほどまでの無条件の執着はもち合わせていなかったとしても、私もまた、与えられた役柄をこれに匹敵する情熱をもって演じ、さらにまた自分の役柄の奥底に入り込めることを証明したく思っていたのだろうか。毒をあおった帰結として、私自身の想像のなかでは、ブリュッセルに運ばれたのだが、この点に関して、なぜ錯乱状態の私がブリュッセルの地を選んだのか、長いこと思いをめぐらせることになり、カクテル・パーティを催した人たちがこの集まりの直前にブリュッセルに行ったという事実が元になってはいないかということをまず最初に考えてみたのだが、私がその日、これ見よがしに執拗に口説こうとした例の女性に最初に出会ったのがブリュッセルだったという事実もまた関係しているのかもしれない。最後に、より深い理由、しかもまたより単純な理由があるのかもしれないと思ったりもする。つまり自分が大事にしている幼少期の記憶にこの都市との結びつきがあり、それはほかでもない、オペラ歌手として存在を知ったクレール叔母の記憶が大きな位置を占めていて、おそらく自分は、傷ついた牡牛がクエルニカに戻り、避難場所として選んだ猫の額ほどの面積の土地に立てこもるように、そこに戻っていったのだった。

ブリュッセルにいる幻覚がいったん消え去ったあとになっても、自分がいる部屋がどこにあるのか即座に理解できない状態だった(まず初めはクロード゠ベルナール病院を同名の街路沿いにあるものと思い込み、パリ北部オーベルヴィリエ門のそばではなくエコール街界隈の南方に位置すると考えた)わけだが、毎晩のように、女優のあとには、従兄が部屋に姿をあらわすことになった。色合いがまったく異なるわけだし、しかもその二人が相次いで登場するところに、はっきり異なる二つのモチーフの連続に対応する何らかの関係が見出しうるとは想像もつかなかった。かつて花形役者だった人と演劇熱に浮かれたつまらぬ人物を隔てる距離はさすがに大きく、この二人のあいだに職業面で何らかの類似点が存在するなどとは夢にも思わなかったのである。それにまた、二人と私の接点は、双方ともに、遥か昔に遡る時代にあり、彼女の方は盛名を馳せた二十世紀初頭の数年、彼の場合の噂話は私がよく知っていた結婚後ではなく、こちらがまだ年端のゆかぬ子供の頃に出会った独身者の頃に関係するものだった。この二人と連れ立って、私自身がみずからの遠い過去のかなり特殊な区域に足を踏み入れたことなど、なおさら気づくよしもなかった。かつて名声をほしいままにした人、その名が、ある人々にとっては記憶すべき数々の夜の公演と結びついている女性は、たしかにわが思春期の称賛の対象となった人々のなかでも代表格といってよい存在であり、輝ける彼女の名は、劇場街の喧噪のなかで、事あるごとに人々の口にのぼった名前であることから、昔のパリが知るある種の魅惑的な出来事をつねに反映しつづけていたのである（たしかベルギー王のパリ来訪の際に設けられた「イリュミネーション」を見るために、ひときわ賑やかなマドレーヌ教会もしくはオペラ座界隈に連れていってもらった晩のように）。いばりくさったわが従兄は不当にも価値なき存在に貶められてしまったわけだが、うだつの上がらないその姿にもかかわらず、屈託がなく、しかもどことなく優柔不断な点において、私に近い部分があったのは間違いない。というのも、この人のうちには、私の母方の家系に見出される「芸術家」の系譜が漠然と集約されていたわけであり、ひとりのオペラ歌手が婚姻によってその家系に結びつくのは純然たる偶然ではおそらくないだろうし、遠い縁戚関係を通じて、あまりにも有名な舞台女優ランテルム〔ジュヌヴィエーヴ・ランテルム（一八八三―一九一一）はフランスの女優。ペール・ラシェーズ墓地に埋葬されるが、その直後に真珠の首飾りを狙った墓荒らしの事件があった〕もまたこの家系に加わるという事情には、かなり前から私自身もまた通じていた（第一次大戦勃発直前の時期、ランテルムはパリの新聞社社長およびその一行とライン河をヨットで航行中に謎の死を遂げたが、真珠の首飾りは、謎に満ちた美女としての名声に貢献するところが大きい）。

趣味のよい夫妻はこの世のものと思えぬほどに軽やかな高みにあてどなく浮いた花の香りのようであり、その香りに一瞬我を忘れることがあっても、ひとまわり散歩すれば香りは消え去るわけだが、これとは違って、年老いた女優、そしてまた名声を求めてやまない独身者は記憶の礎の重みをもって、ぴったりと私に寄り添い、その礎は二人にあっては言外の意味を含むものだった。このようにして密輪人の富のように彼らが担うのは、私が詩人になりたいと思ったときに思い描くことができた芸術家の生活ではなく、それよりもずっと以前の実体験の部分だった。アレクサンドル三世橋（小口金装のよう）とシャンボール伯の馬車（王家に連なるこの所有者の名に似つかわしく燦然ときらめいている）が豪華さで私を啞然とさせたのに対して、芸術にそなわる威光の幻想的なまでの多様性を要約するには到らなかったにせよ、「芸術」という一語が、その域を超えて、一個の全体であるかのように提示される別世界を垣間見させてくれた。

レンブラントの絵は（誰もが知るように）昼日中の光景を描いているのだが、人々にしてもその他の事物にしてもあたかも暗がりから浮かび上がっているように見えることから、《夜警》と名づけられていて、そもそもこの絵は、傑作たる所以について十分な知識を得たうえで称賛する気になった最初の一点である。八歳もしくは九歳の頃のことだが、両親がオランダ旅行に連れていってくれたのは、ブリュッセル――未亡人となったクレール叔母がそこに暮らしていた――に始まる復活祭の休暇を利用した旅行の際だったのか、それとも北海に面する海岸で一夏を過ごしたときのことだったのか。中央に位置する人々とともに、背後にいるかなり小さな女性（わが母がそうだったように）と思われた人の姿、いまは長衣を着た少女の姿だと知っているが、その人物像を浮き上がらせる「キアスクーロ」とともに、称賛すべき点と思われるのは、このタブローの歴史的性格であり、とくに奇妙なのは、男たちが着る服のルイ十三世的な雰囲気、さらには三銃士がかぶるような大きなフェルト帽であり、すべてが古色の艶をもって塗り込められ、こうして情景が求める時代色の要求と正確に釣り合いがとれた状態を保ちながらも輪郭はぼやけている。この旅行の際には、《テュルプ博士の解剖学講義》（この絵について、父は解剖の対象となっている屍体が絵のおかれた展示室の光源となっているように見えると言った）やフランドル派の代表作の数々もまた見ており、なかにはヴァン・ダイクの《十字架上のキリスト》があって（たしかにそこにあったはずだが）、褐色で深い皺が刻まれた肉体について、母は、オランダだったかほかの場所だったかはっきりしないが、絵に目を向けるやいなや、じつに感動的なものだという感想を口にし、そんな母の態度もあって、悲壮感がそのままこちらにも伝わり、私もまたまた強い印象を受けたのだった。前の年の夏の休暇はレマン湖近郊で過ごし、そこからフリブール（そこでは由緒ある歴史的建造物を背景として、といっても漠然として古びた印象以外に確かなことは何も覚えていないのだが、やけに大きな灰色の猫もしくは虎猫が一匹戸口にじっとしていた）やベルヌ（覚えているのは熊だけ）やツェルマットに足を延ばし、そのツェルマットでは標高三千百三十六メートルという記憶が残るゴルネルグラットという名の山に家族で登った。夜行列車に乗り込んで出発したこの旅は、私にとってみれば国境を越える最初の旅であり、スイスのどの鉄道駅でも赤い色の紐で飾り立てられた帽子をかぶった駅長の姿が目に入ると、いかにも遠くまで来たという実感が湧くのだった。この旅からは、熊をかたどった木製の置物、山道で拾った緑色の層状になった石、絵葉書や全速力で疾走するシンプロン特急列車の着色画などを持ち帰った。一番の楽しみは、最後に待ち受けていて、セルヴァン山とローズ山を前方に望む（望遠鏡を覗けば、登山者の一団が蟻のような隊列をなして蠢いて見えた）ゴルネルグラット山登頂によって、その展望台は登山電車で行けるような場所であっても、高くそびえる連峰を目の前にすると、なんともスケールの大きな陶酔を味わうことができた。「万年雪」の相のもとに自然が開示され、あたかも入信儀礼の最初の一歩を踏み出したようでもあり、次のステップとして、翌年、こんどは人間の手によって作り出される美を味わうことになるわけだが、いわば前兆にあたるものがここにあった。

　パノラマ的眺望に没入するために遠方からの旅行者を呼び寄せる山岳の景色の発見とこれもまた巡

礼の目的となるように描かれたとしか思えない名画の発見、同じレベルにはないこの世の不可思議をめぐる二種類の発見のあり方のあいだには——前者は天地創造の七日間として教えられたもののレベルにあり、後者はある種の選ばれた人間のみに許された驚異であって、より身近にあるとしても圧倒的迫力があることに変わりはない——少なくとも、一年という時間の隔たりがあった。まさに、ゴルネルグラット山見物の旅からアムステルダム美術館の訪問に到る過程で、子供時代の私は重要な一歩を踏み越えたのである。ゴルネルグラット山において、登山電車の旅と展望台にある望遠鏡や方向指示板などの道具の存在は、自分が味わった喜びに大いに寄与しており、その点では私の玩具から得られる快楽とほとんど区別できなかったが（この場合、スケールが大きく、「冗談」が問題ではなかったのは当然のことだが）、これに対して、アムステルダム美術館は遊戯や見栄えのする出し物という点ではめぼしいものは何もなく、そこで味わった快楽は、いまだ一介のディレッタントが味わうようなものではなかったにせよ、少なくとも自分もまた絵画の殿堂とされるものに反応する感性があると判断されたのを誇らしく感じるところに、ひとりの少年の深い満足があった。

たまたま夜警の一団に遭遇し、通りがかりにこの光景を目撃し、これを絵に描く画家の方を振り返って見たところという雰囲気の頼りない人物が身にまとう重たげな長衣、縞模様の上着、絹の腰帯、羽根飾りのついた帽子、行列の先頭を行く二人の男の尖った髭、兜と鉾（あるいは複雑な形をした幅広の刃をもつ武器）の輝き、奥の方には半ばひろげられて掲げられた旗、そして一方の隅には撓められた太鼓の響きが聞こえるようであり、どことなく連隊の犬を思わせるものが一匹、——口をぽかんとあけて《夜警》に見入る八歳か九歳の子供が、まさしくこのような絵の細部に類する事柄の何に注意を向けたのかをどのようにして知りうるだろうか。これまでのところは、あまりにも頻繁に引き合いに出されるので、いまとなっては、本当に自分の目で見たのかどうか怪しく思われる類の絵であると思い直す。つまりそうした絵の場合は、実際に見た体験と、何度も繰り返し複製を見た体験から得られたものの区別は容易ではないのである。事典の図版をもとに（もっとも慎み深く、その点でもっとも信頼に足る備忘録）、最初の印象をできるかぎり忠実に再現しようと試みても、このような行為が無駄に終わるのにすぐに気づく。写真図版を通して見えてくるのは、さまざまな機会に数限りなく眺めた《夜警》であって、その最初期のものは――思い出そうとする気持ちが強く働きすぎて想像に走るのでなければ――アムステルダム美術館を訪れたときの本物の絵（暗く沈んだ黄金色の色合いをもった）の体験ではなくて、ミケランジュ街八番地の家の部屋の壁に掛かっていたささやかな美術品の一部をなす版画だったはずなのである。この部屋の中心的作品、すなわち名高いミュンカクシが母方の祖父が見ているなかで鏡に映る祖父の姿を描いた木炭画もしくは鉛筆画の肖像（われわれは、この絵は力業の例だと教えられたのであり、教えてくれた人々の言を信じるならば、その力業は視線にそなわるある種の特異性を説明するものである）のほかに、雑然とした所蔵品には、《『マルセイエーズ』を作曲するルジェ・ド・リル》やピエロとコロンビーヌを描く――ただしそこには一匹の黒猫もいて、ぴんと立った尾の下の方にはそれと名指すのもはばかられる白っぽい弓形様の物体があらわれていた――レアンドルの石版画、「オラース・ド・カリアス」という署名のある中程度の大きさの油彩画、官展への献辞もあり、そのようなものがなぜわが家に運び込まれることになったのかは不明であるが、秋と思われる風景が主題で、公園の遊歩道を歩く訪問着姿のひとりの女性の横顔が描かれ、これらのほかには、家族の遺品という以上の意味を見出すのが困難であるような、技法も大きさもまちまちの多数の作品があった。すなわち大革命時に描かれた細密画には、三、四名ほどの先祖、つまり母方の家系にあって王党派だった数名、父方の家系にあって共和派であり、弑逆者と記されるひとりの人物が描かれている。腐蝕銅版画による私の父およびランベッサの流刑者であった父の父の肖像を描くのは、父方の叔父であり、早く亡くなったので直接知ることはなかったが、プロの版画家として仕事をしていた人物である。十八世紀のキューピッド像を描いたのは、これも職業画家として仕事をしていた人で、すでに亡くなったが、母の親戚であり、そこに描かれた天使の翼は肉づきのよい体を飾り、魅惑的な「小天使」像を生んでいるように見えた。最後に、相当古い時代の絵があり、曾祖母のひとりを描いたものだが、その中年と思われる――このように「子供を抱く母親」のポーズをとったとき、彼女はまだ若かったはずだが――女性は顎紐のついた麦藁帽子をかぶり、腕には眠る裸の赤ん坊――母方の私の祖母――を抱いており、無名の肖像画家は赤ん坊の手にひと房の葡萄を握らせている。

ミケランジュ街の家の四階におかれた美術品や置物のどれもがそうだが、このような絵やデッサンや版画などを含む――たとえばレアンドル作の白きピエロのポスター、あるいはオラース・ド・カリアスが描く公園風景、前者は図版を切り取って額に入れただけのもの、後者はなぜそこにあったのかもわからず、私に何も語りかけてこないものだった――これらの作品は壁に固定され、私はその空気を呼吸していたわけだが、いずれも日常的な装飾品であり、母が亡くなる直前までずっと大事にしていた深紅のビロード地に浮き上がる十字架のような信仰心の対象や、両親あるいは、生きているかすでに亡くなっているかの別にはかかわりなく、われわれ家族に縁のある者たちの心のよりどころになりえた品々といかなる意味でも違いはなかったのである。本来芸術作品が果たす役割であるはずの、いわば一個の別世界に相当するものに通じる最初の天窓が自分にひらかれるためには、まぎれもない一個の傑作が必要となり、これに向き合う位置に私自身がはっきりと招き入れられ、陶酔を体験する必要があるだけではなく、おそらくは《夜警》のように自分の手の届くところにあるのではなく、私にとってのオランダ旅行がそうであったように、一定の重みをもった旅によって発見される傑作が必要だったのである。私がそれまでルーヴル美術館で目にしえたのは、ヴェルサイユ宮やナポレオン廟のごとき記念碑的建造物がそうであったように、多かれ少なかれ家族の記憶に関係するものであり、しかるべき距離が欠けていたといえる。《夜警》は絵を見るためというだけで、私に大変な距離の旅を強いることになり、そしてまた、この世には、絵の主題を超えて、偉大な絵画とは何たるものかを示す類稀な力をそなえるある種の絵画が存在していることに私が気づくきっかけとなった。

要するに、オランダで予備段階の閾を跨ぎ越したのであり、その後さらに別の閾が到来し、それを跨ぎ越すのが青年になってというのは大げさだとしても、思春期のことだったのは明らかである。私の心を動かした絵は、栄光に包まれたものではなく、その魅力が歴史的側面にも挿話的側面にも求められないはずのものだ。それはたしかヨンキント――これもまたフランドルの画家――の風景画であり、ルーヴル美術館を訪れた際にたまたま目に入ったものだった。いつ訪れたのかを確定するのは困難であり、どのような機会だったのかもはっきりしない。これに対して、確実だと思われるのは、このとき油彩もしくは水彩を前にして、生まれて初めて、何か特別の印象を受けたことであり、それは《夜警》が私に吹き込んだ、どことなく儀礼的な称賛の念に類するものではなかったし、ヴィジェ＝ルブラン夫人（マリー＝アントワネット王妃の肖像を描いている）の自画像で、両腕に娘を抱き、美しい腕の柔らかさの感覚がこちらに伝わってくるような二重の肖像に漂う、悲哀を感じさせると同時にいたずらっぽさを描き出す母性愛の表現に対する子供じみた関心とも違うものであり、《カナの婚礼》もしくは《ナポレオンの戴冠式》のような威圧的なスケールをもつ作品に接したときの驚きでもなく、ギュスターヴ・ドレの挿絵の入った本（『狂乱のオルランド』、『ドン・キホーテ』、『神曲』、ラ・フォンテーヌの『寓話』、私が最初に読んだ本格的文学作品といってよいもので、家で言われていたように「文章が良い」という点で評価された『キャピテン・フラカス』〔テオフィル・ゴーティエの小説〕など）のページを繰る際にそのロマン主義的精彩からこぼれ落ちる楽しげな魅惑とも違っていた。ヨンキントの作品は、記憶によれば、描き出される平野のひろがりを受けて、水平方向に長く引き伸ばされたような雰囲気をもち、たしか風車があり、小川や運河には船が浮かび、黄色い大地の上にひろがる空には雲が散在し、痩せこけた樹木が見える風景画の数々であったが——正確な中身がいかなるものであれ、美術館の厳粛な壁に人を吃驚させる風穴があいているように思えたのだった。このように優しさと悲しみが混じり合ったどっちつかずの状態は、それよりずっとあとに、意を決してフェノバルビタールによる昏睡状態に身を投じる行為が、言葉の完全な意味において、完結とも破滅とも言いうるかたちで対応しているといえるかもしれないのだが、私はこれらの風景画を前にして、そんな曖昧な状態の予告を遥か昔に感じていたようにも思われるのであり、いまもなお、風景画に関しては、静かに心に染み入る力が何に起因するのかを明らかにしえぬままだ。北国の寒冷な風土に密生する黄水仙もしくはいぐさを思わせるヨンキントなる名をもつこの画家が、淡色の筆触をもって呼び出す場所は、疑いなく現実のどこかにありながら、境界を区切るというよりも消去するように思われる筆触を眺めながら、私は胸が潰れそうになり、自分が外に引きずり出され、さらにまた無限の彼方に退いてゆく地平線に向かって投げ出されたように感じた。悲嘆と高揚感が混じり合った奇妙な感覚は、それ以後、現代の優れた才能が生み出した作品の数々にひそかに流れていると私が思った要素に通じるものであるが——純粋絵画とはまったく別な水準にあって——要は私の琴線に触れるものがそこにあったということなのだ。これに関して選集を編むというほどではないが、幾つか例をあげてみれば、ピカソの道化師およびバレエ『パラード』のための緞帳画、ベージュ色と灰色の積み重ねがイギリス人少女の一団のためのラグタイムのようにシンコペーションを響かせるキュビスム絵画、詩そのものが詩の主題となるマックス・ジャコブおよび何人かの詩人の手になる作品の一節、友人ランブール（ル・アーヴル生まれ）の物語『極地の子供』、サティ（周知のごとくオンフルール生まれ）の奇妙なまでに裸の音楽といったぐあいだ。さらに言葉を選んでいうと、それは知的判断あるいは美的判断の枠の外にあり、たしかに憂鬱であっても、私にはそれ以上に好ましい何かがありえるとは思われない瞬間に、甘美な旋律の単純さをもって、――少なくともこの魅惑が持続するあいだは――わが真実と思われ、翻訳すれば理解不可能となるものを表現するのだ。

病室では夜な夜な夢想を増殖させ、私から数メートルの距離を隔てたところで、いわばゾンビのような存在が弱々しくうごめいているあいだ、部屋からは、パリ市ガス会社の工場と倉庫の真上に日が昇る光景が見えるのだった。あるとき、夜が明けたあとようやく明るくなった空を窓越しに見ようとベッドを抜け出し、私の耳には鳥のさえずりが賑やかに聞こえてくるなかで、夜明けの太陽の繊細な色合いを驚きの目で見ていると、ぼた山並みに大きな石炭の集積、高さも長さもひときわ目立つ金属製ブリッジ、鉄骨、ガラス、木材によって建て増しがなされ、そのすべてが荒廃した姿の建物がかたちづくる美しくもまた陰鬱でもある風景が姿をあらわすのだった。このように夕暮れになるまでの時間、私の目の前にひろがっていた光景がパリ―ブリュッセル間を鉄道で移動する際に見えるフランスとベルギーの石炭地帯にどれほど似たものであったか、いまになってそのことがよくわかる。さしあたって私にできるのは、自分の人生の曖昧なイメージに似ているように思われる分だけ、なおさら不安な心にさせるその光景を味わうことだけだった。郊外の工業地帯の侘しい建造物の上にバラ色に染まった空がひろがるみごとなありさま、石炭のせいでひどく埃っぽい避難所（掃除を担当する女性たちの努力にもかかわらず）にまで届く鳥の歌声、どれほど埃っぽいかといえば、少量のオーデコロンをつけた綿棒で頭を擦ると、その先がすぐに真っ黒になるほどだった。人類博物館地下の私の部屋で生じた後味の悪い口喧嘩の傷が癒やされはじめたとき、突如としてわれわれの耳に入ってきたのもこうした鳥の歌声であって、その日の午後、これを聞いたときに一緒にいたのは、私の生活にある種の新鮮さと同時に毒を導き入れる使者として目の前に姿をあらわした女性だった。仮にベルギーとフランドルを舞台とする一定の光景が、最終的に、このパリ北郊の断片にぴったり重なり合うとすれば、だいぶ前から夢のマグマを掘り起こし、そこから識別可能な何らかの実体を引き出そうと飽きずに試みながら、これに呼応するかたちで私自身もまたブリュッセルに立ち戻る機会が必要となった。

　この移動のおかげで、遠く距離をおいて見ればギゼーの墳墓に劣らぬ美しさをそなえているとも見える石炭のピラミッドをふたたび目にしえたのだが、これは去年、ブリュッセルで国際展が開催されたのに合わせて当地を訪れたときの話である。展覧会自体は、こうした種のものが概ねそうであるように、とにかく期待外れと形容するほかはなく、それはコンクール・レピーヌ〔一九〇一年にルイ・レピーヌによって創始され、今日まで続いている発明コンクール〕をめざして芸術と産業の産物を豊かな創意工夫のあるレベルにまで引き上げようとする努力が認められる一方で、西欧の創造的作品の萎縮がこれほどまでに進んでいるのかと納得させられる体のものだった。気分が滅入るという以上に時間的な余裕がなかったせいで、通りがかりにモニュメントや建築物をちらっと見た程度だったが（たとえばサント＝ギュデュル寺院とコルポラシオン広場）、ここを訪れたのは、私がまだ子供だった頃にベルギーからオランダにかけて旅をしたときが最初であり、旅程の要となるポイントでもあった。二、三年後に、英仏海峡を横断することになったのは、磁針を引き寄せるように、北方がわれわれを引き寄せていたせいであり、このベルギー旅行こそ、北方地域に対する愛着とみずから公言してきたものへの道のりを準備したのであるが、その後成年に達してからの旅行の数々を通じて学習したのは、ロマン主義的感性に特有の風土は、霧や北方の雪とは違う場に見出されるということだった。

　最初の一日目は雨だったが、週末はかなりの好天に恵まれた。妻と一緒にその週末は友人の案内のもとに過ごしたのだが、われわれを受け入れてくれたホスト役の人々は展覧会や、ブリュッセルの別な地区に連れていってくれたし（商店が建ち並んだその大通りは夜になると照明が鮮やかで、電球の軽やかな配置によって凱旋門が浮かび上がり、車道の上に橋が連なり細くきらめいているように見えた）、ゲント（もちろん《神秘の子羊》の表敬訪問のため）、ブリュージュ（美術館訪問、ベギン会修道院訪問、運河をモーターボートで周遊）、リエージュ、オステンデ、それにワーテルロー（そこでは戦闘を再現する、巨大で、しかも埃だらけのパノラマが設置された部屋があった）にも連れていってくれた。民族誌的な細かな事実としては、到るところで「姿勢」と呼ばれる品（という話だった）、花壜、小像、がらくたに類する細工物、若干の貧富の差はあれ小市民の多くが弓形の張出窓のガラス越しに見えるように通りに面して品々を飾るのを見かけたことがあげられる。芸術は見せびらかしたいという欲望への反応だという皮肉めいた表現も思わず浮かびそうなところだ。美しいものは、見せたい（見せたくなるような）ものではないのか。収集家の側にあっては、美しいダイヤモンドを指にはめる人にとってのダイヤモンドに相当するものが、制作者の側にあっては、見せびらかす人間にとっての引き立たせられる身体部分に相当するものとなる。ゲントで飲んだのは、たしかグーズ・ランビックという銘柄の飲料であり、馬の小便と呼ぶ人がいる（ウィスキーを評して潰れた蚤と言ったりする人がいるように）ことで知られる飲み物であるが、私自身はこれが好きでいまも飲んでいる。たしかに味はほろ苦いが、どことなく果物の香りがする。オレンジ色がかった美しい色合いはマホガニーの色に近く、これを飲むときには、粟のビールや椰子酒のようなアフリカの発酵酒以上に、植物の世界に自分が完全に同化する気がするのには驚かされる。要するに、件の展覧会と市の賑わいを思わせるその雰囲気のせいで、散文的な感想ばかりとなったが、当地では親しい人々に囲まれて、快適な数日間を過ごすことができた。友人らのそばにいることで、何か月も前から続くフランスにおける不快な政治的情勢、ことにアルジェリア戦争が膠着状態に陥り、横柄きわまりない軍の態度や、ある種の人々の反動的な意志を前に、大多数の人々が完全に方向性を見失っている現状を幾分かは忘れることができたのである。

サント＝ギュデュル寺院については、もう一度これを見たいとは思わない。大聖堂を訪れて、自分のうちに反教会的な感情が生まれたわけではなく、フランボワイヤン様式のゴシック教会（たとえばルーアンやランスの大聖堂がそうであり、だいぶ昔だが復活祭の休暇には、そこを訪れるのを目的にしていた時代があった）には、もはや昔のように興味がもてなくなったからだ。両親は「石の刺繡」だと言って、これらの記念碑的建造物への称賛の念を私に植えつけようとした。たぶん少しあとの時代のことなのだろうが、オジーヴ部分の曲線を見ていると祈る気分になったこともある。コルポラシオン広場は、これとは逆に、自然と足をとめたくなる場所である。というのも、この広場の記憶はひとつの統一感溢れる情景の記憶に関係していて、それはとくに優れた性質のものではないにせよ、少なくとも絵画的興趣に溢れ、生彩が感じられるもので、彫像の花輪模様が、さまざまな職に従事する人々の行列を囲む芝居の書割となって、『笛吹きハンス』、『ウィリアム・テル』、『ニュルンベルクのマイスタージンガー』などの系譜に連なるスペクタクルの最終場面で、中世もしくはルネサンス期のフランドル、ドイツ、スイスの職人と商人が旗と紋章を掲げ、それぞれが個別の集団に分かれて、市長と助役の前を行進する姿を表現しているようにいまの私には思われるのである。

コルポラシオン広場——それはたしか昔ながらの雰囲気をとどめるマロル地区の一角か、あるいは付近にある——からさほど遠くないところにあるエビュロン街に叔母クレールは住んでいた。その一角に愛着はあっても、叔母が暮らしていた時代のあとではそこを訪れてはいない点にも触れておこう。叔母は人形の家というべき小さな館にひとりの使用人の女と一緒に暮らしていた。私の記憶では、女は若くはなく、態度も正直というには無理があり、オペラ＝ブッファのスーブレット役を思わせる彼女の名にはaという文字が入っていたはずで、完璧に近い献身をもって長年にわたり叔母に仕えたが、愛人ができた途端に身をもち崩し、瀟洒な家の貴重なお宝に手をつけて行方不明になった。例の旅の際に、この通りと自分を結びつける絆がかなり強い力をもってよみがえり、生彩をきわめた水路を通じて琴線に触れるので、何が何でももう一度その場を訪れてみたいという気持ちになったが、歩いてみたいと思う一方で、巡礼などご免だという相反する思いがないわけではなかった。すでに時間的余裕など残されていないスケジュールなのに、なぜそれほどまでに訪れたいと思うのか、場合によっては案内を請うことも含めて友人たちに理由を説明するとなると、感傷に溺れていると見えかねないし、これを文章にすれば、書くという表現形態にともなう距離感覚も働いて不都合はあるまいが、同じことをじかに自分の口から述べようとすれば、居心地の悪さもあるし、この場合なおさら居心地が悪いのは、いまここでなんとかまとめ上げねばならない執筆の仕事との関係では、記憶が層をなして堆積する状態を前にして、実際に、まさしくこの部分の探索に私自身が深く関係しているのにちがいないからである。それにまた、うまいぐあいに一定数の事柄を私に思い出させる現場検証を誘い出すには、それなりの代価を払っておこなう必要があった。というのも、記憶そのものから得られる材料に加えて、資料と印象の収集をうまくやり遂げれば、空白部分は埋められるはずだが、あまりにも機械的なやり方だと、すべてに死重を課すことになってしまう。もうまもなく私はブリュッセルを離れるところであり、エビュロン街の名が記憶に残るのは、もちろん叔母クレールのためだが、「エビュロン」のみなのうちに、人々の職種（樵を意味するビュシュロンとか、鍛冶屋を意味するフォルジュロン）のみならず、ヒューロン族を見出したりもする子供の好奇心が原因となっているからでもあり、ヒューロン族が自分らの一族の仲間入りをするのは、もしも名にそれ相応の意味があるとすれば、アラマン族をドイツ人（アルマン）にブルゴンド族をブルゴーニュの人々（ブルギニョン）に結びつける絆とは似ても似つかぬ連想にもとづいてのことだった。しかしながら、運よく、形式を整える必要などなく、ごく自然にすべてのお膳立てができた。われわれを案内してくれた女性の車に乗ってコルポラシオン広場を通りかかったとき、ラ・モネ劇場で歌っていた自分の親戚がかつてエビュロン街に住んでいたが、それはこの界隈にあるのかと聞いてみたのである。話の流れで、すぐに行ってみようということになった。車の速度を落とし、見覚えのある静かな通りを少し上ると、目的地は目と鼻の先にあった。二つの通りが交叉するかたちになっていて、クリーム色のごく小さな家が片隅にあり、一階部分の角にあたる部屋には手狭なテラスがついていて、交叉点に向かって、船の舳先のように突き出している姿を瞬間的に見るだけの余裕があった。まさにそれこそ私が探していた場所であり、もっとよく調べてみれば、おぼろげな記憶の通路がひらかれ、ほかの細部もまた見出せたかもしれない……。ただし、この瞬間的な確認をもってよしとしなければならなかった。というのは、ふたたび見出された家を主題として、一か所に立ち止まり、目を細め、鉛筆を手にして、風景がもはや一個のモチーフでしかなくなった状態、あるいは現実の情景の断片を前にして、ありとあらゆる技量の限りを尽くしてすべてを表現しようと試みる画家の態度で接するのは——仮に車を停めれば、あまりにも面倒なことになるだろうと思われた——私が望むところではなかったからである。

家の外観がすぐに見分けられるとは考えていなかったが、この家をめぐるほかの要素で記憶にあるのは、ごくわずかな事柄に限られている。客間を支配していたのは静謐と秩序だったが、凝りに凝ったこぎれいな雰囲気は、彼女自身が出演する歌劇の舞台のスケールに合わせて整えられていたこの家の女主人の健やかな美しさとしっくり調和してはいなかった。あまりにも上品ぶった客間のひときわ目立つ箇所におかれていたのはガラス張りの家具であり、なかには数々の品が収められており、いまの私にその目録の作成は——仮に分類のための章のタイトルを記すにとどめてみても——不可能であるが、大多数は少なくとも彼女の舞台生活に関係するものだということがわかっている。たしか叔母は、ガラス戸棚に収納されている装飾品のなかからスペイン人の踊り子の小さな像を取り出して、われわれに見せてくれたことがある。それは、ラ・モネ劇場で彼女が『カルメン』に出演して歌うのを一家で聞いたとき、第二幕に登場した踊り子に似通ったものだった。だが、ひょっとすると、自分はいまここで、われわれが見た舞台の記憶をガラス戸棚のなかに移し替えていて、もともと舞台からかなり遠い距離をおいて見えていたはずのバレリーナが、小さな像というスケールにまで縮小され、いまの自分の目に見えているということがあるかもしれない。これとは逆に、叔母がわれわれにカスタネットを——同じく装飾品の宝物殿から取り出したのか、あるいはひょっとしてテーブルの上にあるのを手にしたのか、それとも引き出しをあけて取り出したのか——見せてくれ、さらに手で触らせてくれたときに、どぎまぎしながらも嬉しく思ったことをはっきりと覚えている。そのカスタネットは、まぎれもなく彼女が煙草工場の女の役を歌ったときに使ったものだった。彼女が演じるのは、刃物の扱いに慣れていて、男たちの方に顔を向け、密輸団の手助けをして山岳地帯を縦横に駆け回る女であり、カード占いの札の組み合わせで自分の死が近いのを察知はするのだが、いくら狡猾な知恵を総動員しようとも、死に抗う術はない。

カルメンシータに活気と地方色を与えるために叔母がカスタネットの扱いに習熟していたことは、大芸術家たるにふさわしい職業意識の証だと私には思われた。だが叔母には、ほかの才能に加えてさらにこの才能があったのであり、まさしくそれは、私が見てもまさに賛嘆に値するものであって、彼女に与えられた才能には限界などないことの証明であるようにも思われた。必要に応じて、彼女は歌手としての芸にジプシーの芸を結合させてみせたのである。役柄が要求する演技あるいは変幻において彼女に対応不可能なものがあっただろうか。ベルギーの叔母の家にいながら、まるでカルメンの家にいる気分にさせたこのカスタネットは、したがって、証拠品の重みをそなえてはいても、彼女の日常生活の舞台装置をなす品々のひとつをわれわれに見せるにあたって、いかなる資格のもとにこれを優先させたのかは私にはわからない。舞台の小道具、そして――指でじかに触れえた思いのする妖精の棒にもひとしく――このように四方を壁で囲まれた客間という場にいきなり導き入れられた魔術の象徴、あるいはまた親戚の縁をもって幸運にも自分が近づきえた美しく気立てのいいこのオペラ歌手のさまざまな才能の形象となる証拠。

叔母クレールが舞台に立つのを最初に見たのはブリュッセルでのことだったし、最初に叔母の姿を間近に見たのもブリュッセルでのことだった。われわれ一家は叔母のごく近い親戚に会った。彼女の姉か妹であり、夫にあたる人物についていては、その人が経営する工場を訪れたことがあり、最近までガラス工場だったと思い込んでいたが、実際は家具製造の会社経営をしていたことがいまはわかっている。この取り違えになおさら腹立たしいものを感じるのは、ガラス工場は一枚の完全なタブローとまではなっていなくても、鮮やかな影像であるにはちがいなく（職工がひとり、われわれの見ている前でガラスを吹き、壜あるいはその他の容器を作っている）、一体全体どこでこの光景を目にしたのか思い出そうとする羽目になるからであり、そしてまた、それまでの自分には確かなものと思われていた少年時代の記憶の多くの真偽があやふやにならざるをえなくなるからである。この人たちには、叔母の名であるクレールを縮めた「クレロ」の名で呼ばれていた褐色の髪のおとなしい小さな娘がいた。母親はよく「クレロ、知っている？……」と優しい抑揚のある声で話しかけるのだが、私の両親がそのアクセントをたえず面白がるのは、フランス人で自分たちの言語が風変わりな用いられ方をするとここぞとばかりに敏感に反応する多くの連中と似たようなものであり、彼らにはイントネーションの違いを面白がる傾向があるが、要するにそれは、場合によって、口から発せられる語に装飾音が加わって新たな風味が生まれるというだけの話ではないのか。

たしかにベルギー風の訛りなど、叔母には感じられなかった。だが、ふだんの生活の彼女の声にあって、私が否定形をもって記憶しているのはそれだけだった。彼女が歌うと、豊かな響きをもつその声は実際に喉から出ているとも、耳を通して聞こえてくるのだとも思えなくなる。それは聞く者の体を包み込む波動であって、聞く者の心を揺り動かすその力は一体どこからやって来るのか。発せられた言葉が織りなす(そして言葉を発する人の顔がいともたやすく痙攣するときに明らかになる)演劇性からか、言葉を宿すメロディの特性からか、ただ単純に、それを生み出す女性の肉体そのもののように、豊かな響きの本体からか、いずれにせよ、響きはそれを生み出す人間の表現というよりもむしろ、光の放射、別領域への転位となるのである。彼女の声は両親の家の客間に封じ込められた空気全体をこれ以上ないほどに強く貫いたので、あとで思い返せば、まさに声そのものを私は呼吸していたようにも思われるのだが、いま聞くとすれば、どのような効果が私の身に生じるのだろうか。ただひとつ確実なのは、私に残された叔母の思い出は、このようにして私に回帰するという点であり、似たような声を今日また聞くならば、その貴重な部分を評価する判断基準となるのは、まさに叔母の声に私自身が見出したと思うものなのだ。

「芸術と愛と……。」フランス語版『トスカ』第二幕でソプラノ歌手が歌う有名なアリアはこのようにして始まるのだが、すでにベルギーでは盛名を馳せていた叔母がこのフランス語版のパリ初演の舞台で主役を務めたことを、昔の雑誌の記事で読んで知ったのは比較的最近のことだった。『ルイーズ』の有名なアリア、「始まる春」に捧げられる『サムソンとデリラ』のアリア、『カルメン』のカルタの歌、『鳥もち《ラ・グリュ》』の心の歌とともに、このアリアを彼女がわが家に来て歌ってくれた時代、私はまだほんの子供であり、自分が味わう快楽に難癖をつけてみたり、空虚な美的問題に関する偏見を気にするだけの知恵もなく、ただ単純に声という媚薬に酔いしれるままだったが。本性からしてまっすぐの叔母は、生まれながらにして、これを生み出す秘法を所有していたのである。

あの頃はプッチーニのオペラといえば、ごくおぼろげな考えしかもたず、女歌手フロリア・トスカの熱き想いが表出される有名なアリアもまだ耳にしてはおらず、彼女の恋人がまさに銃殺刑に処される際にこの世に別れを告げるアリアもまた聞いたことはなかった。歌詞の正確な意味などほとんど気にせずにいたが、逸話の意味よりも、もっと深いレベルにおいて芸術と愛との結びつき、愛と絶望の死との結びつきが、言葉よりも旋律の力によって運ばれてきて、あたかも芸術、愛、絶望の死が定義からして音楽に含み込まれているように思われたのであり、音楽の美しさは、ただひたすら音楽がそこに存在するということだけで頂点をきわめるには、以上の三つの要素に関係せざるをえないことを表現していたように思われた。私の心のうちに、このような真実の釘を深く打ち込むために、あるいは曖昧ながらも少なくともその予兆を与えるためには、案内役となる幾つかの言葉を手助けとしてそなえる歌があるだけでよかったのである。芸術と愛、愛と死、ひとつながりになった鎖の輪、もしくは同一の系列に属する惑星というべきだろうか。

カードの「星占い」と呼ばれるものに似た「大いなる遊戯《グラン・ジュ》」をくりひろげる声が、いかに声量豊かで、透明で、力に溢れ、ビロードの肌触りをもっていたかを私は覚えている。ただその声の記憶によって、クレール叔母だけにそなわる貴い宝の評価が可能になるとしても、いかんせん形式的な所作で応じられるだけであり、彼女の歌がもう一度心のなかで聞こえてくるにはそれなりの鋭さが欠けていたのも確かだ。ひょっとすると、この声は至近距離から体にじかに触れてくるので、ほとんどそれを聞くという意識がないままに私は声に浸されていたのだろうか。ひょっとすると、私にとって叔母の声は、いまとなっては、舞台装置と截然と分離しえずにいる光り輝く存在のあらわれ方の一要素であったのかもしれず、その際、現実の人間存在からなる部分と、数々の肖像写真によって後になって私の心に刻み込まれた影像の両者を、多少なりとも混同してしまっているということがあるかもしれない。ブロンズ製のねじれた形状の燭台がおかれた白い大理石のマントルピース、ピアノ、休暇の際には黄みがかっていてわずかに光沢のある防水処理がほどこされたタフタ織の布に覆われることになるシャンデリア、リュソルつきの大型照明は、それが放つ光の明るい輝きがとりわけ印象的であり、わが家では音楽室の役割を果たしていた広間でしばしば目にした別の品々、すなわち栗色の髪の波打つ曲線をもつ高級な木材を用いた兄のヴァイオリン、持ち手の部分の先端は巻毛もしくは司牧杖のように弧を描き、またいざヴァイオリンを弾く段になれば、その白毛の弓を固形松脂（さらに執拗にこれにこだわれば、半透明の金色はミルラ石にも似たものと見えた）でこするのだが、ずっと以前に生命を失ったこれらの品々がクレール叔母をめぐって私が記憶する視覚的な要素のすべて、すなわち髪と眉毛の黒さ、くっきり描かれた口紅の赤、肌の白さ、少し太り気味の肉体の女らしさ、それも二十世紀初頭の時代に似つかわしいという以上の華やかさをともなうものであり、そのすべてが女神といっても生身の肉体をそなえたこの存在が歌姫の尊大さなどまったく感じさせぬ親しげな様子でわが家を訪れる際に着ていた、派手な色の服と一体となって迫ってくるのである。

羽根飾りのついた大きな帽子、リボンを巻いた長いステッキ、どことなくこだわりをもった優雅さなど、フロリア・トスカにあって長いこと「半＝社交界《ドゥミ＝モンド》」という奇妙な呼び名が私に連想を誘う社会からの脱落を告げる数々の要素、それをいまの私は当時有名だったはずの写真家のスタジオで撮影された叔母の肖像写真のうちに見出す。この肖像写真に見られる衣裳の個々の特徴が自然に見えるのは、演じるのが舞台の女である点から説明できるが、役柄に扮した肖像写真は、いわば彼女の真実を示しているとすべきなのは、芸術家という仕事が彼女の生涯にあって本質的なものであり、自分はこの側面しか知らなかったからでもある。その他の肖像写真——私は注意深く繰り返しそれらに見入ったのだが——が示すのは彼女自身であると同時にほかの誰かでもある姿だった。たとえばヨカナーンの斬り落とされた首を眺めるサロメ、松明を手に踊るエレクトラ、フィデリオに変装したレオノーレ（彼女にはまるで似合わぬ恰好であり、叔母の美しさを理解しない不愉快きわまりない勘違いのせいで、大洋神オケアノスの娘さながらの洗濯娘が男装して、仮面舞踏会に赴くサヴォワ人手品師もしくは煙突掃除人に変身する羽目になったのではと思われた）、巨大な冠をいただく古代都市イスの王女、ブルターニュ風の民族衣装をまとい悲しげな目で見つめる老女、さわやかな微笑を浮かべて陶器の酒壺を差し出す快活な田舎娘、『サン＝ジャンの漁師』の若く陽気な娘、頭には花々や果物や魚やその他の食料を入れた大きな籠をのせた姿など。こうした肖像写真の数々はそのほとんどがヌムールの家で見たものであり、姉が肌身離さず大事にしていた大量の思い出の品々のなかに混じっていたものだが、トスカ役、すなわち恋人に拷問を加えた警視総監を殺害する女、心優しき娼婦と美しきスパイ女の中間に位置する役柄を印象づける装身具をこれ見よがしにつけた叔母の——あまりにも昔の——肖像写真よりも遥かに現実味があるものだった。それでもなお、私自身の熱愛の対象は、トスカに扮したこの肖像写真であったわけだが、記憶はひどく曖昧で、存在自体が疑わしくも思われ——めかし込んだ叔母の一枚の写真あるいは昔プログラム紙面で見かけた派手に着飾った舞台女優の写真の数々をもとに、おそらくは何年か前にこのオペラを見たときに第一幕で別の歌手が手にしていた杖を同じく手にして立っているように見せるコラージュを用いて、人工的手段をもってクレール・フリシェの輝ける特徴を粉飾して付け加え——私自身もまた、古城に塔をひとつ付け加えたり、大聖堂に尖塔をひとつ付け加えたりすることで本物らしさが強まると考える記念碑的建造物の修復家に特有の罪のない偽装心を抱いていたのではないかと自問する羽目になったのである。

ブリュッセルに最近立ち寄った際、気がかりがあって私はエビュロン街に引きとめられた。立ち寄ろうと主張するのはあまりにも感傷的にすぎると同時に、単に立ち寄るだけでなくこれを仕事に利用しようとする下心をもった姿が見えてしまうかもしれない。おまけに、いまの自分は——恋する男あるいは古文書を渉猟する碩学のように——数々の写真の上に身をかがめて、叔母の真の姿をそこに見出すと同時に映画用語ではシークエンスと呼ばれるものを文字通り浮かび上がらせようと努めている。反映を言葉に置き換えようとする曖昧な手つきは、着手するのを拒まれた——本当のところは自然な——やり方以上に擁護しうるものだといえるだろうか。以下のような違いがなければその通りだと思わざるをえないだろう。片方は私自身の記憶のストックの充実を人工的にはかることであり、もう一方は文章を準備し、これに手を加え、たがいにつなぎ合わせる手技であり、わざとらしさを介せずに自分の記憶に少しばかり確かさを付与するやり方なのである。

私の心にひときわ強い輝きをもって刻まれた人に——想像のなかで——近づこうとして写真を点検し直すといっても、実際に手元にある写真など一枚もない。それでも、おそらく、それらの写真は、さほど熱心ともいえない扱いでは資料として役に立たない点こそがむしろ好都合なのかもしれず、写真が目の前にはなく、影像をたえず把握し直し、構成し直す必要がある分だけ私は刺激され、この追跡劇に引き込まれるのであって、いわば、いまここにいない相手を追う行為にいきなり身を投じることで、写真のモデルと私自身のあいだには、かえって強い絆が生み出されるのである。

この追跡劇が始まってから、そのなかの一枚たりとも実際には目の前にないのだから肖像写真の目録作成など不可能であるのに対して、一年以上前のことだが、イタリアでプッチーニ生誕百年祭があったとき、これに関連して女性週刊誌に掲載された肖像写真に私が知らなかったものがあり、切り取っておいたので、いまは飽くことなく思いのままにじっくりと眺めながら記述もできる。叔母の最初の記憶に先立つこと数年前の一九〇三年、フランスでの『トスカ』初演時の彼女の舞台姿がそこに見える。叔母はまだ若く、また私自身が記憶する姿よりも美しく、横向きで両腕があらわになり（両肘の上の部分に二つの大きな腕輪が見える）、頭にはみごとな冠り物をのせ、豊かで重たげな髪が見えるところからすると、オペラ第二幕の扮装であって、場面は中庭でフロリア・トスカが歌い、まさにこれからスカルピア男爵のもとを訪れようとするところ、まもなく彼女はテーブルの隅におかれたナイフを摑んで彼を刺し殺すのだ。ふっくらとした下唇とうつむき加減の瞼、この写真の叔母の姿はどことなく柔和さが感じられる動物といった様子で、官能性と獰猛さを合わせもった憂鬱な雰囲気に沈み込み、リムスキー＝コルサコフの『シェヘラザード』が喚起するオダリスクにも通じる風情だった（『シェヘラザード』がかもし出すオリエント趣味は、かつては、若い頃の私の想像世界の豊かな素材となっていた）。額を覆い、またこめかみからうなじにかけての部分を完全に隠す髪は、あまりにも仰々しく奇妙な印象の馬具に似た飾りで押さえられ、髪の先端部分は二つに分かれ、下の方では（ちょうど両耳の上の部分で）ひとつに合わさるかたちで結い上げられて髷となり、後ろに回ると、この髷の部分はヘアネットのようなもので押さえられ、その様子はそれとなく大きな西瓜のひと切れを思わせもするが、より適切な表現を探せば、頭の片側から反対側に兜の顎紐がかけられているぐあいで、まさにそこに二つの髷がついている。このヘアネットと髷に共通のほぼ六角形のおさえの部分には一個の真珠あるいは何か別の宝石が水滴のようにぶら下がっていて、褐色の付け毛に覆われた耳たぶには、かなり長い滴状の宝飾品がとりつけられていて、その先端にぶら下げられた十字架が、あのフロリア・トスカの慈悲心にふさわしいように思われるのは、彼女が――相手を殺害したあとで――なおも火がともる燭台をいまは犠牲者となった死刑執行人の死体の脇におき、さらにその胸の上に十字架をおくことで魂の平安を願う気遣いを見せるからでもある。

これは私が所有する唯一の写真であり、ごく細部に到るまでしげしげと眺められるし——肩の方へと持ち上げられているせいでだいぶ太く見える両腕、弧を描く黒々とした眉、くっきりと浮かび上がる鼻の輪郭、さらに長衣の襞はとてもゆったりひろがっていて、その下に隠された二つの乳房の存在を感じさせない——、この写真が本人に似ている点については太鼓判を押してもよいが、実際のところは、私の心に訴えかけるものはほとんど何もないといっても過言ではない。そこに私が見出すのは叔母ではなく、かといってトスカの姿でもない。写真がひたすら示すのは、かつてその被写体となった初々しくもまた少しばかり女占い師めいた存在であり、どう見ても、わが崇拝の的であった歌姫にも芝居のヒロインにも重ね合わせることは困難だ。芝居といっても、わが国の軍人のなかにもスカルピア男爵を思わせる連中（襞飾りのあるジャボを着ることも髪粉を振ったかつらをつけることもなく、こちらの方は豹柄の装いというだけの違い）が跋扈している現状を思うと、中心的な道具立てとなる拷問室が恐ろしいほどに生々しい現実味をおびて見えるのである。おそらくは、すでに言及したほかの写真についても、仮にそれが手元にあったとしても、このように生気を欠いた夢想を生むだけに終わるのではないか。

以上のように目録作成の作業にとりかかっている最中は奇妙にも忘れていたが（その効力を信じていたわけではないが、目録を作り上げることになにがしかの満足を見出していたのは、あたかも目録作成という手続きそのものにすでに発見が含まれており、基本的に求められるのは辛抱強い歩みだけだというかのようだったからだ）、もうひとつ別の肖像写真があることを思い出した。それは姉から渡された『ムジカ』誌の昔の一冊に掲載された写真図版であり、サン＝ピエール＝レ＝ヌムールの姉の家を訪れたとき、貴重な贈り物として彼女はそれを私に譲ってくれたのだった。この資料は容易に参照できるものであり（なぜなら、これを手にとって見るには、わが家にあって洗濯室という名で呼ばれていた部屋の鍵をもってその場に行けばよいだけの話だからだ）、記憶の手助けをそこに得るのは順当であり、これを確かめてみる欲求を抑えるのはむしろわざとらしいふるまいだったにちがいない。要するに私は押し入れから不揃いの写真の束を取り出したのだが、問題の写真は、さまざまな雑誌、書物、カタログ、プログラムなどのありとあらゆる種類の紙の山に埋もれていて、そこに私は手紙、絵葉書、その他のメモ類などを注意深く保存していたのだが、といっても、ただ積み重ねただけというのが実情に近い。ほかのさまざまな雑誌と一緒に束ねられた紙の山をひとつずつ点検してみると、驚いたことには、この色褪せた雑誌の号には十枚ほどの肖像写真が掲載されており、それだけでなく、叔母に関係する数々の記事を読み、また何度も読み直すことができたのである。その声の美しさは、ほかの特質とともにもはや神話にとどまるものではなく、それらすべての美点を通して叔母のうちに神聖なる舞台の獣の姿を認めることができたのである。

『異邦人』のヴィータ。この役柄を演じる叔母の写真が三枚残されていて、一枚は――横顔――まさに自分の記憶にある姿である。『少年王』（アルフレッド・ブリュノーとゾラによる自然主義的作品であり、叔母が初演の舞台で演じた）に登場するパン屋の娘の姿と混同していたようだが、実際には横顔の写真は、『ムジカ』誌の記事をもとに判断するならば、思想的には凡庸な域を出ず、どこをとっても底の浅い仕掛けのヴァンサン・ダンディ作曲のこのオペラで漁師の娘「ヴィータ」を演じたときのものであった。三枚のうちで一番魅力的な写真では叔母は立ち姿で正面像、大きな壺を肩にのせ（そのせいで少しばかり腰をくねらせている）、ほかに比べると、ずいぶんとほっそりした姿である。それでもなお、力、優しさ、心に秘めた想いが入り交じる顔は叔母独自のものであり、一目で彼女だとわかるのだが、娘の名が意味する通りに生命以外の何ものでもない役柄を演じるにあたって、おそらく欠かせぬものとなったのがまさにその顔であり、雑誌のコラムニストは、この vita なる語がラテン語としかわからない人々のために、生命という――本来の――意味があることに抜かりなく注意を促している。すぐに感化される性質の私は、恰好な餌食となってこの象徴的な名の罠にかかり、ある朝のこと、眠りと目覚めの狭間にあって、「ヴィータ」こそが明快きわまりない言語でもって、私が叔母の影像の背後に探していたものを指し示したと悟ったのである。そして私が考えるに、このような鍵となる語は、ここで私が形を整えようとしている代数学にあって、特別な記号をもって表現されるべきものであり、記号とは小さな黒い正三角形、頂点のひとつ(冒頭の文字Vを想起させることで、この語の要約となる)、もしくは辺のひとつで(一個のピラミッドのしっかりした土台を作ることでこの語に潜む本質的部分を表現する)支えられるようなものとなるだろう。これは一時的な夢想の域を超えるものではなかったし、新たな啓示が私にもたらされることはなく、いつまでもおぼろげなままの彼女の記憶を通して、昔の雑誌のコラムニストが古き良き慣習にしたがって「マドモワゼル・フリシェ」と呼ぶその人にそなわる力強く生彩ある要素に私がすがりつこうとしているのを発見することで、すでに明白な事実を追認するだけに終わった。例の微細な記号に関しては――頂点を下にもってくればまさに陰毛で覆われたデルタになると気づいた――当初のピタゴラス的な意味合いは薄れ、そんな形もありうるという、タイポグラフィ記号の水準の意味合いに変わっていた。完全に目覚めた状態で、この象徴もしくはモノグラムのごときものが私の思案にそれなりの貢献をしてから数日が過ぎた頃、今度は頂点を上にしてみると、どことなく心臓を逆さにした形態を思わせるあのオリエント的モチーフとの類似がたしかに感じられると突然気がついた。このモチーフはクロード＝ベルナール病院を退院したずっとあとになっても心から離れぬままだった女性が、まさにあの日の午前、そのとき着ていた服のダマスク織の白い布地の肩のあたりに見えた模様であり、それは何なのかと尋ねたところ、「生命の樹」と呼ばれるものだと教えてくれたのだった。こうして、時間のモスリン織のヴェールで覆われ、神話的な深紅のきらめきに染まる影となったブリュッセルのあの女性を引き綱として、私が怪しげな理想化の道を歩きはじめるのと並行して、地下での作業も進行しており、こちらの方は外からは見えずに隠れている分だけ、たとえ私が考案したあまりにも抽象的な記号から、その鐇型のデッサンが、時間の進行に無縁な思案ではなく、欲望もしくは抱擁をめぐって私自身がいまこの瞬間に体験する何事かを要約するあの象徴のために考え出したあまりにも抽象的な記号へといわば機械的に進むだけであっても、それがきっかけとなって、肉体を欠いた実体に隠れ家を求めるあり方から方向を転じて、熱く燃える現実に呼び戻される私自身の姿が想像できる瞬間が訪れることになるだろう。

ヴィータ、化粧もせず、頭を少し後ろにそらせて（『ムジカ』誌のほかの号に掲載されていた横顔のベースとなった当の肖像写真）、ここでは完全なる生の姿が、雑誌の見開きページ全体を占め、聖なる森の雰囲気を漂わせる森の奥に、一九〇三年という年に目覚ましい活躍をした歌姫たちをその舞台衣裳の姿のもとに並ばせるフォトモンタージュのなかに見出せる。それは奇妙きわまりないカーニヴァルであり、ありとあらゆる雑多な役柄と時代が隣り合って存在している。けたたましい笑い声をあげる褐色の髪の美女、すなわちマンティーラで肩を覆いカスタネットを手にしたカルメンはブリュッセルのラ・モネ劇場の舞台上に私が見出した姿そのままだった。彷徨えるオランダ人の北国の恋人ゼンタは民族衣装を着ていて重苦しく悲しそうだった。まさに姉の家で見た記憶があったこの写真は『サン＝ジャンの漁師』で籠を運ぶ女である。カミーユ・エルランジェの『アフロディテ』に登場する高級娼婦はいかにも愚かな様子で、体の線をあらわに際立たせる長衣を着ているが、その下には豊かな肉づきの体がある。『フィデリオ』のレオノーレ（もともとは籠を背負った姿であるはずだが、遥かに優雅だった)。『カヴァレリア・ルスチカーナ』のシチリア女サントゥッツァは、純金製とおぼしき、とても大きな耳飾りをつけている。フロリア・トスカは記憶を元に私がその姿を作り出したときほどには輝きが感じられないが、影像のまぎれもない真実の姿がここにあるわけであり、この影像に関しては、私自身が捏造した箇所が少なくとも部分的にはあったのではないかと思い直す。クレール・フリシェは、ピアノに片肘をついて座り、彼女を取り囲む人たちがいる。彼女の顔、とくにふっくらとした頬と流し目の視線には、どことなくモンゴル系の雰囲気がある。彼女がかぶる帽子は一九〇〇年風のきわめて派手なもので、この人にはまるで似合わぬ代物だが、それなりの事情があって、どこかほかの惑星からやって来た異様な物体が頭の天辺におかれることになったのではと思ったりもする。見たところ、素顔の芸術家の姿を紹介しようとするこの肖像写真をもって、ギャラリー展示にひとまず終止符を打つ——お終いにすることができると思った——が、展示品はなんとも不揃いかつ雑多であって、彼女の姿はいっこうに明確にならず、むしろ曖昧模糊たるものに化してしまうので、その姿を解読し終えないうちはそこから離れられない気がする。

優れた芸術の文字通りの化身。ヴィータ。生命の樹。病院での夜にあって情けないキプールと交代で姿をあらわしたサンディエもしくはサンギエなる女性と同様に、マドモワゼル・フリシェにそなわっていたあれほど強い生命の輝き。叔母クレールは、普通は両立不可能とされる声の用法を自分のものとし、驚くべき声域をこれ見よがしに自慢し、さらには機会あればつねに全力で惜しみなくその声を差し出す喜びに身をまかせるあまり、思いのほか早く声を潰してしまった。激しい愛に狂う女、もしくは自分の腹に宿った果実への狂おしい想いの虜になる母親など、もはやこれを離れて繊細な役柄に挑戦するのが困難になるほど、力強い生命力に溢れる姿を見せるのが本領だったとしても、妖艶な肉体は、さらに媚態を加えれば、それだけでおのずと栄光の域にまでみずからを高めることができただろう。芸術と実人生、声と肉体、それこそ私が作家としての終わりを感じ、さまざまな面において歴然と老衰を意識し、自分の肉体の変化を見て狼狽と嫌悪を感じるようになって以来、かつてないほどに強い郷愁を感じた対象なのである。

救助された者としては、ひどく意気地がなくなり、繰り返しなどありえないと耳をふさぐ気分でいるにもかかわらず、頭のなかでは、皮肉にも死の踊りを舞うあの二人の仮面の人物に彩られた二重の夢想の先の地点に、私が絶望するきっかけをつくった当の対象が新たにまた姿をあらわす予感がし始めていた。夢想の一方にはその才能も美貌も純粋な追憶の対象となってしまった引退女優がおり、もう一方には物を識らぬままに空しい文学的栄光のために自分の生のわずかな財産を浪費するグロテスクな男がいるという構図だった。重箱の隅を楊枝でほじくる類の事柄とは無縁な芸術。一個のオペラのごとき生、そこには旋律の曲線を生み出す愛があり、そして終幕に最大限の豊かさをもたらす死がある。オペラが一個の祝宴であり、演技者と舞台の証人たる観客の双方が、舞台衣裳に身を包むか晴れやかな盛装をするかの違いはあっても、祝宴の輝きを得るために力を合わせて臨むべきものであり、そしてまた、このようにして参集する観客に差し出されたとき、何らかの仕方で、そしてまたこのうえなく荘重な、あるいは軽妙な調子をもって、感情の昂りを誘い出すものとなっていれば、ほかのいかなる芸術よりもじかに生に結びついたものとなり、すなわち歌唱もしくは情感の芸術というべきものになる。ダイヤモンドのような芸術の輝きと荒々しい生の現実の剝き出しの姿、虚構と現実、彼岸と現世など、その接続——「本物」の接続であり、アレゴリーや一瞬に限った事柄というわけではなく——は、おそらくは自分にとっての大いなる課題であり、自分自身との折り合いをつけるための基礎をなす究極の円積問題なのである。

無からの出発、もしくは滑稽な姿に変容した従兄は叔母クレールの君臨する時代から遣わされた使節にすぎないという根拠薄弱な仮説から出発したわけだが、最初は姿が見えずにいた叔母はやがて私の心のなかに入り込み、脇に押しやられていたその人の影像が、徐々に強い力をもって迫るようになり、最後は、完全なる復元とはいわずとも、少なくとも写真のうちに物質的な姿を得ることになった。あたかも自分は、執拗なまでに、いまは亡きこの人と合体しようと努めていたようにも思われる。トスカーナ地方から戻り、さほど時間が経っていない頃——いかにも弱々しい声をもって私が歌ってみた生きた愛の二重唱に幕が降り、あるいはまた親戚のこの女性の特徴の背後に遠い昔に私自身にとっての美の化身であった対象を発見し、一個の掟としてこれに倣い、今後は絶対に迷わずにいられるとあるいは探求そのものが美となるように努めて、この人をよみがえらせる仕事に取り組み、それが初考えたのかもしれない。さらにまた、あるひとつの影像にひたすら注意を注いでこれを描写したり、期の幻覚に代わり、何か月もの長い期間にわたって私に訪れるひと続きの長い覚醒夢となったのである。時間の流れのなかであてどない想念を周囲に引き寄せ結晶化させた叔母の影像は、頭の天辺から爪先まで揺るぎない姿で、覚醒とも夢ともつかぬ夜の連続から立ちあらわれたようにいまの私には思われるのだが、その夜のなかで私は際限なく繰り返される二股の探索に翻弄されるままだった。

雑多な仕事に縛られていたし、旅の魔力を長いこと信じ込んできた素朴な状態から抜け出しても、どこでもよいから出発したいとの思いは強まるばかりで、恋愛事件の当事者となっても、わが伴侶たる人との絆を断ち切るのは無理というだけでなく、自分でもまたこれを望んでいないわけであって、解決の糸口も見出せぬそんな状態にあった私は——ほとんどうっかり誤ってというのに近いやり方で——何か月ものあいだ最後の切り札もしくは路銀として確保していた「自殺のための備え」を嚥み込んだのだった。昏睡状態から抜け出し、最初の興奮状態が収まると、以前よりも少しばかり困難な状態ですべてが再開される気がした。備えという発想に頼るのはもはや不可能となり、仮にこの発想に立ち戻るにしても強い忍耐とそれなりの策略が必要となるわけであり、それにまた自殺し損なった人間の典型と見られたくない気持ちがあったから、そこに立ち戻るなどという考えはもたないほうがよいわけで（自分でもまた、たとえば誰も自分の救助に来る人間などいないはずの時間帯に、自宅ではなく人類博物館の自分の仕事部屋に鍵をかけて閉じこもり、薬を嚥むなどの究極の身ぶりに頼る勇気をもち合わせてはいないのはわかっている）、この身ぶりを繰り返すとすれば、今度こそは決定的ものとなろうが、そのつもりは毛頭ないし、残る選択肢としては生きる理由をしっかりと見出すほかはなく、それがどれほど問題多きものだとしても、ほかの解決策などはありえない。運不運は別として、すでに私のために用意されたものだと証明済みの領域でなければ、どこに向かえばよいというのか。私がいまだなおカオスの真っ只中にあった時期に出現したイギリス人の気取り屋の人物、舞台を引退した女優、それにあの笑うべき脚本家（やがて女歌手が登場し影が薄くなる）などは、このような観点からすれば、指標となる矢印であって、そのすべては同じ方向を指し示していた。すなわち芸術——ただしこのような種々の亡霊たちがその先例を示す生の一様態としての芸術ということだ。あたかも現実の生のうちにどのようにして芸術を導き入れるかが私の関心の中心をなしていたというかのようだ。

まだ子供だった頃の私にとって「大芸術家」として賛嘆の念をもって名前があがる人々は、作家でも画家でも彫刻家でもなく、あるいはまた作曲家でもなく——遠くにある輝き、そして私の周囲にいる誰もその存在に気づいてすらいなかった——、じかに演奏や演技に携わる人々、とくに俳優と歌手であり、彼らが演じる役柄は、私には、生身の現実のものと見えていた。こうした人々は職業柄、伝説的な雰囲気を帯びていたにはちがいないが、両親が彼らの話をする際には記憶のなかの存在として語られ、そしてまたとくに抜きん出た存在ともなれば、ほとんど絶滅した種族として語られるだけだった。アデリーナ・パッティ、むしろ「ラ・パッティ」（母は若かりし頃にイタリア座で彼女が歌うのを聞いている）、イギリスもしくはアメリカ出身のソプラノ歌手シビル・サンダーソン（大富豪を思わせるその名はサンガルすなわち『ミハイル・ストロゴフ』〔ジュール・ヴェルヌの小説〕に登場するイヴァン・オガレフの妹で宿命の女の名に近い響きをもっている）、ヴァーグナー歌いのテノール歌手ヴァン・ダイク（聖杯伝説の物語を歌うときはこれに敵う者はいなかった）、コクラン兄（比類なき華やかさをもって『シラノ・ド・ベルジュラック』の初演の舞台を踏んだ役者）、洗練された台詞回しのアンナ・ジュディック、最盛期のサラ・ベルナール（あるいはほかの聖なる怪物について熱心なファンが馬車から馬を外し、自分たちで引いたり押したりしてエスコートしたという噂があった）、タイヤードのようにメロドラマが専門の役者や、あるいは敵役をじつにうまく迫真的演技でこなすので、役者が出入りする通用口で待ち構えていた男に襲撃された者もいて、名前をあげようと思えばあげられるし、いまではほとんど忘れられているとしても、その名を心のなかで口にするとき、やはり特別の響きをもって耳に響く。

　こうした種族は、豪華絢爛たる劇場独自の雰囲気に包まれ燦然と輝いて見えていたが、それ以上に私の方でも、彼らを一種の黄金時代を画す存在と見なしていたのである。私の両親が体験した彼らの最盛期、そしてたしかに私自身の時代になると、ほんのわずかな数の芸術家が辛うじて残香を喚起するだけで、そのなかには私生活——今も昔も——が噂話の種となり、この神話の少しばかり下卑た注釈を引き寄せることになった者がいた。誰某はレ・アル界隈で夜を徹してどんちゃん騒ぎに興じて声を潰したとか、誰某は無茶な散財の果てに、名士が陣取る平土間の客席を前にして演じたあとは乞食のように落ちぶれて死んだとか、ある晩の舞台でまともに歩けぬほど酔っ払っていた役者がいたとか、またほかの女優の場合は、舞台上でドラマもしくは悲劇を演じるあいだにそれとなく目をつけていた劇場詰めのハンサムな消防士を家に連れ帰ったとか。これとは対照的に品行方正という点でよく名前があげられる人々は、本物の聖性の持ち主とされたわけであり、このような美点なくしては、誘惑だらけの仕事を汚点なく遂行しえないはずだった。

なかには、尊敬の念をかき立てたり、共犯者的な笑いを呼んだり、涙を誘ったりと、面白おかしい挿話が伝わるだけの人もいた。危険という点では、盗賊役を演じるある俳優が冒した危険は尋常ならざるものであり、役柄に精通するために、場末のいかがわしい店に通い、店の常連客である危険なチンピラともつきあいを重ねたというが、なんとも大胆なのは、あの名高いバリトン歌手であり、お粗末な記憶力しかないこの人物は、ある晩のこと明瞭な言葉のひとつも発することなくオペラのアリアの大半を歌わざるをえなくなったという。兄弟か友人かはっきりしないが、彼らの家では、その後プログラムもしくは譜面には、人目を引くのを嫌った芸術パトロンがこっそり滑り込ませた札束が挟まれていたというが、家に招かれて歌った二重唱が満足に足るものだった証拠といってもよかろう。舞台上でくりひろげられる至芸とは別に、こうしたエピソードの数々は劇場世界に生きる比類なき人々には生まれながらにして叙事詩的要素がそなわっていると教えているのであり、『キャピテン・フラカス』の旅回りの一座の例のように「テスピスの荷車」〔ホラティウスによれば、ギリシア悲劇における「最初の俳優」とされるテスピスは馬車に乗って舞台に登場したという〕に乗って揺られる人々でも「親譲りの芸人」でなくとも、誰もがそうであるように思われたのである。高い評価が寄せられる作品の背後には「みごとな人物」がいてほしいと思ったとき、私は叙事詩的な後光のほかに特別な何かを求めていたのだろうか。舞台の鬼あるいは癇性の名人、惨めな運命あるいはその他の苦悩を抱える天才、英雄的時代の幕開けを告げる先駆者、火を盗む者としての詩人もしくは革命家、闘牛士の悲劇的な技を引き受ける作家、いかなる妥協もよしとしない創造者など、いずれもこのような人物の変身なのではあるまいか。私は彼らを模範として、幾度も逡巡を重ねたあげくに、耳障りな響きを取り除いて手を加えることで理性的な存在に変えたが、その一方で私もまた歳月の影響をこうむらざるをえず、それなりの修正が加わって確実にブルジョワ化してしまったいま、かつての夢想の対象との距離は果たして縮まったのだろうか。身銭を切って荒技に挑む芸人、そしてまた芸と同じ空気をもって織りなされている人生。そのような人物こそが病院のベッドにいた私が認めた最初の姿であり、私自身が変身を遂げ自己同一化した年老いた女優の姿を借りて立ちあらわれたものだった。私の関心の核心部をなす事柄については、すべてをその起源に遡って捉え直さずして自分自身の存在もまた見出しえなかったわけだから――わが深淵からまだ完全には抜け出せない段階で――私の子供時代の「大芸術家」であった（スキャンダルとは無縁でも）わが叔母、歌手であったクレール・フリシェの姿に出会うのは必然だったのではないだろうか。

　人当たりのよい趣味人のカップルに引きつづいて登場した仕事熱心な侘しい男、そしてまた舞台芸術――すべて即金で支払わなければならず、喝采あるいは口笛によって即座に巧拙が裁かれる芸術、生きて活動する存在とならねば成り立たない芸術、まるで歴史的日付が語られるように、後に回想の対象となる独自の瞬間を生み出しうる芸術――が人間的な力で感動の極致に人を運ぶ例証としてあげるべきだと私には思われる人物と一組になって私の従兄があらわれたときに彼が示したのは、私自身の文学的欲望の実際をまるで歪んだ鏡に映し出すかのようなきわめて不快なイメージだった（笑いを誘い出すもの、さらに上海で「大世界《ダスカ》」を訪れた際に、随行した通訳が「哈哈鏡」と呼んでいたものがそうだが、ピラネージを思わせる階段とテラスをもつこの建物の一階部分では派手なアトラクションがくりひろげられ、各階には見世物部屋が幾つもあって、種々雑多な出し物が演じられていた）。私は本の出版を自分の方から働きかけたことは一度もなかったし、読者を獲得しようと思って特別な何かを試みたこともない。だが仮にそうであって虚栄心を免れてはいても、私自身が及ぼしうる影響について無関心だったという証明にはならない。私は芝居狂として、ひとりの役者のように、自分で演じたいと思う役柄があり、私自身に似ていて、後になって自分ではないと言わないですむような役柄を演じることだけに執着していた。たしかにありきたりで俗っぽいところもあり、それでも真正の芸術家の性質をおびていたのは間違いない女性の姿が消えると代わりに姿をあらわす文芸に手を出す大道芸人とは、私の従兄のことであり、彼が私に教えていたのは、ペストのごとく忌み嫌うべき事柄があるということだったのだが、それでも自分についての切り抜き記事を読んだり、文学賞なる幸運の授かりものがあって、たぶんすでに味をしめていたのだろう。役者ならばそれなしにはやってゆけないようなこの種の香り（いわば閉鎖空間において立ち会う大衆に「生中継」の直接的力をもって働きかける存在様態と一致する）は劇場世界にあっては祭儀の一部をなすが、それ以外の芸術に関係する人間は、自己破滅の危険を冒さずにこれを嗅ぐことはできない。というのも後者は自分の部屋もしくはアトリエで沈黙のうちに制作に取り組むのであって、この種の芸術家にとって、大衆とは――時間的にも空間的にも分散して存在する状態にある――基本的には遠く離れたところから発せられるメッセージのただの宛先にすぎぬものであって、大衆の姿そのものは見えないし、声もまた聞こえてこない。二人のあいだに一定の過去の出来事が共有されているのが絆となって、私の従兄はそしてまた、私を子供時代のある部分に引き戻すのだが、そこには崇拝の的だったあの女性が装飾として存在していて、透明にしてじかに働きかける彼女の歌は、おぼろげではあっても、いつの日か私自身が伝えるべきメッセージとなる予感があるものの音調、すなわち躁と鬱とが入り交じる音調を私に告げていたのだった。だが当時の自分が肉体的にも精神的にも極度に不安定な状態にあったことを思えば、ありとあらゆる種類の回帰が生じても当然であって、奇妙にもこの操り人形、つまり熱き想いを抱く劇作家へと変貌したわが従兄が発するつぶやきが寝台の右側に聞こえてきたときに私が本当に遡ろうとしたのは、ほかのすべての始まりをさしおいて、私という人間の先史時代に相当するこの局面だったのだろうか。

「タオルミーナに行ってみたい……。」こう語るのは褐色の髪の若い女であり、体つきは少しばかりぽっちゃりして見えるが、ほっそりした顔は生き生きとしている。彼女が着ていたのは黒いドレス（だと思う）で、われわれはちょうど昼食を終えて、豪勢な古いアパルトマンのバルコニーに出てきたところ、彼女が私の隣に立っているのだ。一九二〇年代初頭の情景だが、おそらくは気候のよい頃で、その証拠にコーヒーを飲み終え、食堂もしくは客間という閉鎖空間から、頭上には一面に空がひらけたといってもよい、この長細い狭い空間に移動しておしゃべりを続けながら、路上の光景が眼下にひろがるのを眺めていた。われわれを招待してくれたのは、もうだいぶ昔に独身者ではなくなっていた従兄ルルだったが、それから遥か後になって、その彼が、入院中の私を襲った数々の妄想の中心人物となって、あのような不条理な姿を見せることになったのはいかなる因果だったのか。彼の妻は善良な女性で、彼よりも年齢は上だし、背が高く、体つきはがっしりしていて、そのせいもあってか彼の方につきまとっていた小柄な青年で、にこやかであってもどちらかといえば控え目といった印象（部分的には極度の近視で両眼鏡がスクリーンとなっていたことも関係していた）は、彼が受けたよい教育あるいは臆病な性格の反映だったのかもしれない。当時の私には正確に把握しきれなかった母方の親戚の入り組んだ人間関係と婚姻関係の絆によって、ギリシアの廃墟を見て太陽の光を浴びたいと私に言ったこの娘は——遠い縁戚関係だが——私の親戚の一員であった。父親の死後、残された家族——彼女のほかに二人の姉妹と母親——は、父親がパリ近郊で七宝細工の製作所を経営していた時代に比べると、遥かに緊密なつながりをもつようになっていた。私の従兄夫婦が二人を一緒に昼食に誘うことを思いついたのは、果たしてそのせいなのだろうか（それ以来この問いを反芻している）。

結婚させなければならない娘を三人も抱えているとなれば、もはや「人生を新たにやり直す」年齢ではない未亡人にとってはかなりの重荷であり、少なくとも娘のひとりのために出会いの機会を作り、ひょっとして好意が生まれて、やがては結婚話に発展するかもしれないと考えるのは、彼女への思いやりでもあっただろう。私などは好条件の相手ではまるでなかったはずだが、それでも誰もが私のことは知っていたし、つきあう相手の青年として及第点がつけられていたはずなのである。シチリア(あの頃はさほど評判が悪い国ではなかった)を夢みる「芸術家」的な趣味をもつ娘がいて、さらに親戚の何人かは私が現代芸術と詩に夢中になっていると知っていたわけであり、素直に優しい気持ちから、二人が結びつく可能性はないだろうかというわけだった。

純粋に二人を引き合わせたかっただけなのか、それともほかにたくらみがあっての招待だったのかは別として、この出会いはそれ以上発展せずに終わった。話し相手となった娘には魅力があったが、私は彼女とまた会おうとはしなかったし、その場では話が合ったが、そこから二人のあいだにより強い理解の絆が生まれると思うだけの材料があるわけではなかった。われわれを招待してくれた夫婦は、私を知っているといっても、つきあいはさほど深くはなく、彼らの思惑——本当に思惑があったのかどうか——の根拠はしっかりしたものではなかった。

当時セーヌ河を行き来する大型船は桟橋から桟橋へと人を送り届け、乗合馬車に相当する役目を果たしていて、われわれ二人は散歩のあとで、親しく寄り添い、船の手すりにもたれかかり、シチリアの空の手助けはなくとも、牧歌めいた雰囲気が生まれたのは自然ななりゆきであっても、それは真摯な友情の域にとどまり、境界線を超えた地点へと私を連れ出すことはなかったのだが、タオルミーナへの願望を口にした娘を、その刹那私自身の手で連れていってやりたいと思わせるほどに、彼女の願いはわが身を強く捉えたのだった。あのときの彼女の肉体と魂には何が生じていたのだろうか。たしかに、私を拘束する別の絆が仮に存在しなければ、われわれ二人の関係は漠然とではあってもそれなりに深まっていたかもしれないと思いつつ、この出会いを考え直してみるとなると、私自身の能力の過大評価になるだろう。ほとんど四十年近い歳月の隔たりを通して、しかも、自分はいま話題にしている娘の父親にも相当するような年齢に達しているというのに、「あのとき私が決心さえしていれば……」と思うのはたやすい。これほど遠い距離を隔てて眺めると、すべては平板化し、障害などなく、ひとりでに愛が成就すると思えるほどに幸福な夢のひとつが記憶のうちに姿をあらわすのであって、まさにその出会いのうちに、約束の味わいがそのままの姿で残っているのは、思い切って運命を試すところまで突き進まなかったからでもあるだろう。

すぐに気持ちが通じると感じた娘（すでに言及した漠然とした親戚の絆や、自分がまだ小さいときに一度か二度か妹と一緒にいるのを見かけたという、それもまた本当かどうかはっきりしない事実によっては説明できない事柄）、まさに自分に欠けた要素、すなわちその人の身ぶりと言葉のうちに、与えられた生を思う存分謳歌したいという情熱を感じ取って魅力的に見えた娘、バスチーユ界隈にある大通りで、パリの街路に与えられた名の大多数と同じく、貴族の称号を示す小辞は取り除いたうえで劇作家ボーマルシェの名が与えられた静かな大通りを見下ろすバルコニーに立つその人について、着ている服の色使いは黒だけという姿が脳裏によみがえる。少し前に喪に服する必要があって黒を着たのか、それとも半ば孤児同然の育ちだと私自身が思い込んでいたせいで、そのような役柄に応じた装いをこちらで勝手に想像してしまっているのだろうか。経験からいっても、思い出の中身が無私無欲であるなどまずありえない話であり、かなりの変形をこうむることが多いと知ってはいても、この場合、自分の記憶の方が間違っていると思えない理由は、あの頃の私の精神状態に立ち戻れば、彼女が明らかに生に対して示す強い欲求と、その装いの峻厳さが告げていると思われた喪との対比があれほどまでに強かったので、娘がなおさら魅力的に感じられたのは確かだからだ。だが、同時に確実なのは、彼女がこうして喪に服す装いをしていたのは父親を失ったせいではなく、より最近生じた不幸のせいで地味な外見だったのであり（いまはそう見ている）、たびたび人々の死が連続するのでいつも黒い服を着ていて、日焼けした肌が、どちらかといえば喪を蒼ざめた姿と関係づける習慣をもったわれわれを驚かせるに十分な、あの地中海地方の貧しい村に特有の娘や女たちの姿とどことなく通じ合うものをもっているように見えたのである。夜の帳の裳裾が捧げられる相手を見つけ出そうと思うならば、粗野であると同時に堅苦しい装いをしていた記憶がある工場主の方ではなく、おぼろげではあっても――もっと優雅な――未亡人の方に向かわなければならない。あの日の彼らの娘の衣服があらわす弔意の闇とは、実際には、いずれも舞台関係者であり喜歌劇の分野で活躍した彼女の母方の祖父母のうちのひとりに関係するものであり、われわれが出会ったその頃に、二人のうちで生き残っていた方が、いかなる点でもオッフェンバック的な意味合いとは別種の正真正銘の地獄のなかに姿を消した（と思う）出来事があった。

おそらく私の方は、ロマン主義的な紋切り型表現を自分なりに継ぎ足して、北国への憧れを語ったのだと思う。寒冷地にそなわる神々しさ、絵葉書にするにはいささか苛酷な粒立ちが際立つ風景や人々、その名がわれわれの骨の髄まで厳寒を送り込む度合いに応じて魅惑もまた増すリヴァプールのような都市、タールの匂いが垂れ込める港にあって、暗い照明の光が落ちる小さなバーの奥にくりひろげられる色恋沙汰。顔を顰めた空がいかにも私好みのものであったのに対して、彼女が好むのは青空だったというぐあいに、二人の嗜好がかけ離れていたのは確かだったが、二人とも旅への欲望を抱いている点は似ていた。私は彼女の目にはどのような姿で見えたのだろうか。それについては何もわからない。私の方はといえば、なおのこと彼女が刺激的に見えたのは、魅力と才能が称賛の的になるのをたびたび耳にした女性歌手《ディヴェット》の孫娘という理由にもよっていた。有名な俳優の姪でもある（母方の血筋）この娘には疑いなく親譲りの部分があった……。直情径行型のふるまいには、そこはかとない媚態も混じっていて、現実の人生にあっても、家系の枝がもたらすもっとも魅力的な要素にぴったりと対応する人物を演じようと思いを定めたというかのようでもあった。しかしながら、こうした選択はあらかじめ考え抜いた結果ではなかったはずで、私にしても、一方が「南方」と言えば、距離をおかずして、もう一方は「北方」と応じる会話があのとき成立したのも、じつに自然で鷹揚な様子が娘の側に存在したからであり、そこに洗練の技が働いていたという疑いが入る余地はなかった。

ごく最近のことだが、この愛すべき祖母（私が食事をともにした相手は彼女の喪に服していたと考えておきたいのだ）は、軽妙な作品のなかでも、とくに『コルヌヴィルの鐘』の初演の舞台を務めた人だったと知った。このオペレッタに思いを馳せるとき、その音楽の記憶の大部分は失われてしまっていても、騒然とした警鐘の響きが聞こえてくる。というのも、後にマルティニック島に最初に滞在したときのことだが、プレ山の噴火が惨事を引き起こした際に、この作品がサン＝ピエール劇場で上演されていたのを知ったのであり、ほかならぬサン＝ピエール市街は、大災害が生じて一瞬にして灰燼に帰してしまったところだった。まさにこの発見（ある晩のこと、この『鐘』との関係が悲劇的な残響を喚起したのだった）以前に、すでに女性歌手の肖像――あくまでも理想化された肖像というべきであるのは、その人については保存状態のよくない何枚かの写真を知っていただけだったから――のうちに、どことなく魔術的な色彩をおびた光の投射を自分は認めていた。その光は、同じくこの人が初演の舞台を演じた派手な見せ場をもつ作品、すなわち第一次大戦よりもかなり前の時代にシャトレ座で上演された『悪魔のいたずら』から発せられるものであり、子供時代に『私の好きな本』という題名だったと記憶している挿絵入りの定期刊行物に掲載されたその台本を私は読んでいたのである。

この作品には「冥界の川ステュクスの岸辺」を舞台とする——台本の指示では——第一景もしくは序幕が含まれていたことをよく覚えている。私が接した小規模な上演では、岩場を模した舞台装置の中央に、有名な女歌手は悪魔に扮装して登場した。体にぴったり張りついたタイツ、メフィストフェレス的な髪型、そして大きなマントは、両腕から布が垂れ下がり、まるで翼を大きくひろげたように見えた。次に悪魔は地獄を象徴する小道具の数々を捨て去り、別の衣裳に着替えた女歌手は現代的でエレガントなスーツ姿で舞台にあらわれ、クープレを歌う（たぶんモンテ＝カルロで冬を過ごし、カジノ賭博に明け暮れる人々に混じって）のだが、この曲についてはプログラムに「ビッグ・ブラス・バンド」の旋律に乗って歌われるという指定があったほかは何も覚えていない。旋律は——いまから思えば——ケーク・ウォーク調もしくはラグタイム調であったはずだ。幕が開いてまもなく、「ヴァランタンとヴァランティーヌ」と題する場面があり、バレエが始まるきっかけになっていた。ほかに「アルコフリバスの実験室」と題する場面があり、舞台装置のからくりなのか、それとも単なる舞台効果なのかはわからないが、観客を驚かせる趣向が色々用意されていた。そして、終幕直前には「カルパチアの城塞」を舞台として銃撃が交わされ、爆弾が炸裂する戦闘場面が用意されていた。本当にそうだったのか。あるいは、そうではなかったのか。ほかならぬ挿画と記事の文章に助けを得て、大きな軍用外套に首まで埋まった兵士（ひょっとすると子供たちが変装していたのかもしれない）、ゆったりした服を着た長く伸びた白い髭の手品師、サン＝ヴァランタンの祭りの花束を娘に差し出す若い男たち、舞台を額縁のように取り囲む紛い物の岩場で示されるだけの洞窟などの記憶がよみがえる。荒涼たる洞窟であり、あたかも観客は（悪魔的な住民たちと同じように）その内部にいるような仕掛けになっていて、舞台奥に描かれた絵であらわされる外の世界に向かって大きく入口がひらいていた。

この夢幻劇の記憶が、結局のところ、ひどく曖昧模糊としたものであっても——本の方は何度も読んだが、舞台の方は、写真という迂回路を経てごくわずかな場面が示されただけである——強く刻み込まれたのは確かであり、部分的には（正確に元のままなのか、変形が生じているかは別にしても）ごくわずかなずれもなく正確に説明できる現実以上に生彩に富む要素が認められる。亡くなった女優、すなわち色彩を欠いた小さな判型の写真のうちに悪魔役を演じる姿を見た女優の孫娘と向き合い、従兄の住居のバルコニーにいたときの私の頭にあったのは、こうした再構成とはまったく別の事柄であった。この孫娘にそなわる天性の活力に、本来はその祖母のものであったはずの悪魔的な味わいを思わず加味してしまったこと、それに加えて彼女が「タオルミーナ」と言った瞬間に「冥界の川ステュクスの岸辺」への言及が私の耳の奥深くに遠い木霊のような響きとなって聞こえていたこともほぼ確実だといってよい。それは彼女がこの土地の話をしていたときに、表情を美しく輝かせる光だったというべきだろうか。「オロソーヌ」と「カミール」の場合のように、古代の栄華をうたう十二音綴形《アレクサンドラン》式の定型詩の一篇としてそこにはめ込むのがふさわしい名そのものの肌触りというべきだろうか。私好みの北方の蜃気楼のえぐい味わいと対照をなす幸福な風景の蜃気楼の出現——彼女の話を聞く瞬間に生じた——というべきだろうか。われわれの会話のなかで、なぜタオルミーナの白さが突然ひろり出したという記憶だけがあとまで残るのかという理由をほかになおも探す必要などない（ように思われる）。彼女の話のなかでは、気まぐれな色合いに染まった幻灯の焔がシチリアの村落を浸す純粋で古典的な光に混じり合っていたが、あまりにも安っぽい地中海の魅惑のイメージに対する警戒心が働いて、誘惑というよりも何も感じないか、むしろ嫌気を覚えてしまった自分の場合は、この快活な娘の遠い親戚たちの存在が彼女の話に少なからぬ色彩を付け加えていなかったとすれば——この点に関してもまた——、その詳細を忘れてしまっていたのではないかと思われるのだ。

ボーマルシェ大通りでの昼食会のときの私は、いつの日か——自分の家からほとんど動かずに「冥府の川ステュクスの岸辺」に向かう旅からの帰還にあって――わが従兄の奇妙な代役が毎日私のもとを訪れるようになるとは予測していなかった。即座に、この一連の訪問は、(反復という点を除けば)体調の不具合に起因する不条理な幻覚のごときものであり、せいぜいのところが熱があるせいで生じる何か、過剰なまでに風変わりで、ふだんの夢で現実世界が変形しているように、あたかも夢の世界がまさに変形していて、通常の夢とはその点で違っているような特別な夢に類するものだというのにすぎないと思うのだった。この創作の基盤に劇場の神話が存在しているのにすぐに気づいたが、それは、遥か昔のわが幼年時代に遡ることができる要素である。しかしながら、真の意味での根っこを発見したのは、わが従兄、それも家族という土俵上の位置とか、交流の歴史からもたらされるものに関して、大して生彩ある思い出などない従兄の出現をめぐって、彼がいかなる名のもとに選ばれて使者となり、これほどまでに執拗な介入をなしえたのかという点について検討をすべて終えた時点でのことだった。

夜のカンヌに飛んだあとで次はブリュッセルの病院にいる自分を見出したとき、私が想像していたのはじつに奇妙な移動の連続だったわけであり、あたかも『悪魔のいたずら』でのモナコの場面に登場する悪魔の歌の主題となったリヴィエラ海岸とボードレールによって嘲笑の的にされたセンヌ川流域を同居させたかのような出来事が生じていた。それこそ私を支配していた混乱であり、基本方位および私自身の地図作成法に関していえば、文字通り自分は羅針盤を失ってしまっていたのである。一種の巡礼もしくは免罪の目的地となった南仏に代わって北国が姿をあらわし、大人になってからの自分がほかの誰にもまして称賛してやまない画家が住む都市から、子供時代の私にとって特別な芸術家であった人が昔住んでいた都市へと変化が生じたのだった。茫然自失の体の私が行き着いた死に向かう否定行為――ピカソという名をもつ不滅の開拓者を前にして、みずから恥じ入るほかない展開――

のあとで、ある種の反作用が生じ、私は恋愛も芸術もいまだ大問題とはならずにいた素朴な時代に逆戻りしたのである。それというのも、その一時期にあって、恋愛は言葉の上でのきれいごとにすぎず、芸術はシャンデリアもしくは暖炉用具一式のごとくに、いまだなお完全に自分の外部にあり、それを現実のものとして表現したのが、私の心を揺り動かし、そしてまた優しさの陰で威厳が和らいで見えたあの美しい人だったのである。わが従兄の外皮のもとにまもなく開始されることになったのは、起源への回帰であるが、その彼はといえば、私の幼年時代だけではなく、たがいに異なる二種類の時間の位相に——双方ともに迂回路をとりつつ——私を連れ戻す役目を負っていたのだと考えられる。

従兄の母、私の叔母クレールを通じて、そしてまたさらに巧妙にもあの娘——従兄夫婦は結託して私を彼女と結婚させようと考えたのではなかったのだろうか——の上にまで影を落としている女歌手を通じて、私の関心を強く惹きつけてやまない世界に従兄は結びついていたのであり、眠り込んではまた目を覚ますといった状態が続く病院の夜にあって、その従兄が完全なる権利所有者の資格をもって登場した理由は、老衰と失望の彼方で、劇場とこの人物の両者が（象徴的なやり方で）輝く綱紐をもって私をつなぎとめるのが、自分の人生のなかでももっとも重要な二つの局面であったからなのだ。すなわちそのひとつは、生まれて初めて夢中になって愛を捧げた子供時代であり、もうひとつはゲームになおも参加が可能であり、初心者として自分の進むべき道を探すとともに、私的な面では四枚のクイーンのどれかを選んで賭ける準備をしているときだった。このような手始めの段階も、その後の展開では芸術の面でも恋愛の面でも錯綜した縺れとなるはずだが、私にとってみれば、無邪気な段階であるからこそ、二重のノスタルジーの対象となったのである。この対象に近づこうとひそかに願っていたとき、手の届くところに、従兄という人物のうちに理想的な媒介者を見出しえたのであった。その使命がもつ秘密裏の性格に応じるかたちで彼は変装していたのだが、身にまとうおかしな衣装は使者という本性を隠すと同時にそれとなく示してもいたのである。劇作にひたすら熱を入れる出来損ないの成り上がり者だったわが従兄が――芸術が私に最後の手段を差し出したとき、あたかももう一方の足で再出発するためには、遠い昔から私がそうなりたいと思っていた芸術家に嘲笑を浴びせなければならないというかのように――、白黒の決着がつくような明確なかたちで私に示してくれたのは、いかなる対象に注意を注ぎつづけねばならないのかという問題であり、謎かけを利用するならば、身を浸すことができる新鮮な湧き水はどこに隠れているのかということだった。

北と南、ブリュッセルとタオルミーナ。シチリアではなく、シチリアの要約的表現とその人自身が考えていた風光明媚な土地を訪れてみたいと熱い想いを打ち明ける話に触れて、私が宗旨替えをしたわけではなかった。それまでは地図の上の方に目を向けていたというのに、自分もまた下の方に目を向けるようになり、好ましい土地として、太陽が優しくも厳しくもある地方を選ぶ変化につながったのである。ただ一度だけの出会いで、話をしただけに終わったが（すでに述べたように）、その二、三年後に私は計画を変え、あのコート・ダジュールに初めて足を延ばし、時と場所を変えて、ピカソから周囲に燦然と放たれる光のなかで時間を過ごしたのだが、後に私はフィクションのなかでそこに舞い戻り、同じくピカソに向かって告白することになるのである。ピカソは、ただ単に私の作家生活の証人というだけではなく、わが結婚生活についても最初期からの証人であって、この視点からさらに事態を見直せば、私のぶざまな遁走劇をめぐって、彼の側には二重の批判があるはずだ。私が一九二五年にアンティーブに行ったのは、夏の休暇を過ごす目的からであり、タオルミーナに関してはただ想像をめぐらせるだけだった事柄を実際に南仏で見聞することになり、それに加えて私の目の前には南方の美についての意見の一致にとどまらず、さらに深い相互理解を見出すことになった相手があらわれ、実際に旅に出る前に、予感として私にそのことを告げたのだった。この人は、私の方の落ち度のせいで、二人の結合が数々の困難に遭遇したにもかかわらず、つねに変わることなく、私にとっては、起居をともにする話し相手であり続けてくれた。タオルミーナについては——すでに触れたことがある神経衰弱の発作を起こしたエジプト旅行の途上で——シチリア沖を船で通過したときに遠くから眺めたのではなかったか。何本かの白い円柱が判別できたと思ったが、船の甲板からではなく、地上それもボーマルシェ大通りを見下ろすバルコニーにいたときの私が予想した姿にそれは似ていた。ほとんど同時に、エトナ山が見えると教えてくれた人がいたが、火山という性質をおびてはいても、とくにほかの山々と違って見えるわけではなかった。第二次大戦直後のこと、例の気立てのいい褐色の髪の娘がかつて私の目の前で夢想を語ったいかにも観光地めいたその土地に滞在したことがあったが、この白い円柱の連なりが見えるような場所はどこにもなかったので、タオルミーナが見えるあたりまで客船ラマルティーヌ号が接近したときには、私自身の想像力が大いに働いていたと結論せざるをえなかった。妻と一緒の滞在であり、時間にするとほんのわずかだったが、有名な劇場跡の廃墟を散策したり、そこに座り込んだりもした。この無聊を慰める束の間の時間にあって、私に手渡されたもっとも刺激的な影像は、褐色の髪という点では共通だが、これとは別の娘の存在だった。刺繡や土産物を売る店が道の両脇に並ぶ目抜き通りにあって、商品を売る女たちは大胆に観光客に寄ってくるのだが、その娘は日中はずっと扉の敷居のあたりに立っていて、われわれが近づくと笑顔を見せるので、私の方でも愛想よくボン・ジョルノと挨拶をし、さらには二人のあいだに無言の共犯関係があるというかのように、瞬間的に目配せをする習慣ができたのだった。

トスカにふさわしい黒い眉と透き通った声の持ち主だったフランドル女性、タオルミーナについて人の話を聞いたり、本で読んだりしたことで輝きが生まれた褐色の髪の娘、黒髪とにこやかな笑顔を特徴とする店の女主人、輪郭もおぼろげなこうした影像、あるいはまた印刷されてはいても完全に定着してはおらず、すぐに消え去りそうな影像に次々と目を向けて飽きずにいるのは、おそらくは、あまりにも生き生きと迫ってくるあの女性の影像から目を逸らそうとする配慮のせいだろう。彼女もまた鴉色の髪の持ち主であり、ある日のこと私は彼女に泣かされたことがあったが、年を重ねるにつれて、ずっと前から、こんなふうに泣き出すようなことは稀になってきており、比喩は別として、夢のなかでいきなり泣き出したりすることなどなくなっていた。

　気分がひどく落ち込むきっかけとなったのは、口喧嘩の際に発せられた棘のある愚かなひと言だったが、これ見よがしに節度を守ると強調したその言い回しは（ごく明らかな不満の念を超えて）われわれ二人を隔てる距離を強調していたのだし、そのひと言を前にして、私は恥じ入ると同時に自分の弱さを推し量り、仮に希望が実現しても、こちらの期待に応えるようなものではないという証明をそこに見ていたが、そんな希望にしても、これを葬り去ることができずに、譲歩するほかに手立てはなかった。まるで井戸から湧き出る水のように涙が溢れ出したのは、私自身の内奥部のもっとも深いところにある不安、愛、絶望、アイロニーの層に触れてしまったのだろう。私が表現しようと望む事柄のほとんどすべてはこうした感情から成り立っているが――おそらく間違いなく――、それは言葉で表現しえぬものでもあるのだ。いきなり奔流のようにして鳥の鳴き声が聞こえてきたそのとき、雨のあとは晴れた天気になるという世の理通りに事は運ばず、私の目は涙に濡れていたが、それは感きわまってのことであり、もはや苦痛によるものではなかった。私の病室にまで届く鳥たちのさえずりは、道を踏み外した私自身の行為の瞬間に立ってみれば、さほど時間を遡る出来事ではなかった和解のファンファーレのように鳴り響いたあのときの鳥のさえずりをふたたび喚起し、さらに中国滞在の最初の頃の晩に聞こえてきて、しきりに訝しく思った物音をも連想させるのだった。この響きは、最初のうちは、イオリアン・ハープ、さもなくば、中国人が空気を取り込むようにある種の鳥の腹あるいは

（現実の話なのか創作なのかはわからないが、ともかく本を読んで知ったところでは）翼の下にとりつけるほっそりした軽い竹の管から発せられるものではないかと思っていた。実際には、列車が北京駅に接近する際、さらに駅から出発する際に蒸気機関車が鳴らす汽笛の澄んだ響きだということが後になってわかった。鳥類と昆虫類が立てる大きな騒音、生への渇望、癒やしがたいメランコリーが、溢れ出る自然の枝葉模様に潜んでいるように思われたのは、フランス解放のしばらくあとでアフリカへの二度目の旅をした際、日が暮れかかる頃にダッジ社製トラックに乗ってコートディヴォワールとギニアの境のあたりを移動していたときのことだった。

私の近親者たちが――その間の自分がそうであったような無にもひとしい存在ではなくて――苦しみを味わった辛い日々。毎晩自分が演じていたような猶予期間を生きる死者、その力はスペイン戦争で銃殺されたあの女性が、バルセロナの牢獄での最後の晩にコプラの一節を歌い、あえて自分の苦しみを表現したというが（ただし私の知るかぎり、彼女の同胞でこれに驚いたという人は誰もいない）、その際に見せた姿に劣るものではない。優しくも野生的な音楽、それはガス会社の建物が威圧的に建ち並ぶだけのもの悲しい風景に住み着いているとは常識からしては考えられないあの雀たちが奏でる音楽であり、リハビリをおこなう施設がある建物の別の面に向き合う中庭があることを教えられたときにも雀たちの謎が解けないことには変わりなかった。意識が回復した最初の瞬間から、滑らかさを失い嗄れてしまった声を元に戻すために伝授された貴重なテクニックとは次のようなものだ。すなわち話をする際には、喉の包帯を手で押さえると傷がふさがれて、普通に呼吸ができるようになる。

こうしたやり方を教えてくれたのは、運動療法の指導にあたる美しい女性だった。どちらかといえば小柄な若い女性で、髪は褐色、丸味をおび、快活なトゥルーズ出身の人だった。同じこの人が――少しこちらが回復したときに――中庭に相当する場所に、私にとっては楽園を思わせる囲い地があると教えてくれたのである。そして、私を案内しながら、散歩に行く際の道筋を示してくれた。私の部屋を出て左手に何メートルか通路を歩き、それから右手にあるガラス扉をあける。この二つの事柄を教えてもらったので、私の方からはサル・プレイエルでの中国映画上映の夕べの招待状を進呈した。翌日彼女の話を聞くと、この映画の夕べが大いに気に入ったような様子だった。彼女に向かって「あなたと出会ってから、生きようと思う気持ちが強くなった」と言ったことが一度ある。浮わついた美辞麗句ではない。もっとよい方向で未来を見つめようと促す何かがこの女性の全体に感じられたということなのだ。彼女の潑剌とした様子を見ていると『魔笛』の台本作者の手でザラストロの使者として遣わされることになる三人の少年と同じ次元の力がそなわっているように思えてきた。それでもこのような連想は、ただ記憶の光を通して生まれたものであり、私の手術を担当した耳鼻咽喉科医のところに行って、私の傷——まだ完全に縫合がされていない——の検査を終えたときの印象が土台になり、あとになってその補強をするかたちで生じた連想だったのである。病院というよりも、どことなくエジプトを連想させる場所の地下の広間に奇妙な姿の現代的な地下埋葬室があって、隣の部屋では、犬の鼻面に似た形をしていて、帽子の庇のように張り出した大きな照明器具を額のあたりに取り付けた医師たちが仕事に取り組み、彼らはいまは地獄の裁判官に変貌し、その前に私は進み出るのである。

話す際の呼吸法の改善と中庭での息抜きという二重の秘儀伝授をほどこしてくれたのはこの若い女性だったが、私は彼女を強引にも墓の彼方への旅の岬を通り越す手助けをする恩寵の守護神へと変身させた。これとは別に、入院生活の初期の頃には、私の世話をしてくれるもっとがっしりした体格の年上の看護婦を、まったく無意識のうちに、たくさん子供がいる母親へと変身させていたのである。なぜか十二人ほどの子供の面倒をみている女性だという考えがこちらの頭のなかに刷り込まれ——私は病院のベッドから動けず、介護なくしては食事もまともにできず、自分ひとりで起き上がる許可も得られない状態にあり、新生児に近いところまで逆戻りしてしまっていた——、子供に対する乳母にあたる役目を果たしてくれたこの人に接するにあたり、生活保護、孤児院、双子あるいはそれ以上の数の子供の出産などが、一般家庭の出産と子育てに関する新聞記事的な固定観念と一緒くたになってでき上がった枠組みのなかに彼女を位置づけようとしたのではないか。苦労が絶えないはずの仕事の重圧だけでもさぞかし大変だろうと思われるのに、このように子だくさんだとなおさら苦労があるはずだと同情して、気遣いをはっきり示すほうがよかろうと思ってそのことを口にすると、彼女は「かわいそうなレリスさん、十二人も子供がいたらどうなっちゃうのかしら、子供は二人で、それでも多すぎるくらいなの……」と私に言うのだった。

彼女らは一様に白衣をまとい、体は頭の天辺から爪先まで白一色に包まれているが、それぞれ天体の位階秩序に匹敵するほど複雑な変化に富む支脈と水準からなる持ち場があり、その介護のありようは一様ではなく、通り過ぎるだけの人、部屋に入り掃除をする人、同じく部屋に入り診察時には医者に付き添い、医者と一緒でない場合は直接に私の面倒をみてくれる人などさまざまだが、私よりも、同室の男性の意識回復を願って日々世話をする時間の方が多く、私としても彼女らと同じく希望をもたないわけではないが、この病室の隣人の存在がこれほどまでに目立たぬものであっても、回復が進んで私の会話相手という地位を得るまでになれば、おそらくその存在がいまほど重荷に感じられることはなくなるだろうと思った。少しあとになってわかったが、掃除などの仕事に従事する女性たち、あるいはまた私の面倒をみてくれる女性で、きわめて親切なその道のエキスパートたちは衛生部門の職員であって、特別な免許資格をもっているわけではなく、許されているのはボヘミアンのスカーフのように頭に布を簡単に巻きつけることだけであり、これに対して、ほかの人々がかぶっている、形のうえでも大きさの点でもまちまちの帽子は、資格証明書をもつ監督者や看護婦などがかぶるものとは区別があった。ヴェールをつけた天使と頭に被り物をいただく大天使の一団を背景として、運動療法の指導員たちが、民族衣装を着て踊りに興じるかのように、ほぼ半円球の小さめのにんじんに似た何かを高く掲げる姿が浮き上がるのだが、トック帽をかぶったその誇らしげな姿は、若くて敏捷なチームのバレエ団的な側面を強調する要素となっていた。暇にまかせて深入りすると問題の深刻さが見えはじめ、あるいはまた夢想に忍び込む不安の深さが見えはじめるにもかかわらず、それにしても、この強いられた隠遁生活はいささかも悔恨など感じずに享受するには不釣り合いなほどに厳しい試練を経て獲得したものだったが、私に休息をもたらすという点では、どことなく休暇めいた雰囲気をおびはじめるのだった。こうしてディレッタントとして、つねに好奇心を失わず、ことさら不思議なものとして眺めようという気になっていても、病と死とがその要石をなしていたから、その世界は現実には面白おかしいというより、このうえなく不気味なものだったのである。

ある朝のこと、手術の傷跡が元通りになればすぐに退院して帰宅できるとわかっていた段階で、ある出来事が生じたのだが、思いのほか重要なものだと判明したのは、中身となる数分間の会話が沈み込んだ心を元気づける働きをしたからであり、そうでなければ、私を救う意味などなかったにちがいない。そのとき自分の注意が何に向かっていたかは覚えていないが、白衣を着て毎日診察に来る医師のひとりが部屋に入ってきた。たぶん、入院してすぐに必要になるだろうと考えて受け取った備品のノートをひろげて、ボールペンを手にして、数行の文章を書いていたのかもしれない。ノートは新品の大判のものであり、表紙にはセーヌ河下流の方から見たポン＝ヌフ中央部分とヴェール＝ギャラン小公園を描くかなり大きな飾りの絵が描かれており、極太の字体の活字をもって LUTÈCE なる語もそこに印刷されていた。確かめるのに必要な時間的経過の記録が手元にないので、ノート上部に記されたアルファベット文字が（その一致にいまさらのように驚くのだが）例の叔父が用いていた高貴で古びた響きがある筆名のヒントとなった点についてはすでに言及してあるが、その名のもとに繰り返しあらわれた従兄の存在に何らかの影響関係があったのかどうかは判然としない。私が家から持ってこさせた本が二冊あり、たぶんそのどちらかを（私の場合、決して優れているとはいえない注意力が許す範囲で）読むのに夢中になっていたのだろう。一冊はマラルメと彼の有名な「書物」に関係するもので、われわれの想像を超える驚くべきメモの数々をまとめた著作であり、その「書物」なるものは決して完成は見ないのであるが、詩人はこれを人生の目標と思い定め、全体的作品として構想し、宇宙全体を集約し、みずからの正当性を示すものとなるように構想したのだと思われる。もう一冊のジョルジュ・バランディエの『両義的なアフリカ』は、黒い大陸の人々のあいだで伝統と革新が衝突を起こす現状を解説するもので、書評用に送られてきたこの本が、私のもうひとつの職業である民族誌という側面に関係している（知とヒューマニズム的な政治参加の側面）のに対して、マラルメの未刊資料――これを読むには、より多くの時間と熱中が必要だった――の場合は文学という以上に厳密に詩的な側面に関係している。たぶん私はまだ確固とした対象に没頭するという段階にまで達してはいなかった。仕事の面でも実人生の面でもバランスを取り戻す困難な仕事に注意を奪われ、つねに似たようなもの、それ自体としてはかなり単純な幾つかの欲望の理想的なしるしを頭で思い描いてみるだけの状態だった。ただし実際に総合を企てるとなれば、手段を見出す力が自分にそなわっていないのは明白だった。それはどうあれ、件の医師は部屋に入ると、私のベッドの脇に腰かけたのだった。

同室の患者がいても、深い眠りに沈むばかりで、そこに誰かがいるという気配すら感じられない状態だった。この人が突然目覚めるのではないかと気にする必要などまったくなかったのである。こうして、訪問者と私は二人だけでいるかのような状態で話ができた。相手の表情は落ち着いていて、陽気とまではいかないが、おとなしい笑みをかすかに浮かべ、遠回しの無駄な表現は抜きにして、その目つきは無関心でも詰問調でもなく、完璧に平静を装い、饒舌すぎて嫌な印象を与えることもなく、年齢はかなり若いが、どこかのんびりした感じもあり、おそらく口数が多い人ではまったくないのだろう。私の家族がするように、そばに座って、規則通りに仕事をこなしているように見えたが、同時にまたどこまでも理知的な印象であり、彼にとって問題の核心と思われる部分にすぐに踏み込み、むしろ単刀直入というべきやり方で事にあたろうとするのだった。私には「暴飲暴食の習慣」があると耳にしていたようで（あとで考えたのだが、警察署の報告を読んでいたのだろう）、本人の口からじかにそのことを聞きたいということだった。この点については完全に否定はしないが、軽く微笑んで、かなり頻繁に飲み過ぎると思われることがあっても、いわゆる酒飲みの部類には入らないし、ましてやアルコール中毒などではない、という返事をした。飲酒はある種の状況における居心地の悪さから脱するための手段であり、つきあいのためしばしばこの手段に頼ることがあり、自分にとっての酒の意味はそこにあるが、他人が言うように、しょっちゅう酒を飲んでいたわけではない、と説明したわけである。具体的に仕事は何をやっているのかと聞かれたので、ごく単純に、二種類の仕事、つまり作家であり民族誌家であると答えて、大筋の説明をした。彼はまったく表情を変えずに、私のような人間があのような行為をしてはいけないと諭した。田舎に行ったり、スポーツをしたりすれば、肉体的な面でも、もっと活動的な生活を送ることができるのではないか、そうすれば色々な事がもっとうまくゆくのではないか、というわけだ。そのようなプランが自分に適していないのは、自由な時間があれば、これを文学の仕事に捧げる必要があるからであり、自分でもこの仕事には重きをおいていると述べたが、私の知り合いに、相談できるような精神分析医もしくは精神科医がいないかと尋ねられたので、これには、いると答えた。退院後は、その種の治療を試みるのもよいだろうという勧めにはうなずいてみせた。この解決法は最後のチャンスを示すだけでなく、一般的な良識のレベルでも活用すべきものと考えられているわけだが、実際にこれに頼るとなれば相応の覚悟が必要なのも確かであり、他人まかせではすまないという点で、役立つかどうかという意味にとどまらぬ要素も考えなければならなくなる。われわれの会話はその辺で論理的終結を迎え、訪問者はそれ以上は話を続けようとはせず、私の方でも彼に別れの挨拶をして、面談に来てくれたことに手厚い礼を述べた。

男女のグループが前線基地にいるかのようにして、担当する患者のために身を粉にして働く姿をそれまで目の当たりにしていたわけで、そのリーダーと話し合う前から、たとえ往々にして政治には当初の目的から大きくかけ離れた結果をもたらす傾向があるにせよ、周辺には、これとは逆に、まったく価値を疑う必要のない有用な事業が存在すると素直に思えるようになっていた。私が気力を回復した場が典型例となる施設（技術の面でも人間の配置の面でもじつに良好な状態にある）の運用など、まさにその一例だといえるだろう。寸暇を惜しまず献身的に働くのは不条理だなどと身勝手な判断はできないはずだし、そのような事業がこの世に存在するだけで、人生をふたたび生きるに値するものに変えるのに十分だといえよう。仮にほかに弁護すべき点は何も存在しないとしても、この点には変わりはない。

私にしても医療という仕事の尊厳については揺るがぬ確信をもっているが、自分自身の年齢だけからしても、純然たる夢想にすぎぬ思いに囚われたことなどないと補足するには及ばないだろう。少なくとも、この人命救助の活動の「道理」をめぐっては反論の余地がないにせよ、みずからすすんでこれに身を捧げようと思ったことはなかったのである。それでも、病院なるものが良好な機能の典型例と私の目に見えていた――ユートピア幻想から私を引き戻すためというかのように――のであれば、堅実に仕事をしようとする意欲は、ほかのどの分野にも通じる基本であり、昔の自分のようにあれこれ中途半端に手をつける散漫なやり方ではなく、何よりもまず自分の本職に即して本物の仕事を再開し、ひたすら力を尽くして意識を集中し、視野をひろげる努力をすべきなのである。

初聖体を体験した時代（のことだったと思う）、敬虔な主題について書こうとしてとっておいた一冊のノートに「決断」を書き記したことがあったが、それに似た文学的なプロジェクト——大筋の提示——の一端が顔を覗かせるメモがあり、手早く脈絡なく書き記された記述は入院時の日誌という以上に、雑多な要素を投げ込む部屋にも似たものとなっている。一夫一妻制への厳しい批判、おそらくその意味はなおも存在するだろうし、この『ゲームの規則』続篇で追求を試みている事柄でもある。こうして続篇は、現実体験から離れずに、われわれのモラルへの批判をめざす方向に突き進むことをもって、もともとがあまりにも個人的色彩をおびていて嫌悪をもよおすほどだった欠点が改善されるだろう。マラルメの教えに忠実に、めざす目標として全体的書物という観念を設定し、物語的叙述と省察を絡み合わせることで——すでに自分の尾を咬む蛇だというのは、これについての自己正当化の追求こそが本質的に自己を動かす主要因であるからだ——完結するとともに完全さを合わせもち、反論の余地のない一個の世界として存在する作品に到達することをめざす。それこそが主観主義を免れ、地上すれすれのところに出口を求める代わりに、高所から俯瞰を試みる私のやり方でもあるのだ。だいぶ以前に引き受けた仕事であるが、口約束だけに終わっていた原稿——エメ・セゼールの政治理念と詩の展開についての論考の執筆——を謙虚な気持ちで完成させることは、いずれにせよ、緊急の課題としてプログラムの冒頭におくべきものであるにちがいない。製造元がリュテースの名を商標に用いた「学習ノート」の一定の箇所には、ほぼメモと同じ走り書きの文字で、短い詩篇の数々がそのままに書き記されたり、ほかの場所から書き写されたりしている。私を巻き込んだ事件の当初から、その後の展開に到る流れの目印となった数行が記された箇所もそうだが、それらの詩篇は、いまは生けるものへとみずからを変貌させるべき当の対象から肉体と血とを得ていたのである。「穏やかな優しさと情念に突き動かされた悲しみ」と形容すべき状態、その両義性には、この表現にそなわる寡黙でありながらも険しい様相のために、私はある美しい晩のこと、すんでのところで生命を失うほどに近づき酔いしれたことがあった。理路整然とした文章をもってする通常の回路を経て物事の解明に向かうのに抵抗があるのは間違いなく、言葉の詩的な組み合わせの各々の形が、私の内部の夜から力ずくで奪い取った一個の結晶体となって、輝き出せばよいと思う。

　自分自身に立ち戻り、そしてまた私の身の上に起きた出来事の話に戻る。純然たるメモの記述。歌という以上に、あるときは心から、あるときは頭脳から発する火花とも形容しうる詩篇。私自身が所有する手段――仕事をすること――と医療手段によって立ち直りをはかる計画の数々。精神分析（これに対する嫌悪感があるのは、嘔吐感をともなわずに、またもや告白用ソファに横になる自分が想像できないからだ）。心身医学（肉体が精神を道連れに崩解してしまうほど極端な地点まで、両者の奇妙な相互作用を解明するものとして、以前から関心を抱いていた）。いずれにせよ、この数か月にわたって、肝臓の治療と血液の浄化にあたってくれた友人の意見を聞かずには何事も決めないこと。ノートの何ページ分かは、たやすく判読できるとは言いかねる読みにくい文字で埋められているが、こうしてプランを描き、事態をより明確なものとする試みのための文章が書き継がれていったのである。清算行為が失敗に終わった翌日に一個の選択がなされたが、これは自分があずかり知らないうちになされたものであり、自分の意見を差し挟む余地はなかった。ただ単純に私は自分にしがみついていたのだ。生きるにはどうすればよいのか。何をして生きるのか、そしてどういうやり方をするのか。この二つの問いは元を正せば、熱く燃える唯一の問いにほかならず、背後にもうひとつの疑問符がとぐろを巻いていた――なぜ生きるのか――のは、完全に形式的でほとんど装飾的といってよい問いのあり方だった。

あの奇妙な時期にいまの自分が立ち戻ろうとすると、それが幸福な時期に見えてくるのはなんとも不思議だが、その時期の自分の肉体の状態はいかにも惨めなもので、入院患者という立場が意味するのは、私の場合にはほぼ禁錮刑にも似た状態だったし、ほとんど学校の日課を決めるようにして未来と向き合うのではなく、深淵への下降をもってしても葛藤の解決にならなかった点を見にくくする覆いをことごとくはねのけて未来を見つめ直すにあたってそれなりに不安があったにもかかわらず、やはり幸福な時期に見えたのである。騒動のあとで一定の平穏が戻ってきた。無意識の興奮状態だった当初の段階では、すでに述べたように拘束器具がむりやり取り付けられたが、徐々にその興奮が落着きを見せはじめ、ほどなく拘束器具が取り外されると、夜勤の看護婦が二人やって来て、シーツをたたんで折り曲げ、あたかも私を叩きのめす準備でもするかのように、きつくベッドに縛りつけるという手荒な処置がほどこされた。しかしながら、私が接近しつつあった身を焦がすような平穏、あえていうならば、それじたいが喜びとなるあの喜びそのもの——完璧に剝き出しであり、さもなければ本来は心地よいはずの属性を削ぎ落としている——が状況に応じた反作用にしかすぎず、聡明さの祝典とはほど遠いものであることがやがて明らかになった。すなわち快癒を心待ちにする私の心の糸がぴんと張り詰め、それと同じく、単刀直入にいって、私を生き返らせてくれた人々の献身的な努力に応じる心づもりがこちらの側にあったということだ。彼らの行動を支配する理念は、何といっても人間の生命は長く生きるために闘うだけの価値があるとの考えだったように思われる。転換点は、——ほぼ私が回復したと見えたとき——「男性用ギャラリー」と呼ばれる建物の一角に私が移送されたときであり、基本的に、これは（「女性用ギャラリー」というその相方と同じく）回復が進んでさほど頻繁に面倒をみなくてもよくなった患者たちが暮らす場所だった。

客観的には、この居場所の変化によって得をしたところがある。私にはベッド一台分の個室が与えられ、これはボックスに類したものであり、仕切り壁は天井部分にまで達していなかったが、ほかの部分とは十分に離れていた。それまでいた部屋では、私の傍らで植物人間として生きる男性のほぼ不在に近い存在のあり方には、さほど気詰まりな雰囲気は感じなかったものの、ひとりでいられる現在の環境の方が望ましいのは当然である。この孤独のおかげで、訪問者との面会の際にも、もっと自由なふるまいができたし、部屋を同じくしていた私の相手に必要な種々の看護のために人々が行き来していたあの部屋よりも、いまの方がずっと静かである。ただし、この変化がひどく陰気な単調さへの回帰と思われたのもまた事実である。新しい部屋に移るとすぐに、さまざまな点で、それまでの自分の活力の元となっていた熱が失われ、倦怠感に襲われるようになった。極度の緊張のあとで、魅惑が失せる時期が続き、あたかも夢から引き離されるか、さもなければ巡礼行の熱狂のあとで世俗的なしがらみに突如として引き戻され、酔いが醒めるような気分だった。

ベッド一台の部屋に移る前は、部屋にはベッドが三台あって、そのひとつを自分が使い、もうひとつのベッドは生と死の中間の休息地点として、飽くことなく眠り込む者のためのものであり、三つ目は、いつの日か、神のみぞ知る誰かがやって来ないかぎりは計算のうちに入らぬただの家具という状態にあった。この計算式によれば、運命がだいぶ改善された点に喜んでもよいはずだった。しかしながら、計算可能な側面だけの考慮ですませると、事態を見誤ることにつながりかねない、というのも、四六時中誰かがやって来る状態から解放され、自分ひとりで部屋にいて、すべてを遮断するのは衝立だけという状態になったのである。視界をさえぎる衝立があるといっても、私の鼓膜を襲うものを同じように遮断できるわけではなかった。

どうでもよいラジオ番組に四六時中チャンネルが合わされ、隣人らが交わす話題といえば、除隊を目前にした冗談話らしきものだったり、私同様に気管切開手術を受けた人間のその後の経過をめぐる冗談めかした惨めな話だったりというところだが、すべての話が衝立を通り越して私のもとに届くわけで、朝から晩まで、いたずらな神の摂理が働いて（というのも多くはクラーレ注射によってコーマを誘発させたうえで「元通り元気にさせる」方法で治った破傷風患者だった）、私の脳からことごとく楽観主義的な意図を洗い流そうと、わざと愚言ばかりを聞かせようとしているのではないかと思われるほどだった。私が耳にした事柄から判断すれば、この病院での仕事は、いかに「正当性」が際立って見えようが、ほかのすべての事柄に共通して、異様な点がないわけではなく、結局のところは、病院の仕事の大部分は、あきれるばかりに愚かな者たちの延命のために知性と気遣いとエネルギーを用いていることになるのである（愚か者と言ったが、大半がそう形容せざるをえないような連中であり、ドアがあいていてふと姿を見かけた北アフリカ出身の男がこの範疇に入らないのは、出身が違って、フランス語を話さないので、不快な会話に加わらずにすんだということがある）。こうして信仰の崩壊に耐えられない信者のように、やがて自分はひとつの真実のようにして、ほんのわずかな希望をもう一度裁ち直す可能性をおびた考えを迎え入れることになるのだろうか。ごくあっけなく霧散してしまう希望であるにせよ、その真実は事の本質に触れた瞬間に明らかにそれとわかるものであり、医師が――同じく芸術家や軍人が――嘆かわしい者たちのために無駄に努力を重ねているというのが本当だとしても、それにまた、せいぜいのところわれわれにできるのは、受動的大衆（おおむねのところ）が空虚にまでなったところでむなしく動き回るだけの「能動的エリート」の側に身をおく程度のことであっても、その種の努力に価値がなくなるわけではないし、それにまたこうした努力を緊急に大衆教育に結びつける必要があると示されていることにもなるわけであり、もともと大衆そのものが空虚だなどとはいえないはずなのである。単純きわまりない哲学だが、さしあたって歓迎すべきと思われるのは、論理的に考えたときの絶望から解放されるとともに、私自身の勇気の欠如をめぐる疑念を払拭する試みに——いまは失敗の危険もない——再度の挑戦を促す効果があるかもしれないからである。

私が半ば死んだ状態の人間と一緒に重病人用の一室を共有し、その男の生命の維持のために人々が立ち働くのを見ていたいわば前線にあたるものから距離をおき、いまの自分は病院内の後衛たる場所にあって、ふさぎの虫を抱え込んだ落伍兵のごとき存在となっていた。かつて私が滞在していたところに特有な英雄的な雰囲気はそのかけらすら見当たらなかった。そこには、死の軍団との休みなき戦闘において代わる代わる任務にあたるのは黒い肌の大半が長身のアマゾネスたちだったが、彼女らに代わって今度はよりのんびりした雰囲気の人々が登場したように思われた原因は、もはや患者らに、とっておきの支援の必要がなくなったということにあるのか、それとも彼らが危険な状態から脱出したという事実が、場合によってはショック集団の女たちと同じくらいに勇敢になりうる女性たちに、気分の緩みをもたらしたということなのか。ただし、それは個々の人間の問題や、あるいはより単純に時と場合の問題であったのかもしれず、それでも確かなのは、私の周囲では、注意が前よりも薄れ、やり方も素っ気なくなり、その両者が相俟って——中間的で特徴のない——どこか家政婦のような人々があとを引き受けて登場した印象に導かれたということだ。

当てずっぽうに廊下から廊下へと歩き回ったあげくに（夜もトイレに行くというのが、そのときの私の言い訳だった）遭遇した疲れを知らぬ介護人は、初期の段階では母親のように接してくれた人であり、あらゆることに臨機応変に対応できるので、彼女の家でも手に負えぬ騒がしい子供たち相手に当然のごとく奮闘しているにちがいないと私には思えるのだった。私はこの女性に好感をもっていたが、その的を得た献身的身ぶりはおそらく気がつかないほどに深いところまで達していた、場合によって患者を手厳しく諫めたり、叱りつけたりすることも辞さない性質のものであり、いざというときには、嫌気がさしてすべてを放り出す勢いがあった。たまたまこの人とすれ違い、彼女に何か優しい言葉をかけたいと思い、いまの自分は男性用ギャラリーの住人となったが退屈しており、彼女の担当セクションにいたときのほうがずっとよかったと愛想を言った。彼女は「そうですね……私たちのところは、もっと活気がありますものね」と笑いながら言った。ただ単に相手に応じるだけの純然たる社交的な笑いだったのか、それとも熟練の技師が、人間という点では、もはや形骸だけになってしまった存在を元通りに直す特別室が並ぶセクションだというのにそんなふうな言い方をしたのがおかしくて笑ったのかはわからない。

死が頭上を徘徊する地帯から、すべて計算ずくであるように思われる場へと移り、私は生きた人間のもとに帰還したのを嘆く気分にもなったが、少なくとも——いかにそれが衝撃的であったにせよ——ある一点において私は進歩を成し遂げていた。それ以後は、隠遁生活がもたらす休息を静かに享受することなどありえない話になる。最小限必要な日数を超えて、たとえ一日でも余分に滞在するとしたら、それは意気地ない停滞以外の何ものでもなく、馬鹿げた堕落に落ち込むことになるだろう。できるだけ早くここを出てゆき、猶予など求めず、自分で考える以上に早いこと未来に直面する決心が必要であり、未来といっても、万事が純然たる嫌悪感を抱きながら自分という人間を再検証の対象に据えることに帰着するのではないかと恐れた時期もあったが、その決心こそが、侘しい環境に対する私自身のほとんど瞬間時の反応だった。というわけで、結局のところは、滞在延長など求めず、元の生活に戻ることを受け入れたのである。状況によっては、別の考えをもったかもしれないが、強く生きる希望の力が自分になければ、あれほど容易にこのよう決心をしただろうか。

それまでの自分は、傷が治り、自宅に戻っても大丈夫と太鼓判を押されるのを待っていた。ところが、主治医という資格で私の面倒をみてくれていた友人は、そうすると、かなり長い期間にわたって退院は不可能になると言った。むしろ私は外出の申請をすべきであり、申請があれば、確実に許可が出るという話だった。というのも、今後さらに私の傷の治療を続ける必要があるとしても、それは病院以外の場でもできる見通しが強いからである。不幸にも男性用ギャラリーを体験した私は、少しも迷わずに、退院を希望すると告げた。すぐに耳鼻咽喉科の次回の診察予定が組まれ、私は土曜午前にそこを訪れ、午後には家に帰ることになるだろう。

耳鼻咽喉科医長は「大キュレット」なるものを手にして、いまだなお完全に閉じてはいない傷の周辺部にできた小突起物を除去した。その際、かなりの痛みがあったが、診察がおこなわれた地下の洞窟を出て自室に戻ると、ベッドに横になり体力の回復に努めた。しばらくすると、看護婦がやって来て、丁寧に包帯を巻き直してくれたそのあとで、昼食代わりに菓子と果物を口にした。大変な暑さだったが、眠れぬ一夜を過ごしたあとでは、さほどつらくはなかった。わずかな量の荷物の準備ができると、私をグランゾギュスタン河岸の家に連れ戻すために妻とわれわれの親しい友人のひとりが迎えにくるのを待って休むほかにすることはなかった。この友人はかねてから私の遺言執行人として選んであった人であり(というのも私よりもかなり年齢が若かったから)、『ゲームの規則』執筆にあたって用いられなかったカード類が公刊される運びになれば、おそらくその仕事に取り組んでくれるはずの人であって、すでにカードの方は、彼が見ればすぐそれとわかるように整理ができていた。だいぶ前から『ゲームの規則』は時間が足りずに完成を見ないのではないかという恐れを私は抱いていた。そして恐れは私の心をなおも強く締めつけ、いまになっても、幾分かは、すみやかに終わらせる障害となっている。

待つ時間が長く感じられ、また苛々しはじめたのは、別れの挨拶をすませ、気持ちのうえで整理がつけば、あとはすぐにも立ち去りたいという気分になったからである。もしも迎えの到着があまりにも遅くなるようだと不幸にも退院に必要な所定の手続きを終えることができずに、もう一晩余分にここで過ごす事態も予想できて不安が募った。二度、三度と看護受付まで足を運び、ひょっとして何らかの支障が生じ、当初の予定に変更があったと知らせる電話連絡がなかったかどうかを確かめたりもした。看護婦たちは安心するように言い、私を自室に戻らせたが、読書、書き物はもとより、何をするにも神経が昂ぶっていて、前の晩に妻が言ったことを正確に理解していなかったのではないかと思い返しながら、苛々して待つ状態が続いた。まともに何かを考えられる状態ではなく、待ち遠しく思う気持ちばかりが嵩じ、午後のその時間は、むなしい不安に翻弄されるばかりで時間がなかなか経たないので、私の友人を余計に歩かせてはいけないと思い、特別な許可を得て、パジャマの上に部屋着を着た姿で、医師専用の駐車場のそばにある小さな中庭に駐車したセダン型乗用車のなかで待つことにした。

六月のこの強い暑気のなかでの移動はしんどかった。少し体にしびれを感じながら、私は大きく目を見ひらいて、見るからに粗野なこの夏の姿に見入った。奥の方に引きこもった生活が続いたので(二週間というもの、とにかく予定表の通りに行動するのに忙しかった)、快活なリハビリ担当の女性が私にその存在を教えてくれたあのエデンの園で空気を吸い込んだときにも、すでにこのように一斉に花ひらく印象をともなって夏が訪れているとは思ってもみなかった。オーベルヴィリエ大通りおよびオーベルヴィリエ街を通ると、太陽の日射しがそれまで忘れていた分だけ極端なまでにきつい光に感じられるなか、あちらこちらに建ち並ぶ商店のガラス窓が目に入ると、驚きを感じると同時にどことなく怖い気もするが、まるで異国の都市にいて、見たこともないタイプの幹線道路を目にするように感じながらその情景を見ている自分がいた。燦然たる光(信じられぬほどのもの)がすぐ近くではじけ散り、この界隈に驚異的なきらめきをもたらしていた。通りを歩く人、歩道に立ち止まる人影はまばらだったが、そのなかの何人かの男たち——北アフリカやほかの国の人々——の姿は、いささか性急だが、私には女衒を職業とする連中と思われ、女たちはバスローブも同然の安価な夏服が体を十分に覆い隠しきれていない姿で、魚売り女もしくは悲劇女優のようにその場に突っ立って身構えているのが目に入った。金銭のやりとりが絡むのかそうでないかは別にして、彼女らは情事のためなら即座に服を脱ぎ捨てる用意があるようでもあり、その日の強い輝きからすれば、愛が誘い出されるのは自然であり、服を脱ぎ捨てる気になっても不思議ではなかった。サン＝ドニ大通りにさしかかるとずっと人通りは増えて、右手も左手も満艦飾というべき賑わいを見せる悪の花の女たちで彩られるのが見えたが、総じてその光景は私自身の気をそそる種類のものではなく、背筋が寒くなるほどの醜さに見える場合もあった。

家に帰ると、息が切れて、足取りも覚束なかったが、とりあえず一挙に五階までの階段を上った。あの最後の日の象徴的な舞台装置となった場をふたたび目にするのが不安で、敷居付近には立ち止まらずに、水に飛び込むようにして、恐れていた相手との対面を果たした。実際は、このような戦術は功を奏さず、同じ勢いで、書斎まで進んだが、それも徒労に終わった。私は書斎にある戸棚の一番端の引き出しをあけてフェノバルビタール睡眠薬の小壜を取り出し、その中身を嚥み込むという事件を引き起こしたわけだが、いまは長椅子に横たわり、息を整えようとして、戸棚、ほかの家具、さらには自分にとって初体験というべき危機の舞台となった現場の調度品の数々に目を向けたとき、大きな衝撃が走った。

仰向けになると、正面のほぼ頭上にあたる部分には天井が見えて、四隅の化粧漆喰および古びた天井装飾の一部をなすその他の刳り形装飾が目に入るが、その天井装飾の中央部分のモチーフは四方の壁の上にのるかたちの軒蛇腹の上方に引かれている長方形の線よりも心持ち長さが短く幅も狭い楕円の形をしている。例によって、照明の受皿――見えないよう隠されていて、垂直線の下端にねじ止めになった鋼鉄の円盤で支えられた艶消しガラスの切片――が丸い乳房の形状をしているとともに、ひそかにへこんでもいて、世界の臍もしくはオンファロスに似ているように思われるのがおかしくもある隆起をもって天井の中心点を抱きとめている。だがそこに私の注意が惹きつけられたわけではなかった。横になるとすぐに、造作としてはじつにありきたりであって、完璧なまでに周囲と一体化しているのでふだんはその存在に気づくことなどなかったはずのこの楕円形をした独特な浮彫りが、悪寒を覚えるまでに強烈に目に飛び込んでくることになったのである。こうして私が得た新たなヴィジョンによって磨き上げられ、この第二帝政様式の平凡な家具は人を惹きつける力を発揮して尋常ならざるスケールにまで膨張するのだったが、その力は強烈なもので、いかなる芸術的傑作といえども、これと互角に渡り合えるものではなかった。寝室に代わる小部屋の用意ができるまで、その場でうつろな気分のままにかなり長い時間を過ごしたが、前と同じように夜眠れるようになり、完全に回復したことがはっきりした段階になってようやく小部屋を離れたのだった。

先の大戦時のこと、長らく口にすることのなかった本物のコーヒーを飲む機会に恵まれたことがあったが、そのときは、思うに、ハシッシュの摂取とほとんど同じ効果がもたらされたのである。混雑する地下鉄車内にあって、目にするすべてが驚くばかりに興趣溢れる見世物に変じ(るように思われ)、みすぼらしいあばら屋に太陽の光が注ぐのを前にして陶然とする画家のように、およそ平凡きわまりない鼻の形であっても、ひたすら称賛の念をもってこれを見つめる状態になった。知り合いの骨董商は私が酔っていると思い込んだようだ。そのときの私は、彼のコレクションのアフリカのビロード布の線と色彩が生彩豊かな深みをもち、たえず変化して見えるのを体験して、強烈な喜びの言葉を口にしたのである。夜になって、コンサート・ホールに出かけた私は、音楽を聞いているあいだはずっと、楽器から発せられる音の響きが全身を貫き通し、私自身がこの音楽に共振しつつ、不可思議な熱狂状態へと誘い込まれることになった。家の長椅子に寝そべり、何の変哲もない模様に目をやる私には、薬物の刺激なくして、その種の感覚が訪れたのである。

私がいる部屋は目に映るそのままの姿において情け容赦ない客体性のもとにあり、部屋の奥を見ると、整理ダンスの突出部分が重々しく強調され、上の方を見ると、刳り形模様が光と影の抽象的な絡み合いのうちに際立ち、その全体が単純化され余計な部分を極限まで切り落とした宇宙図を描き出しているように思われた。しかしながら、これらの家具もしくは装飾の構成要素がいかに強烈にその存在を私に感じさせようとも、各々の部分が多かれ少なかれかけ離れた意味をもって錯綜し、切り離された個々のものにそなわる実体感と相俟って、私の夢想を導くためにそこにおかれた備忘録であるかのように見えるのだった。整理ダンスは重く私にのしかかってきて、その容積は、私がこれを最後に眺めたときに情熱と絶望でふくらんだ私の肺の大きな呼吸量に相当する空間的なサイズをもつものとなった。天井の刳り形模様、それから、とりわけ天井と壁が接する部屋の四隅に形作られる三面角を隠す化粧漆喰（静かで速度をもたない嵐）の凝固せる繁茂のうちに目にしえたもの――ナポレオン三世様式のこの漆喰細工は、ローマ街の例の有名な火曜会の主宰者の家にもそなわっていたはずのものと同じだが、それらはマラルメの詩へと私を導き、さらには病院にいたときから、たとえば仕事の見通しを私の目の前にひらいてくれたという意味において、自分にとっての大いなる救いとなったあの「書物」へと私を導くのである。そこではエロティシズムの贅沢が同じように凝縮した姿で示されている。愛の営みが生み出す寝室内の驚異であり、鏡、コンソール、燭台、脇机、そのほかのマラルメの十四行詩の内容をなす小道具が、私にとっては、その純然たる表現と見なしうるものをなしている。これらの装飾模様は、われわれ住人よりも遥かに年老いている（何といっても私の祖父の時代のものなのだから）とともに、もっと若い（なぜなら、これらはわれわれよりも長生きし、おそらくは、生物学的な意味でのわれわれの生命が終焉を迎えるときの証人となるのだから）ともいえるのだが、石化したその修辞法がそれとなく告げるのは、死の恐るべき不動性にほかならない。

かつて戸外の情景が一連の夢となってあらわれるのを体験した際に、私の視線を捉えたのは大きな平面（無限にひろがる平原、あるいは垂直に高くそびえ立つとともに横にひろがる岩壁）だったわけだが、そのとき険しい崖が個々の夢に共通する要素となっていたとすれば、いま目にぴったりと入り込み、いわば覚醒夢のようなものとしてこちらに迫ってくるのは、その様子からして、狭く切り取られた明らかにブルジョワ的な部屋の天井の四角い空間である。描線の幾何学的な厳格さや浮彫りの残酷なまでの緻密さもさることながら、細部の欠落のありさまが、私には少しばかりの器用さと忍耐があれば発見に結びつくはずの真実の疼くようなしるしではなく、むしろ驚くばかりにくっきりと際立つ強度をもつ存在そのものに思われてくるのであり、それがために、いかに均整が破られているかという点については、私の視覚によって、さらには、ほんのわずかな石膏のふくらみを扱いうる技量が自分の手にあれば、その手技によっても証言されるはずなのである。この現実的な存在感は、幻覚的な性質をおびている分だけ、現実以上のものとなり、ただひたすらに現実以外のものではないと思わせるその現実感には、めまいを引き起こしかねない強烈な感覚があり、この感覚を私が全身で受け止めるなかで、かつて病院で耳にした奇妙な話が記憶によみがえってきた。クラーレ療法が適用される破傷風患者の視覚には、ずれや方向感覚の喪失が生じ、患者は一定の期間、不規則な身ぶりをする自動人形、もしくは地獄の支配者によって均整を奪われ、まるで悪魔に取り憑かれたようになってしまうのだが（廊下を散歩していたとき何度かすれ違った、動きはぎこちないのに奇妙な優雅さがあった女性患者のように）、かといって、必ずしも醜くなるわけではなく、というのも——私は自分の目で確かめたのであるが——斜視には、どことなく猿を思わせるある種の魅力があるのだ。

おおよその内容としては「ここを見つめているると思い込んでいても実際に見ているのはあそこなの」という言葉で、すぐに細部の欠落にともなう厄介な鋭敏さを連想させる困難を私に描写してみせたのはモニックという名の娘、この痩せぎすで化粧抜きの顔色は蒼白で、褐色の髪をもつ二十三歳の彼女は、奇跡的に病から回復したところだった。かなりの美人で、その病は同情を禁じえない種類のものだったが、小聖女、小妖精、あるいは、小柄ではあってもいかにも女王然としたこの女性は、といっても実際はお針子あるいは速記タイピスト（実際そうだった）の類の仕事をしている人だったが、ラッセン棟の人気者になっていた。クラーレ療法の効果により一命を取りとめ、生者の世界に復帰し、ソ連から来た医師団にも手術の成功例として紹介されたが、彼女によれば、自分を特異現象であるかのように見つめる男性の一団を前にすると自分がおかしく思われたという。私の面倒をみてくれる看護婦のなかにこの女性のことをよく話題にする者がいて、私もまた、面識がないままに、彼女に対して心づくしのふるまいをしてみせる機会があった。家に戻る際に私に同行してくれた友人——現代芸術の動向に通じていて、そのうえに大変な美食家でもあった——は見舞いに果物籠を贈ってくれたが、これがあまりにも立派だったので、ひとりで食べるのはもったいなく思われ、自分でも手をつけたが、看護婦連中にもお裾分けをして、それでもかなり残りがあり、いちごの小さな籠が全体から簡単に取り外せる仕掛けになっていたこともあって、人気者だったモニックのもとに持たせてやったのである。贈った相手は、歩いて移動することはできないが、誰かに頼んで礼を言うよりも、私の方が彼女の病室まで足を運んでくれれば嬉しいと伝えてきたので、自然の流れですぐに彼女の病室を訪ねることにした。われわれはかなり長いこと話し込んだが、彼女は室内用の可愛らしいパジャマ姿で半ば横になった姿勢で、私の方はスコットランド柄の部屋着を着用し椅子に座って対面したが、私の部屋着は病院でのおしゃれ着と普段着をかねたものだったのである。この娘の優美さ、彼女の周囲にひろがるある種の輝き、閨房で応接する官女のような、あるいはまた『椿姫』終幕においてまもなく息を引きとるヴィオレッタを思わせる立ち居ふるまいには強い印象を受けた。こうして美しい運動療法の指導員のほかに、好感がもてる人がもうひとりあらわれたのは、あたかもその新鮮な姿が予見されていたというかのようであり、クロード＝ベルナール病院は、不吉な装置と嫌な感覚をもって最後に私を捕らえたにもかかわらず、黒よりもばら色の色合いをもって記憶にとどめられることになったのである。クラーレ療法のおかげで立ち直る破傷風患者の例に洩れず、若いモニックもまた歩行訓練をしなければならず、午前中は、転倒するといけないというので看護婦あるいは運動療法の指導員に付き添われ、自力で少しばかり歩いたりするので、私も元気づけようとその場に行ってみたが、それはお別れを言うためでもあって、事実、私の退院は目前に迫っていたのである。いま思うに、彼女がしてくれた話はもっぱら苦痛を話題とするものであったにもかかわらず、この患者は、あれほど誰からも愛されたのを見ればこのようにして人生でも最良の時期を生きたのではないのだろうか。つまりプリマ・ドンナに捧げられるのと同じ気遣いが自分に向けられ、称賛をほしいままにした時期の思い出が彼女に残ることになるのだ。

　私はひどく痩せ衰えた姿で家に戻り、神経はもろく壊れそうで、睡眠は不安定になり、たしかに休息が必要だったが、完全に外部世界との通路が断たれたわけではなかった。ふたたび慣れる必要があった。動かないでいるのは百害あって一利なし、そのような状態に陥るのを避ける必要があったのだ。傷の完治を待たずして、毎日少しばかり外出するように勧められた。もちろんこうした指示に従順にしたがったわけだが、ひょっとすると従順すぎたかもしれない、というのも、まだ思いが断ち切れずにいる女性と再会することになったのである。仮借なき贖罪を代価として手に入れ、権利が得られたという思いを支えに、私は無邪気にも逢う瀬を重ね、そのつど、疲労から自分の気を逸らせて疲労を忘れる努力をしながら、さらなる幸福を引き出すのだった。そこに流れる時間は、順調に回復が進んで純然たる自由を手にする時期まで続き――私はそう固く信じているのだが――われわれが一緒に過ごした時間のなかでも最良のものとなった。

改悛の苦行はなおも終わらずにいた。家に戻るとほぼ同時に、私は警察署による調書作成の対象となった。私が住む地区の警察署（署からの電話を最初に受け取ったのは妻だったが、私がこれを無視したので、再度呼び出しがあった）に出向くように指示され、クロード＝ベルナール病院から事務的な報告がなされた「自殺未遂」に関する説明をしなければならなくなった。私が病院に搬送される際に、妻はこの悲しむべき現実を公けにするのを嫌い、事故とだけ説明していたので、警察署の副署長は矛盾解明の必要があると考えたのだった。たしかに「自殺未遂」に該当する行為があったが、ほとんど偶発的な事故といってもよいものであり、酒を飲み過ぎなければ、事件は起こりはしなかっただろうと私は主張した。警察署の副署長は理由を知りたがり、これに対して、ひどく落ち込んでいて、はっきりした動機がないままに事に及んだのだと説明すると相手は苛立ったように見えた（この説明は、われわれのあいだの言葉のやりとりを三面記事的な文体に直せば、夫婦の不仲、隠された苦悩、経済的問題などの事柄をすべて除外する必要があるという意味になる）。神経衰弱という点だけを述べ立てるのは嘘をつくのにひとしいが、――仮に自分にそれだけの時間があり、またAからZに到るまで逐一事を述べ立て、その複雑さを示すだけの心のゆとりがあるとしても――この警察官を相手にわが総告解をしなければならないとでもいうのだろうか。私の説明を聞く相手は「理由なしに」自殺するなど理解不能だと言った。私の方でも我慢しきれずに、「神経衰弱」が実際にどのようなものかを知っているのかと応酬した。神経衰弱という言葉は私を純然たる病人に仕立て上げ、決定的にすべてを嘘の方向にねじ曲げるものだが、いったんこの言葉を口にしてみると、新たな思いつきが生まれた。このようにして告発の対象となる行為を尋問者の知識の範囲内の項目に分類整理する可能性を提供することで、相手はすぐに落ち着きを取り戻し、聴取はすぐに終わる方向にむかったのである。子供はいるのか。私が受ける質問はあとはこの種のものに限られ、ほかに質問はなかったが、これに対しては否定の答えを述べたにとどまる。

私の報告は秘書が速記し、さらにタイプ原稿に打ち直したものを読むようにと手渡された。私が述べた事柄は、すでに事実とは相当かけ離れたものだったが、原稿化されたものもまたこれを忠実に再現してはいなかった。まるで猫かぶりを演じようとしているみたいに、たとえば、「献酒」は「ふだんの習慣ではなく」、あのときのように酒を飲み過ぎなければ、私の態度は「完全に違ったもの」となっていたはずだ、などという表現がそれにあたる。たしかに、私は度が過ぎることがないわけではないが、文字通りの意味での飲んだくれではないと主張し、さらには問題の晩は神経衰弱というそのときの状態だけでは、ひと息に毒を仰ぐことはなかったはずだと付け加えていた。書類戸棚のどこかに埋もれてしまう運命のこの種の書類を私は完全に馬鹿にしきっていて、それゆえ、いかなる修正も求めず、書類に署名したのである。がっしりした体格の秘書は、外の空気を吸って体を動かすとよいと勧め、ラッセン棟の私の担当医、それから何年か前に私の面倒をみてくれた別の医師とも共通する言い方をしたのである。それからだいぶあとになって、警察の調書を二度ほど、さらに予審判事の調書の作成もなされることになったが、今度の場合は「アルジェリア戦争における不服従の権利」事件をめぐるものであり、報道は、最初の署名者の正確な数が注目に値するというかのように、この文書を「百二十一人宣言」と名づけていた。たとえ考えうる最善の意志をもって臨んだとしても、いかに真実を突き止めるのが困難なのか、それこそ少しばかり特殊な性格をもつこうした話のやりとりから得られた確信である。

　すでに触れた自由に恵まれた幸福な時期にあって、私の幸福は（そんなものが果たして本当にあればの話だが）、疲労とその他の悩み、そしてあたかも自分が障害者のように苦しんでいた要素も含めて、闘って力ずくで獲得したこの外出によっていた。舌先が凍りついてしびれたような感覚（気管切開の結果として呼吸が容易になる前にこの舌という器官をピンセットの先で挟んだ状態にしてあったせいで）。歯茎の腫れが嵩じて、いっときは歯の痛みだと思い込み、口腔全体が衰えたと思われた。結局のところ、かなり頑固なものと判明した不自由さ、とくに、肺を活動させるとともに、喉から余分な粘液を除去するために横になったときに感じた違和感（ゆっくり、深く、音を出して呼吸し、気管を共鳴させるようにしてしきりに咳をしてみても喉が完全にすっきりとはしなかった）。長いこと、私の声もまた前と別のものになったように思われた。年齢のせいで、音を出すのにそれなりの努力が必要となった。声は前よりも平板になり、音楽性が失われ、単純な発語から歌、あるいは朗唱へ移行するのが（ほんの瞬間のことであっても）困難になった。だからといって何かが奪われたことにはならなかったのかもしれない。というのも、それまで余興の場合は別として、決して歌おうとはしなかったわけで、昔も今も自分の流儀からすれば、高尚な朗唱法をもって何かを朗読したり、声を出して読んだりということもないのである。それでも、ほぼ一年間にわたり、質的変化によって、傷つけられ、何かが切除された感じが続いた。この質的変化のうちに、――正しいか間違っているかは別として――私に対する施術の屈辱的な傷跡を見ていた。私自身の声に加えられた損傷は、最深部の傷跡を意味し、生きた言語――おそらく、それは何よりもすぐれて交感《コミユニカシオン》の道具――それゆえ共同性《コミユニオン》の道具――であるわけだから、われわれ二本足の動物における文字通り聖なる領分を表現するものだとつねに私が考えてきた言語――の伝達手段への攻撃でもある。

喉仏の下に巻かれた包帯はできるだけ目立たぬように小さくしてあったが、私の傷の状態からして擦れて痛みがあるといけないというので、少なくも最初の頃は、外出の際には、シャツの襟のボタンを留めるようにしていた。このような懸念があるあいだは、ガーゼのタンポンと絆創膏テープが表に出たときに人目にとまるのは煩わしいので、大きめの木綿ハンカチで隠したが、これだとスカーフを使うよりも勝手がよく、結び目もより小さく、しっかりと結ぶことができた。初陣式となる外出にあたって、無地のピンクのハンカチを使った記憶がある。これはちょうどよい大きさで、色が混じり合っていないので選んだだけでなく、薄手のグレーの上着にぴったり合った。この服を着たのは、暑い一日にもっともふさわしいと考えたからである(前年か、あるいは前々年の夏の休暇の際に、ヴェネツィアのマルツァリエ地区の店「ウィーンのモード」で買い求めた手頃な値段の上下揃いの既製服スーツ)。私にはやや大き目のサイズだったが、ラフな感じがあり、ネクタイなしに楽に着こなすことができて、この場合には、気温との関係もあるが、あまりだらしない恰好を好まぬ自分にはうってつけのものだった。楽でいられることに加えて、最小限の身だしなみを気遣うやむをえぬ選択だったのは疑いなく、気遣いは、状況の劇的なモンタージュに実にうまく応じている(といわなければならない)。すなわち死の爪のしるしがなおも残るなかで、息せき切らして愛の密談の場に駆けつけるためにはどんな重荷だろうが背負う気になっている死に損ないというわけだ。

体の大きさにぴったり合っておらず、借り物の衣装にも見えかねない間に合わせの上下の服(丈が長すぎて、ところどころゆったりしすぎているのに奇妙にも窮屈だ)と、あのハンカチのピンク色は——これが痩せこけた顔と対比をなしているのでやけに目立つものとなった——どことなく男色家もしくは不良っぽい雰囲気をかもし出す要素でもあり、こうした身なりはまずはにわか仕立てのものといってよかったが、実際のところは、時間をかけて選んだどのような組み合わせにもまして、私のお洒落心をくすぐるのだった。幸運な出来事のようにして、この服装は久しい以前から強い魅力を感じてきた人物の精神にふさわしい様子を私にもたらしたのだが、その人物とは、ボヘミアンでも落伍者でもなく、怪奇幻想を生む曖昧な地帯に棲息し、完全に順応することなく距離をおいた地点に立ちつづける人間——ハムレットのように、つねに俗世間と別世界との蝶番にあたる場に身をおく人間——なのである。それはまた、あくまでも現代的な錬金術にしたがって、夜も昼も甘美で身を焦がすような麻薬を常用することで（詩、愛、エロティシズム、酒など何でも）、たがの緩んだ人生に刺激を加え、その浮き沈みの曲折を越えて、これに至高の輝きを与えようと努める人間であるが、輝きといっても（もちろんのこと）それは取るに足らぬものであるにはちがいない。

現実世界の真の平面というよりも、はるか上方に位置していたり下方に位置していたりする面にあって、極度の緊張のあまりに、自分の弱点を克服しきれずに、一応は私という人間の役柄にはまり込んでいても、これを完全に演じきれずにいる状態だった。もし喜劇的要素がそこに見出されるならば、私がこれを演じたのは、無邪気で、しかもなお事の流れに応じてのことであり、ほとんど偶然といってもよい滑稽な身なりが肉体的な条件から生まれる効果の仕上げをすることになった。それでも、そこに見出されるロマン主義という点において、この一時の愛嬌は、いま私が思うに（すでに半世紀の歳月が過ぎ去り、厳密な検証に向かうわが努力の数々にもかかわらず）、その性質からして、かつて私が演じた正真正銘のコメディと相通じるものであるのだが、それは明確にすべてを——手始めに自分自身から——ロマン主義的な色彩のもとに好んで眺めようとするようになった時代よりも遥か以前に起きた事柄だった。その日は、ごく少量の酒（たぶんシャンパンだった）と、思うにメフィストフェレスの赤い帽子——私がかぶる紙製のコティヨンの小道具だった——の力を借りて、ある芝居の役柄を演じることになっていたが、それは一個の放蕩者の姿であるように自分でも漠然と思っていたのである。おそらくは帽子が導き入れた悪魔的な音調がこのイメージとの結合を——我ながらもっと確実なものであればよいのにと望む記憶を媒介として——私に促したのは、『悪魔のいたずら』初演の際に悪魔の役を演じた例の人の姿であった。私が女性歌手の三人の幼い娘に現実に出会ったのは、あのクリスマス・ツリーが飾られたところ——もしくは私の両親がミケランジュ街八番地の住居で催したほかの会——であって、その長女は（赤毛の娘？）ボヘミアンの恰好をしていたのではなかったかと思う。とはいいながらも、あちらこちらに散乱した要素を取り集め、これをひとつの仮面舞踏会、赤い帽子をかぶった子供が主役を演じる——ピンク色のスカーフの男の登場を先取りする予兆——その輝かしい舞台風景に仕立て上げているのかもしれない。

これまで数え上げてきた不都合にしても、調子外れの睡眠にしても、そのせいで初期の頃の幸福感が大きく損なわれるということはなく、むしろ幸福感が確実に短期間しか持続しないということだけが（引き潮のときには）不安だった。このようにやむをえずに過ごす無為の時間は、アリバイなしに自由にふるまうことを許す緩い枠組みとなったが、それとともに、私が現世へと戻ってきたときにはもはや許されているとは思えない免除がこれに合わさって、きわめて貴重な幸福へと導くかりそめの条件となったのである。波が砕け散ったあと、一時は状況が大きく動いたにせよ、自己抹殺をはかったときの状態が相変わらず持続しているのになぜ気づかずにいたのだろうか。毎年気候がよくなると私の女友達はパリを離れて暮らしたが、その習慣通りに、やがて彼女がいなくなれば事態はさらに悪化すると予測できた。彼女の不在が自分に重くのしかかるのか、それとも二人の情事は非現実的なものとして消え去ってしまい、自分の指のあいだに残るのは空の空でしかないということになるのか。現実には離れて暮らしているにせよ、一心同体であろうとすればそれなりの計画を立てなければならなくなり、その人と合流するためには見え透いた嘘で固めた口実を用意せねばならず、となるとあらゆる嘘を敵視し、これまでの私の行為によって残酷なまでに傷つけられた伴侶から耐えがたい非難を浴びることになり、たとえわれわれの新たな諍いが表面化しなくとも、そのことに変わりはないのだ。たしかに私は彼女に夢中だった。一緒にいると、一瞬たりとも退屈はしなかったし、頭の天辺から爪先まで女らしいと感じて心が動くのだった。しかし、彼女の魅惑の強さを感じる一方、その他すべてを捨てて献身的に尽くす考えはまず頭に浮かばなかった。それにまた、この愛が本物かどうか、心に確かめてみることがよくあった。おそらく私の側にしてみれば、老いを前にした人間の最後の情事であり、彼女の側にしてみれば、私の愛を得て単純に虚栄心の満足を覚えたということになるのだろう。しかもまた毒の一滴が、最初の段階から、われわれの関係に入り込んでいた。ひょんなことで私が知った昔の出来事だが、それを彼女は私に打ち明けることができたはずなのに、いまもなお素知らぬ顔をしているのは、それだけで非難の対象になりはしないにせよ、やはり不信感を芽生えさせるに十分だった。

　シーソー遊びのように、健康が回復するにつれて、このように思いめぐらすことが段々と増えてゆき、行為をやり損じた結果——完全に馬鹿げているのは、私は相変わらず同じ場所にいて、同じジレンマに身をさらし、救いがたい自己中心的態度を見せるに終始したことだ——、妻にとっても私にとっても、まさに私が用意したのは地獄だったということになる。

　いまは自己検閲を課さざるをえない事情もあり（いつだって、すべてを赤裸々にしてしまえば密告になりかねない）、事件の核心に触れる代わりに、このエピソードの顛末を手短に話すほかはない。小説というヴェールをまとった文章表現を選べば、そうした権利もあるのだろうが、事件の核心に関しては長々と語ることは控え、学校生徒のずる休みと同じ次元にある他愛ない、明るい光が射し込む数日間を喚起するにとどめよう——夏の真っ盛りの時期にあって——、それらの日々は花火の花束を意味していた。しかもまたこの花束は、規範にしたがえば、頂点であるともいえるし、しかもまた最終的到達地点でもあったと（後悔がないわけではないが）付け加えておきたい。

モンテカティーニ・テルメには療養のために赴き、そこではグラン・オテル・エ・ラ・パーチェ（デラックスな平和だが、一九五二年のウィーン会議で、ロシア語だとミールとなる私を含む各国の巡礼者たちが追求した平和に比べれば刺激は少ない）の一室に妻とともに逗留したが、このホテルから相当数にのぼる手紙を書き——多かれ少なかれ隠れてのことだが——これに対する情のこもった返事をもらったりもした。それから、フィレンツェでの短期滞在に気をまぎらわせ、療養の効果もあってかなり順調に体力回復が進み、「長期休暇」の優雅な生活を見ることになった。これまでもそのような生活をつねに望んでいたわけだが、気難しい自分の性格のせいで無縁だったのである。パリに戻って否応なく理解する羽目になったのは、少しばかり不規則な出来事はあっても、このイタリア旅行は、恋する者の気分になっていた自分にとってみれば、緊張を解く効果があったのは間違いなく、それと同時にそこはかとない喪失感もあったが、女友達がまもなくパリに戻ってくること——その出来事が近い将来実現する見通しだけで満足できたはず——は私が望むものである以上に、心配の種でもあったということだ。以前よりもずっと冷静に、つまらぬ隠し立て、さらにはその他の不快な肉体的反応（つねに蝕まれるか、さもなくば無慈悲に石もて追われるとはいわずとも）は、われわれ二人の再会をありえないものにしかねない要素だった。こうして私の文通相手は、状況変化を認めて、もう逢うのをやめるべきだと書いてよこし、関係を清算する決心をしたのだが、そのときの私は苦痛を感じるというより、むしろ気が楽になったといった方がよいかもしれない。最初に焔を感じたのはほんの数か月前のことであり、この手紙のやりとりを通じ、さらには手紙のやりとりが白黒の決着をつける告白を次々と引き寄せた事情も加わって、あと一歩のところで命を落とすまでに私を燃え立たせたドラマの大詰めを——派手な騒ぎはないが、関係修復は今後一切なく——用意したのだった。

モンテカティーニという名の小都市にあって、万事は湯治との関連から成り立っていたわけであるが、療養の処方箋なるものは、私にとってみれば、退屈というより、むしろ恰好な興味の対象になった。ほかの土地ならば気が滅入る退屈な行事となったはずのものが、イタリアにあっては、さらにこのトスカーナの空のもとでは、滑稽な儀礼となり、二百五十ccの目盛つきコップを手にしてこれに参列する姿は、肩に双眼鏡をかけて競馬につきものの社交的集いに顔を出す常連、あるいは畳みシルクハットを小脇に抱えてオペラ座の桟敷に通う昔の劇場通のように、ごく生真面目なふるまいに見えた。ジュゼッペ・ヴェルディがこの湯治場を足繁く訪れたことを知っていた私は、街の目抜き通りのひとつが、独立の旗印となった彼にちなんで命名されているのを発見する前に、そしてまたヴェルディが常泊したホテルの正面の壁に貼られたプレートを解読し、モンテカティーニの水に作曲家が「長生きと若さの秘密」を自分のためだけではなく、その創造的な才能のために見出したことを知る遥か以前に、それなりに市街の派手な景観とも折り合いをつけていたのである。ときに丸一日休みが入るが、毎日午前中すべてをあてて私が取り組んだのは二種類の事柄だった。それぞれ違ったところから運ばれてくる鉱泉水（レッジーナ、テトゥッチオ）を飲むこと、その名は、私に課される療法とは無縁のほかの二つの鉱泉の水（タメリーチ、トレッタ）とともに魅力的に感じられたが、事細かく定められていた処方にしても同じく魅力的で、三週間にわたる私の滞在期間のそれぞれの段階は一枚の表にまとめ上げられていて、どれくらいの分量を、どのような間隔で、どのような組み合わせで、どのような状態で（冷やすのか熱するのか）飲まなければならないかが指定されていた。火山の土を腹や腰などの部分に塗り重ねるのだが、どの部分に塗るかは、あらかじめ医師が別の印刷された紙を彩る二通りの人物の絵に印をつけて判別できるようになっている（人物は全裸で、体毛を剃り、頭を丸め、少しばかり腕を体から離し、手のひらを前の方に向けている、いわばミクロコスモスとなったその男の二種類の姿、ひとつは正面から見た姿、もうひとつは背後から見た姿が描かれている）。

私がやってみたのは温かく粘りのある土で作られた厚手のコルセットで体を包む方法であり、これを採用している施設は一箇所だけだった。テルメ・レオポルディーネはどこまでも古代ローマ的厳格さをそなえた建物であり、正面には「医術の神と健康」という銘が刻まれている。だが、私に対する処置のそれ以外の部分（一番大事な部分）については複数の選択肢があった。さまざまな鉱泉の水を飲ませてくれる施設のうちで最初に選んだのはエクセルシオールだったが、その理由は、自分が滞在していたホテルから一番近いところにあったからである。それでも最終的に私が好んだのは、建造主がみずから許したのがブルネレスキ風のロッジアを建てるだけだったというそのひっそりした建物よりも、スタビリメント・テトゥッチオの方であり、これは古代神殿を思わせる壮麗な建築群であり、ヴィットーレ・エマヌエーレ様式をもって補修と増築がなされている。毎日夥しい量の鉱泉水が提供されるホールがある同じ敷地には、煙草販売のカウンター、雑誌や本を売る店、両替商、旅行代理店（そのすべてが駅の待合室を思わせる空間に集まっている）、郵便局、電信電話局、音楽を流すキオスク、カフェ、婦人服の仕立て屋やその他の店（宝石商とアート・ギャラリー）などの種々の付随施設があり、柱廊、中庭、広大な庭園を有する立派な建物を都市国家のごとき趣に仕立て上げていたのだが、ブロンズ製器具からなる噴水からはテトゥッチオの鉱泉水が勢いよくほとばしり、鰐やその他の鱗のある怪物を集めた部分は別として、これが象徴的な中心点をなしていた。ヴェルディの時代はいまよりもずっと質素だったが（この年の二度目の滞在の際に手に入れた絵葉書のなかでも、とくにマエストロを被写体とする二枚の写真を見ればそのことがわかるのだが、写真の一枚はどことなくガリバルディ風の白い髭、農民風の大きなフェルト帽、黒く地味な服を着た姿で昔のテトゥッチオの出入口に立って馬車に乗り込むところで、馬車は天蓋と日射しよけの布のせいで、奇妙にも霊柩車のように見えるのだが、もう一枚の写真では、日傘をかざし、ひとり徒歩で広場を横断しようとするところで、広場の奥にはそびえ立つ建物が見える)、巨大な喫茶室は桁外れの規模をもつ点において、広大で惜しみなく装飾がほどこされたモスクワの地下鉄の駅を連想させた。私の想像がうごめきはじめると、この過剰な部分を含み込む複合的な建築物はヘルクラネウムやポンペイのような観光都市が炎と溶岩に包まれて破壊される以前のあるべき姿を喚起するように思われた。

鉱泉水のサーヴィスは中庭の左手に沿った長い回廊でなされる。大理石の細長いカウンターの背後には小さな帽子をかぶった娘たちが水色と白の縁取りのある服を着た上に白いエプロンをつけて(まさにマック・セネット、もしくは一九〇〇年の水着姿の女性に似た雰囲気)客の相手をする。こちらから見えないところに隠れているペダルを動かして、彼女らは注文のあった鉱泉水——熱いのも冷たいのもお好みしだい——を湾曲した管に流し入れ、あとは手渡された把っ手つきのメートル・グラスをその下に置くだけでよい。娘たちの背後の壁には陶製の大きなパネルが飾られている。「子供時代」(乳を与える母親、水を飲んだりこぼしたりしている子供たち、なかには小便をしている子供もいる)、「青年時代」(壺を持った男女あるいは水を飲んでいる男女、そして下の方には四人の円盤投げ選手の青年)、「美」、「泉」、「力」、「成熟」、「老年」などをあらわすものである。どのパネルにも、年齢とは無関係に、水を飲めば力と健康が手に入るという「青春の泉」の主題が描かれている。この異教的な生の謳歌は、鉱泉水を飲むあらゆる種類の人々が、最長老の人に到るまで、それなりの励ましを得られるように考えてすべて作られており、性愛行為の暗示のもとに、その先はカフェの大ホールに通じていて、水を飲んだあとにたくさんの人々がそこにやって来て、かなり多めの量の朝食をとるのだった。古代風の趣をもつイタリアの牧歌的な風景を描く絵が壁を飾っているが、天井に描かれているのは、数多くのキューピッドに加えて、何人かの等身大の裸女で、その遊女めいたポーズは恥じらいも恐れも知らぬ風情であたりに色香をふりまき、その他にも幾つも艶やかな情景が描かれ、古代風あるいはルネサンス風の牧歌的風景に登場する女人像にはサラ＝ベルナールを思わせる倒錯的な物憂さが漂うように思われた。この芸術的ヴィジョンは美しさを保ったり、これを取り戻したりする保証を湯治客全体に与えるためだけに作られたのだろうか。あるいは湯治客の男性のなかでも、肉体のもっともひそかな部分の力強さを失っていると感じる人々は、このイメージのうちに、勃起する男根の像こそが唯一の象徴であるような国家統一運動《リソルジメント》に相当する再生を読み取らねばならないというのだろうか。私に関していうならば、この種の官能性の賛美に、まさに私の苦しみの最悪の部分の抵当免除を見出したいと思った。

キオスクから流れるオペラのアリアもしくは軽音楽のメロディの揺らぎを感じながら——中央の中庭の右手には円屋根のある円形建物があり、内部には、やはり先ほどのカフェのものと同じくアカデミックな様式だが、ただし今度は少しばかり現代風になった三つの作品（田園合奏曲、室内楽、サロンの音楽会）が飾られており、これに対応するかたちで騙し絵《トロンプ＝ルイユ》として三つのバルコニーが描かれ、そこには男女の観客が、われわれにほぼ近い服装で描き込まれている——、私は所定のグラス五杯の水を飲み終えるまでそこにとどまる。必ず休憩をとらなければならなかったので、一時間ほど動かずにいる必要があった。『戦争と平和』を携えていたが、ページを開くことはなく、テルメ・レオポルディーネでの療養のあとで一休みする際にこの本は貴重なものとなったが、ここでは何といっても邪魔者であって、打ち解けた会話を交わし、オーケストラの演奏に耳を傾ける国際色豊かな湯治客の集団の観察に私の注意は注がれた。ときにグラスを手にして散歩しつつ、厳かに儀礼を遂行するかのような雰囲気を漂わせる者がいたり、金属製の椅子に腰かけて、グラスは空だったりいっぱいだったりと違いはあるが、つねに手の届くところにグラスをおいている者がいたりする。こうして私は自分が困難な遍歴を重ねたあとで、ザラストロの宮殿に足を踏み入れたと想像して遊んでみた。ザラストロの弟子たちはグループに分かれて、天上のハーモニーによって定められた往復運動をおこない、不死の飲み物をのみ干しながら、きわめて高度な問題をめぐって激論を闘わせるのである。

　この二種類の要素――水と泥――を合体させた療養は、ほぼ毎日午前中に繰り返される日課となり、クロード＝ベルナール病院で手に入れた赤い厚紙の表紙のノートに何ページにもわたって書き継がれるメモの主題となった（内面の日記というよりもルポルタージュ風にして）。午後の時間あるいは療養が休みの日にはトスカーナ地方の別の場所に友人たち――アンドレ・マッソンとその妻ローズがごく自然に旅行者としてやって来た――がほぼ毎日のように車で連れていってくれて（ノートには、この大画家の仕事の大きなひろがりを手本として自分を鼓舞するというかのように、パリに戻った直後に書き記された「アンドレ・マッソンは人生の始まりの時期は嵐のように激しかったが、いまは黄昏時といってもよくて、ある種の落ち着きをふたたび見出すことができた」という一節が見られる）、旧市街に上っていったこと（というのもモンテカティーニ・アルトへと通じる一本道があるほか、登山電車も走っていた）、アイロニーよりも好奇心に導かれ、カフェのテラスでビールの王ガンブリヌスを称える歌に終わるわれわれディレッタントの散策、整然としつらえられた公園内の、そして数多くの看板とレ・パンテライエ（松が植えられたなかなか美しい丘にあって、優雅さをとりつくろうプール＝レストラン＝ダンスホール）の広告ポスターがある場所までの散歩、二兎を追う美食家たち、というのも連中は痩せようと思うのに貪欲に食べるのだから二兎を追うといわざるをえないのだが、その連中に加えて、ある晩のこと騎士長の例の彫像〔モーツァルトのオペラ『ドン・ジョヴァンニ』の大詰めの場面では騎士長の石像が晩餐に姿をあらわす〕が普通の洋服姿で忽然と食堂にあらわれた気がしたのだが、ジョルジョ・デ・キリコ（蒼白で、彼自身の絵と同じく亡霊的であり、十六世紀の宮廷に暗躍する毒殺犯を思わせる険しい表情をしていた）がホテルに招き入れるバロック的なトーン、ときに服用したエクアニル錠剤（「精神安定剤」によって得られる平穏は必ずしもその反対物に比べて好ましいものではなく、いずれにせよ、このような手段によって人生全体が支えられるとは考えられない）、それらすべて――弱った肝臓を休めたり、神経の興奮を抑えたり、単純に気晴らしをしたりすること――が元気を回復するための手助けとなった。いつになっても私自身がおかれた状況からの脱出口が見つからないでいるのは確かだった。愛の次元（一方には密な結合、もう一方にはめまい）にあって真っ二つに切断されただけでなく、もうひとつ別種の分割をこうむった自分という人間をどのようにして立て直したらよいのだろうか。というのも、まさにいまの仕事が――自分にとって喫緊の課題に即座に取り組むために必要な力量も明晰さももち合わせずにいて、事件を捉え直す仕事の遅れが何よりも明確になるなかで――、単刀直入にいえば、時期を失した事柄、いわば自分とは無縁の事柄になってしまったように私には見えたのである。こうした思案の数々はたしかに侘しいものだが、それでもかつて同じ種類の反省に見舞われたときほど傷は深くないことを知っている。

フィレンツェでは療養生活から解放され、拘束なしの自由の身となった感じがあった。町の美しさをほぼ素直な心で思う存分楽しむこともできた。これまでさまざまな物語や本を読んで、フィレンツェには「芸術の都」という観念に含まれる飽和感があると思い込んでいたことも関係して、長いこと滞在を敬遠していたというのに、この都市が堂々たるものであることが私の目にも明らかになった。体調もよく、観光客の生活の苦痛と喜びに気持ちよく反応できるようになっていた。仕事の時間は、教会、美術館、記念碑的建造物、その他の名所（どれも混雑している）を訪れるにあたって、たいていの場合は幅も狭くて整備も十分とはいえない状態の歩道に沿って、威圧的な石造りの巨人および頑としてこちらを跳ね返す要塞を思わせる建築群の脅威に加えて、無茶なスクーターの運転が招く必ずしも想像とばかりとはいえない脅威のなかを歩き回り、ときにはトスカーナ色豊かなレストランでの食事や洗練された高級店での買い物のために、ときには共和国広場（みごとだが賑やかすぎるシニョーリア広場よりも居心地がよい）の主だったカフェのテーブルについて、夜になると照明に照らし出される壁龕に収まった古代風を装う彫刻装飾のあるサヴォイ・ホテルの建物正面を横目で見ながら、馴染みの曲とアリアが次々とラジオから流れてくるのに耳を傾けるために、ときにはわれわれの部屋のバルコニーから——夕日が沈む頃、もしくは月が輝き出る頃——アルノ河とその南岸一帯をじっと眺めるのだった（そのあたりの緑の多い丘を散歩すると、豪奢なヴィラと葡萄畑と積み藁が続く完全に鄙びた一角の景色が見られる）。すぐに方向感覚がなくなる私にしては、フィレンツェ市街に慣れるのは早かったが、メディチ家の財力のおかげでどこかしら地中海風のロンドンといった趣があって、そのせいでイギリス人ならばおそらく自分の家にいるような思いがするのではないか。逆説的だが、私の場合はまさに自分の内的な生の領域で進むべき方向が皆目わからなくなったとき、この地で「方向感覚」と呼ばれるものを獲得したことになるのだろうか。あるいは、もっと単純に、親しみの情から私の注意力が鋭敏になり、こうしてフィレンツェは、自分にとって、かつて滞在したことがある数々の都市よりもずっと親しいものとなったというべきなのだろうか。

パリには女友達よりも一足先に戻ったが、あれほど苦しんだ恋愛感情の葛藤は、こちらの予想以上に簡単に消え去っていた（そのことはすでに述べた）。相も変わらず、またしても自分はこの事件の全体の流れに翻弄されるコルク栓のようなものだったわけである。幸運が訪れたが、真の意味での決心がつかぬまま、それはふたたび遠ざかっていった。コルク栓との違いは、コルク栓は水に沈むことなど想像できないということだけだ。いまの私の喉には気管切開手術によってできた傷跡が——鉤に吊るされた獣の傷ついた喉の部分が嚢胞に包まれたかのようにして——残っている。垂直方向の傷跡にこれよりも短い水平線が三か所ほど交叉していて、いまは線もほとんど目立たなくなっている（とくに一番下の線）。蒼ざめたその姿はかなり変則的なものであり、アフリカでよく目にするモチーフを連想させる。それじたいが象徴的なさまざまな動物の姿をとくに象ったグラフィティという形態をとったものであり、トカゲ目としては、たとえばワニ、オオトカゲ（よくイグアナと混同され、両者は gueule-tapée と呼ばれる）、トカゲ、サンショウウオなどがこれにあたる。昆虫類としては、ヒメヤスデ（通称ムカデ）などが考えられる。自分の皮膚にじかに印刷された別種の「生命の樹」、まだ初めの頃は、入信儀礼の信者の顔にしるしを刻み入れる供犠のしきたりにこれをたとえた（民族誌家であると同時にダンディとしての満足感）。ほかの何にもまして、死を悲劇に変じ、死を単なる終結ではなくて完成と見なす行為に私自身が打って出たことの痕跡。私の夢に登場した断崖と同じような高みにある場で得た体験の瞬間を思い起こさせる切り傷。バルコニーから眺めるようにして、その高みから一瞥のもとに自分の腕のなかにわが運命を抱きとめたのだった。鉤裂きの傷は、ふたたび縫い合わせる必要もなく自然に閉じるが、私の喉を裂いたあげくにこのように物質化した別の傷は、人工的な技を尽くしても治療は不完全に終わることを指し示すというかのように、ぶざまな反復といった趣をもってそれ以上のしるしを刻み込むのである。

鎮痛剤、さらにその後は、「緊張緩和」、リラクゼーション（東洋のヨガに着想を得たものであるが、まず第一に、じつに馬鹿げた雰囲気だったので、その後、絶大な効果をもつものだとわかって驚く）、「恒常的な不節制」と強引にも命名された事柄の跡となる十字架のしるし、十分な睡眠をとるようにという勧めにもかかわらず、いま書いている本（この本はずっと昔から自分が演じてきた私という一人称との葛藤を解消することはなく、二通りの私が瓜二つの存在となることは決してないにせよ、つねに怠け者だと感じてきた人間にとって、おそらくは「仕事の鬼」という証書が与えられるだけのことはあるだろう）の遅れを取り戻そうとする熱意、このようにさまざまな薬——その最後のものは傷口にナイフを突きつける狂おしい欲望に属するものだといってもよかった——には相乗効果に似たものがあった。私は一緒に暮らす相手となるのに必要なバランスを見出し、私の生活はまるで脱線などなかったかのように続くことになった。しかしながら、私に向けられた気遣いとともに私自身の防戦をもってすればハッピーエンドは間違いないとしても、私自身の奥底では何かが壊れてしまい、復元などありえないという実感がしだいに強まったのである。常日頃恐れてきた老衰が頑としてその場に居座ってしまい、私をあれほどまでに激しく捉えた危機もまた、むしろすみやかに消え去ったいまとなっては、時間が経つにつれて、私が闘ったのは、後衛での闘争、もしくは形だけの名誉をもたらす「戦闘」だったと強く思わざるをえなくなった。

「なんだか音の壁のごときものを突き破ってしまったようだ。爆発音を聞いたのは私だけだった。」——正確な日付はわからないが、一九五九年十一月、モンテカティーニでの二度目にして最後となる療養のための滞在直後に書きとめられたこのような言葉が赤色の堅い表紙のノートに見える。ひとつの発見を書き記すというのではなくて——現に進行する出来事の記述のために——すでに以前から感じていた事柄を書き記すのであり、そのもっとも顕著な側面として、作家としての自分の仕事への一定の無関心に類する事柄を書き写す作業をしようと心に決めたわけだが、限りなく明晰であろうとするあまりに、私は敷居を乗り越えてしまい、熱い想いはことごとく押し潰され、優等生特有の無味乾燥なもの以外には何も残らぬ状態になってしまったみたいだ。一線を越えたことで罰を受けたという思いは、ある程度は誇らしさにもつながった（少なくとも、こうして精神的打撃を逃れるために、そのようなかたちで事態を受け止めようとしていたのである）。だが、本当に心から感じていたのは、すでに書き記してあった印象、すなわち、あの遠くて近い国が私にもたらす至高性に結びつく印象に匹敵するもの――まったく別の領域における――だった。その国では女たちの多くが真剣さ、静かな優雅さ、情愛に満ちたしぐさの洗練によって私の心を動かし、ある一個の影像を作り上げ、私のうちにあって牧羊神ニンフとも森と水の精のごとき自然の発露とも思われたアフリカ女の影像を王座の地位から追い落とすことになったのである。「裸になることにもはや魔術的な要素がなくなり、衣服を脱ぎ、いまや鬼神たちが集まる舞踏会に向かって飛び立とうとする若き魔女のような何かに想像のなかで自分を変化させる手段が見出せなくなるときがやって来る。おそらくそのようなときに、男っぽい装いの新生中国の娘たちの優しくも厳めしくもある姿に魅力を感じるだけの成熟が得られるだろう。」以上のメモを出発点として、もっと以前に書かれた別のメモに遡ってみる。予感として――まだ本当の意味での確信はなく、それゆえ単刀直入に語れば、かなりの距離をおきつつ――この点に関しては「状態」という語（辞書のなかでもとりわけ無色透明であり、自由に羽ばたけない語）の用法のうちに本質の表現が求められることを言いあてていると思わせるメモである。「つまり、無気力な引きこもりの状態であり、たぶんそこに聡明さを認める人がいるかもしれないが、私自身が認めるのは老いの状態である。年をとると、自分の限界がすでに見えてしまい、気分的な高揚を味わうのは不可能になる。天井は堅いものとなり、もはや、そこに穴を穿つ術はない。自己幻想を捨てる必要があったとき、詩は兵役に服したのである。」だとすれば、目新しいことはなく、そうなると相応の年齢に達することなくして私はこの種の襲撃を受けたことになる。違いは、かつての病める状況が周期的な抑鬱症に対応していたのに対して、いまはこれが恒常的なものになってしまった点にある。

ラオス危機。反革命勢力のキューバ上陸作戦。アルジェリアでの軍事クーデタは幸いにしてその脅威がフランスに及ぶ前に頓挫した。これらの出来事は、ほかの多くの人々と同様に私自身にとっても大いなる衝撃となり、オルガンの大音響にも似た騒ぎを伴奏としながら、ある種の陰鬱な認識が形成されるのだが、このような認識は遥か以前にその兆しがあったもので、いまは時間経過の理にしたがい、すでに裁定済みのものになってしまっている。というのも、いささか性急なかたちでかつてこのような認識を示した人間も、いまは六十歳なる年齢になっているのだ。依然として西欧世界に第一人者たる地位を担わせつつも、物資面での破局と自由を求める独自のスローガンの否定へと向かわせようする一種のギャングに似た集団を突き動かす熱狂には嫌悪を覚える私だが、これに対して自分はいかにも非力で、すでに時間はほんのわずかな残余の部分しか残しておらず、そのような時間の戯れのせいで、馬鹿げたふるまい抜きに最後の開花を望みうる最良の日々など、およそ自分には無縁のものだという思いが心に忍び込むことになった。東方は赤色なり。北京の国家的祝典でたびたび耳にした歌のひとつにそんな言葉があった。だが、夜明けを告げるものを闇雲に信じることが自分にできるだろうか。そのような夜明けが私の視界を明るく照らす可能性はほとんど残されていない。生きている者の目には、私が彼岸の人間になったあかつきには、――私にとってはすでにはっきりと見えるかたちでページをめくる確認など不可能だが、ページの裏側で――「新たな道《ヴィエ・ノーヴェ》」の始まりの覚束ない数歩を踏み出す程度に（最善の場合でも）とどめるほかはなく、その「新たな道」とは、パレルモでの私が、正確には、それは一体どのようなものなのかと思いをめぐらせたときには、イタリア共産党系週刊誌がこの語を選んでタイトルとしたことなど知るよしもなかった。仮に私が年老いた人間となり、さらにまた死んでしまったとしても、それはほかのあらゆる人間に共通のことであり、ほかの人間にもましてそうだということにはならないし、たぶん、その点は前よりもよく理解できるようになっている。ほかの多くの人々に比べれば、気晴らしが不得意な私であるが、それを別にすればさしたる違いはない。自分は（大きなものであれ小さなものであれ）出来事を自分が生きる時代の変化の連続として捉える傾向が強いわけだが、すべての思考する存在が、私と同じく、それぞれ世界の中心となっていることを知らないでいるわけではない。さらに、このような公平さが満遍なく共有されているのだから、ドラマにせよ、いかなる冒険であっても、一人称で体験されるほかはない。プログラムのなかで自分の出し物だけがとくに人気があるかのようにふるまうのは道化じみている。誰もいない虚空に向かって弁舌をふるい、腕を宙に突き出す酔漢を真似するのはもうやめにしよう。退院後は二度ほど診療手続きのためにクロード＝ベルナール病院を訪問したが、そこで自分にとっては煩わしいまでの正確さをもって認識しえたのは、まさに死の刃が自分に向けられたときの傷つきやすさのほか、完全なまでにわれわれのものである一人称、その上に宇宙がのっかっていると思われる一人称がじつに頼りないものでしかないということだった。

　家に戻ってきてようやく二十日ほど過ぎたあたりで、前回の訪問の際の取り決め通りに、喉のレントゲン検査のために再度病院に行くことになった。担当技師は女性だったが、撮影が終わると、元気になった姿を見ることができて嬉しいと親切な言葉で祝福してくれた。私はこれに驚いたが、それは彼女に見覚えがなかったからだ。つまり彼女の姿を見てはいなくとも、向こうの方では私のことを知っていたということになる。実際には、こちらが昏睡状態に陥っていたときに、レントゲン撮影を担当したのがこの女性だったのである。説明は筋が通っていたし、単純明快だったが、こんなふうに私の知らない誰かが私のことを知っているという状態がとても奇妙に思えたし、一定期間は自分が文字通りの意味で魂なき肉体、その形態を除けば家具との違いなど見出しえない人形のごとき存在になってしまったこととの理解に居心地の悪さがつきまとった。同じような意味で、少しあとで、看護士と看護婦が私の居室のあいたままになったドアの前を通り過ぎるときに、挨拶していったことが思い出された。私と同室の男は、もはや三人称の人間としてそこにいるにすぎなかった。男性にしても女性にしても、あの人たちは旧知の間柄というかのように私に挨拶して通り過ぎていったのだが、そのとき見た——おそらくは、体にも触れた——のは、麻酔が効いていて物の状態に陥っていた私の姿だったのである。そしていまや物は人間に変化し、この人たちを自分の目で見ることができるようになったが、物への友情のしるしが送られたときの、友情の始まりの部分については、私自身が第一の関与者であるというのに、そこに立ち会っていたといえる状態ではなかったのである。

ほぼ一年後に私が再度ラッセン棟に行ったのは、医師のひとりから、気管切開の後遺症がないかどうか確かめるために来るように言われたからだった。この医師と対面する段になって、相手がこちらの予想とは違った人だったのを見て、なんだか嫌な気分になった。私は二人の人間の名を混同していて、手紙の署名者は同僚で、はっきり記憶している人の方だと思い込んでおり、おそらく、彼の診察だったならば、自分自身が文字通り無名の検査対象になってしまったと強く感じずにすんでいただろう。看護婦長の方は、私のことを完璧に覚えてくれていて、こちらから尋ねてみると、かつて私と同室だった患者はすでに亡くなっており、脳腫瘍（これが見つかったのだ）による植物人間の状態は一段と悪化し、回復に到らなかったと教えてくれた。看護婦が「あんなに優しい方だったのに」と言ったのに対して、あの患者が言葉を口にしたり体を動かしたりすることはなかったわけで、どうしてそうだとわかるのかと尋ねると、「あの人の顔を見ればわかりますよ……」という答えが返ってきた。廊下ですれ違ったほかの職員はこれほど地位が高い人たちではなかったが、こちらの顔をよく覚えてくれていた。だが、むしろ私の方から挨拶しに近づいてゆかねばならなかった。というのも——私のことを忘れたのだろうか、それとも遠慮があったのだろうか——彼らはまるで未知の人間のように私には注意を向けなかったからである。私が顔を覚えていながらも、必ずしもその逆のことが成り立たない相手を前にして、一年前にはなんとも哀れな状態に陥っていた私を相手に、惜しむことなく看護に努め、励ましを与えてくれたというのに、いまは私の存在に気づかずにいるのを目の当たりにすると、私は実体のない亡霊となってこの病院に舞い戻り、もはや光を呼び覚ますこともないように思われるのだった。かつて注目の的であった私は、彼らの目には、自分が瀕死の状態にあったとき以上に生き生きとした姿で映っているわけではないのだと思い、失望を覚えることになったのである。

III

十四、五歳とおぼしき頃、パリのアルハンブラ劇場でこんな出し物を見たことがあった。

まさに働き盛りという感じの男が――手品師で、オランダ風の名前だった気がする――きっちりした仕立ての黒服姿で急ぎ足で舞台に出てくると、巧みに話術を操りながら、舞台上手と下手をせわしなく行き交い、宙に浮かぶテーブルから拾い上げたのか、あるいはトランクのなかから取り出したのか、雑多な小道具を手にすると、ハンカチなどの布をひろげて見せる。その後は、まず一人、続いて何人かを観客席から誘い出して舞台の上に立たせる。喜んで助手に志願する者、あるいは手品の出し物でお馴染みの相棒といったぐあいだ。思いがけぬ小事件が起きたり、ピストルの銃声なども聞こえる大騒動のなかで、この手品師は、舞台に呼び出した人々を独楽のように回転させ、相応の役柄を彼らに割り当て、たくさんのアクセサリー類を手に持たせ、しかも、何人かは思いもよらぬ荷物を持たされる羽目になるのだった（たとえばそのうちのひとりは、舞台裏から運ばれてきた巨大な氷の塊を持たされた）。このようにして一連の動作が十五分ほど続いたあと、気がついてみると舞台には大勢の人間が右往左往し、雑多な品々が散らかり、件の手品師は舞台をそんな状態にしたまま放り出し、行方をくらましてしまう。幕が降りる段になって、ようやく人々は気づくのだ――どうもそんな気が徐々にしはじめたところだったが――この手品師の見世物には、最初から最後までとくにこれといった見所があるわけではなかったし、他愛ない手品のひとつも披露されはしなかったのである。

本書には、さまざまな種類の記述、記憶のなかにある人物の肖像、夢および現実の出来事の叙述、精神状態についてのメモ、雑多な話題についての所見を整理されぬままに投げ入れる結果になったが、すべてはこれといった成果をあげぬままに折り重なってバロック的な繁茂の状態を生み出している。私自身の行為も、はったりを得意技とする件の男のふるまいにどことなく似てはいないだろうか。言い方を変えれば、あの男がユーモアたっぷりに、呆れるばかりに何もしないでいる状態に似ているというべきではないだろうか。私は手品師とは違って、無意味な混乱を招き寄せたまま行方をくらまそうと狙っているわけではないのだから、いまやこの状態から脱出しなければならない……。

サンティレールのわが家から二、三キロほどまっすぐ先に行ったあたり、ほとんど人が通らぬ小径を行くと(幾度も繰り返し夢にみた断崖とは違って)楽に登れる丘があり、木々の茂るその丘には、シャロ=サン=マールからブテルヴィリエに通じる道の左手部分に、崩れかかった小さな塔が見える。踏切を越えると、鉄道線路を右手に見ながらしばらくこれと平行して道が続く。鉄道は単線であり、平日は中型ディーゼル機関車が牽引する貨物列車の短い車列が午前と午後とで進行方向を逆にして通り過ぎてゆく。この道をさらに少し先に進むと、一本の橋があって、その唯一の役割は広大な敷地の二つに分かれた部分をつなぐことにあり、さらに敷地にそびえる一個の建物が遠目には城館のようにして見えはじめる(塔の天辺よりもなお高いところにある段丘の縁に位置するこの巨大な塊の壁には、赤と白の縞模様が水平方向に走り、色は褪せ、汚れている)のだが、橋の少し手前に、同じく左手だが、大きな木の十字架を模して作られたドルメンからなる奇妙なモニュメントがある。雑多な素材を組み合わせたこの建物の足下には、粗雑に積んだブロックの石垣に次のような碑文が刻まれている。「人間は大地の征服を成し遂げる。人類は最終地点に達している。この土地はドルイド教のガリアであり、カトリックのフランスである」など。最後の部分は歳月の流れとともに消えかかっていて、残念ながら判読不可能だ。

塔の扉は閉ざされているが、扉についた押錠は大人か子供かわからぬがどこかの狼藉者の手で壊され、内部はそこを訪れる者の落書——日付、名前、その他の書き込み——で覆われているが、少なくとも日曜日の散策者の多くは恋人たちであるにちがいない。「ブヴォワのショコラ」、「ベルヴィルのメメ」、「ミミル」(これはどこの人間かわからない)は木の扉に記された固有名のトリオだった。扉はかなり横幅があるので、石の壁に取り囲まれた円形の狭い空間の大部分を占めるほどだが、石の壁の方は、文字と数字の繁茂でびっしり覆われていて、私の理解では、いかに好奇心旺盛な人間であってもそこに拾い読みできるのは、ことのほか隠当で、せいぜいのところが平凡きわまりない牧歌的な言葉にすぎなかった。城の塔をそのまま小さくしたような建築物は、おそらく歴史もさほど古くはないはずだが(というのも中世の造作だと判断するに足るだけの正真正銘の証拠など見当たらない)、男女が戸外で、しかも戸を閉めきって交わるための舞台となっていたとしても、もちろんのことだが、このような記号の抽象的な絡み合いのほかに痕跡はないはずであり、それも結局のところは、抱擁の露骨な証拠となるようなものではまったくなかった。子細に検討すれば不快感をもよおす物質を体外に放出するために、たったひとりで、あるいは何人か一緒に、遠く離れた場所としてここを用いた場合があるにせよ、いつ訪れてみてもまず痕跡は見当たらなかった。ワインボトルの破片、バスの週間定期券、皺くちゃになった何枚もの紙、最後に訪れた際に目にした残骸はせいぜいその程度のものだった。

ロマン主義的な趣をもつこの廃墟には、内部に忍び込んだ体験がある人間ならば知っているが、どことなく絞首台を思わせる雰囲気があり、私自身も愛犬ディーヌを連れて三、四回行ったことがある。散歩の途中で立ち寄ったもので、必ずしも初めから行くつもりにしていたわけではなかった。家のごく近くにあり、長く続く散歩の途中でたまたま立ち寄るといった口実でもあれば別だが、わざわざそこを目的地として選んで出かけるなどありえなかった。最後に行ったとき、なかに入ろうとしても、愛犬はなかなか言うことを聞いてくれなかった。犬の綱はつけたままで、さもないと、獲物を追いかけて走り出し、罠にかかる危険だってないわけではなく、そこまでではないとしても、いつ戻ってくるのかわからなくなる。こうして鋲で首輪に固定された革紐を思い切り強く引っ張って、犬を引きずって動かすかたちになった。しかしながら、犬は見るからに嫌がって、その場を動こうとはせず、なぜそれほど嫌がるのかは問題の場所の汚さでは説明しきれないものがあった。ディーヌはボクサー犬だったし、おまけに、田舎の空気には慣れており、そんな繊細さはもち合わせていないはずだった。本来の性分からして、ともすればロマネスクな夢想にふけりがちの自分としては、塔に向かうことで、かつて自殺の計画を胸に秘めていた時代に私自身の生ける肉体を葬り去るために選んだ場への巡礼を果たすことになると思わざるをえなかった。どんな計画だったかといえば、ふだん私がやっていることだが、犬を連れて散歩に出る際にポケットにはフェノバルビタール睡眠薬を忍ばせ、まさにその場に身を隠し、黄泉の国への遠出とすることだったのである。助けを呼ぼうにも、あまりにも遠く離れた場所であり、この場所ならばシナリオ全体――そんな構想だった――に漂う林間学校を思わせる雰囲気からしても、たとえ時間がかなり経過したあとで亡骸となった姿が発見されるにしても、ほかの場所よりも薄気味悪くはない（そう私には思われた）のではないか。このような説明――わが愛犬ディーヌには不可思議なアンテナがそなわっていて、自己を抹殺するための最善の舞台と考えていた場所から少しでも離れた地点へと主人を引っ張ってゆく役目を果たした――がいかに誘惑的であろうとも、常識が邪魔して受け入れることはできない。この最近の散歩は、巡礼という意味では最初の体験ではなかったし、したがって愛犬の拒否反応にしても、その塔が私には葬送という意味をもっていたことがきっかけとなったのだとすれば、以前にも同じことが起きていても不思議ではなかった。たしかに――健康を取り戻して二年が過ぎ――、犯罪の現場となりえたところに立ち戻ってみたい(ただ象徴的な意味しかない)と思い、ただしこれが実行されていたとしても、実際には犯罪とまでいえないのは、犯人のほかに被害をこうむる人間など存在しないからだが、そのときやはり同行した、黒い鼻面の相棒は今度は私と一緒にすんなりとその場に入り込んでしまい、大きく逞しい四つ足を地面に食い込ませて抵抗する様子など見せなかったのである。扉を閉めようとして(その時点ではまだ扉があった)、内側の押錠を押してみたがうまくゆかず、単純に押錠の先端が、これを受けるべくして作られたへこんだ部分よりも少しばかり下に位置しているので、壁にあたってしまい、結果としてうまく作動しなかったのだ。どうすればよいのか思案しているあいだ、たとえこの陰鬱な計画を実行に移そうとしても、完全に閉じこもることは不可能だという事実――思いがけない状況、メカニズムの進行を停止させる砂粒――に気がついて、たぶん途中でやめていただろうと思った。

実際にその場を最終的な象牙の塔に定めていれば、おそらくは、この廃墟で半ば朽ち果てた死体となって発見されることになったはずである。われわれ一行が中国は西山の麓にあって想像が十分できたのは朽ち果てた遺骸であり、そこにある道教寺院を訪れたときに、とりわけ貴重で、もっとも高い位置にあった礼拝堂の装飾のなかでもとくに貴重なものを手がけた人物がみずから命を絶ったという逸話が披露されたのだが、当の礼拝堂には、髭を生やした人物の坐像が二体収められ、両者が黄金色に輝く神を囲むかたちで配置され、神は果物の木を手にし、右足で海龍の背中を踏まえ、左足は駆け出そうとしてちょうど宙に浮いたところで、足裏は果物の木を踏まえていた。われわれの案内人——人民中国文化交流協会の地方部門を統括する人物——の話を額面通りに受け取れば、彫像が左手で握ったほら貝もしくは豊穣の角は一種の貨幣にあたるものであり、さらに右手に持っているのは筆だという。黄金色の像は神ではなく人間だという説であって、愛する女が病に倒れて死んだあとは、もはや生きる意味がなくなったと考え、もっぱら芸術の仕事に身を捧げる決心をしたということだった。こうして男は礼拝堂に納められた人物像やその他の装飾を手がけたが、仕事に相応の慰めを見出すことができず、崖の上から身を投げたという。誰かがそのあとで、いままさに駆け出そうとする奇妙な姿勢の彫像の右手に筆を持たせたが、筆は像の制作者を記念する象徴であるとともに、像があらわす人物を記念する（という話だった）象徴でもあるという説明だった。

　われわれへの説明（案内人の頭のなかでも整理されておらず、これに加えて通訳による翻訳が不完全であり、話を聞くわれわれもよく理解できなかったせいで、明らかに神的なものの造形に自画像という性格が加味されるなど、現実離れとまではいわずとも奇妙な点が多々ある）にはたしかに全体に辻褄の合わぬところがありはしたが、愛と芸術と死の三者の緊密な結びつきがこの物語にあらわれている点が私の記憶に残った。

　黄金色の像のすばらしさ（獲物を捕まえようとするのではなく、単純に動くために動いているところを不意打ちされたようにも思われる）、礼拝堂内部の隅々まで厳かに漂う静けさ（色々な物に次から次へと目を奪われる事物の世界の力ではなく、三体の像の驚くべき存在感だけで生きたものになっている）、熱心な道教信者が、驚きに目を瞠るような建築物を山腹の窪みに作っているが、そのために選んだ山腹の険しさなどの要素は、礼拝堂——一世紀以上前に時代を遡るものではないが、旧体制の中国の産物であることは間違いない——はそれを建てた人々の「高度な文化的水準」を証明するものだという、明らかに紋切り型以外の何ものでもない表現に端的に示される案内人の説明の乏しい内容を補って余りあるものだった。驚くべき舞台装置がこのような実感とともに存在しなければ、物語の鍵となる三つの語は（それらの語ははっきり口にされるわけではなく、例の逸話がその注解となる）、私の記憶のうちにさしたる浮彫りをともなわずに示されるにとどまっていただろう。「愛」、「芸術」、「死」が指し示す実体が密接なつながりをもつことを私が信じているのは、芸術と愛のあいだには美の結合記号があり、両者は――前者は自然的な与件の超越であり、後者は自己が他者に投げ込まれることによって生じる裂開である――いずれも死の巨大な平原がひろがるだけで、いかなる土地台帳も有効ではありえない境界なき土地にわれわれを引きずり込むからだ。

男の肌は茶褐色、灰色の詰め襟服を着ており（同色の共布で作られた船員がかぶるような帽子を頭にのせ）、役人――あるいはそれに類する仕事につく人間――としては、それまで自分が出会った大部分の中国人とは逆にどことなく不機嫌な様子だったが、地方組織の支部長という肩書をもつ、この生彩のない男には事実をそのまま伝達する能力はなかったし、あるいは正しいことを言ったとしても、彼から通訳のワン・シャンへ、ワン・シャンからわれわれへと話が繰り返されるに及んで、中身がどこかで本筋とはかけ離れたものになってしまうのだ。われわれが頂上をめざして登る際にその像を見かけた水牛の子を主題とする感動的な話を聞いたときには（この小さな水牛は涙を流し自分を殺さないでくれと肉屋に頼み、腹の下に屠殺用の道具を隠したので、死刑執行人は心変わりし、動物にも感情があるのに気づき、生業としていた残酷な仕事をやめて山中に引きこもり僧侶になったという）――その伝説的な次元では――信用に値するものだと思われた一方で、自殺をめぐる話の方は疑わしいものとなってしまい、情報提供者は無知なのか、それとも不誠実であるかのどちらかであって、文化使節としての役割を果たしていないなどと非難めいたことはいわずとも、文化使節という触れ込みだが、寺院建築の個々の部分に関連する伝承を紹介する能力は明らかに欠けていた。おそらく愛する者を失った男にとって、天職たるべき芸術家となるにはまず僧侶になるところから始めるほかに道はなかったという点もそうだが、たとえ束の間であっても彼の仕事がそれなりの意味をもちえたのは、この話が、ひたすら敬虔な心をもってなされる瞑想という枠のなかにおかれていた点など自明の事柄といえるのだろうか。山上から身を投げるその姿は、まさに芸術は苦悩を癒やしはしないとする醒めた意識をもつ人間のものだったのか、それとも、苦行を極限まで追求し、平凡な人生の流れを断ち切って、極端な行為に及んで充実を得るか、きっぱりと自己を抹殺するほかに道はないと思い定め、生からの逃避を試みる神秘家のものだったのか。別の言い方をすれば、この行為は、ある種の幻滅を意味する偶然の結果だったのか、僧侶＝芸術家が礼拝堂の装飾を企てた時点ですでに曖昧ながらも見えていた目標だったのか。彫像の右手に握られた物体が実際には最初はそこになかったはずの絵筆であるとすれば、描かれた神への捧げ物もしくはあとから付け加えられた一点のアトリビュートをそこに認めるのは、われわれの案内人の説明以上に理にかなったことのように思われる。すなわちこれは彫刻家の自画像たる性格を作品に刻印する記念のしるしなのである。西山の自殺者の物語は、私の理解だと、それゆえにさまざまな争点や欠陥をおそらく示すことになろう。いずれにせよ論理的一貫性があれば事がすむとは思わないし、むしろ彫像——逸話全体の要——の姿そのものがこのメロドラマの再考を促してやまない。死んだ者がどのような運命のもとにあったとしても、彼の作品はいかなる意味においても、報われぬ愛に絶望して命を絶った哀れな男のものなどではない。

そのときすぐには気がつかなかったのは、この慰めようもない寡夫の哀れな物語と彼が作った彫像にみなぎる力強い情念の二つの要素が織りなす不調和である。この人物は、ただ右足だけで立ち、未知なる目標に向かって勢いよく跳躍しようとする瞬間の姿が捉えられているように見える。目標はたぶん具体物としては存在せず、あり余る生命の力で全身が突き動かされる緊張のなかで、このような姿をとる跳躍が純粋な喜びをなしているというべきだろう。彫像にそなわる輝きは、それじたいが危険と裏腹の不安定な姿勢がなければ、どこまでも強固で頑ななものに思われもしただろう。しかしながら、もしも、跳躍に身をまかせようとする人間にとって脅威を隠しもつ（ように思われる）この激しい動きがなければ、輝きはその現実のありよう――際立った特質を欠いた彫刻を覆う黄金色の塗装――を上回るものになりはしなかっただろう。東洋哲学もしくは宗教の研究者ならば、その人物が立つ踏み台となる海の怪物、左足から勢いよく迫り出している植物、巻貝もしくは豊穣の角よりも貨幣らしきもの、さらには問題の焦点となる絵筆などを証拠物件として、彫刻が誰をあらわしているのか――神なのか賢人なのか――をおそらく見抜いていたはずだ。だが私の場合は、自分が目の当たりにする物体、案内人の説明を聞いてもいっこうに釈然としないその物体に執着するほかに手立てはなく、生の陶酔と自分の力を最大限に費やす以外にさしたる目的をもたぬように見えるこの像から発せられる狂おしい熱気にひたすら打ちのめされるばかりだった。

このように激しく生きようとする力は、その極限まで行けば、自己破壊の激しさと何ら変わらぬものとなる。燃える焔に引き寄せられ落命する蝶は、快楽を極度に求めるあまり寿命を縮める者の形容として用いられる濫費するという意味の「蠟燭の両端を燃やす」という日常的な言い回しが示す対立物の融合の象徴となる。それほど破壊的でない場面でも、恋愛の狂おしさに関係するこれらの古典的なエンブレムは、苦痛と死の紋章をかたどるのではないか。火と焔、雷の一撃、心臓を貫く矢、言葉もしくは図像をもってなされる付随的表現、そのうち最後の図像という要素は、これを樹皮に刻み込むならば、一本の生命の樹にひとしいものが生まれることもあるだろう。そして仮に「死ぬほど愛する、死に到るまで愛する」という表現が敬虔なる誇張法でしかない場合が多いとしても、古き様式に則った恋人たちは、その高揚の頂点に達したときに、彼らの天国の遠近法には、どれほどの不吉な消失点が潜んでいるのかをなおも示さずにはいられないだろう。「自由に生きる」ことだけを望む者から、愛に生きるというよりも、むしろ（こういってよければ）愛に殉じるとすべきトリスタンや梁山伯のごとき伝説的人物に到るまで、たしかに隔たりは大きい。だがいずれの場合も、大いなる原動力となるのは肉体を蝕み、最終的には死へと誘う欲望である点に変わりがない。

愛のめまい、それは、ほとんど触覚的といってよい相手の存在感覚から生まれる動揺——化学的といってもよい動揺——を忘れ、それを打ち消そうとして、ひとりの女性を腕に抱きとめ、この生きた円柱にしがみつくほか崩れたバランスを回復する手段が見出せぬときに肉体が感じ取るものである。死のめまい、より正確にいえば、それは死という観念がもたらすめまいであり、これと同じく呪縛的な深淵の光景には、自己に起因する悪を断ち切ろうとして身を投げる誘惑と恐怖が二重写しになっている。芸術のめまいは、ゲームでも宗教でもなく、現実の発見および提示というべき何かに特有のものであり、何といっても計算不可能なその現実を導き出すには、これに形を与える以外の方法はないと思われるのであり、いわば眩惑と啓示、錯覚と真理であり、初心な気持ちからこれに挑むわけではない強者にとっても一種の綱渡りを意味する。そばに引き寄せることで現実効果を繕う、わざと倒れることで転倒の恐れから逃れる、偶然に平衡の欠如が生じるのを絶対的に不安定な配置へと変える（以上は芸術家、そしてとくに詩人の場合に顕著であるのは、すべてが固定化に向かおうとする現実の生にあって、どのようにして事物から身を引き離し、事物を超越すればよいのか、という問題があるからだ）、こうした動きの数々は一定程度の本質的な両義性が存在することをはからずも浮彫りにすることになり、さもなくば、取るに足らぬ愚行に依存するとか、あるいは、ある種の不安から逃れる欲求をおのれの轍に誘い込む欲求へと抜け目なく変化させる例の「倒錯の魔」の爪跡を残すに終わる（ここでの倒錯の魔を今日の歴史的現実という枠組みのなかに移し替えてみれば、いとも容易に西欧的政治世界の黒幕と目される悪魔的存在となり、この種のたちの悪いファルスを次々と作り出すその張本人としては、可能なかぎりフランス寄りのアルジェリア政府の樹立を唱え、アルジェリア人民とフランス人民との亀裂をさらに深刻なものに変えようとする連中、これに加えてキューバをソ連の腕に投げ込もうとするアメリカの反共主義者という二種類の典型例をあげるにとどめよう。彼らは、まさに人が恐れている当の相手と、予想される脅威の直接的交換――笑うべきなのか、嘆くべきなのか――の例であり、なんとそれも用意周到に準備されたものである）。

愛、芸術、死は、それぞれが独自のめまいを生み出す装置となっており（あるいは単一のめまいなのかもしれない、というのも、愛の抱擁はただ単なる避難所ではなく、そこに巻き込まれたら自分を見失ってしまう渦巻のようなものであり、美的なものの創造、すなわちこのような綱渡り芸人の技は、自然法則などは消滅してしまう彼方との接触をもたらそうとするのだから）、相互に応答し合う細かな組織網を介してつながっているように思われる。人間は自分が死ぬ運命にあることで誰かを愛する欲求が強まるが（忘却を見出すため、あるいはまた自分が死ぬ前になおも何らかの出来事が生じるように）、愛する者たちが抱く熱情が一緒に死にたいという思いにまで突き進むことがしばしばある（不可能にひとしい和合に到達するため、あるいは相方が死んだあとで自分がこれよりも長く生き延びるという事実に直面できずに）。芸術は比喩的な姿でしか癒やしえない渇きを先鋭化させつつ、情念をもって渇きを満たそうとはかる。情念が芸術にまた結びつくのは、さまざまな魅惑が情念を取り囲んでいるにちがいなく、そのみごとな城館（藁葺きの家の場合だってある）では、世俗的な言葉以外のもの（花と贈り物のほかのさまざまな証、たとえば恋文は、どんなに拙劣なものであっても詩作品となる）によって表現されるのが礼儀だと考えられているからである。最後に、もしも芸術が死という条件の拒否を前提とするのであれば（浮世から逃れることで、時間経過にともなう劣化、苦痛、最終的な手詰まりを拒否すること、もしくは、より意欲的に、人生とは違って推移変化を免れた対象を創造すること）、芸術的実践を通じて極度の興奮状態が体験できるのだし――陶酔、エロティシズム、「自己の外部」に身を投じるためのほかの手段と同じく――死の模像《シミユラクル》へと向かわせることが可能になる。そのことを強く実感したのは、かつて詩的状態が一種の狂える怒り（すでにあまりにも政治的にすぎる革命の観念よりも、こちらの観念の方がシュルレアリスム精神の根本にうまくあてはまると私には思われた）のように見えて、書きたいという欲望に駆られ、激しい身動き――壁に引っかき傷をつけたり、天井に向かって飛び上がったり、後ろ向きにひっくり返ったりする――をともなう憑依への欲求に囚われたときだった。その瞬間の自分は、癲癇に似た何かに襲われた人間の身ぶりは、癲癇と同じ価値をもつ別のものを惹起するとともに、必ずしも現実の生の外側ということではないが、少なくとも私という存在の境界線が消滅する地点へと私自身を運び去る力をもつにちがいないと思ったのである。

それなりの苦労がないわけではないが、ここでは理路整然とした思考を経由して私のもとに届くのではなく、純然たる感情として、一挙に獲得される対象について整理をしてみたい。私にとって、子供時代から（すでにそのことは述べた）、愛と芸術と死は、私が親しんできた有名なオペラのアリアをもって、ひとつにアレンジされた花束として目の前に差し出されていた。私にとって、アリアにこそ芸術の高みがあり、そこで語られるのは愛と死以外のものではなかった。結局のところ、真なる美は、いかなる形態をとるにせよ、このように悲劇を本質とすると見る神話が、私の意識をつねに支配してきたのであり、十五年ほど前に闘牛熱が醒め、機会があればたまに見る程度にしようと考えたのに並行して、私の嗜好《アフィシオン》が（消えるどころか）その分だけイタリア・オペラに移ったとき、まさに源泉への回帰が生じていたのである。というのは、最初の出会いの新鮮さのままに、私はそこに文字通りディオニュソス的な媚薬をまたもや見出すことになったのだが、その媚薬とは、子供時代に味わうことを許されたものであった。しかしながら、いまの私が闘牛の悲劇の血なまぐさい現実よりもオペラの虚構的悲劇の方を好むようになったのは、年をとったこと、さらにはいまなお落ち着いたとはいえない状態にある第二次世界大戦という惨事がもたらした苛酷きわまりない様相のせいで、ただ単に死の姿が身近に感じられるようになったり、私の心が、なおも成長段階にあった昔の一時期への愛着をより強く感じるようになったからではない。それは、やはり劇場では――その明白なる騙し絵《トロンプ゠ルイユ》という側面を前にして――、逆説的ではあるが、闘牛場《プラサ・デ・トロス》よりも真正な（曖昧な点がないのだから）感情の体験が可能であるように思われるからであり、闘牛場では、悲劇的な体験をしているのは自分ではないほかの誰かであるのに、悲劇的なるものの高みにいるのはまさに自分なのだと思い込む傾向がある。この安直な錯覚を排除し、少しばかり皮肉めいたかたちで、もはやわれわれの時代の芸術とはいえない、オペラという好事家の趣味と思われがちのものに接近するとしても、ただちにそれが悲劇の豪華絢爛たる様相から遠ざかることを意味するわけではなかった。ある晩のこと、向こう見ずにも、もはや自分では解決不能と感じていた問題から逃れるために身投げをはかったわけだが、それはたしかに（いまの私には確信がある）芸術と愛は――詩とそのもっとも直接的な模範、自分が作家となる以前にすでに私の強力な憧れの的となっていた二重の対象――私のうちではあまりにも甘美であまりにも悲痛な感情を燃え立たせる高炉であり、そこに身を投じて死にたいという欲望と渾然一体となっていたものなのである。腹を減らした子供のように貪り嚥んだもの、そして文字通り死に到達するまで自分を酔わせる力をもった麻薬を口に含んだまま、シーツのあいだに身を滑り込ませて横たわっていると、シーツは屍衣ならぬ悲劇役者の長衣のように思われ、そのとき思いがけず記憶によみがえったのは、かつて思春期を迎えつつあった頃、これもまた寝台の白さのなかで、神秘劇にひとしい何かの熱狂的体験だったが、後になって、詩人の仕事によってこの体験の遠い反映を少しでも取り戻すことができればと思うことがあった。顔を枕に埋め、激しい苦悶に深く囚われ身動きできぬ状態、幻覚的な錯乱のもとに孤独にふける肉の夢幻劇の味わいの総仕上げをなす熱い官能的悦楽、それらは悪夢がひっきりなしに襲いかかり、ありとあらゆる種類の亡霊が跋扈する夜の恐怖を追い払うためのものであり、また同時に純然たる快楽の追求のためのものであった。

「天は客人を迎え入れようとして引き止めた」と協会長が恭しく言ったのは、お別れ会の際に、この表現を用いるように誘いかける（とその人は説明した）雨模様の天気を眺めてのことだったが、彼が着る灰色の服は、人物から発せられる倦怠感と同様に天空の礼儀作法に則ったアトリビュートであるようにも思われた。寒波に襲われたこの地域にあって、太陽の熱はおそらく黄金色の彫像に凝縮されていて、その彫像は悪天候と好天候の彼方に、不動のままに峻厳な疾走をめざすことで、像をきっかけとして語られる凡庸な教訓話とはまったく別の教えを示していた。像が放つこのような輝きと動きを見れば、彫像の制作者のうちに、距離を介して、最終的に不運に押し潰された人間を見るなど私にとってはありえぬ話だった。それよりもむしろ彫像が証するのは、芸術の源泉となる力であり、それによって幸不幸は一体となり、死もまた生の数ある次元のひとつとして受け入れることが可能になる。こうしてその即物的な意味合い——いかなる人物なのか、いかなる神なのか——の探求は後景に退く一方、さらに不安をかき立てる問いに対する暗黙の答えだけに注意を集中させ、わが万神殿にこの彫像を鎮座させ、オペラ歌手だったわが叔母が声と造形の豊かさを貸し与えたヒロインたちと一対になるように、しかも男の側にある至高存在へと作り替えたのである。短刀で切りかかり、致命的な小刀《ナバハ》の一撃へとおのれの身を躍らせるように思われるカルメン、斬り落とされた首をかき抱きなが処刑の楯の前でなおも悦楽に溺れるサロメ、宿敵を殺し、恋人を救ったと思い込むが、そのあとバッカスの巫女の大きな叫びをあげながら城塞の高みから身を翻すトスカ、彷徨えるオランダ人に恋をし、献身的な情念に身を焦がし、波間に身を投げる娘、そしてそのエピゴーネンたるヴィータ。

「この世の苦悩のすべてがただの一杯の酒盃に込められ。」子供時代に枕に顔を埋めて反芻した絶望の数々。ラテン語の銘文 Est quaedam flere voluptas（われらが滑稽作家の手で「官能ノ香デ嗅ギ分ケラレルゴ婦人方ガオラレル」と翻訳されたことがある）。ナポリを見て死ね。ベッリーニの「清らかな女神」を苦悶の床で聞くこと（ショパンあるいは別の有名なロマン派作家と同じく、私もまたアンケートで好みを尋ねられたならばその願いの言葉を書き記して答えとして差し出したかもしれない）。一九二〇年代半ばの時代にあって、先決問題と見なしていたあの狂える怒りとは、子供時代から自分が抱きつづけてきたものであり、そしてまた私の行為すべてを支える古き台座たる悲しみの奥底に男性的な形式を与えようとすればこのような形にならざるをえなかったのではなかろうか。無条件の悲しみは、ただ単にそれを脇に追いやればすむというものではなく、眠りにつく前、涙で枕をぬらし、そこに嚙み傷のようにひらいた唇を押し当てたあの瞬間――無条件の不安に満ちて、と私には思われたのだが、それに加えて甘美さに満ちた瞬間――に、最初のときから、私を結びつけていたはずのものである。いわば「原罪にも似た苦悩」というべきものであり、おそらく聖書およびその他の諸々の神話にしたがえば、原罪が世の中のすべての人にとってそうであるように、私にとって決定的な重みをもつものだった。

悪天候が天空にとっては客を迎える身ぶり、もしくは（むしろこちらの方を私としては信じる気になるが）ふさぎ込んだ気分のしるしであったとしても、西山へのわれわれの小旅行はそれで台無しになったりはしなかった。だとしても、昆明に到着した時点でわれわれが抱いた感想は実際にはワン・ユアン＝チェンの予想とはかけ離れたものだった。この通訳の女性の出身地である永遠の春の都市は──真珠色の雲を意味する彼女の名と同じく──われわれの目には湿った淡彩画のように見えたし、私の記憶には大気そのものと同じく曇りがちの印象が残っている。手帳の記録という証言がなければ、軍隊に関する事柄にはほとんど関心などもたぬ自分の性格からして、偶然に生じた路上の光景になぜ強い興味を覚えたのかは曖昧になり、そもそも、そこで生じた出来事だったのかどうかもまたはっきりしなくなっていただろう。武器を携行していない兵士の一団が目抜き通りとして知られた通りを整然と隊列行進をしている。全員同じ恰好だが、なかの何人かは──仲間に混じって、完全に歩調も合っていた──髪を二つに編んでいて、それでも背後から見ないと違いはわからなかった。この男女の兵士は、講演会（マルクス＝レーニン主義の講演会だと推測できた）に参加する途中だと聞いたが、優等生然とした彼らの様子もその説明で納得できた。強き性を代表する者がいかにも軍隊の雰囲気を発散するのは私の好むところではないが、弱き性においてはそれ以上に許しがたい気がしたし、女性兵士（銃を持っているか、「灰色のネズミ」〔占領期のフランスにあってドイツ軍女性兵士につけられた仇名〕と呼ばれた占領軍部隊に類するか）に関しては、一九一四年の動員の一光景を思い出した。まだ幼い頃で戦争そのものをおぞましいとする判断はもち合わせていなかったが、仮面行列のような姿に驚きを感じたことがあった。わが家の近く、シュシェ大通りには兵舎があり、『銃に花を』に合わせて一連隊が行進するのだが、愛国心が嵩じて、そしてまた、おそらくは兵隊相手の娼婦という境遇が関係していると見え、威勢よく警官の帽子をかぶってみせるひとりの女が行進を追いかけて歩く姿があった。昆明で目撃した若い女性歩兵の場合は、仮面行列に類する要素は見当たらなかった。彼らの着ている服は、カーキ色に近いという点を除いて、新生中国で男女を問わず誰彼なく着ている人民服との違いは目立たず、まさに彼女らは、あたかも畑仕事や工場労働、政治教育、多少なりとも軍に関連する作業、家事などのごく当たり前の仕事のひとつにすぎないというかのように役割を引き受けているように見えた。解放以後もそのまま軍隊に籍をおいた女性たちなのか、あるいは軍人の妻で、看護婦に類する仕事をしている人たちだという説明だった。このように女性があえて自分の意志にもとづき兵士に姿を変える——たとえ、ただ単に戦闘力の向上をはかる役目であっても——ことは、カーニヴァル的な調子をともない、変身という以上に男装に見える点で、軍事化の異様さにとどまらぬ醜悪なものになっているように思われる。しかしながら、中国の女たちが、このように血なまぐさいかたちで女性としての特質に相対していることは、その背景をなす文脈によって正当化される。つまり大きな規模をもつ運動は国全体に活力をもたらすものであるが、フランスの場合と同じく、活動的部分がもっぱら男性によって担われるだけであれば、真の意味で「民衆的」な解放とはいえないのである。

西山をあとにして麓に降りたわれわれ一行は温泉で一夜を過ごした。かつてこの温泉は、標高が高いのでそれなりに涼しく、母港からもさほど遠くない昆明を訪れるインドシナ在住のフランス人が休養のために頻繁に訪れる場所となっていた。ホテルには温泉施設がそなわり、湯治客気分に浸って、源泉をじかに引いた湯に朝早くから入ることができた。少しばかり階段を降り、さらに通路を経て風呂場に出てみるが、浴室とシャワー室だけでなく、休息用器具、タオル、スリッパなどの備品がふんだんに用意された控室も自由に利用でき、さらにかなりの段数の階段を降りてゆくと、地下墳墓を思わせる深さに達し、なおも下に降りてゆくと、底に格子枠が敷かれている長方形の浴槽があらわれ、円形の座椅子が完全に湯に沈んでいて、そこに身を浸すことになるのである。

南西部の旅の最終的地点となった温泉は、昆明とともに、今回の中国の旅において最南端に位置していた。湿気に悩まされたのは、移動に便利と思って着ていた合成繊維のシャツを旅の合間に洗濯するのに十分な時間的余裕がなかったからだ。ふだんだとシャツはすぐに乾くはずだったが、湿気が強いと事情が違って、温泉を出発して以来、そうとは知らずに相変わらず寝る前にナイロン地のシャツを洗う習慣だったので、まだ乾かぬ状態でこれを着る羽目になった。この南国的な雰囲気は、われわれが訪れた最初の満州の都市である長春のどこまでも北方的な印象とは対照的だった。長春の親しみにくい雰囲気はシャルルヴィルを連想させた（そこには行ったことはないが、ランボーという存在のプリズムを通して、不快きわまりない小都市を想像していた）。市街電車が警笛を派手に鳴らしながら走り回り、鬣を短く刈った小さな白馬に引かれた馬車が随所に走るこの町は、家並みにも面白みはなく、毛羽立ったメルトンの上着を着込んだ人々の姿をたくさん見かけた。寒そうに手を袖の内側に隠し、なかには毛皮の帽子をかぶり、防寒用の耳覆いをつけている者もいた。私はひどい風邪に悩まされ、腹具合が悪かったので（中国料理には慣れていたし食事といえば中国風と決めていた習慣に背き、前々日に北京飯店で西欧風の朝食を摂ったあとだった）、当局の指示にしたがい、医者の診察を受けた。到着して一時間も経たないうちに、親切なワン・ユアン＝チェンは二人の女性をともなって部屋に入ってきた。ひとりはお下げを二つ編みにした女医で、もうひとりは看護婦であり、お馴染みの看護婦の服装をしていた。ワン・ユアン＝チェンは二人の女性に向き合い、私が座る肘掛け椅子の肘の部分に腰をかけてリラックスした様子で、診察の仲介役となってくれた。女医は熱心に私の健康を気遣うので、入院させられるのではないかと心配になるほどだった。入院となれば案外と興味深い体験となっただろうし、おそらく大事に扱われたにはちがいないが、それと引き替えに、旅行者の楽しみは大きく損なわれることになったはずだ。脇に挟むようにと体温計を手渡され、測ってみると通常値であり、ほかに気がかりなことはなくなった気がする、とすっきりとした気分で言いきることができた。最終的に、親切で生真面目な女医は、咳止めの薬の処方を書くにとどめ、旅を続けてもよいと言ってくれたのだが、このあたりの土地よりも北京の秋のほうが過ごしやすいように思われた。

「甘草根のお下げ髪姿の氷砂糖の少女はわれわれの手をとって、蝶々倶楽部へと案内してくれる、いわばマルクス＝レーニン主義のモネルというべき姿。」上海では街路に人々が溢れ、首都北京よりも雑然とした雰囲気だったし、かつてフランス租界だった界隈は、おそらく西欧建築の悲惨きわまりない姿をさらけ出していて、昔はイギリスの競馬場で、いまは人民広場となっている部分およびその周辺では、子供たちの一団が屋外体操に励み、戸外学習にいそしむ姿を目にした。ダンスや行進を見かけたその場所は、昔は競馬がおこなわれていたところで、これを見にくる西欧人と中国人の双方の愛好家を引き寄せていたのである。若い女性の引率のもとに男女の生徒の行列が騒々しく動き回る歴史博物館は、かつては競馬場の観客席だった部分に隣接するかたちで建っている建物の二つのフロアを占めていた。建物を壊さずにおいた点はみごとだし、ほかの国の人々ならば（とくにこの場合には、蛮行というレッテルを貼ることはできないが）おそらく外国の支配と資本主義に特有ともいえるスキャンダラスな腐敗の象徴をそこに見る思いが嵩じて、火を放ち燃やしてしまうか、放置して朽ちるにまかせるかしておいたはずの場所を教育施設に作り変えたという点で、中国革命を成し遂げた政治家の現実感覚と健全さの証拠を見る思いがした。日が暮れると、ふだん通りに、一日の出来事のあらましを日誌に書き込む流れになるが、いまだ整理がなされていないとはいえ、豊かなコレクションを誇るこの美術館に展示されるおよそ二千点にのぼる品々のなかでとりわけ驚くべきと感じたものについて走り書きをした。所蔵品は時代順に分類整理と展示がなされているが、——現代の手工業品など一般にさほど面白みをもたない品々については割愛するが——たくさんの製品、翡翠細工、陶器、磁器、石器、土器、木工芸品、絵画作品（とくに宋の時代のもの）、さらに過ぎ去った時代を証言する品々など、美的な観点からではなくとも、眺めていると感動を押さえきれないものがあり、たとえば書に関係する資料（大きな亀の甲羅と古代文字の刻まれたウシ科の上腕骨、かなりの点数にのぼる古代の書、中国の発明になる古い印刷見本の紙）、さらには現代の教科書によれば中国史に登場する最初の人間とされる北京原人の棲息地であった周口店で発見された道具類などがこうした部類に入る。

「シナントロプスから毛沢東同志に到るまで途切れることのない一本の糸。」底辺部は広く上に行くにつれて狭まった姿のパゴダがあり、粋を凝らして組み立てられたその多層構造の十三階部分から眺め下ろすと、みごとな水流の光景が眼下にひろがり（夕日が沈み、空には山の方角に向かって雲がたなびくのを仰いで、八対の小型船《ジャンク》が一列に並び、曳舟に引かれて、微妙な色合いの鏡のような水面を進んでゆくところだが、もう一方では、驚くべきその形態にちなんで長江と名づけられたこの地点で、河口が大きく湾曲する部分を跨ぎ越す鉄橋の上を列車が通過する）、これを眺めるわれわれ何人かのメンバーは杭州とその近郊を訪れたあと、アクロポリスでの新たな祈りを夢みているところだった。ギリシアの奇跡ではなく、中国の奇跡であり、この国では過去と現在、記念碑と生きた人々との驚異的な和合が成立している。その庭はまたアラビア人が作り出すことができた庭と同じく「真の意味での精神的なくつろぎの場」となっている。このような感想こそ、午前中の散策の途中、われわれ一行が湖周辺を訪れ、別荘の建ち並ぶ島に向かって何艘も小舟を連ね、男女まちまちの漕ぎ手の舟に分乗することになったあとで、同行者のひとりと私の意見が一致した点だったのである。

黒人たちが所有している模範的な力――「野蛮人」と称される人々すべてと同じく――、すなわち生の鼓動（彼らがもつリズム感という才能だけでもこれを証明するに足る）に素直に身をまかせる力、神秘的な顔立ちは死と隣り合わせに生きているのだからもっともだとされる遠いオリエントの人々の荘重さと落ち着きといったものは、必ずしも誤りとまではいえないにせよ、いささか単純すぎる観念である。ただし実際に私はこうした観念に、ユートピアへの大きな誘惑を感じている。西欧人である自分にとって、真実を追求する二種類の究極の可能性に対応するものがここにあり、私はその二つの目標に次々と――直接的な動機の彼方に――狙いを定めていたはずである。第一の目標はいまだ若かりし頃に二十一か月をかけて果たしたアフリカ横断であり、第二の目標は四半世紀後に果たした五週間にわたる中国滞在であったわけだが、後者が滑稽なほどに短期間であった点は、次のような理由から私には好都合だった。すなわち自分の年齢もさることながら、日常生活の正常な流れに復帰するにあたっての困難という二重の重荷のもとで、私は以前よりもずっと時間を惜しむようになっており、また自由な時間が減っていることも関係していたのである。「巧まざる詩」を抱えもつ南国、もうこれ以上に長続きしないと思われる賢くも礼儀正しい極東、これらの地域もまた工業化するなかで、われわれを魅了してきたエキゾティシズムの表皮をしだいに脱ぎ捨てるのは見たくないと思う一方で、彼らの過去に基準をおいた夢想（少なくとも想像しうる過去）、彼らの現在を基準にして見れば許される希望があって、それが中国で私がみた夢の背景をなすのであり、われわれが帰国してからだいぶ時間が経ったあとで、同僚のひとりが思い出させてくれなければ、私にとっては完全に忘却の淵に沈み込んでしまっていたにちがいない。その同僚とは、私が夢のことを話した相手の人間であり、それにまた夢のなかの出来事の主役となった人だった。ポリネシアで美しい島の娘たちが旅行者に大きな花輪を贈り、誰もがこれを謝肉祭の飾り牛に倣って首にかけるのと同じく、新しいスタイルの上着とパンツ姿の若い中国の女たちは、わが同行者のひとりで『北京の日曜日』と題される予定の映画制作のために方々でカメラを回しつづけるこの男にタイヤや自転車の空気入れを贈ろうとするのだった。

「クマシでの復活祭」、すなわち波線で強調されたこの語句――「北京の日曜日」の繊細なるニュアンスよりももっと生々しい色彩を喚起する――が、私のカードの四枚の見出し部分に記されている。そのカードは、コートディヴォワールおよびゴールドコーストと呼び慣わされた土地を訪れた際に書き記したノートを一部書き写したものである。一九四五年四月一日の日曜日、アシャンティの首都であり、商取引の面でも重要な都市に数日前から滞在していた私は、盛大なミサを見物するために大聖堂に足を運んだのだった。儀式をとりおこなう大司教――国籍不明だが見たところ間違いなく西欧人――を二人のオランダ人司祭が補佐している。詩人にして世界中を放浪したブレーズ・サンドラールの場合は『ニューヨークの復活祭』だったが、私の場合は、このときアフリカの復活祭、後に「クマシの復活祭」と自身命名することになる体験だったのである。

教会内部に足を踏み入れると、そこには黒い肌の人々がひしめいていて、マドラス織のインド風衣装の女たち、ドレープのある腰巻に身を包み、片方の肩を露出している男たちの姿が目立ち、数のうえではヨーロッパ流の服装を遥かに上回っていた。八時から始まったミサがちょうど最後の部分にさしかかったあたりで、聖体拝領のパンが配られ、無数の信者が列をなしてこれを受け取ろうとしていた。私は最初のうちは身廊にひしめく群衆のみごとなまでに色彩豊かな世界に身をおき、この平和の印象、太古の昔から持続する自然との和解が生まれるのを感じ取り、それこそ自分が黒人たちのうちに長らく探し求めてきたものだと思い返しながら静かに居心地のよさを味わっていた。何人かの女たちが、私の居場所はむしろ内陣のあたりだと身ぶりで教えてくれるまでは、そこを離れるなど夢にも思ってはいなかった。合図にしたがって、私は祭壇に向かって歩きはじめ、内陣の右手部分に空席を見つけたので、とりあえずそこに座った。ところが、しばらくすると、その席もまた前とは別の意味で不都合な気がしはじめた。こちらは白人の席だとはいっても、本来ヨーロッパ系の人々が座る席はこれとは別に内陣の左側に用意されており、ここはレヴァント地域の商人のために用意された一角だという。ただし今回は誰も席を移れと合図する人間はいない。私にしてもマドラス織の衣装の女たちの身ぶりに応じたときのように、おとなしく慣習通りにしなければという心遣いを見せる気にはならなかった。

ミサを司る二人の従者のうちのひとりは、あまりぞっとしない大聖堂の内部を私が覗いた前の晩に出会った髭面の司祭だということにすぐに気づいた。その晩は、司祭を相手に、私がやっている調査の話をしていたのである。この調査は、とくに毎年なぜ鉱山やプランテーションでの仕事を求める不法労働者がフランス領からゴールドコーストにやって来るのかという問題の原因を探るのが課題で、まさにフランス領の側では、強制労働の廃止後、どのようにしてコートディヴォワール南部の慢性的な労働力不足を解消するかの対応が求められているところだったのである。実際にはその動機は単純で、ほぼ以下の事柄に帰着するものだった。イギリス資本のもとでは現金払い《キャッシュ》が通例だが、生活の自由度も高く、クマシの市場ではマンチェスターの木綿生地やほかの質のよい商品が大量に取り引きされ、故郷に戻る際にこれを両親への土産物として持ち帰ったり、また自分でも贅沢にめかし込んで、娯楽と同時に商品も豊富にある光の都市で成功したと自慢できたりもするのである。少なくとも、すべては移民労働者を引き寄せる蜃気楼にすぎないとすべきであり、彼らのかなりの部分は仕事が見つからないままだったし、あれやこれやでいったん挫折を体験してしまうと、故郷に戻るわけにもゆかず、結果として貧民層の拡大に行き着いてしまう。この司祭の発言を信じるならば、クマシの監獄は失業者から犯罪者への道を辿った人々が流れ込む場所になっており、これに対して運のよい連中にとっては、アシャンティ流のバビロンという噂話が想像力にあまりにも強い力で働きかけるあげくに、故郷に戻る際には睡眠障害や性病に起因する疾患を一緒に持ち帰ったりするのである。

バビロンもしくはアレクサンドリアに比肩しうる商業都市の住人、すなわち年齢も性別もその他の違いも合わせて、大聖堂はありとあらゆる種類の人々を呑み込んで、破裂寸前の状態にあるように思われた。奥の方では、黒人兵の着るドリル・カーキ色の制服が、軍楽隊に属する者の場合だと、鮮やかな赤のチョッキによって強調されとくに目立って見えた。オルガン脇には、腰を絞った緋色の長衣を着た青少年合唱隊が陣取っている。思いのままの恰好をした青少年の長い行列が到るところにできている。合唱隊のスルプリ姿の黒人の子供たちの大集団や、真っ青な縁取りのある白衣を着てアメリカ海軍のベレー帽に似た帽子をかぶる黒人少年からなる集団のみならず、中央部分には、かなりの数の子供たちがじかに床に座り、主祭壇の裏側では、通路をふさぐ子供らを追い払わなければならないありさまだった。ここに集まる若い人々は必ずしも理想的な信仰心の持ち主というわけではなかったし、典礼がとりおこなわれるあいだ、最初から最後まで小さな男の子――出入口を占領していた連中のひとり――が首のところにかけるはずの紐を玩んでいるのを見かけたりもした。男の子にとって、紐遊びのための紐に変貌しており、民族誌家がこの種の遊戯に高度な価値を見出すのは、向き合った両手の指の位置と動きにしたがって得られる交叉のあり方の変化が織りなす形態が古来の象徴性に対応すると考えられているからである。

ミサ本文が朗唱され、私が会って話をした方の従者が英語で何やら教書、もしくは聖なる文書に類するものを読み上げると、五十がらみの黒人男性がこれをアシャンティ語に通訳する。これはちょび髭を生やした痩せた男で、身なりの点では完璧な紳士だった。それから司教が冠をかぶり杖を手にして祭壇に背を向けて座り説教を述べると、先ほどの通訳が一語一語これを翻訳するが、司教は通訳のためにわざと間をとって待つ気遣いを見せる。ほかの誰よりも外国語が苦手の私（学校で勉強したうえにこれを話す機会も多々あるというのに英語すら苦手だ）にとって、理解困難な部分は色々あるが、説教の主題のひとつがヨナの物語であることはすぐにわかったし、司教の言葉のなかで理解できた断片、とりわけ名前がひっきりなしに繰り返されるので、鯨に呑み込まれた男が話題になっていることは、容易に想像できたのである。この物語は不信心者の私にも特別に琴線に触れるところがあり、ある哲学者〔ガストン・バシュラールのこと〕が——物質的想像力と彼自身が名づける題材を扱う書物の一冊において——私の文章のなかではもっとも自然な部類に入るもの、半ば夢に類する深い欲望の表現を「ヨナ・コンプレックス」に関連づけたのも理由なきことではなかったはずである。すなわち生命の夜の闇の厚みのなかに降りてゆき、こうして原初の母胎にふたたび触れるのは、海の怪物に呑み込まれた預言者を思わせる体験であり、預言者にとって、海の怪物は避難所であるとともに牢獄でもあったのだ。この挿話は復活の預言に関係しており、復活祭の説教でこの挿話を持ち出す流れはごく自然なのだが、実際に司祭がこの挿話に言及する瞬間に立ち会うと、あたかも運命の定めによって、じかに私に話しかけられている気がして驚きを禁じえなかった。

軍楽隊の大太鼓と小太鼓の力強いリズムに乗った『ハレルヤ』の大合唱をもってすべては幕となる。十字架を先頭に、高位聖職者がゆっくりした歩調で身廊中央部分を進み、芝居めいた退場となり建物の外に出てゆくと、すぐにまた行列行進が始まった。まず先頭を切って歩きはじめるのは、二列に並んだ美しい黒い肌の健康的な娘たちであり、白い縁取りのあるロングドレスをまとい(おそらくは聖母マリアの子供たち)、頭の被り物はなく縮れ毛の髪を短く刈っているので、頭蓋骨のみごとな形がまぎれもなくはっきりと見える。これに続いて、十字架と司祭に随行するかたちで、深紅の長衣を着た合唱隊の青年たちが姿をあらわす。軍楽隊の連中はどうかといえば、二つの隊列に分かれ、打楽器群が一塊になり、金管楽器奏者は少し遠いところにいる。ひょっとすると前日の終わりに見かけた奏者と同じ人々だったのだろうか。そのときは、民衆的行進の浮かれ騒ぐさまを、中世的とも形容しうる変装をした二人の道化師がリードしていて、彼らは一種の頭巾のようなもので顔を隠しているが、西欧人の顔に似せて作られたその頭巾には、ばら色の彩色の化粧がほどこされていた。とどのつまり、この祝祭——器楽伴奏の面でも声の面でも、ルイジアナのどこかにある綿花畑の奥から聞こえてくるような「黒人霊歌」に通じる感動を覚えた激しくも色彩豊かな復活祭——に立ち会う気になったのは、知的好奇心というほどのこともないただの興味からであり、それ自体に価値があるというよりも、現場に居合わせた者だけが完全にこれを生きたものとして体験できるわけだから、結局のところは、むしろ演じられたものという印象の出来事の次元にあるように思われたのである。この日（黒人の群衆が、そしてまたあの説教が翻訳を介して最初はなかったはずのより強い荘厳さと詩情を断片的に付与した一日）自分がカトリック信仰に帰依しなかったのはなぜなのかと、ときおり思案することはなおもあるが、子供時代の信仰はすでに決定的なかたちで私の心からはあとかたもなく消え去っていたという以外にいうべきことはない。

中国の国家的祝日である北京の実際の日曜日以上に日曜日らしい雰囲気をもった日曜日、私同様にクリス・マルケルが加わった派遣団の旅の口実となったもの。公けの暦の上でも日曜日である日曜日、そしてたぶんキリスト教世界全体にとって真正なる価値をもつ唯一のものだったはずだが、復活祭の一日は、私が子供だった頃から見ると、輝きをすべて失ってしまっていた。ところがクマシでは、醜いという点ではこれほど醜い実例など想像困難な建築の内部で復活祭の祝礼を目撃したとき、一瞬とはいえ、輝きが舞い戻った。ゴールドコーストと中国において、私が忘我の境地になるまで引き込まれた光景は、いずれの場合も（アフリカの祝祭の方が規模はずっと小さいが）、多かれ少なかれ、いわば最後の審判にも似た雰囲気をもっていて、人々はそこに——各自が持ち場について——恐怖ではなく希望を胸に抱いて参集している。アシャンティの復活祭は、天使の軍団を引き連れているばかりではなく、その厳格な規則のもとに、身廊部分を占める大勢の人数がうごめく色彩豊かな集団に向き合うかたちで、伝道師の右手には四角四面の物腰のヨーロッパ系の人々が、左手にはレヴァント系の人々がいたが、後者は少し時間が経ったあとでようやく姿が見分けられるようになった。いまはもっともよく知られた人民共和国の政府高官および招待客が姿を見せる観覧席として利用されている「天安門」は、明朝にまで遡る由緒ある建造物であるが、観覧席の下でくりひろげられる行進に中国の現実のすべてが凝縮されているように私には思われた。これに対して、クマシでの私はあたかも劇場で芝居を見るようにして（感動に身をまかせ、しかしながら距離をおいたまま）儀礼に立ち会っており、その儀式は私の心を神の恩寵へと向け直すために整えられていたとあえて思い直す気分にもなったわけだが、一方北京での私は、自分の存在が極小の原子にすぎないのを意識しながらパレードに臨席し、観客であると同時に演技者にもなって、質素ではあってもそれなりに明確な役割を果たしていたのである。すなわち私が一員となったグループは、西欧からの来訪者という点においてすでに革命への友好的な身ぶりを示しているのだ。もしも（私自身の反応、そしてまた同僚の反応として把握しえたものを元にして）北京の祝祭がクマシの祝祭と同じく宗教的本質をもっていたとしても、この二つの催しには以下のような相違もある。一方は純然たる神話、すなわち人となった神、不滅の魂、復活などの観念をとり揃えたキリスト教に応えている。もう一方は希望に応えているのであって、それもまた一個の神話にならざるをえないが（というのも、自分で運命をコントロールできる人間存在など、あくまでも夢想の産物以外の何ものでもないのだから）、ただしこの神話には現実が含まれているのであり――いわゆる底辺の人間と呼ばれる存在が病理学的症例でしかなくなるような社会の再編成に向けた可能性――、一定の行動を起こすように働きかけるのだが、今後の見通しは、個人の生という尺度から見れば桁外れなスケールを有してはいても、決して超自然的なものではなく、われわれすべてに共通であるはずの人類の本質を構成する地上的な冒険の枠に収まるものなのである。

一方には昔ながらの永遠を求める夢がある。もう一方にはより正しい未来の準備がある。マルクス＝レーニン主義が過去の神秘思想に対置したもの、それもまた一個の神秘思想であるかもしれない。

というのも純粋理性にもとづく理論は動力源、燃料その他のエネルギー源を欠く機械装置のようなものであるとする昔からの私の確信が崩れることはなかったのである。だが、この新たな宗教は、新たな宗教であることをみずから禁じているわけであり、皮肉にも、どちらかといえば社会改良という高い理想よりも経済発展を優先させるものであるが、矛盾した世界についての現実的な認識を求めるのであり、その矛盾の埋め合わせは、緊張に加えて、まさしく分裂というべきものの上にわれわれ自身が身をおいてこれにあたるほかないのである。そういうわけで、救世主の思想と科学という両面をもつ新たなこの宗教は逆説的ながらも、本物の宗教にそなわる特権を手に入れることになる。それは泥沼から生を救い出す方策であると同時に、自然なプロセスの開示ともなっているのである。そこから前例のない法則が引き出されるのであって、私の考えでは、あらゆる戦闘的存在が――私自身がそうであるようなシンパも含めて――有無を言わさぬ定言命令と見なしたうえでしたがうべき第一の規則が生じるのである。つまり闘わなければならない必然を根拠に嘘の利用が常態化してしまっている現状にあって、事業の全体が神話の支配下におかれることがないように配慮する必要があるのだし、そして、厳密さをことごとく捨て去り、人間による人間の搾取を終わらせる目標を掲げる基本線から逸脱しないように努める必要がある。もはや欺く人間と欺かれる人間のどちらも存在しなくなるとき、初めてこの目標は現実のものとなる。

われわれが用いる言葉に、ぶっきらぼうで素っ気ない印象が強い他国語からの借用（putsch、clash、twist、jet などは同一の鋳型から作られた印象があり、最後の二つは、激しく腰を動かすダンスを意味するだけだったり、また六、七時間でパリの人間をニューヨークまで運ぶ航空機を意味するだけだから、なんとも他愛なく見える）の彩りがやけに目立つようになった昨今にあって、このような大ざっぱな見通しはあまりにも抽象的だし、たしかに雲のように掴みどころがない。昔は他愛なく感じられた言葉が、今は不吉な光の色合いをおびて見えるようになり、数年前はほとんど用いられなかった「略号」が盛んに新聞で用いられるようになっていて、「秘密軍事組織」を意味するO.A.S.という文字の連なりの中央部分には、足をひらき、ナチスの親衛隊のように腹に銃を抱え持つ姿が、両脇には丸く見ひらかれた眼あるいはいまにも唾液あるいは毒を垂らそうとする蛇の姿が付け加えられているのであり、造形美術というときのarts plastiquesもこれを読んだり発音したりする際に、形容詞が単数形となり、コンテクストから浮き上がり、名詞となって、女性形のときにはこの語は体の線を意味し、それが指し示していた形態を通してほのかなエロティシズムが感じられたが、男性名詞だと、もはやそのような色合いは見られず、アルジェリアと同じくフランスでもファシストがテロ攻撃のために用いる破壊を目的とする有効物質を詰め込んだプラスチック爆弾に姿を変える。この大まかな見通しは――「脱植民地化」と呼ばれる動きが逆流や血なまぐさい動乱を呼び出す時代の流れのなかにあって――生彩を欠いた一般的事項であって、あの銅鑼の響きには唱和しないように思われる。たしかにバンドンという響きには深刻な要素があるはずだが、即座に聞き届けられるものとは思えず、多くの人々はこれに気づきもしなかった。つまりバンドン会議といえば、西欧の覇権主義に対抗しアジア・アフリカ諸国を集めて開かれた会議のことだが、バンドンという響きに何が聞こえるかといえば、そもそも西欧の優越なるものは疑わしく、その証拠に西欧文化の普及にあたって西欧は物資的には自分の武器の一部を譲り渡し、また精神的には、権利として指導的な位置にあると自認する根拠として主張する一元的支配の力を失ったのである。

出来事の流れが私を擬似行為の方に押しやるのか、あるいはまた逆流のようなものが私を一連の夢想に押し戻すのかはわからぬが、その流れのなかで私は二種類の親縁性に引き裂かれた状態になっている。これはいわば二つの党派のようなものであり、一方は策略を持続し、もう一方は権力を保持する。昔の世界地図帳には各々の部分にさまざまな人種、獰猛な動物、あるいは滑稽なまでに風変わりな動物、イルカ、セイレーン、その他の怪物などをあらわす絵が描かれていたが、私はあたかもそんなふうにしてこの二重のイメージに反応し、各々を「私にとっての毛沢東の方へ」および「私にとってのクマシの方へ」と名づける――必ずしもよい趣味とは思われないパスティーシュ〔いうまでもなくプルーストにおけるスワン家とゲルマント家の対比に倣ったもの〕――ことにして、そうすれば形式は整ってはいても冷淡に感じられる説明以上に優れた定義が与えられると考えたのだった。一方には――真の意味でのひとりの人間となるために――現実的な知性と新世界の建設者たちが模範例を示す勇気を自分もまた手に入れたいという欲望があり、もう一方にはアシャンティの復活祭に二重の意味での満足を覚えたときの新鮮さを取り戻す行為がある。なぜなら、このノスタルジーは私を記憶のなかの遠く離れた地点に連れてゆくばかりではなく、文字通り地理的な意味でも遠く離れた土地に連れてゆくのである。結局のところ、二つの方角は、その二種類の祝祭において私自身が世界の終末に立ち会う群衆の一員として体験したという点において、大きな目印となり、さらにまた夢の二つの軸とほぼ対応するものでもあったのだ。例の夢にあって、私は山中での散策のあとで、庭のある家にいる自分を見出すことになったのだった。この家は政治的な陰謀の舞台となったわけだが、なぜかといえば、演説家セゼールを宿泊させていたからであり、おそらくは選挙期間だったのだろうか、大勢の人々が家に入り込み、連中は悪い人間ではないのだが、少しばかり厄介な部分もあり、戦闘的行為に対して抱いていた例の感情にしてもそうだが、複雑な面があった（男性的であろうとすれば、態度を明白にしなければならないが、態度決定をしたらしたで、厄介事やさまざまな制約を抱え込んでしまう）。その庭には何事も生じず、――輪郭がはっきりせず、さらには複雑に絡み合う藪に覆われている――ただ、ほかの庭を喚起する役目を果たすために呼び出されただけであり、昼も夜も区別なく、ただひたすら感嘆と恐れと疼くような痛みを生むのだった。

神秘的な要素などどこにも見当たらぬ家、そこではこのアンティル諸島の人々の存在が――私の最初のアフリカ旅行の聖遺物たる紐つきの長靴――それでも若干の異境あるいは過去の雰囲気を招き入れており、あたかも家と庭のあいだには（ごく至近距離にあるのに奇妙なまでにかけ離れている）同じ田舎の別荘の敷地内で、建物に属する部分と土地に属する部分を有機的に結び合わせる絆を超えた何かが介在しているようでもあった。実際に私が、クマシの時代錯誤的な魅惑ではなく、北京の共産主義者たちの現代性の方へと視線を向け直すなかで、このような心境変化には、ひっそりと奥に引っ込んだ土地と過ぎ去った時代から発せられる魔術的な魅惑が関係していたのかもしれない。近隣の人々の悲惨についての思いが、必ずしも私を政治行動に駆り立てるほどに力をもちえなかったとしても、その方角になおも自分が歩を進めるには、中国も含めて、この次元で展開されるスケールの大きな魔術的魅惑を私にもたらす国々において、ある種の再融合の必要が示されなければならなかったのではなかろうか。

私の周囲で物事が加速度的に進行するなかにあって、私もまた無数の人々に混じって動き回る個人として介入するわけだが、この場で私自身が取り組む仕事の進行は周囲の物事の進行によってストップさせられるというのではなくとも、停滞する結果になる。ラジオのニュースを聞くことで、ただ単に不安を覚えたり、せっかくの自由な時間を台無しにするだけでなく（これまでの家庭用ラジオに驚異の小型トランジスターが加わり、これだとつねに手の届くところにおいておけるので、移動の必要もなくなり、夜寝るときも、朝起きたときも手を伸ばしてスイッチを入れるだけでよい）、守銭奴のようにして、ただ単に田舎の別荘に――最近の危険、つまりプラスチック爆弾と警察による家宅捜索に対する予防策――仕事のベースとなるカードやノート類および仕事の成果を入れるボックスを持ち込んだだけでなく（その結果、ふだんの私は物質的に書く仕事から切り離され、週末という名の幕間にならないと、執筆中のこの本との現実的な接触が不可能になってしまったが、書いている本が私の現実の生をもって織りなされ、私の生そのものに変化するまでになったのは、実際の出来事が語られているせいではなく、ましてやこれを作り出すにあたって最良の瞬間を選び出して利用しているからでもなく、この本は私が記憶する事象であると同時に私が残しておきたいと思う記憶でもあって、真の意味で存在するに到らなかった死せる力の代替物、そしてまた私が自分のために作り上げる墓となるのである）、ほかに確実な事柄は、私がやっているような細かな断片にかかわる仕事が果たして有効なのかどうなのかという私自身の疑念が決定的なものになることであり、疑念を生み出す原因はファシストの脅威にも匹敵する一個の脅威であり、それに付随して群集の感情がその最古層において半ば妄想をもって半ば周到な準備をもって過激化することで人々がこぞって残酷さと愚行になだれ込むのではないかという予想も生まれる。現実の自分と文章中の私のあいだに、こうして二重の亀裂が生じる。摩耗して停滞するこの前後のページと並行して表面化するのは、語られる対象としての私というつねに遅れてくる存在に対して、昨日よりもさらに速度を早める今日の物事の進行に引きずられて語る存在としての私が並置されるという、狂おしいまでに前のめりになった状態であり、あらゆる点からして、アルジェリア事件そのものが、われわれが馴れ親しんできた世界の根幹部分をまさに揺るがすほどに大規模なものへと発展する動向にあって、それじたいが些細な事柄にすぎないとはいっても、モデルの方が、暴風に翻弄される藁屑にすぎないことが明白になって無意味なものになってしまうと、この自画像はさらなる価値が下落し、私自身の興味も失せてしまい、それを疎ましく思う気持ちにもなるのである。

文章によって肖像を描くといっても、その人の姿がページ紙片に投影されるとき、すでに記憶によって認知されるだけの、いわば他人のような存在ではなくて、ペンを持つ瞬間の姿を内面に迫って描くまでにならなければ――チベットの苦行僧のように――外から自分を見つめる術を手にしたことにはなるまい。転写が完了する以前に、転写すべき対象が変化してしまっていれば、土台無理な話となるわけだが、実際は、真剣に警戒すべき現実的影響があるわけではない。仮に変化が生じたとしても、こうして描き出された像は歪んだ鏡によって映し出される反映のように、まったく似ていないというほどではない。そしてまた、このような種類の肖像はスナップ写真を模倣する必要はない、というのも、状況に即して恒常的な要素をそこから引き出すことで自分自身の特徴を明確にしようと試みる（私の場合のように）ときに照準が合わされているのは、いわば無時間性であって、必ずしも現在という瞬間が優先されるわけではない。このように気分を少しばかり落ち着かせる要素がないわけではないが、それでも、自己の内部でいかに問題整理をおこなっても、自分の立ち位置との関係でいかに出来事の説明を果たしても、さらには、どんなものでも、饒舌な詩的表現などは場違いのものとなるはずの明確な表現が必要とされる局面にあって、スローモーションをもって進むほかに手立てを知らない私のような人間には、記述をする瞬間と記述される瞬間のあいだに横たわる懸隔は、不協和音となり、耳に心地よく響きはしないかもしれない。私が現在形で記述する事柄は大抵の場合はすでに過ぎ去ったものであり、かなり昔の事柄でしかないわけであり、私自身が現実と書物という二つの持続に分割されたものとして（わが意に反して）自分の目に映ることになる。実際に生きる時間と書物の時間という二種類の時間の適切な一致は――大雑把にではあれ――ほとんどといってよいくらいなされていない。

それぞれが別方向に向かう時計の二重の動きにどのようにしたがうか、それこそ自分が少しばかり意識していたものだった。不一致に加えて、この種の運動の不規則性が生じるのであれば、居場所は快適ではなくなる。暦があらゆる障害物をはねのけ拍子を刻むにもかかわらず、人生はときに停滞し、ときに疾走する。書物の執筆もいったんは順調に進み、この勢いならば比較的早く完成に漕ぎ着けることができると思われたときもあったのに、突如として暗礁に乗り上げたりする。書物の時間それじたいが二種類の持続となって二重化しないですむようならば、大して難しいことはない。すなわち作者の時間、一ページを書くのに何時間もの（場合によっては何日もの）仕事が必要になるならば、あまりにもそれは長くかかりすぎるし、うまいぐあいに、さほど困難なく書き進められるならば、それはそれで短すぎる。読者の時間。読者にとって、行から行への流れは砂時計の砂と同じように均一であって、その結果、読者が私との関係においてつねにずれを感じることになるのは、私の方は、ことさら古い出来事を扱ってはいないこの本のどの箇所においても、現在——真実の現在であり、約束事としての現在ではない——という瞬間において把握されることを望んでいるからだ。おそらく、具体的な例をうまく出せれば、現実生活の文脈を照らし出すこうしたフラッシュの数々によって、ある場合は私自身にも闇においておくことは不可能だったと思われるものが浮かび上がり、私がいかなる不条理に直面することになるのかという点がもっとよく理解してもらえるだろう。

何週間も前のことになるが、用心のために、その場で書き込んだカードとこれを整理し転写したノートを田舎の家に持ち込んだと書き記したものの、二週間ほど前に脅威が薄れたのでこれらの書類をパリにまた持ち帰ったのは、手元にないと、日々これを目にする機会が奪われ、仕事との一体感を得るための大本にある陶酔感のようなものがうまく湧いてこないので、仕事をしなければと思っても、誰か衒学趣味の人間によってフランス語小論文を課せられたように思ってげんなりした気分になってしまうのである。書類の移動の話をしたのは（それがおこなわれたのはかなり前のことになる）、ちょうどこれとは逆の決心をする直前であり、「最新ニュース」という趣でその報告をするのは、自分が正直さを欠いているように思えて居心地が悪かったが、それは最初の決心に触れる文章を練っていた矢先に、決心を翻そうとしていたことになるからである。さらにまた、問題の数週間は、ここでは数行で飛び越され、薄っぺらな空間を占める——これを読んでいる目による測定では——ことになり、あまりにも薄いので一連の出来事（希望と怒りと嫌悪感のすさまじい衝突を引き起こした）の性格にも私自身の言い逃れの内実にもそぐわないのである。結果はたしかにそれなりのものだった。混乱と不和が嵩じてこの一節が誤ったものに変じるのだが、本来は輪郭を示すことで私の言葉の真実性が強まるはずだった。

何事も疎かにせぬように言っておくと、事態そのものは明白だが、ほんのいっときではあれ、場合によって時間の介在によってこれが違って見えることもありえた。昨今はあらゆる事柄の進行が加速化しているので、現実の状況に関係する私の言葉（気ままな言及であり、ほとんどは付随的なものである、というのも結局のところ時事的な話題をこれとはかなり性格の異なる文章に混入させるのは後追いの作業であり、また目立たぬかたちでなされている）の大半は、印刷が完了する時点では、おそらく奇妙なまでに訳のわからぬものになってしまっていたり、新たな現実によってすでに過去のものとなってしまっていたりするだろう。新たな現実は歴史的意味での重要性は明らかだが、私がこれを素通りするのは、仕事机にあるほかの主題がそれだけの時間的余裕を許さないか、私が書くものに情報を伝えるだけの文章が増えるのを見たくないかのどちらかである。一定の遅れをもって修正を加えるのは、こうした不都合を部分的に埋め合わせるためである。それでも削除、追加、入れ替えだけでなく、変更箇所との関係で純粋な構成上の調整が必要になってくると、この書物に本来そなわるはずの真正性が失われることになる（むしろ完全に真正性が失われるといった方がよいのは、中間段階が存在しないからである）。治療薬は病気以上に害が多く、使う根拠が見当たらないのは、私の仕事は記録作家のものではなく、私の人生を一歩一歩追いかけて再構成するよりも、一望のもとに全体を見渡す視線を得たいと考えているからである（時間の内部に位置する視線であると同時に、時間の外部に抜け出してしまっている視線でもあり、いまにも水に溺れそうな人間に特有の視線、一瞬のうちに生涯のすべての展開をふたたび目にするときの視線なのである）。

言い換えると、それは突如すべてを内部に凝縮し一個のパノラマ的不動性の獲得を可能にする視線だといってもよく、『抹消』、『軍装』、『縫糸』はその視線を投げかけるための場となるが、この連作の執筆は、ただ単に時間経過に沿って（私のものである時代、私の言語を提供してくれる時代にあって）なされるのではなく、そのような表現が可能ならば、時間とともになされるというべきであり、事実私には、自分が生きた現実のさまざまな箇所から拾い上げた素材の寸法を調節し、そこに省察を絡み合わせてゆくために長い時間の遅れが必要となるのである。個々の省察はひとつにまとまった塊を志向するのではなく、ひとつながりの動きになってはいても数々の局面に分解できる。期待して待つこと、すなわちいかなる根ももたずにいきなり出現するような詩だけにあるといってよい絶対的な存在感と全体的な把握の印象を畑の違う論証的で散文的な方法から得られないかと期待して待つこと、それは——当然のことながら——不可能を願うにひとしい……。だが仮に「期待して待つ」という語がここではむなしい見込みに類するものだとしても、この語を冒頭におく前の文を幾度も読み直し、その否定的な内容に何度もつまずきながらも（いわば続けることを私に許すつながりを見出すために、たえずそこに立ち戻って）、最終的に私はより具体的な何かにこれを結びつけたのである。要するに緩慢きわまりない展開であり、ほとんどの場合がつねに自分自身との出会いをしくじらせる——この語の最終的な意味合いはそこにあるのだが、もとはといえばたまたま用いた語だといってもよく、言い落としにも似た迂回路を経て、その二重の意味がはからずも私自身の方法にひそむ宿痾を暴くことになるなどとは予想しなかった——結果になる果てしない待機状態というわけなのだ。

いつかはこれを用いようと箱にしまってあるカード類は、私がそこに立ち戻るときには中身の新鮮さが感じられなくなってしまっている。結論部の構成要素を私はすでにメモとして書いており、それは一連の文章の歩みに先立って書かれていたことになるわけだが、整った秩序がなく利用しづらい書類を役人が眠らせておく例があるように、私もまたこの結論部に関するメモを放置していた。表面は忍耐に見えてもその裏には、おそらく怠惰の、もしくは真実の時間を回避しようとする欲望が隠されていて、ファビウス方式の戦術（高校の初学年のときの教科書『名高い人々』によって時間稼ぎをする人《クンクタートル》と綽名されるクィントゥス・ファビウス・マクシムスの逸話とともに、時間稼ぎが何を意味するかを知った）、幾つかの文章が熟すのを待つこと、閃光の連続として生じ、熱い抱擁のような高揚を見せるその文章と比較すれば、それ以前に存在したのはたかだか物識りの技巧でしかない。執筆に取りかかったのはドイツ軍のパリ占領が始まった頃だったが、まさに私が仕事を始める時点で、時代との直接的な接触によって待機を余儀なくされたわけである。トンネルを出る――すべての計画を中断し――までは、内的生活の地平をひろく見渡す探索に時間を費やすだけになるだろうと予想していたわけだが、そこからまた別のトンネルに自分が送り込まれることになろうとは思ってもいなかった。つまり、この書物はやがては、私の弱点を考慮に入れつつ、もっとも生々しい私自身の欲望にもとづいた人生の規則の創出に向けられるだろうが、有効な時間内にゴールに到達しようとしても、厄介なところが多すぎて、おそらくは私自身がたえず標的となって引きずり出されることになるので、仕事を進める前に私の方が憔悴しきってしまい、あげくの果てに、この本のせいで、天寿をまっとうすることなくあの世に旅立つ事態にもなりかねない。そしてまた最終地点になかなか到達しないのに飽きてしまい、すでに出発の時点からこの本の執筆を滞らせていた待機状態に全責任を負わせる羽目になる。先入観には違いないが、それでも結果的に以下の事柄が明らかになる。すなわち道しるべを設ける、向こうの方からやって来るのを待つ、段階を追って調査をおこなう、調査のために入念なメモをとる、そうした事柄は、書く行為がありきたりの道具以外の何かになりうるには、どの瞬間にあっても、いかなる執行猶予もなく、ただちに実現すべき事柄に迫るべきなのに、これを遅らせる方便にすぎない。こうしたアプローチが用意する最終期限と、詩的創作が至高のあり方をもって命じる永遠の正午もしくは真夜中のあいだには、いかなる共通項もない。出発点への回帰と概観の両方を請け負う骰子一擲をそこで試みる代わりに、私の過去の砕石、生きた現在の小石、懐胎中のあの未来の砂粒を円錐筒に入れ、一度に振ってみて、天気予報の話題ならば、天候不順と形容されるはずの時間の推移のなかで、私はひたすらもがくばかりだ。

自分の能力はもとより、最終的決着をつけようとする積極的関心についても――最終コーナーが近づくにつれ――徐々に疑わしく思われるようになるのは、やはり飽和状態のなせるわざなのだろうか。当の規則は、神託にも似た数語に集約できればと願ってはみても、現実には特別な論理展開なくしては築きえぬ重苦しい体系ということになるのだろうか。当初は特異な事実の花束であり、そのような事実についての、検討ではなく復元の対象になると思われていた要素がしだいに自分にとって最重要なものに関する綿密な一覧目録へと変化し、さらには、そこから生きる作法と詩法の双方を要約的に示す法則を導き出す試みに変わっていったのは、雷に打たれる恐怖からだったのだろうか。より厳格なプログラムであっても厳密さを欠いたままで適用し、また語りたいと思う事柄と引き出すべき教訓とをいささか恣意的に混同してしまったという意識――そして後ろめたい意識――からなのだろうか。こうした仕事の目的は、時の経過に左右されぬ理想から外れ、途中で変化してしまったわけだから、この点から見ても全体として深く時間に囚われていることが示されるのだし、まさに長年にわたって方向転換（純粋に原理的なものにとどまるにしても）に翻弄されるままになったことを思うだけで心は乱れる。歩みを示すために考えうる理由のすべて、そしていかなる理由であれほかの理由を排除するものではないが、どんな理由にしろ、その背景には疑念のみならず落胆が控えるのを睨みつつ大まかなスケッチがなされるのであり、書くことで時間を逃れようと願ってみても、このような時間への隷属状態の傷跡は到るところに見出される。極度の消耗をともなう努力のあげくに、吐き気をもよおすまでになってしまったのか、瞬間的な閃光を放つ真理を貪欲に求めるあまりに、根気強く取り組むべき理論構築を忌避しているのか、習慣ができてしまって、自分でも破綻していると思わざるをえない物事の進め方に執着しつづけているのか、計画といっても、時間の経過に合わせてあまりにも露骨に変化が見て取れるようなものに失望したのか、たえず時間が僭主もしくは邪魔者として姿をあらわすのを前に、いくら工夫を凝らしてその策謀の手を逃れようと試みても、さらに重みが感じられるのが関の山なのだ。

「奇妙な戦争」の最中に生じた南オラン地方を舞台とする出来事を物語ることで私はひとりの人間の肖像を描く機会を得た。アルジェリア女ハディジャ――肉体的にも精神的にも美しかった――の歩き方は、山羊を追う仕事につく人間に特有の大股の歩き方であり、文句なしにみごとだったが、それは遊牧民の血を引く痕跡(と私は信じたかったのだ)であって、卑しい生業に携わる日陰者の身であっても、どことなく高貴な雰囲気をもたらしていた。われわれの出会いの物語が出版の運びとなったのは、まさに中国旅行に出発する直前のことであり、十六年が経過したあとでは、ベニ＝ウニフの赤線地帯《ブスビール》で私の伴侶となった女にも歳月によって刻まれる相応の変化があったはずであり、私が肖像を手帳に書き記した時点ですでにそれは回顧的なものだったが、そのあとでかなり姿は変わってしまったとも考えられる。彼女と出会ったときの姿のまま、娼婦の身分証によれば二十三歳だった彼女を栄光と悲惨のうちに再度見出そうとするならば、私が頼るべきものは、あのような恋愛感情のもとに描き出された姿ではなく、まさしくサラザンという単純な一語にあったはずで、この語が——穀類であるとともに韻を踏む音の響きによって——喚起する記憶は子供時代の私の大好物のひとつ、すなわち円形の葡萄パンであって、ライ麦パンと同じ色の皮には黒い粒がまぶしてあり、その喜びは、サラセン風の大胆さをもって、兜も鎧も身につけずにいるクロリンダに似た彼女が着ているものを脱ぎ捨てるときに私にもたらされるものでもあった。浅黒い肌で、乳房についた二粒の葡萄の突起の部分はさらに濃い色をしていて、その部分を彼女は少しばかり強い臭いを発する香で燻したのか、それとも彼女が自分の資力で購える範囲の安物の香水を市場で手に入れて湿らせるかしていたのである。

しだいに本物の戦争へと変化していった「奇妙な戦争」に続いて——ヴェトナムや北アフリカで——さまざまな紛争が生じ、今度はフランス人が抑圧者の側に立つことになり、民衆の抵抗運動をやっきになって圧殺しようとはかったのである。それと軌を一にして私の体験談はかつてのような無邪気な色合いが薄れて見えるようになった。というのも、私はアルジェリアという国に巣食っていた問題の数々について無知も同然の状態にあって、この国にもっぱら自分を誘惑する要素しか見ようとしないのは、植民地主義的精神がとる形態のひとつ（というのもそれは純然たる受動性のあらわれと把握されるのだから）であり、その根を引き抜くのがもっとも困難な種類のものの例だったように思われるからである。ほかの要素はさておき、自分がもっぱら反応しえたのは、このように牧歌という形をとって結晶化した純然たる物珍しさ《ピトレスク》という要素だったのではないか。その牧歌は『可愛いトンキン娘』でなければ、忌まわしいほどに「蝶々夫人」的であって、これに似つかわしいのは——剝き出しの事実しか考慮しないとすれば——祖国に帰還すると、涙もろくなったのか、かつては玩具もしくはペットのように扱うだけで、決して本物の愛を捧げたわけではなかった現地妻（日本のムスメ、安南の女、バンバラの女、タヒチの女、アフリカの女）の価値を急に認めたり、さらにいうならば私の場合のようにわずかな物質的援助をするだけの水夫もしくは兵士なのだ。そこでも、時間との闘いでは、やはり時間の方が一枚上手なのである。たぶん私が描いた肖像は、自分にとって――消しえないやり方で――二十三歳のときのハディジャの姿をそのまま固定化するものだったが、みごとにはめ込んだあげくに疎かにしていたのは、アルジェリア戦争の勃発を見た一九六二年の時点で考え直してみれば、モデルとなる女性の年齢は倍になり、おそらくは老け込んでしまっているという点だった（というのも、アルジェリアであのような境遇にある女らは、すぐに老化が進み実年齢よりも老けて見えるのだから）。二十三歳という年齢があらゆる変化を逃れてそのまま本のなかに滑り込んだ人物といえども、時間は容赦をしない。すなわち歳月の経過にともなう無数の可能性をもつ作用に対抗して、ハディジャを永遠の存在として――お伽噺のヒロインといわれかねない――描いてみても、彼女を保護することにはならなかった。というのも近年の出来事が否応なく私にもたらした認識が素朴な体験談に授けることになった別種の意味合いとは、従順であるとともに気高いこの娘との驚きに満ちた交流の記述を通して私が彼女の物語に与えようとした意味を奇妙なまでに貶めるものであったのだ。その結果、ハディジャを同じ目で見つめることはもはやできなくなっている。

たしかにハディジャの姿を想像するに際して、アルジェリア戦争のさまざまな局面についての自分自身の考え――新聞、ラジオあるいは単純に人の噂話を通して得られた――に対応した役柄を彼女が演じていると思うことがたびたびあったし、フランスがこの戦争から抜け出すのは、半ば泥まみれになり、かつて自由の象徴だったはずのフリギア帽が無残なまでに綻びてしまったあとでのことだった。彼女の役柄とは、愛国者精神を発揮し、ヨーロッパの人間に媚は売らない娼婦、あるいは逆にあまりにも有名な五月十三日事件に続く友好のドラマの過程で登場する娼婦、FLNの旗を掲げヴェールで顔を隠す女性戦闘員（ある晩傷つけた耳からまだ血が流れるまま、われわれ二人の別れの朝、儀礼に臨む装束を思わせる白い衣と緑のターバンを身にまとった彼女の姿がそこに重なる)、あるいはまた一日の終わりに太陽の熱がまだ残るテラスに立ち、ユーユーというかけ声を発してカスバを練り歩くデモ隊を鼓舞する熟年とおぼしき女。それでもそこにあるのは移ろう思いでしかなくて、現実の彼女はヴェールで顔を隠していたことはなかったけれども、いま顔の上に伝統的なヴェールをおいて描いてみても――おそらく弱まりはしなかった尊敬のしるしといってよいもの――、そのような絵にはめ込まれるのは昔日のハディジャの変わらぬ姿であり、少なくとも若くして死んで動かぬ影像の世界に永久に投げ込まれたというのでなければ、近年の激動のなかで彼女の身の上にも訪れたはずの変化を想像し、現にあるはずのものとして思い描いたハディジャではなかった。

夢のなかの出来事のように、こうして抵抗するアルジェリアが新たに材料を提供する舞台に彼女をはめ込む前に、もうひとつ別の革命がハディジャの身の上にもたらしえたはずの事柄について思いをめぐらせることがあった。私の気がかりは、今日の中国が遂行しようとする革命の行く末であり、最重要課題のひとつに女性解放があった。モンゴルに接する境界地帯、駱駝の群れのように、緩やかに波打つ平原が奥深くどこまでも続く風景のなかで(『東天紅』の曲だけでも広大さが想像できるような風景のひとつ)、中国に生きるハディジャは山羊を追う者の肉体が体現するように天職の命ずるままに放牧の仕事についていたのだろうか。あたかも小さな白いマスクをヴェールのようにして埃から口と鼻を守り、実際に北京でその種の工場は訪れたことがあるが、女性ばかりが働いている製糸工場にいたのだろうか。あるいはまた、自分に忠実に生き方を改めず、仲間たちと同じく彼女にもなされたはずの転職の勧めにはしたがわずに、昔ながらの仕事を自由に続けようとして香港に逃れ、私の目には巨大なクマシがアジアに出現したようにも見えるこの港湾都市にあって、阿片の香りが漂う生暖かさとコスモポリタン的雰囲気に包まれて暮らしたのだろうか。こんなふうに気の赴くままに想像を重ねるのは、自分なりの二重の理由があった。中国における改革への関心、さらには自分が心の奥底で執着してやまない人の姿をそこにおいてみようと思うひそかな欲望、その両者は改革といってもなお抽象的なものにとどまるものを私の感情生活の世界に結びつけようとする。表面上は生真面目な反省的思考のなかで、ハディジャおよび彼女と同じ国籍の人々と対面したとき、そしてまた旅の途中で知り合った中国の男女と（この場合は愛もしくは色恋の神話は抜きで）対面したときに私が感じた恥という感情を払拭する必要。中国の男女は「同志」であり、彼らにどう思われるかで私のふるまいも変わるわけだが、――遅まきながら、このような恥の感情を抱いたのは、アルジェリアを巻き込む戦闘行為の厳しさのせいだったのだろう、すなわちブルジョワ的な好事家趣味が骨の髄まで染み込んだ私という人間がオペラ＝コミックの筋書にも似た視野の狭い目で眺めたのは、大多数の人々がさまざまなかたちで屈従を強いられ、侮辱を受けている国なのである。

　一冊の書物のなかにこれを閉じ込めて永久保存できればと願った影像は、結局のところ、たえず活発に働きかける時間に押し流されるままに凝固してしまったのだ。紙片にイメージを投影することで、それが触れえぬものになったとすれば、ユディットもしくはラケルには触れえないという場合と事情は似ており、この二人のように絶えざる変容《コンビネゾン》のもとに流転を繰り返す冷ややかな像は、同一性を保ちながらもそのつど新たな意味をおびるのであり、星占いにも似ていて、女占い師は予想不可能でたえず変化する図形を示すモザイク状の形にしてカードの長方形を集めるわけだが――聖書に由来する名をもつ二人の女王もまた、ハディジャだけに割り当てられる赤という色で表現されるのかどうか辞書でたしかめようと思い立ったとき――イタリアのある古文書が「サラセン人の国」にカードの起源があるとしていることを知ったわけだが、そこにはハートの女王ユディットもしくはダイヤの女王ラケルとわがハディジャの影像のあいだに平行関係を見出そうとする試みを補強する符牒があり、時間が築いた障壁を乗り越えて彼女の存在感を少しばかり取り戻すのに、「サラセン」なる語は、私なりに入念に練り上げたつもりの文章に比べてみても遥かに効果的な力を発揮する魔法の言葉なのである。

いま「サラセンの女」から、私自身の気分および政治情勢に由来するさまざまな仮説のうちに同一性を保ち流れ込んでゆくもの、そしてまた私自身がなおも動くかぎりは、執拗に自分でありながらたえず動かずにいられないものは、最終的には、タロットカードの一枚もしくはトランプカードの一枚と同程度にありきたりで、しかもまた間違いなく同程度に薄っぺらであるのが明らかになる。このイメージがそれなりの厚みを獲得するには、いくら文章で形を整えてみても埒は明かず、何よりもまず問題の女が「ようやく自分自身をありのままの姿で」〔マラルメの「エドガー・ポーの墓」の一節のもじり〕見出すことができる鏡を手にして自分の姿がそこにあると思えるようでなければならない。さらにハディジャが私の文章を目にする機会があるとしても、私が語った物語も、そしてまた彼女のそこでの描かれ方も、彼女にしてみれば理解不可能なものにとどまるはずであり、あるいはまたそうでないとすれば、単にサーヴィスを提供する女と客との関係にこれほどの重要性を見出す一節を読んだり、軽蔑の目で見られる娼婦という地位から魔術師、真昼の悪魔、死の天使などの地位へと自分自身が出世するのを見て、笑い転げるかもしれない。この影像――動かぬ偶像であっても意味の喪失を押しとどめることはできない――は相手が共有できるものではなく、純然たる主観に属するものであり、彼女に関する私自身の夢想の数々と同じ種類の夢幻症に類するものである。だが、絵のモデルとなった人物が、これを本人に似ていないと判断したり、未来の観客が絵が描かれた時代の観客とは別の見方をするからといって、肖像画を幻影と決めつけることができるだろうか。私が突き当たった否定性の極致は、この要求がひたすら馬鹿げていることに関係している。文学に対してないものねだりをすること、すなわち時代および環境からは独立した一個の真理を求めること。

甘受すること。文章行為は時間の支配のもとに身をおき、われわれの一生が終わる前でも後でも、時間を飼い馴らすための手段とはならない。文学独自の限界を十分に意識しつつ、そのような性格のものとして文学を実践する、あるいはまたネルヴァルによれば、いかに禁欲的な規律に身を寄せてみても奇跡が起こらないのを見て還俗したというブコワ司祭（『幻視者たち』がその波瀾万丈の人生を小説風に描く物語による）を模倣しつつゲームから身を引く。論理的に考えて勝ち目がないとわかっているが、なおも運を試すには破算のほかには何も押しとどめるものがない賭博師のように、幸運の手助けを得て賭に勝とうと目論みながらも勝負から足を洗うことがそれでも可能であるならば、私が辿り着くはずの地点は、以下の二種類の解決法——黙々と自分の仕事を進める職人としてこの本を書き終えるのか、それとも幕を降ろすのか——のどちらかになる。それにまた芸術に関して（もはや数学的理性はそこでは優位にはない）いったん始めた試みがつねに持続に値するとは思ってはいないとしても、最終的には同じくこの理由から、無意味だと断定せざるをえない相手に囚われてもがくほかないのだろうか。あげくの果てに、取り決めを交わす直前に議論を一からやり直す調停者、もしくはほとんど陥落寸前になっていたのに、恥じらいからか、気まぐれからか、頑なに拒否を押し通すための絶対的な理由を見出そうとする女のようにして、こうした難問の数々を列挙してみる。それにまた迷妄なく実践される文学を職人の仕事になぞらえるのは正当なのだろうか。たしかに「芸術のための芸術」は、このような種類の事柄であるだろうが、とくに霊感なくして書きながらも、純然たる細工の域を出ることは可能だ。この著作を手段として、自分なりの法則と中心概念を引き出そうと試みたとき、私が追いかけていたのは人間の技量を大きく超え出る目標ではなく、なかなか到達するのが困難という程度のものだった。あまりにも長々と続くので時間の目印をつけようにもできないでいることのとりとめのない記述に、歳月の経過とともに生じる変遷と出来事の彼方に、一撃のもとに、私が言い当てようと望む本質を、把握可能な塊として凝縮させるための最終的な努力に先立って、あえて現在時を導入すべきと思われたとき——本はどこまでも勝手にひろがり出し、すでに執筆が終わった部分も溶けて私の背後で輪郭の定まらぬ塊に変わり、目標が見えなくなる——私の足元は覚束ないものになったのだ。結局のところ、私の思考が強固なものとなるどころか稀薄になるように思われるのはあまりにも緩慢だからであり、時間の観念が固定観念と化すまでに私に取り憑くのであり、その一方では時を挫折させるための文章行為に対する狂おしい執着が強まるのだった。それでもなお、いわゆるバロック趣味なるものに誘われて、まっすぐ目標に向かって進むのではなく、装飾模様と脱線話の寄せ集めとなる（あたかもそれらがわが探求の直接の帰結だというかのように）道筋ははっきり見えていて、そこにあるのはすみやかに目的地に達したいという思いを邪魔するやり方なのである。だがそれと同じくらいによく見えているのは、諦めてそうした道に突き進めば、自分独自のものである本来の主題から逸れてしまうことになり、こうしたバロック趣味はすでに美的感性の問題に関する自分の性癖の一要素となっており、（望んでいるかそうでないかは別として）真理といってもあまりにも微妙で感覚的なものであって、美と深いつながりをもつので、現実の生活のなかで私の心を動かしたり、私の心を惹いたりするもの、そしてまた文学面にあっては、抗しがたい魅惑があって否応なく私をゲームのなかに引きずり込むものを通じて追求をおこなうほか手立てはない。

これまでもたびたび口にしてきたヴェルディのオペラ（バロック的というべき理由は、火山の熱が奇跡的なやり方で、どことなくアカデミックな様相を示す構成と結びついている点にある）への偏愛にも通じるバロック趣味は、少なくとも部分的には、私独自の文章作法のみならず行動上の少なからぬ要素にも関係しており、つまり、めまいを感じるか、それとも畏怖を感じるか（まるで夢のなかで、巨大で美しい数々の像が断崖に刻まれているのを間近に見て恐怖を感じるように）の違いはあっても、わが人生の頂点をなすと思われる幾つかの出来事のうちでまさしく自分がどこまでも深く入り込んでいると思われるものもまたそこに含まれるのである。波打つ曲線への嗜好（対象そのものが欲するというかのように）といってもよいのは、まさにヴェルディにあって、私がとくに好む要素、すなわち豊かな肉づきとともに、ドラマの展開に加えられる注釈の際立った多様性であり、同時にまた——たぶんこの部分が大きいが——輝かしい裂け目であり、その贅沢さは、音楽（明らかに、時間の流動のなかにたちまち消えてゆく現在を捕まえようと息を切らして迫る追跡劇のなかに放り込まれた音楽）の激しさが和らいでただひたすら甘美な楽節に変わるときに透けて見えるのだが、純然たる大きなエネルギーの解放をもたらすそうした楽節は、厳格な幾何学を揺り動かす装飾の繁茂、たとえば生きた身体の曲線という以上に人生そのものの紆余曲折を表現するように思われる彫像のごときものとなって突如訪れるのであり、なおさら目が引きつけられるのは、見かけは無秩序な動きをともなうそのような線の組み合わせが、嵐が過ぎてほぼ平穏な状態に戻るときのように、すべてそこに沈み込んで見えるからである。だからバロック趣味といっても、厳密な定義を持ち出しても無意味であるわけだが、この傾向にはそれなりの一貫性があり、最初はいかに散漫に見えようとも、私自身の行動の数多くの部分に共通の起動装置になっていると自分でも意識している。どちらからといえば大きな割合を占める余分な要素——贅沢ともいえるだろう——が、それに対する苛立ちを感じることもあるのだが、余分な要素を付け加えることで仕事が遅れる以上に、涸渇の方が厭わしく、本書の執筆もまた涸渇を逃れるために欠かせぬものであるように思われてくる。古典的な作法にしたがって純然たる学問研究に属する論文を準備する代わりに、「思考の連続的炸裂」をもって対処すること。この場合の「思考の連続的炸裂」とは、ほぼ三十年前に私の最初のアフリカ研究の論文が評価される際にイスラーム研究の専門家が指摘したことだが、そのアフリカ研究の論文構成はこのうえなくバロック的であり、現実的な構想プランの代わりに細かな事実を終始一貫いたずらに積み上げる体のものだった。実際の生活においてわれわれを高揚させるきっかけをもたらす要素をその形式のうちに認め、これに極度なまでにこだわり、たとえば恋愛に関していうならば、心と感覚からじかにわき上がる動きに身をまかせるのではなく、「恋愛地図」〔スキュデリー嬢の小説に挿入される地図〕のロカイユ様式にもとづいて恋の情念――本質的に小説的《ロマネスク》な事柄――をなぞる十七世紀の気取り屋を現代に置き直したようなふるまいに及ぶ。自分が関係する行為を全体として考察するのではなく、そのなかから独立した要素、悲壮感漂う光景、もしくはただひたすら絵画的情景だけを取り出し、結局のところは、全体としての展開など二の次にして、目立つモチーフばかりを大事にする。そこにわが幼年時代を見出し、昔からいまに続く感情の大きな動きを見定めようとして、一個の像を選び出すのだが、その女像柱《カリヤティード》は一九〇〇年頃の室内装飾の不恰好さをとどめるだけでなく、わが叔母クレールがそうであったように、それ自体がバロック的なものであって、どの部分をとってみても湾曲した曲線を描き、輝くその顔は（必要とあれば）痙攣して石の奇怪面の悲劇的な姿に変わることもありえた。中国への旅の最中にあっては、偶発的な出来事に強い興味を覚え、駅構内や警察官がいる場所に飾られた花々、巧みな技を見せる建築物の組み合わせ、街中および舞台に響く声の魔術的な変化のありさま、振動音を発する銅製の小桶や山の姿を映し出す凸面鏡などの発明品の数々を（このような刺激的なからくりに似たものとして、西欧でも二、三世紀前の教会の一部には、天使の脚が軒蛇腹の上方に突き出していたり、一部が丸彫りで、ほかは平たくなっている人物像が見られる）、いずれも本質的なものの表現と見なしたのだった。どれも些末なロココ的な事柄にすぎぬものであって、すべてを珍しげな目で見る訪問者として中国国内を歩き回ったわけであるが、改めて何か一貫した証言となるまでにはならなかった。最後に、多くの場合アイロニーという迂回路を通じて風物に反応する（たとえば、ほかのあらゆる住居よりも、家そのものが、あるいは少なくとも調度品の幾つかが時代錯誤的な雰囲気をかもし出している場所を好み、滑稽なほどに感傷的な小唄や音楽、そしてまたこれとは逆に陽気さや単純きわまりないところに心惹かれてほとんど涙が出そうになるものを大切にして、美食のメッカたる名店以上に、第三共和政時代を思わせる昔ながらのブルジョワ的な料理を出す店を愛し、作品に関しても何の変哲もない要素から驚くべきものが生まれたり、その反対に、突如として節度を踏みにじる態度が見えるのを好むのは、たとえば『リゴレット』の有名なアリアにあって、虚仮にされた道化の攻撃的な物言いと嘆き声の訴えを通して怒りと愛が深い喜びを誘い出し、自分でもこれが歌えたらよいと思うアリアとなるわけだが、マラルメの場合にあってやはりみごとだと思うのは、ごく小さな調度品や煙草の烟がわずかに立ちのぼるところから一個の形而上学が浮かび上がるところにあり、プルーストの場合だと、フロイトと同じく、とはいってても別の視角のもとにではあるが、ほとんど無にひとしい極小のものから瞬間的に啓示がなされる点にある)。

そのどれをとってみてもおのずと性格は異なるが、少なくとも直線の規則性を忌み嫌う自分の性癖が示唆されているのではないか。それにまた、この感情は、たぶんサンティレールのわれわれの家で長いこと働いていた女性、知性的であり繊細な女性だったが、その人が家具調度品の下の部分を掃除するとき、（たぶん平行もしくは直角と心地よい秩序の両立が不可能だと考えて）何もかも元の位置から斜めにずらして置き直すときに胸に抱いた感情と同じ次元にあるのではないか。数多くの分野にあって、私自身にしても「ある一点から別の一点への最短距離」なるものに嫌気がさし、より個人的な性格をおびる寄り道を大事にしたのだが、こちらの方にはアラベスク模様、ジグザグ線、数々の脇道があり、犬との散歩の途中でリズムがときに途切れるのは、犬が何を考えているかは見通せず、あるいは何か臭いを感じたり、何かを見たりして刺激されたのかは見当がつかなくとも、犬がうろうろしたり、突然立ち止まったりすることがあるからだ。だが最短距離の道のりとは別のものを選ぶ、あるいはあえてまっすぐに並べるのが順当であるはずの事柄を斜交いに置きたがるのは、むしろそこに芸術の本質があるからではあるまいか。つまり芸術の始まりは、余分な何事かを加えること、ある技術あるいは儀礼が必然的に求める形式に何らかの歪みを付け加える操作を許すことに見出されると思われのである(バロック様式がより高度な段階において模範的なかたちで体現する洗練、というのもそこには規則と規則を破壊する要素、つまり直線とこれに取って代わろうとする曲線もしくは破断線の両者が示されているからである)。そのように事態が進行し、芸術が——エロティシズムと同じく——いたずらに複雑化に向かう要求、人間と他の動物とを区別する欲求に応えるべきだとすると、私の場合は、本来は芸術の生き生きとした無償行為において摑むべきものを、自己正当化の欲望にしたがって、調査という理性的な手段の段階へと格上げすることになり、辻褄が合わなくなる。

毛沢東の方に、すなわち(私自身の約束事にしたがって)行動規範および学問の方角に。クマシの方に、すなわち感情と自分に合った自然な好みが私を惹きつける方角に。芝居でいう上手と下手にも似て、ほとんど区別なきものであってほしいと願ってやまない二つの領域だが、自分が犯した大失敗のひとつは、自分の文章の力で両者を結び合わせる可能性もあると信じたことだった。現実には、あくまでも感情に関係する素材を理屈っぽい侘しい理性の領域に押し込めたり、政治的事件の推移に応じて生じる厄介な問題にアプローチするに際して、あまりにも場違いとまではいえないにせよ、感情的反応の経路を辿ることで、両者を一緒くたにする不適切なやり方をしていたのだ。たしかにこれとは正反対のやり方もありえただろう。つまりこのような呉越同舟はやめにして、気まぐれな心のままに、詩の方角にあってはまだ使える家具を運び出し、もう一方の方角、遥かに不毛な側を捨てるというやり方だ。だが、そうしたところで何の解決もないはずであり、というのももう束縛されるのはご免だという理由で私が取り組んでいる主題を脇に押しやるのは恥ずかしいことだし、何よりもそれが次の私の一歩の邪魔をすることになる。この種の厄介事を抱え込むのは初めてではなく、いままでの自分は多少なりとも長い時間にわたる中断期間を経たあとで再度動き出すのが常だった。ところで、同じ問題が、さまざまな様相のもとに、一定の期間をおいて私を立ち止まらせるのは、この問いをはっきりと定式化できなかったからであるが、これが答えのない問いとなるのは明白であっても、そんな種類の問いとしてにわかに切り捨てられないでいる。

　だいぶ前から――逃げ口上抜きでそういわねばならない――に、著作の存在理由となるべきものとしだいに思われるようになった最終的な到達目標に辿り着きたいとは思わない気分になっている。この著作が、どう見積もっても、三つの密接に結びついた主題をもつとは当初は思っていなかった。すなわち、自分が分割されていると感じる原因にあたる二つの方角をひとつに合体すること、詩法であると同時に生きる術でもあるような黄金律を形成すること、彼方と此方を一致させ現実に背を向けることなく神話の領分に入り込み、どの瞬間も永遠であるような瞬間を導き出す手段を見出すことなどである。そのような欲望はごく自然な衝動に身をまかせるのと同じことだった。充溢した生に対する欲望のせいで、大部分の人間は、形式はどうあれ、一個の神（指導者の周囲に「偉人信仰」が生まれる際の、指導者なる形式であっても）を抱くようになる。だが私はといえば、そんなあり方にすすんで身をまかせる気にはならず、神があまりにも巧みに人間に欠落した要素を補うところからも、むしろ神はそのために発明されたと思わざるをえない。それゆえに、私の権利要求は認可された境界を跨ぎ越してしまうことになった。機械仕掛けの神《デウス・エクス・マキナ》など一向に認めぬというのであれば、私の主題が最終的に辿り着くような、鯉と兎を結婚させる類の土台無理な結合は、二重の意味で主張しがたいものとなる。とはいえ私の過ちは、素朴さにとどまらなかった。

私独自の真実のありかを探りながら、まさに自分自身を検討の対象とするところから出発した私は、自分の力ではとても防御しきれない危険に脅かされてもいた。つまりみずから描き出さねばならない肖像に逆に囚われてしまい、どこまでもこの肖像に執着してやまないという危険である。それにまた、一個の単独者の真実は夢のようにあてどなく、ほかの人々に私独自の真実（畢竟、彼らの真実は異なるものになる）を受け入れてもらえるところまでゆかずとも、少なくとも相応の根拠があると認めてもらえるようでなければならない。だからこそ視野をひろげ、論証を試みる必要があった。というわけで、執筆の途中で——黒白の決着をつけるのではなくとも、少なくとも行間において——、いわば一般的次元にある議論に相当するものを開始したのであるが、その口実と同様に個別的な議論に終始した。だが、すべてを検証するつもりになったときでさえ、望んでいたのは、審判を下すというよりも、最初の時点ですでに果たしおえていた選択を相変わらず続けたり、あるいはこれをさらに明確なものにすることだった。さもなければ、詩の素材である言語の神秘などに自分の関心は向かっていなかっただろう。私自身の大いなる計算違いは——月を欲しがるような無理難題を持ち出す以上にたちが悪い——この点を見誤ったこと（もしくは、そのことを頑として考慮に入れずにいたこと）にあり、さらには偽りの問題にかかわり合ったことであり、そんな問題をいささか安易に提出したのは、やたら難しく考えようとする性癖のせいでもあるが、ときには自分でも身震いを覚えながらもそこに新たな刺激を得る手がかりとなる場を見出したりした。好んで二者択一の手法をとりながら（私に都合がよいように、そしてまたつねに対照的なものに魅惑を感じたから）、私が向き合った——紙の上であるいは頭のなかで——二項は表向きからしても明らかに同じだけの価値をもつものであり、自分でもそうだと信じていたが、実際には、同じというわけではなかった。私が好んだのは詩、彼方、神話であり、第二の方角——モラルと学問——は第一の方角と対になるだけの重みはもたず、架空のものとわかっている神話にはもはや刺激的な要素はなく、愛する彼方はまさにこの場所において手にする必要があり、真の詩人は悪人でありえても愚者であってはならない、以上が余計なもので着飾る以前の自分の考えであり、神話、彼方、詩は私にとって参照項の主軸をなし、もうひとつの項——現実、疑いえない存在、存在するもの、さらにはおこなうべき事柄についての鋭い意識——は、場合によって欲望の対象になるというよりも、満たすべき条件として二次的に介入するのみだった。

いま私が口にする事柄は、ほとんどが新味を欠いており、ここに辿り着くまで幾度となく繰り返し口にした考えを見直しただけで、当然至極の帰結が執拗に繰り返されるばかりだ。たしかに、私は正道から大幅に逸れてしまい、元に戻ろうとすれば、奇妙にも、それだけで新たな発見とおぼしき効果をもつ印象が生まれるのである。だが、こんなふうに道を逸れてしまったのは、ただ単に提示するだけでは不十分で証明の必要があると考えたからではなかろうか。自分なりに理由を探る必要に促された儀式めいた所作をもって、たしかに私はいつのまにか詩からも生きた現実からも遠ざかり、観念操作に明け暮れるようになってしまっていたが、その観念は照明に応じて形や大きさが変化する影だといってもよく、どれも同じように肉体を欠いていて、その点で人の目を欺くばかりのシルエットに混じると、まるでカーニヴァルに紛れ込んだ気がして、よく知っている相手も見知らぬ人間に変わり、私は方向を見失ってしまったのだ。仮装行列とはいっても、いまはそれほど単純にこれに騙されはしないが、というのも、いかなる失策の結果自分がその責任を負うことになったのかを悟っているからだ。とどのつまり、自分で意識せぬままに重さの計算を誤魔化したのは、たとえば、さほど誇張を交えずに、それまで一貫して自分が執着しつづけてきたと言えるもの、そしてまた本物の戦闘意欲が欠けた状態で自尊心という名の拍車にあたる刺激にも関係するはずの中途半端な意欲が後押しして向かわせるもの、まさにそれをクマシと北京という二つの極に振り分け、この両者が同じ重さになってひとしい引力が感じられるように調節して提示してみせたときであるが、今日では事態はそれほど深刻なものになっており、はなから棄権するのでなければ、政治的な「参加」に尻込みするなどありえない話になっている。結局のところ、自分の間違いはすべてに対応しうるあるひとつの結論（二十世紀に生きる西欧的人間の配慮が隅々までなされている）に正面から向き合おうとしたことにあり、結論は、どこかにかなり辛辣な表現を含むか、それとも微妙な迂言法をもって表現されるのかの違いはあっても、ドグマ的なものとならざるをえないのだから、錯誤は二重の意味で深刻なものだといわざるをえない。つまり私が辿り着いた最終地点は、一連の思弁的な推論の結果であり、それは大鷲の飛翔というよりも勤勉な動物の鈍重な歩みに類する思考の連鎖を示すものだといってもよくて、しかも公平な判決という色合いのもとに、自分が獲得すべき諸問題を、真理を損なわずにいるには、あまりにも抽象的にすぎるやり方で提示しようと執着した――なおもみっともない失態――点にあった。出発点での私の計画はもっとささやかなものであり、さらに遠くまでこれを推し進めなければならないと考えたときに、自分という存在の本質的部分、さらには自分が執着する対象を、即座に把握可能な一塊の個体に凝縮したいという思いと、私という人間にそなわる可能性および私の願望の数々にぴったり合致する唯一の、しかもまた正当性のお墨つきを得たシステムとして組織する野心（救いがたく頭でっかちの）の両者のあいだにどのような深刻な乖離があったかという点には思いが及ばなかった。「巣から落ちた鳥が生み出すけたたましい裸形の世界と言語による冒険の世界を一致させること」、同じく、「どこか重々しく見える生きた対象と言葉とのあいだに生じる気まぐれな戯れを一致させる必要」を主題とする自分なりの信念をカードに書き記し、あとで言葉に対するこの態度から生の手段と生の規則でより強いものを引き出そうとする意志を表明したのはすでに遠い過去のことだが、私自身の最終的な考えとして表明されたものはすでに最初の瞬間にあらわれている。このような反省的思考ともに、ある種の倫理的傾向が強まるのだが、とはいってもモラルは明らかに詩に従属するものとして考えられており、ある種の言葉に対する態度のうちに、私が見出そうとしていたのは、行動の指針であるとともに、生を豊かなものに変える源泉であったからだ。「モラル＝ゲームの規則、すなわちこれなくしてゲームなど存在しないもの」という表現をしたこともあり、ゲームのなかで――本質的に、生真面目さの対極と思われるもののなかで――モラルの根拠を見定めようとする遊戯に手を染めたのは、許可と禁止を隔てる境界がなくなってしまえば、現実の生は誕生から死に到るまでほぼ機械的にくりひろげられる情景の平板なモンタージュと化し、規則抜きでこれを生きる困難があるだけに情熱がかき立てられもするあの真剣勝負に匹敵するものではなくなってしまう。

　クマシと北京、深い愛情と制約、想像力の交叉路と理性の結び目。最終的に私の秤が想像力の側に傾くにしても、ひろく芸術を愛好する人々と同じく、私は一個のゲームに身を投じるのであり、その結果として数々の義務を怠る方向へと誘い出されるとしても、規則なきゲームなど存在しないことを知らないわけではないし、結果として、ほかの何にもまして自分が愛するものとは無縁の規定など忘れて、ゲーム自身に内在する指示にしたがうべきなのである。このようにして辿り着いた発想（ずっと前から輪郭は見えていた）とは、以下のようなものだった。すなわち原理なるものは目をつぶって受け入れれば、拒む場合と同じく、原理そのものが信用を失い、そのとき私にとって必要不可欠な掟の土台となりうるのは職業的モラル――大文字のモラルよりもなお神学からかけ離れたところにある――だけとなる。すべてを計量したあと、（数々の問題のあとを受けて）厄介な問題を持ち出す段になって、おおまかな理論的見取り図ではなく生気が感じられる対象を摑み取りたいという欲望がある以上は、ここでその素描なしにすませることができるとは思われない。別の言い方をすれば、みずから選んだ枠内で「ゲームに加わる」には、どのような法則にしたがうべきかを示さずにはすませられない。幾つかの掟があるのに、現実にこれを破るとなると、私の目には自分の仕事がことごとく価値を失う羽目になり、それにまた、おそらくは決定的に美徳を失ってしまう（いかさま師の言葉の嘘がすぐに見抜かれ、他者の目から見れば、不正な手段によってそれがもちえた説得力、感動させる力、変容させる力などが即座に奪われるのだということを認めれば）。たしかに、美が問題となるゲームが外側からの命令に属するとなれば、超越というこのうえなく重要な役割の放棄になりかねないわけだが、道徳的価値を一顧だにせぬものとしてそのようなゲームのあり方が許されるとして、芸術家が美の不道徳性に身を捧げる権利を確保するには、「ゲームの規則」を守り抜くために情け容赦のない厳しさをもって支払わねばならない。

禁じ手のリストにして、ある種の拒否の表明であるが、最初からそんなかたちをこの掟はとっており、これを日付の古い方から順に、再検討を加えた現在のものまで並べてみると以下のようになる（ふだんの時間の流れとは逆に、形を整えるにつれて、ますます疑わしいものに見えてくる）。

嘘をつかぬ。

確実に実行できるもの以外に安請け合いはしない。

言葉だけですませたり、空疎な言葉で満足したりしない（作家たるべき者はこれをあまりにも貴重なものとして扱い、口先でうまいことを言うだけで終わらせてはならない）。

軽々しく語るべきでなく、失言を生まぬよう、無駄口をたたかぬよう警戒を怠らない（精神に対する罪と同じく言葉に対する罪というべきグロテスクなもの）。

封印を破るとなれば過失は血を流す体のものとなるわけであり、あえて赤い封蠟をその上に重ねる必要はないのだが、ただ単に封印を尊重するばかりではなく、いかなる場合にあっても、このような基本的な慎みの模範を示す。

流行の表現を多用する傾向に押し流される知的無気力と、逆にあまりにも衒学的にすぎる、あるいはあまりにも推敲がなされすぎた表現に頼る気取りを排除する。

動物のような叫びに身をまかせることなく、苦しみを引き受ける言葉を用いる、時と場合に応じて、拷問あるいは死の危険に屈することなく秘密を守り抜く気概をもって言葉を用いる。

要するに、文芸の技を手がけるときはほかの誰よりも厳しく身を律し、現実生活にあっては言語に対する反逆罪にあたる行為に手を染めぬように努め、自分独自の言葉を扱う匠となり、言葉に仕える非の打ちどころのない臣下となるだけでなく、「言葉に責任をもつ人間」という表現に含まれる通常の意味もわきまえた者となる。

以上の禁止事項《タブー》——もしくはこの言葉のモラル、というのも人間の方が背くならば、結果として作品も質を落とすことになるのであって、観念のうえでは背くなどありえない——これは、詩法（私自身の理解ではきわめて広い意味において）とともに、生きる作法に関係する禁止事項であり、すべての基礎となると考えられる。

嘘をつかぬ、そしてまた要するに読者を誑かす策略を禁じる。読者は——誘惑しなければならぬ対象だとしても——伝説的なセビーリャの色事師《ブルラドル》の技以外のものをもってこの相手に向き合わなければならない。たとえその技に比肩しうるもの（英雄的な情熱は劣るにせよ）であっても、効果を狙うばかりだといけないし、この男の主要な武器は嘘の誓いであり、道徳を汚す以上に、みごとに言葉を操る者という性格がむしろ強い。

空約束はしない、それだけでなく、さらに正確な表現をめざし、言葉のインフレを退ける。それにまた詩人みずから自分は魔術的力をもつ祭司だと思い込むならば、最初から言葉のインフレに騙されてしまっているのであり、いかなる作家といえども、自分がゲームに臨んでいる最中にも地球は回転を続けるという事実を忘れてはならない。

言葉を空気の流れ以外のものとして扱う、そしてまた、そこから出発して、贅言、装飾過多、冗語と同じく華やかな見せ場を禁じる。

でたらめな口の利き方をしない、文学を何でも屋の芸術とする場違いな作法を生む元凶としてこれを避ける。

他人の思いに冒瀆を加えない、それゆえ修整、目立たぬ削除、思わせぶりな引用、度を越した解釈などを持ち込んで、テクストに捻れを加えたりはしない。

ぞんざいな文体（いたずらに目立とうとする）を避け、哲学的語彙あるいは科学的語彙を用い、畑違いのジャンルの安易な仕掛けを持ち込むことで、ある種の思想らしきものを紡ぎ出そうとしない、思想（こうして版画のようにガラス板にはめ込まれる）を表現するにあたって自然な言語だけに依拠するように努めれば、思考には深い陰翳が生まれ、予想しなかったような細かな枝分かれが発見可能になる。

たとえ紙の上に生まれるのがわずかな（あるいは比較的少ない）ものであっても、中身が薄まることなく実質の力が発揮されるように、むしろ言葉を控える、つまり、その力はわれわれを導く力という点では微々たるものでも、一定数の人々の感情と頭脳に変化をもたらす可能性があるのだ。

偽装、凝った細工、さまざまな様相のもとに姿をあらわす無造作を退け、「言葉の正確な意味を知る」人間として書く、さらには言葉を用いるにあたっては――人間同士のつきあいの手段であり、これなくしては、人間がそのままの姿で存在しえないはずのもの――、つねに最大の厳格さと誠実さをもって臨み、自分ひとりで考えたことが、ほかの人々に正しく伝わるようにする

こうした原則の数々は拒絶という意味をもち、いずれの項目も首肯ではなく拒否の身ぶりとなって

いるが、長い年月にわたって、確実で揺るがぬものと私が捉えてきたものだった。それらはきわめて一般的な禁止事項であり、犯してはならない幾つかの過ちに関係する注意となっているわけだから、積極的な肯定の対象となる項目に比べれば目立たないが、思ったほどに脆くないとすれば、それはまさに掲げているのがより控え目な目標であるからだ。錯覚であって、引き出しに原則を入れっぱなしにせず、すぐに検討を加え、これらの事項をまず基本線において確定した成果として扱い、結論の時が来たときに注意を注ぐことにすれば、おそらく問題はすぐに解消していただろう。

　嘘をつかない。それでも、黙っていればよいという状況なら話は別だが、真実を告白すると好ましくない結果になるという予想があれば、嘘をつかねばならない。たとえば病気だと宣告されても病名を知りたがらない人を絶望の淵に追いやってどうするのか。優れた人物でも困難な状況におかれる場合があるわけで、その人をさらに傷つける、正しいとはいっても公然とやるわけにはいかない行為を頓挫させる、警察権力の弾圧に抗してふところに愚かにも飛び込んでゆくなどすべて同様だ。個人の内面に関しては、嘘をつく、嘘をつかない、どちらをとっても裏切りとなる場合がある。生活をともにする女性には、たしかに隠さずに何もかも打ち明けるべきだろう。暗黙の秘密を絆として結ばれた相手に対して密告者としてふるまうのは褒められたことではない。打ち明けることで、この種の貴重な相互理解を壊したくはなく、そしてまた偽善に流されたくもない人間にとっては、致命的なジレンマなのだ（自分の心の奥底を打ち明ける相手の女性は、知るだけで満足するだろうか。そして真実の告白からさらに新たな要求が生まれはしないだろうか）……。ほかにも無視しがたい事柄がある。私が高く評価する作家と詩人の多くはきわめつきの嘘つきなのだ。デフォーはこの人の名前がフランス語で発音される場合に連想されるように偽善者だったが、その理由は二重スパイであり、金で雇われ檄文を書く男、さらには嘘偽りに溢れた回想録の作者だという点に求められる。シャトーブリアンの自伝の表紙に、墓の彼方なる表現がお墨つきの言葉として躍ってはいても、これは必ずしも信頼に足る資料というわけではない。ネルヴァルになると、そのひたむきなところはよしとしても、子供時代の思い出と、中近東への旅の数々、藪に覆われた夢と狂気の土地への侵入にはたえず脚色が加えられていた。アポリネールにとって嘘は魔術師としての装備品の一部であった。

約束は確実に守れるとわかっている事柄だけにとどめる。これは関与をことごとく拒否するための恰好な口実だ。それほどまでに慎重に行動し、決して尻込みなどしない状況に自分をおくよりも、約束を果たさない状況にある方が好ましいのではなかろうか。それにまた文学的著作にあって、境界線を越え出て危険を冒す勢いが、誕生したばかりの時点で意図的に息の根を完全に止められたうえ、正確な表現に、ほかならぬ美を生み出す余分な要素が加わることがなければ、一体あとに何が残るというのか。

装飾を追放する、すなわち言葉がむなしい風以外の何かであるようにと願ってのことだ。この規則と、バロック的なるもの、そしてまた繁茂を好む私の性癖とのあいだにどのような折り合いをつけたらよいのか。つまりその必然は必然を逃れることにあるというわけなのだ。それにまた装飾と本質を区別することが(自分自身のためであっても)私にはできるのだろうか。ごく単純な文体を用いながらも文章を増殖させる技巧の粋を尽くした手法は、レーモン・ルーセルにおける創作活動の梃子に相当するものであり、裸眼でもくっきり見て取ることができる埋め草が、最高峰の頂きに到達するための登攀用ハーケンの役を果たしていたことを私は知っている。

軽々しい物言いはしない。だが人とのつきあいにおいて、軽さが見当たらない会話などありうるのだろうか。訳知り顔の人間は別にして、およそ他愛ない言葉のやりとりに夢中にならない者などいないだろうし、どこに向かうのかほとんど見当のつかない話題や完全に無駄で場違いの典型例とも思える話題が次から次へとやりとりされるなかで、言葉を交わす人々のあいだには真の意味での交感が生じるのである。同様に完全に自分を信じきった芸術、気まぐれもしくは賭という不安定な要素がない芸術は死んだ芸術にすぎない。

他人の思いに冒瀆を加えないというのか。だとすれば、もしもこの指示がきちんと守られたならば、作者が隠そうとする意図を明確に表明しているのに、死後になおも本が世に出るようなことはなくなり、文学からどれほど多くの貴重な富が奪われることになるのだろうか。これに加えて、基本的な慎みという点からすれば、日記および書簡類に関してはそっと触れずにおくべきだろうが、結果として、多くの場合ただ単に重大なる損失にとどまらず、作品の正確な意味に関する誤解を招く原因となる。

わざとらしい言葉遣いはもちろんのこと、これ見よがしに世間の動きに通じているのを示そうとする役割しかなく、要するにひたすら卑しさを印象づけるだけの口ぶりの言葉遣いを避けること。規則のなかでも反駁の余地がない（だろうと思われる）ものだろうが、というのもこれはモラル以上に趣味に類する事柄であって、ほかのものと比べれば、それほどの野心がここには認められないのだ。

自分の言葉を大事にして、必要があれば、英雄的な沈黙を守る。狐に胸を食いちぎられているというのに、歯を食いしばってこれをこらえるスパルタの子供。苦しみに耐え、言を曲げずに、場合によっては眉ひとつ動かさず、あるいは祈りを唱えつつ死んでゆくキリスト教殉教者たち。「狼の死」〔アルフレッド・ド・ヴィニーの詩〕。目の前に熱く焼かれた刃を突きつけられたミハイル・ストロゴフは秘密を洩らしたりはしない。言葉を節約する模範的存在としては、スパルタと無駄なことを言わぬ態度、歴史家タキトゥス、寡黙王ウィリアム〔オラニエ公ウィレム（一五三三―八四）のこと〕、すなわちジャン・ラオール（寡黙なマラルメの友人であるカザリス医師の筆名）の手になる『汎神論者の聖務日課書』を通じて知ったその信条は「行動のために希望をもつ必要も、続けるために成功する必要もない」というものだったが、そこには「寡黙な人」という語が喚起する押し黙った頑固さのすべてが表現されているように思われるのであり、この語はオランダを防衛した人の名ウィリアムを夜と神秘の色合いで染め上げていた。何年ものあいだみずから頑なに守り抜いてきた無言の誓いを破ることで、いかにして炎上を食い止め火事を防いだのかという伝説が語り継がれるスペイン人（と思われる）僧侶にして、おそらくは名高い聖人。そこには、私自身のシステムがありのままの姿であらわれている。象徴的な絆（そしてほとんど地口の域にまで達する）を私は築き上げ、「口を噤む」やり方が、モラルに属する手法と、修辞学に属する手法と、戦術に属する手法をひとつに結び合わせようとするのだ。あらゆることに対して、またあらゆることに抗して、禁欲的に口を噤んだままでいて、あえて言おうと思う事柄しか口にしない、書く、あるいは口にする幾つかの言葉の力を強めるために言葉数を少なくする。行動を起こしこれを首尾よく成就するために、できるだけ長いこと口を噤む。この絆は理性ではなく感情に裏づけられているのであって、もしも言葉が単なるやりとりの道具ではなく、まさに私が望むような聖なる媒介手段となるならば、言葉を浪費するさまざまなやり方はすべて消えてなくなり——多くの瀆聖行為と同じく——これと同じ無条件の非難の一撃に屈するだろう。そうである以上は、事柄がこうした種類のものであれば、私独自の言語の神秘思想が現実以上に純粋な欲望の反映であるからには、私のシステムは書法の規則および行動の規則を合わせもった私生児的な組み合わせのように自分には見えるのであり、かつてそう思われた以上に状況の産物という性格をおびているのは、これらの規則が——その大半は——自分が犯すべきではない誤りを指し示すか、それとも文学には無縁の過ちを対象としているからであるが、文学に無縁とはいっても、完全なる真正さをたえず主張してやまぬ本を書いているのだから不正に手を染める印象を免れることは不可能だと覚悟しておかなければならない。

これらの規則は、その数からしてわが「十戒」となると信じたものであるが、結果としては、このような試練には耐えられず、「律法書の石板」に書き込めるほどに明確な掟とはなりえなかったことになる。だが私が愚かだったのは、わが繊維組織のすべてがわき立って欲望の興奮状態となったところに生まれたあぶくのごとき思考を教義の項目を模した姿で固定化しようとした点にあったのではないか。結局のところ、何もせずに自分の言葉もしくは他者の言葉をまともに受け止めないのは、私が言葉のうちに認めるほとんど神的といってもよい性質を（自分を相手にする場合も、他人を相手にする場合も）傷つけるにひとしい行為なのではないのか。

「ほとんど神的な性質」という表現が臆病で煮えきらないものであるのは、感情と理性の葛藤が原因となっているからである。「神的なもの」と書き記したいと思いながらも（作家が扱う素材に価値を認める必要から、そしてまた価値づけることで作家という職業の選択を正当化する必要から）、この欲望に身をまかせきれず（というのも創造主としての言葉を信じるといっても、言語を神の位にまで高めるのは理不尽なことだろう）、妥協を選んで困難を回避する、つまり実体詞としては認めないものを形容詞として選ぶ、それにまた「ほとんど」という軽い留保を設けることで神性という観念とは距離をおきつつ——このような二重の注意を払いながら——なおもその観念を喚起せずにはおかないというわけだ。これに加えて、一人称主語のもとに、それにまた告白めいた調子で書かれた文中に、この表現は顔を覗かせているのであり、当然のことながら自分にしか関係しないのが明白な何事か（独自の趣味や欠点や特殊な性癖などをもつ自分）を打ち出すことで、私がより一般的な射程をもたせようとする主張——露骨かそうでないかは別にして——ほどには自分を縛ってはいない。ここにはいわゆる両端を持すという成句のごとく双方の肩をもつような手つきが透けて見えている。その点に目をつぶれば、すでにどっちつかずの態度が不都合であり、また不都合が雪だるま式にふくらむ危険を背後に残すことになるだろう。ならば隠すよりも、即座に白日のもとにさらした方がよいに決まっている。

「自分がなりわいとするこの仕事を厳密に遂行するなかで——それ以外のいかなる場でもなく——、私が掲げる目標、すなわち結局のところ、自分が愛するものを信じ、そしてまた自分が信じるものを愛することが可能になる。」昔の考察をいま再検討するにあたって、中身には何の変化もないのだが、あまりにも一般的なものに見えるので、これをより具体的なものにしたいという気持ちがある。

幻想を抱くことなく愛する、喜びは求めずに闘う、こうした事柄はあまりにも平凡であり、愛と信念は必ずしも一対となってはいないという結論をそこから引き出すほかはない。愛と信念の二重性はこれを認識する者をあたかも裁断するような作用を及ぼすのであって、自分の使命（自分を魅了するとともに、有効だと思える行動の実行）にしたがって、少なくとも、そのような行動の力が及ぶ範囲でしか、長続きするかたちで両者を結び合わせることはできない。そう口にするのは、何の苦労もなくあいているドアからなかに入るようなものである。それでもなお、こんな自明の理を書き記すのは、自分なりの「ワレ発見セリ」があまりにも時期尚早の産物だった点を示して余りある。自分の仕事を「厳格に」遂行するように求めるということは、表面はどうあれ、事情がさほど単純ではないと証明していることにもなる。このように自分で選んだ道を辿るだけで足りるというなら、厳格さを求める必要はどこにもないだろう。ところで、その厳格さとは、いまだに原理的な異議にとどまるものであり、自分なりの厳格さがどのようにして成り立っているかを見ようとするとき、本物の障害物が姿をあらわす。厳格さとは、純然たる技術的問題の土俵の上の話なのか、それとも作家の義務という意味での話なのか。この場合の作家とは、本人が望むかどうかは別として、作品が流通する商品となり、たまたま一定数の読者を獲得して社会的な事柄にもかかわるようになったが、個人的な事柄を語ることに終始する苦心作を公けにするにあたり、出版という手段を用いて、誰彼なしに自分をさらけ出すことを厭わずにいる人間なのである。技術的な問題の土俵に限るというならば、話は芸術のための芸術の実践に行き着くが、これとは別種の厳格さは社会的行為への通路を用意するのであり、やがて本来の意味での文学的な気遣いを押しのけてしまうことになる。この二重の暗礁をうまく逃れて、私は自分独自の詩学および倫理学を構築しようと考えたわけだが、その両者がたがいに絡み合い、対立することなく、すべての分野において私の案内役となってほしいと願ったのである。異様だったのは、自分からすすんで選び取った活動の核心部に、私自身を満足させるために深く根を降ろしたとしても、枝葉が大きくひろがって伸びてゆかないことには本来の役目を果たしていないことになるシステムの内部に私が一定の規則を導き入れたことであり、それらは文学との論理的な関係に限ってみれば、文学的ツールそのものの検証がなされるような状況に関係していた。ある種の画家は、自分の芸術は視覚に関係しているのだから、自分であっても他人であっても、これをないがしろにしてはならないという理由から、露出狂あるいは窃視症の人間にならないようにするわけだが、結局のところ私のやり方はそれに類似していたのである。自己を正当化するとすれば以下のようなやり方しか考えられない。つまり言葉を絶対的なものとして位置づけ、これを傷つけようとするいかなる攻撃をも許さないことである。それゆえに、わが旧悪を押し戻し、言語を実体化する方向にふたたび向かわないようにするためには厳格さ以上に厳しい何かが必要となるだろう。折悪しくつまらぬことがきっかけとなって、ずっと以前に完治したと思い込んでいた悪癖がぶり返すことが何度かあり、そんなふうにして私はまだ若い頃に抱いていた観念に立ち戻った――あるいはほとんどそれに近いかたちになった――のだが、その頃の自分は、言葉こそが最終的な実体であって、有無を言わせぬかたちで、詩の擁護をめざす論拠がそこにあるとして唯名論の側に立ったのだった。

道に迷った散歩者が自分が辿った道筋を思い返しながら難局を切り抜けるにひとしく、私もまた文学とモラルの両方に関係する掟を自分のために作成しようと考えて書き写しておいたものを改めて読み返すと、これまで作り上げた建築物の安定の悪さがすぐに明らかになり、このような自己反省的な立場の選択につながった理由がわかる。つまり文章を書く際の禁止事項と行動面における禁止条項とのあいだに、より直接的なつながりが欠けていても、行動面における禁止事項を守り通すことで後ろめたさはさほど感じずに仕事ができるのだから、その種の禁止事項が内面的な水準で執筆の欲求に応えていると認め、さらにはシステムの機能停止が隅々まで進んでいるなら、これを個人的傾向の表現として示し、まさに奥深いところで(私はこれを暗黙の了解としていた)しなやかなものに変えればよい、ただし私はシステムを教理問答のように構想するという誤りを犯していた。結局のところ、どちらの場合も、私はもうひとりの私に引き渡されるのであり、重要なのはやはり人間であり、とくにどのような言語の用い方をしているのか、場合によっては言語そのものを問うのではなく、人間が言語をどのように考えているのかという方が重要になると暗黙のうちに認めるかたちになる。こうして自分でも気づかぬままに、改宗がなされたわけであり、たぶんこの先袋小路から抜け出ることができるだろう。

すでに、少なくともはっきりした点がひとつある。私は禁止事項のシステムを言語の濫用の上に築いていたことをいっておくべきだろう。自分用に用意できればと考えたこの作家のモラルが、あらゆる点で言語のモラルとして、言語への冒瀆の拒否にもとづいていなければならないのは自明の理だと思われた。だがまさにこの点において私は勘違いをしていたのだ。どのようにすれば特別に言語からあるひとつの「職業的な」モラルを引き出すことができるのだろうか。なぜなら言語は万人のものであり、実際にどんな苦役でもこなす仲介者にすぎないのである。調整を試みる代わりに、根本的に視点を変えて、単に言語を用いるのではなく、言語を特権的な目的のために用いる仕事をする私自身の立場において、独自の仕事の道具である言語こそ、私が求める黄金律を向こうの方からすすんで明らかにしてくれるものと思い込んでこれに頼ったとき、何が拒まれたのかを探ってみる必要があった。私はつねに自分の過去から未来に適用できるものとしてひとつの教訓を（それがちょうどよいときにやって来れば）引き出そうとしてきたわけであり、なおも自分の分け前が残っていてほしいと望んでいるのである。なりふりかまわぬ自己回帰――私は探求のアルファにしてオメガである――は、以下の中間項よりも望ましいものなのだろうか。すなわち理論化の不具合が私の目に明らかになったとき、ときに自分を正当化するため、ときに「自分の罪《メア・クルパ》」を認めるために、自己なるものの個別性に即しつつ理論化を果たすこと、それがこの場合の中間項なのである。

五十年以上時間を遡り、北海へと進路を定める、それこそこの回帰がとる直接的な形態なのである。私はほぼ十歳であり、ハイストにいるが、これはゼーブリュッゲからさほど離れていない場所である（われわれの目には単に堤防が地平線をふさいで見えただけだが、その後の第一次世界大戦中の爆撃の結果、独自の幾何学と暗い灰色から別の風景が生じることになった）。それはまたブランケンベルゲ（黒と白のその名を私は愛した）だけでなく、クノッケ（このクノッケ＝ル＝ズートは現在ではもっとも賑わう場所となっており、またそこでは毎年国際シンポジウムがひらかれるが、話題となる事柄は目先の利害から解放された高尚なものだと謳う点が鼻について、私の目にはおよそ詩に捧げられた寂しい見本市のように見える）からも離れてはおらず、小ぢんまりとした海水浴場として知られる両者は海を半ば隠す砂丘の背後を走る路面鉄道によりハイストへと通じている。悪天候にたたられたうえ、季節外れの計画（誰もが荷造りを終え、ほかの避暑客と一緒に集まって、またの日の再会や消息の交換を口では約束するが、実際には二度と会うことはない）でもあり、サロンもしくは部屋に集まったわれわれ、というのは両親、二人の兄、おそらく私の姉とその夫、ほかにホテルの宿泊客が三人ほどこれに加わり、彼らはどうもロシア人のようだったが、着ている服にも、また肉体的特徴にもスラヴ世界の市民と見なすにふさわしい要素は見出せなかった。男はかなり恰幅がよく、ふだんは鳥打ち帽をかぶっている（なぜかはわからないが、われわれ家族はスパイあるいはその種の怪しい人物ではないかといって、深入りすると危ないという話になった）、女の方もまた太っていて、毛織物の帽子をかぶっていたはずだが（三人組が関係する挿話の全体を再現しようとして、一助となるように彼らの姿をそれらしく見せようという欲望が勢い余って捏造につながっていなければ）、この帽子は円筒形で大きな玉房がこれについていた。たぶん少年にはさほど特徴がなかったようで、父親と母親の強そうな外観とは釣り合いのとれない虚弱な様子を別にすれば、ほとんど何も記憶には――覚えているという思い込みですら――残っていない。おそらく、われわれは一緒に食事をし終えたところであり、もはや大した話題もなくなった人々が話を続けるときに必ずといってよいほど頼るもの、すなわちグループで興じるゲームを始めていた。ほぼ確実にカード遊びだと思うのは、記憶を辿ると、この種のゲーム――一連の流れのなかでいかにもありそうな要素――に辿り着くのであり、記憶が正しいとすれば、問題の午後は私にとって、たとえば兄たちと一緒に子馬もしくは驢馬を借り、これに乗って、引き潮のときは砂地に変わる浜辺を歩き、英雄的な疾駆を含む散策と同じ立体感――細部に関しては空白と疑わしい部分があるにせよ――をもつのである。当時の私はゲームには無知であり、何人かの大人がわれわれを楽しませようと見せてくれた手品を前にして驚きの目を瞠るだけだったが、それでもこのときの私はなんとも不思議だが成功を収めてしまったのだ。私はいったん部屋の外に出るように言われ、そのあいだに部屋のテーブルにはカードが並べられ、誰かが一枚に手を触れ、ふたたび呼ばれて部屋に入った私は、どのカードに指が触れたのか、さらには誰が触れたのかということまで当てるように言われたが、もちろん外からは壁が邪魔になって室内の様子は見えなかった。初めのうちは少し迷ったが、突然ひらめいて、言い淀んだりせずに答えを口にすることができた。成功もさることながら、私を有頂天にさせたのは、直感の力であり、私自身はゲームの黒幕の道具として思い通りに動くコマでしかなかったが、この才能をひどく誇らしく感じ、選ばれた人間だけにそなわる霊媒的で驚異的な能力に自分が突き動かされたと思い込んだのである。事情に通じた人間も疎い人間も同じく驚かせる種類の手品であるが、その種明かしがあらかじめなされていれば、現在の私の語彙だと、千里眼もしくは魔術と呼ぶべき種類の行為が、いかなるトリックも抜きで私になしえたことが明らかになっても、それほど幸せには思わなかっただろう。思い上がりもはなはだしいこの有頂天な気分は、たとえていえば、霊感が働く賭博者の体験、もしくは、話をするうちに、以前は何の関係もない女性だった相手が、刻々と自分に関心を寄せはじめ、距離が近づいているのを発見する恋する男の体験に似ている。つまり幸運の訪れを感じる瞬間なのだ。こうして少しあとになって、次のように言われたときはひどくがっかりした。すなわち、あれはお芝居で、みんな一緒に示し合わせ、誰もカードには手を触れず、私が一枚めくって見せると、指で触ったのはまさにそのカードだと言っただけなのだと。

他愛のないこの逸話がしばしば頭に浮かぶ。その舞台は、私が夢中になった国々のなかに入れるのは筋違いだが、私にとってはクレール叔母の思い出に結びつく最初の外国での訪問地であり、まだ子供だったときに行ったせいもあって愛着がある。すでに述べたように、大量の毒をあおったことで一時的に投げ込まれた非人間的な状態から脱け出したときに、まだ錯乱状態の私はベルギーにすがったのだった。いまの私は、ハイスト＝シュル＝メールで自分は普通の人間のスケールを越え、自分独自の場所をもつ才能の持ち主だと思い込んだ子供時代の体験を思い浮かべ、次にひとりの青年となった私が、自分をもて余しながらも「詩人である」ことを望んだときにも、やはりこの子供じみた誇らしさに似た感情に突き動かされていたのではないかと考えるようになったときから計算してもだいぶ時間が経っている。私が詩人になりたいと思ったのは、もちろん詩への愛がなせるわざであり、詩を書く体験にともなう喜びによるものだったわけだが、それはむしろ――高校生のとき、といってもはち切れそうな私自身の感情を音楽的なものにしようと追求するだけのものだったが、その段階を卒業して――、アポロンの神託を述べる巫女ピュティアのようなやり方で言葉を扱う者に割り当てられているとされる地位にまで自分を引き上げるためだった。霊感を授けられた者という特質は、正も負も合わせて卑俗な存在から離れた場所にその人間をおき直し、いわば半ば神（あるいは四分の一神）のごとき存在へと変貌させるのであるが、それは、どのような人間であっても自分たちの規範に囚われている点で到達不可能な次元に生きる人の姿なのである。たしかに思い上がりもいいところだった。結局のところ、私が欲しがっていたのは、天才の特権であり、いかなる点でも満たされないと嘆いてはいても、これ以上は望めぬほどに心地よく規則正しく過ぎてゆく私の生とは似ても似つかぬ並外れた運命だったのである。おそらく、生が白熱状態からかけ離れたものだと感じたからこそ、作家という仕事に取り組むのにふさわしいやり方でひたすらこれに向き合おうと努め、いかなる炎も私を焼き尽くしたりはしないのだから、私の文章が魔術を欠いてはいても、少なくとも自分は真面目に事にあたり、可能ならばどのような非難も届かぬ地点に身をおかねばならないとするかのようにして、わが身に規則を課したのだった。言語を取り扱うに際して、これが神的な本質をそなえているかのように最大の敬意をもって臨むこと（表現は立派で、最後は詩人の聖なる焔に厳密な職業意識を置き換えることになる）、政治的には「左翼」（詩人は既成の秩序をありがたがる人間とは両立しえないという私自身の信念の変化の果てに最終的に見出される精彩を欠いた形態）に自分を位置づけること、以上が本質的にその規則に相当するものだったが、政治に関する部分は、たしかにプラトニックだともいえて、それが証拠に間違いなく私は本来の意味での戦闘的な活動などには一切かかわりをもたず（必要に応じて宣言文と請願書の下の方に署名するというだけのふるまいをもってして）そこそこ誠実といった程度の居場所の確保にとどまっていたのである。私が考える禁止事項はむしろ「形式」の誤りに照準を定めていたが、「内容」にかかわるこの規則を導入する以上、禁止事項の消極的側面を逃れるには、現実参加のふりをするほかなかった。私の場合は、純粋さという口実のもとに、柱頭行者にもまして動かずにいるのが相も変わらぬ特徴となっているのではないか。ときに無気力な状態を断ち切る所作に出ることはあっても、つねに舞い戻ってしまう状態とは以下のようなものなのではないか。すなわち自分の殻に閉じこもる、ちっぽけな自尊心が傷つけられないようにする、妥協の拒否のうちに善を求める、というのも実際には積極的な決意は苦手であり、それにまたあまりにも用心深いので、錯誤が重なり、ときに受動的要素がきわめて重苦しいものになるなかで、その錯誤に能動的要素を対置するなどの贅沢な方策は採用しえない。逸脱と錯乱といった能動的要素はたぶん、それなくしてはあまりにも無味乾燥な軌跡に活気を与えるバロック的な漂流以上のものにはなりえないのである。

またしても別の見通しをもって書くのは、本書の執筆にあたって遭遇する難所に対して誰よりも無防備な状態に身をおき、自分が愛するものと、ほかの人から愛されたいと願う自分という二つの対象をひとつのまとまった姿でそこで結合しようとする気持ちが支えとなっている。ここには私を詩的次元に誘う働きがあらわれており、それこそが議論の完成をめざす頑固な欲望にもまして勇気を与えてくれるのである。この現実に目をふさぐことで仕事は複雑なものになった。清教徒的な反応、もしくは倒錯のせいで、本来の性向に逆らおうとする傾向があったのは否めないが、私は詩への愛を自分の欲望のひとつとして、つまり詩そのものとは別の問題の与件の一要素として扱い、まず詩という対象を選び取り、それが有効かどうかの気遣いはずっとあとになって生まれたのである。根本的な要素であり、数多くの問題がそこから派生するが、ただし、それじたいは「問題化」されないだろうが、この点にいま立ち戻るのは、詩人であるという言い方を私がする場合に何を意味しているのかを明確にする必要があるからだ。私の一貫した願望は詩人でありたいという一点におかれ、文学研究の面で一般的に理解されるジャンルということになると、まったく別の方角に向かったことになる。

「詩を書き、詩人である。」これと性質は同じで、一般的な表現としては「本を書き、作家である」というものが考えられるが、私の感覚からすれば、この場合は冗語法もしくは同語反復の例となるだけで、若い頃の私の願望を要約する表現の生きた中身はここにはあらわれていない。そのことは、私にとっての作家とは「麗しき文芸《ベル・レットル》」の書き手に属するものであるが、これに対して詩人が詩を作るだけの存在だ——オルガンやピアノの制作者のように、特別な技能を要する制作物によって特徴づけられる——などと考えたことは一度もない。

職人的な観点からすれば、詩はある種の書法をもって即座に定義されるひとつのジャンルにほぼ収まるだろう。詩は「推論的ではない」(別の言い方をすれば、分析よりも全体的な把握、創造に重きをおく)わけであり、公共の有用性からは遠く離れた場に成立し、ただ単純に転写という手段にその役割があるのではなく、言語が奇妙なかたちで「距離化」されたときに姿をあらわすのである。韻律法の遵守および選ばれた語彙の利用という古典的な手段を媒介とする場合もあれば、もっぱらイメージを多用する場合もあり(この点に関してはロマン派とその末裔が本家と見なされてきた)、根本的に新たな修辞法の発明による場合もあり、あるいはまたこれとは対照的に伝統的修辞法に信頼を寄せ、ほとんど錯乱的といってもよい気遣いをもってこれを熱心に用いる者(たとえばレーモン・ルーセルのように、文体的努力をもって透徹を究めようとする配慮がほとんど偏執狂的といってよい段階まで達し、それにまたフランス語の完全無比な用法が認められる場合)が手にする、未曾有の透明性の力による場合もある。しかしながら、取るに足らぬ擬い物の詩人であるならば話は別だが、いかなる苦悩もアイロニーも深刻な不一致をあらわすほかのしるしもともに見当たらず、固定観念をなぞったような通常の生活から距離をおいた地点まで突き進まずにいるような人によって、距離化が生じることなどありえないように思われる。詩人であろうとする、であるならば、ただ単に大多数の人々が言語のうちに見出す事柄とは異なるものを試みるという意味だけではなくなる。それは詩を生み出す波瀾含みの分断された生を欲することであり、ほかならぬその運命のもとになければ、書かれた言葉によって、生を表現する努力をむなしく重ねるほかない。たしかにそこで問題になっているのは、反省とは無縁の勢いであり、首尾一貫性などはかけらも見当たらず、間違っても、入念な選択の結果などではありえない。不幸は私の分け前であり、これを特別なしるしだと考えていた時代にあっても、自分自身の運命は殉教ではなく救われる運命のもとにある確率の方がずっと高かった。というのも、叙情性の鋳型に不幸を流し込めば、少なくともその毒性の一部を失って変容を遂げるだろうと計算していたのである。自分なりの目的に達するためには、運命の隘路と希望なき最果ての地に昂然と向き合う用意ができていると感じていたにせよ、そのようなことが現実になれば、あくまでも理念的な心のなかのイメージとは似ても似つかぬものとなるとは思わずにいた。たとえばランボーが現実にはわれわれを興奮させるほどの冒険を体験していなかったことを発見するには、長年にわたって体験と思索を繰り返す必要があった。彼が「自分のために」体験したのは(後の世の人々がこれについて抱く観念にしたがってということではなく)、ごく単純に惨めな生活であり、そのことはエチオピアにいる彼が書き送った手紙に散見される繰り言に示されている。これと同じく、かつてネルヴァルが意図的な狂気——人生と夢との合体——に彼なりの解決法を見出したと思われたにせよ、それはいまの私には何か子供じみたことのように見える。彼のように文筆で生計を立てる人間が発作のせいで仕事ができなくなり、休まざるをえなくなった期間、発作を物語ったり、錯乱を通じて手に入れた素材に手を加えたりしながら、この状態からの脱出を試みて、生活の糧だった原稿執筆に向かおうとする苦悩はどれほどのものだっただろうか。

「詩人である。」無理に位を奪うことなく、詩人でありたいと願う者は「詩的に生きる」必要があり、さらにはブルジョワ的精神――旧態依然であって、その点においてまさに散文的である――を捨てねばならない。多少なりとも目を引き、多少なりとも過激な様相を呈するこの断絶には、さまざまな側面があるが、その一面となるボヘミアンの生活は、独自の型破りなところがあるといっても、いまとなっては、すでに分類済みの見本の一例でしかなく、これを極限まで突き詰めれば、英雄性にまで辿り着けるかもしれないが、それがうさんくさい目で見られることなどもはやない。夢に(夜が独自の言葉をもってわれわれに演じさせるささやかなドラマ)、そして詩的な出来事(しばしば取るに足らないものが、仮に自分自身のイメージ以外の何ものでもないとしても、特権的に鮮やかな比喩表現を得る)に対してひらかれた扉となること、かなり強力な、そしてまた風変わりな生活を送り、伝説と化すまでにこれを突き詰めること(神話の世俗的形態)、積極的な革命の道か、あるいは自由な情念の活動を通じて、詩が慣習から身を引き離す手段となるとき、そこにひらかれる人間的な経路に沿って肩入れをすること、以上はそれぞれ異なるやり方であるが、いずれも「詩的に生きる」有効なあり方だといえる。むしろ正確にいえば、ある条件下でそうもなりうるという話なのだ。というのも、ここに認められる大いなる可能態という名の扇のひろがりが示すのは、かけ声ばかりのスローガンのむなしいありさまであり、たしかにそれはあまりにも漠然としており、直接的感情、パノラマ的眺望、知的なものへの投射などのどの水準においても、このスローガンに対応すると見なしうる、規範から多少なりともかけ離れた存在あるいは行為など見当たらないのである。別の言い方をすれば、生ける詩として、場合によってある種の驚異の刻印をもつ物語の主題として、そして行動が詩に収斂してゆく姿が一種の軌跡の計算によって認められる場合の行動としてということになる。また別の言い方をすれば、生ける体験の現在において、語りの過去において、現実世界をより風通しのよい世界に変える大事業が見据える未来において（ここでの転換は、この種の大変動に必要な行為の大半が散文的であるにもかかわらず詩的だといえる）、ということになる。あるいはまた次のような言い方もありうる。すなわち関与する人間としての一人称において、自分と他者との関係の二人称において（時間が経てば、なかには親近感を抱いてくれる者がいる）、自分の行為と書いた文章の最終的な意味および可能性を明らかにするはずの貸借一覧の三人称において、ということである。そして最後に、扇をひろげて三つではなく四つの項目をあげてみると、生成する出来事の直説法において、他人の記憶のなかに反響する身ぶりの接続法において、実行に移す強い意欲を刻印する命令法において（人を愛し相手の心を動かそうとする場合も、政治的行動によって動く場合も）、ある人間の人生が本当の意味でわれわれの軛を緩めるのに役立ったのかどうかを占う後世の判断の条件法において、という言い方になる。それゆえに指令というべきものがここにあるわけだが、自由な受け取り方を可能にするには、厳密な定義はせずにおいた方がよい（少なくとも本物の詩人は、完成の域に達した陸上競技選手のように、あらゆる場面で輝かなければならない）。だが、このような領域において、スローガンがどのようなものになりうるかを探るのは不条理ではないか。詩を追いかけるのに設計図を描くとすれば例外的なものの本質を否定することになりかねない。好機として舞い降りる（運不運を超えて）のではなく、それなりの戦略の適用を通じて獲得される成果だということになれば、本来の姿ではなくなるだろう。詩的に生きようと心に決めることは（一家の長たる道を選ぶのではなく、放蕩生活を送る、あるいは向こう見ずな生き方をするなどの選択肢があるように）、よくよく考えてみれば、ある種の無意味であり、現実の行動においては、ほぼ間違いなく哀れな猿真似に終わることになる。すなわち、日常生活の流れから抜け出た夢想者、あるいは理性と狂気の境界を揺れ動くハムレットに類する存在を演じること、どちらかといえば平凡な事実を奇跡に変える無理強いをすること、自分なりの伝説を入念に仕上げること、ブルジョワ的秩序との馴れ合いは棚に上げて、これに対する憎悪と軽蔑の念を公言すること、革命と戯れること（完全なる政治参加となると、まさに詩を二次的な地位に追いやってしまうわけであり、そこをうまく切り抜ける必要がある）、中途半端だったり、俗悪だったりする愛を思い切り格上げし、情熱の衣を擬装し、すべての権利を得ようとすること、聖なる怪物として行動し、とくに近親者に対して（そんな気がしてならないが）執拗に嫌な人間であろうとすること。

「詩を書く、詩人である」、それこそが若き日の私の強い願望だったことは間違いない。その頃は「詩的に生きる」とはどのような事柄なのかを解明しようとする必要はなかった。私が愛する詩作品に匹敵しうるものを書きたいという欲望がすべてだった。錬金術思想家（そこに実験室での成功よりも完璧な作品の成就を見ていた者）にとっての黄金の生成のように、そのような詩を書くことで、あらゆる美学とモラルを超える秘密を背負った私は正しい方向にあって、聖性と同じく定義不可能で、ましてや体系化などしえない恩寵の状態にある証明が得られると思われたのである。シュルレアリスムにあって何よりもまず私を惹きつけたもの、そしてまた一度たりとも私が否定しなかったものは（文字通り自動記述の実験はやめていたし、あまりに安易に弄ばれる驚異にはますます強い疑念を抱くようになっているにせよ）、既成観念に囚われずに想像力、美、善、真がふたたび混ぜ合わされ、この四つの語からは、見かけ倒しの干涸びた原理のなかに据える大文字を頭から取り去った状態で、すべてを豊かなものにすることをめざし、詩のうちに完全なる体系を見出そうとする行為を通じてあらわれる意志だった。たしかに完全なるものを私は追い求めていたのだが、そのやり方は最悪だった。

詩的真実を明確に提示するために、論理的な言説に頼って詩の輪郭を描こうと努め、詩をうまく捕まえるという口実のもとに詩の諸相を数え上げてみても、逆にこれを捉え損なう結果になるのは、詩とはすべてか無かの次元にあり、細かく切り分けて扱うことができないものだからである。こんなふうにして、何らかの詩学とモラルを手に入れたつもりになっても、勝敗を制したことにはならないだろう。私がめざすのは現実的な目標であり、自分に必要なのは——まったく理論とは水と油の事柄——、詩の真っ只中にしっかりと根ざした自分を感じることなのである。知的理解と行動の両面にわたるその意味は（証明するまでもなく）、事の本質からして、またこれまで意識していなかったとしても、少なくとも鈍重さと小賢しさに表現される散文的平板さを免れている点にある。だというのに、詩に合流しようと試みながらもっぱら自分が口にするのは議論と理屈ばかりだというのでは、最初から気分は滅入り、この種の考え方は私を詩から遠ざけるだけなのにそれがわかっていないというのは、まさに鈍重を絵に描いたようなものではないのか。さらに生きた方法の代わりに、文学に携わる際には人を欺かず（何事も捏造せず、批評に対しては真正さというアリバイを対置するやり方）、情愛の局面では嘘をつかず（不倫の愛を断念するための議論）、保守的なブルジョワとはならない（革命家の素地がないことがわかっている場合には、「進歩主義」でもよいとする最小限の掟）という禁止事項の柵の背後に安穏として立てこもる消極的な選択は小賢しさの典型ではないのか。

禁止事項を並べ立てるむなしいシステムが、作家という仕事が私に命じるこのモラルの表現になった経緯について、自分なりに弁護を試みるならば、詩と結びついたモラルを築くには、否定の身ぶりをもってするほかに方法はなかったという言い方になる。否定という、私を惹きつけてやまぬ語（音楽的要素としてはかなり貧弱であり、誘惑の原因はこれとは別に、この語が喚起するほとんど何も言わぬ妥協の排除という点にある）と戯れながら、否定の身ぶりが詩の探求と対になっているのは、詩が境界をなきものにする——あるいは境界を否認する——からなのだと私は書き記した。たしかにそのとき生じたのは、実際には否定の中立性から抜け出せないものに積極的な価値を与えるため、言語に強く肩入れしなければならないということだった。しかしながらこの中身のない裸の語は、道具としてはあまりにも抽象的であって、いかなる使用法にも応じるものであって、真空のように私を吸い込むのだが、必ずしもまやかしとはいえない弁護に役立つものだった。詩的なふるまいからアプリオリに排除されると思われるごくわずかな事柄を明確に禁止する（抹消する、もしくは否定する）のは、一定の定義をもって詩的ふるまいを拘束するのではなく、詩的ふるまいではないものの明示によって、緩やかな限界を設けてこれをしたがわせることになるが、拘束する代わりに保護するのだとする最小限の制限をもって、実際には詩的ふるまいに白紙委任状を与えることになるのだ。それでもなお、その後どのような結果が生じるかという見極めがないままに、この幾つかの禁止事項の適用がわずかでもなされるとき、それらの禁止事項——厳しいものだが、見かけのうえではかなり大きな自由度を残している——が不足というよりも過剰という罪を犯している点は目には入らなかった。騙さないこと（禁止命令が告白の書き手によって注意深く守られるならば、題材の提示とか文体などの人工的な技のごくわずかな部分も禁じなければならなくなる）、正確を期したやり方、それゆえこのうえなく平板であるとともに読みづらい書法をもって表現するだけにとどめること、脱線を避けること、完全に掌握するには到っていない土地に迷い込まないようにすること、土足で入り込むようなことはしないこと、あまりにも専門的な用語や厚かましい言い回しは用いないこと、投げやりな態度と弱さを完全に禁じること、そうなると、未知なるものへの跳躍、飛躍、自由という文学作品の本体をなす部分をことごとく諦めざるをえなくなり、さらには、絶対的沈黙の否定性に身を捧げることになるのだ。以上の禁止事項が批判に値するとしても表面上のことであって、本質においてはそうではないと私は思っており、それらは少なくとも私にとっては、バロック的雄弁へと向かわせるまったく逆の欲求と同じように私の深い部分に根ざしていると思われるのだが、仮にそうだとしてもシステムにまで成形するのはいかにも面妖な行為であり、信心に凝り固まった厳密さをもって順応を試みるのは——あらゆる原理主義がそうであるように——憎むに値する行為だと私は見ている。本書の執筆という仕事のなかで、禁止事項もしくは規則は自分がそこから離れてはならないもののようにして私の目の前に立ちあらわれ、いったん離れてしまえば仕事の意味も変わってしまうように思われたが、私がなしうる事柄をできるだけうまく発展させることで窮地を切り抜けるためには、禁止事項もしくは規則がもっとも確実な手段であると自分本位で今日の私が考え、よりひろい視野のもとに、詩法の基礎をなさないまでも、少なくとも「自伝の技法」の基礎工事に相当する何かを表現すると見定めるとき、本来の価値の正当な評価ができるように思われるのだ。だが事態を整理し直すと、これほど長い年月にわたって自分自身の聴取に取り組み、自分のことを語ってきたあげく、せいぜいのところ辿り着いたのは、この種の企てに没入するときに、背いてはならない基本的な規則の説明にすぎなかったことが見て取れるのではないか。最後の部分で、企ての遂行を司る規則そのものを発見し、であるならば、円環は断ち切られずに、ずっと閉じられたままになっている。もはやみずから望まぬ変化は別にして、私の生き方が最終的に正当化されうるとして、その対象となる領域は、出発点においては、自分本来の領域だとは同意しなかったもの、もっとも狭い意味での文学という領域である。詩人になりたいと願った(いわば神話の登場人物のように生きることを夢想しつつ)あとで、私はおそらくこの文学的ジャンルの擁護と顕彰をなすような自伝的エッセーの実直な書き手となる。あらゆる職業的モラルの結論となる(私がしばしば考えたように)言葉は自分だけにできることを、、、、やる、つまり能力の活用と同じくまったくといってよいほど刺激が感じられない原理だが、これを認める(しばしば私が考えたように）のでなければ、ここで私が穏当におこなう配置は敗北を認める以外の何ものでもない。

それにしても修辞家であるとともにモラリストであるように自分を仕立て上げ、少しばかり鋏を入れて手袋のようにぴったりと寸法の合ったモラルを切り取るために全身の力を込めて、語彙と文法に関して飽くことなく小細工に邁進しつつ身をすり減らす思いをこらえるのは滑稽きわまりないことだった。不毛な寄せ集め細工《ブリコラージュ》であり、透視眼をもちたいという思いも、おそらくは私自身の自惚れを挫くのが望ましいとわかりはじめたときに書き記した幾ばくかの語、すなわち「立派に見える嘘をつかず、立派に見える嘘よりもさらに立派であるような真実を差し出す」という表現に要約的に示されるプログラムも、そのような細工から私を引き離して別の場に連れ出そうとはしなかった。書くという仕事を通じて、もはやユートピア的な探求を執拗に続けるのはやめにして、何らかの真実に到達することに努め、そうすれば優れた創作をもってするのと同じ満足がもたらされると期待することが私独自の規則なのだと思い定めることができたのかもしれない。だが望みはいくら高く掲げていても、このような定式に執着すればするほど、否応なく私の視野は狭まることになり、真実というかたちをとった真正さに（さらには逸話的な本当らしさにすぎぬものに）満足するだけになり、仮に私の倫理規範がこの要請だけに集約されるならば、積荷を軽くするという口実のもとに荷を船外に投げ捨てることになってしまう。それでもこのメモは、まさに文学に私なりの善を見出す可能性を手早く指示するものであり、ほかの芸術と同じく、この書くという技においても、ものが見えなくなるのを予防するはずの叱責であった。めざす目標がどのようなものであれ、「みずからを賭に投じる」あるいは「ゲームをしながら」とはいわないまでも、退屈抜きでなければ至高の価値をもつものなど存在しはしないだろう。退屈は、火花と詩的夢想というよく見かける主題を勢いよく送り出すに必要な欠乏状態であって、ひどく貧しい土地などではない、というのも作品（穏やかなものもしくは激しいもの、深刻なものもしくは軽妙なもの）が陰気な祝祭になってしまうのは、これを取り仕切る者が仕事の際にいたずらに待って時間を無駄にするからである。潰走の真っ只中にあって、もがくと同時にあらゆる手段に訴えて貯め込んだ省察のメモのなかから出口を指し示してくれるような検証に耐えるものを探し求めながらも、たしかに私は退屈している。それだけで自分がどれほど美と離れてしまい、真実の側にあっては、あの否定的な成功、すなわち道すがら軽率にも受け入れた誤った観念を少しばかり捨て去る行為のほかは何も手に入れていないのが完全に判明する。

仏頂面をしたペシミズムはしばしば極度の幸福感へと変化し、醒めた意識のもとに力を失って居座るのだが、悲観的性格がさらに強まるとき、かつての私は、そのような状態で永久にもがいていなければならないのではないかと思うことがあった。それでも前よりもよくなったわけではないと思うのは、若い頃のペシミズムは、色合いは暗いが豊かでもあって、ありとあらゆる種類の想像に形を与えるのに貢献し、私を麻痺させるよりも活気づけてくれたのである。詩人になりたいという気持ちと不可分の（いってみれば）心地よく歌うようなペシミズムであり、さもなくば少なくとも歌おうと努めるペシミズムであったのに対して、現在の私が陥ったペシミズムはブルジョワ化してふやけてしまい、あるいはまた精神安定剤のほぼ恒常的な使用によって精彩を欠き、変容など覚束なくなった生命体に取り憑く病であって、その場しのぎの対処法によってこれを和らげるほかはない。溶解、崩壊、散開、かつての私を襲ったペシミズムの姿を記述しようとすると、あたかも時間の厚み以上に入り込むのが困難な霧に包み込まれたかのように、そしてまたあたかも過去をもう一度復活させようとする私の願いが霧散してしまったかのように、すべて私の手から逃れ去ってゆく。夜、寝る前の時間をあてて没頭していた仕事の出来が期待を裏切るものであるのはともかくとして、その仕事に取り憑かれた眠りのおかげで、最近の夜のどこかで、また新たな接触が生じたように思われたのである。一瞬のあいだくっきりと見えた地平線はまたしても覆われてしまったが、この夜のどこかで私に取り憑いたイメージは私が感じた幻滅を超えて長く生き延び、大した意味がないという欠陥が明白であるにもかかわらず、寝床につく前に代わる代わる試してみた文の数々よりも雄弁に何事かを物語るのだが、その後は名誉なき就寝が待つばかりで、闘い疲れ、やむなく諦めて寝床につくことになるのである。

二人とも若いのだが、男と女が私の目の前に立っていて、かすかに上から下へ見下ろすかたちの構図となっている。そこで生じた連想は、無声映画のなかでもとくに有名な作品のひとつであるドライヤーの『裁かるるジャンヌ』におけるクローズアップ撮影による人物ショットである。二人はたがいに、少しでも手を伸ばせば、体に触れそうなほどに接近し、激しい感情を心に秘めながらも不動の姿勢のうちに凍りついたように見えるのだが、実際のところは、自分ではどうにも制御できない衝動に突き動かされ、プロペラの動きを推進力として動くように、自分の体を軸として素早く回転する。とはいっても、最終的に跳躍にまでは到らない。この場面――むしろタブローというべきもの、というのも回転運動以外には何事も生じない――は、舞台となる場所がどこなのかわからず、どんな細部も見逃すまいと思いつつ見直してみても、どこにも物が見当たらない閉ざされた場所か、ありきたりの狭い空間（絵の額縁に囲まれる長方形、もしくは別種の長方形をなす映画スクリーン）のうちに二人をおくだけに終わる。男については、論理的に考えて導き出されるのは、その人の回転によって引き起こされる曖昧なつむじ風のようなものでしかない。これに対して、女については、ほぼ当人に似た肖像画を描くことができる。これは私の関心がたしかに彼女へと向かうからであり、体が素早く回転しているのだから原理的には特徴が不鮮明になるはずだが、それ以上にふたたび姿を見たいという強い気持ちが働いていたからである。たとえば聖女の衣に似た単純きわまりない象徴学を元にした配色の長衣のように、褪せた紅の丈長い衣服がこの人物を包み込んでいて、その種の紅色が、かつての私特有のペシミズムを言いあらわすためにやむをえずに言及した「暗いが豊かな色彩」をもたらしていたのは疑いがなかった（というのも私はあまりにもぼんやりした情景喚起の先に進みえない点を腹立たしく思っていたのだ）。優美であっても華奢ではない身体は、がっしりしていて肉づきがよかった。うなじの部分で艶やかな黒髪がまとめられていて、顔――美しく深刻な面持ちのふっくらとした蒼白い横顔――は上方を見つめていた。眠りあるいは半覚醒の状態にあってスナップショットの断片的影像が繰り返し浮かび上がるなかで、これを組み合わせて生命を吹き込むことでその人の姿が再構成されるにつれて、半ば悲劇的で、半ば殉教者もしくは愛人の官能性をそなえた姿は、腰巻もしくはサーリをまとう南海の娘の姿に変化し、彼女をより鮮明に示すためには、映画が提供する感覚的で捉えがたい世界に拾うことができたイメージをむしろ呼び出そうと思う。すなわちそれはコンラッドの小説を元にした映画『文化果つるところ』において、たしかアラブ系と思われる俳優によって演じられた褐色の肌の背の高い島娘なのだ。

この光景にあって、物語の展開からは完全に独立した緊張が愛と死を表現していたのであるが、支配的な紅の色調に関しては、ワインを飲むようにして私の体のなかに入ってくるという点ほど確かなものはなかった。だが私に一体何ができただろうか。私の心象風景にこれを加えるために、夜の闇から連れ出すにあたってあまりにも技巧を凝らしすぎ、ときには褪せて色の薄れた紅となって見える別種の紅の隣にそれをおいたあとでは、記憶のなかにある色合い、沈んだ輝きは突き出た尻とへこんだ背中を包む色合いをなおさら強調する方向にむかったあげく、熱する代わりに冷え込んでしまった。ランブルスコ・ワインの色、その枯葉の味わいが私のお気に入りだった発泡性ワイン、これを飲んだなかではもっとも重要な都市のひとつ、すなわち古い歴史をもつ活気あるボローニャの市街と切り離して考えることができない発泡性ワインの色なのである。ボローニャでは、分派闘争は鎮まっていたが、色褪せた紅色の家々とアーケードのある通りは、日中は灼熱にさらされていても夜になれば静かに押し黙り、まるでその窪みのひとつに身を隠し、目覚めているのは、こちらが近づくと姿をいきなりあらわす刺客だけというかのようだ。公衆浴場の廃墟、もしくは赤い煉瓦がさらに日に焼けているローマ時代に遡るその他の建築物に特有の熱をおびているとともに、破れて和らいだ調子の色合い。北京市の中央にあって、古き紫禁城を隙間なくぐるりと取り囲む牛の血の色をした石の壁。数々のオペラの上演を見て胸が悲しみの気分で重くなった記憶がある劇場内の大部分に共通する豪華な装飾。そこで私が浸り込んだ悲しい気分は暗黒のペシミズムというわけではなく、いまは烟まみれの灰色のペシミズムとなっていて、まぐれ当たりか、少しばかり無理にやってみるほかには、もはや再現不可能になっている。

死せる焔を発するルビー色は夢の中途半端な現実のなかには存在せず、ただ紙片の上に、すなわちただの筆跡のほかは何も形をなさずに手書きの文字が痙攣するままになっているその紙片の上にしか存在しない。これこそサーリ、腰巻、長衣の紅色を、旅行者もしくはディレッタントとしての記憶と突き合わせてみたあげくに私が手に入れたものである。スペクトルの領域を変えずに、それほど美的趣味の色に染まっていないほかの記憶に訴えるとしても、これ以上のものは出てこない。乳首に乳輪が加わって女性の肉体の二つのごく小さな貴い部分が、人にもよるが、ある場合には多かれ少なかれガーネット色に寄った褐色に近い色で見えるわけであり、そこにめまいを惹き起こすような触感が加わる。一方では、約束なのか後悔なのか距離をおいて見えはじめる焔、果汁の甘さをもつほぼオレンジ色の焔が、巨大な石油精製施設の周辺にゆらめき弾けるのを私は眺めたことがときにあったが、そこには渇望と悲嘆の鋭い感覚があり、あたかも人生のイメージそのものが、突如として、すぐさま解読可能な一個の凝縮体のうちに差し出されているかのようだった。

どこか褪せたような色がそれでも一定の意味をおびているのは確かであり、新たな比較項目はこの点をおそらく明確にするはずだ。秋と日没に特有なさまざまなニュアンス、誰もがそこには壮麗さと憂愁があると知るものだから、あえて強調するには及ばない。青春時代のどこか遠いところに位置し、ラ・フォンテーヌ街がモザール大通りと交わる一角にあるのは、軒の低いかなり古びた家であり、個人の邸宅でもなければ「高級賃貸家屋」でもなく、上の方の階が住居になり、下の方が商店になっているのでもなく、明らかに人は住んでおらず、ほとんどピンク色に近い、どこか薄汚れてくたびれた紅色に神秘の一端を負っている。ちょうど肉屋がそれとすぐわかるようにピンク色に塗られていることがあるように、家も同じ色に塗られていた。音楽の領域にあっては、ロマン派以来オペラのオーケストラ伴奏の低音部にときに響くような、重たげな脅威を表現する、きわめて重々しくどことなくざらついた雰囲気の金管楽器のうなり声（いまだなお兆候が時折見えるだけだが、やがては猛威をふるうだろう強力な何か）、地理の領域にあっては、火山地帯、「熱」に感染する国々の灼熱の気候。

こうした参照点を次から次へと拾い上げる際に、想像的な知覚を具体的なものにしようと試みて、感覚器官という扇のひろがりのどこかに位置づけようという気持ちが強くあるわけでもなかった。真っ赤というのに近いランブルスコの深紅は、とくに生々しく趣味の悪い紅と対比しようとして用いた「褪せた紅」という言葉のニュアンスにかなりよく対応している。公的な名誉に関係する色であり、高価な書物の色であり、あるいはまたオルフェウス的でもあるような伝統的なメフィストフェレスの色でもある。ランブルスコから離れて、ほかの種類の紅を見つけ出そうとしたのには何か必然めいたものがあったのか。その多くは私が定義しようと試みていた色とは明確に異なっている（たとえば石油精製所の炎など、あるいはポンペイの多様な赤のひとつをふたたび思い起こすことで輝きを得た古代の煉瓦）。それらの色が示す様相は、疑いなく、色によって覆い隠される物以上に重要というわけではない。多種多様な赤のどれかひとつの色によって（あるいはこれに匹敵する音の響きによって）翻訳された褪せた感情の色価、しかしながらこれがサーリの色、それもまた絵を強烈なものとする仕掛けとなり、絵から分離できないサーリの色の類推のもとにおかれるのは色彩パレットの問題というよりも感情の問題である。何よりも目につくのは、この種の関係づけが、ある一定の語あるいは語の組み合わせを話のあちらこちらに秘密裏にこっそりと滑り込ませようとしてなされる点であり、話は直線的に進まない代わりに、多少なりとも余分な見返りがある。つまり会話ならば表には出したくない言葉《フレーズ》であっても、最初から口にしようと決めていたものであり、そもそもこの言葉を口にするために会話が始まったといってもよいほどなのである。

「悲しい充実感」（ほかに「貪欲と悲嘆」、「贅沢さと憂鬱」などがこの表現に呼応するのだが、どれもが表現がもつ両義性をつねに変わらぬかたちで喚起する）、「神秘」、「重苦しい脅威」そして、最後は複数形で書き記される赤道地帯の「発熱」へと合体される二語からなる以下の表現、すなわち「優しい火傷」――豪奢な相を見せる恋愛の焔であり、焔がまた不吉な相のもとにあるのは、これを摑めば、すぐさまわれわれは灰になってしまうからだ――を私が熱い想いをもって書き記そうとするとき、女性の胸の二つのドームのことさらに敏感な頂きへの連想が生まれるのだが、この二語がかたちづくるメッセージは、定められた文章として扱うことを通じて私が自分自身の主題から抜き出してくるものであり、その文書の本当の中身は、幾つかの小さな断片を切り離し適切な切り抜きからなる解読格子をあてることで明らかになる。だが、私のヴィジョンを略奪行為にすべてをさらす覚悟で標的に据えるとき、舞台から曖昧な赤だけを拾い出すのではなく、仮に舞台全体を対象とする分析をしていたとしても、ほぼ同じメッセージを読み取っていたはずだし、その場合はメッセージをまず細かく砕き、あとで再構成してみせる必要はなかっただろう。すなわち、いったんは結ばれたものの、別れた二人に容赦なくのしかかる重苦しい運命、動きおよび逆説的な動きの欠如が示す貪欲と悲嘆（不動の軸の虜となって周囲をめぐる両者の回転、二つの垂直軸に沿って両者が上昇しようとする際に加えられる抑圧）、背の高い陰気な形象にあって、なかでも見るからにきわめて取り乱した姿をした方は完全なる美に到達していたのだが、そこに漂う神秘、細かな枝分かれが、一方は希望に燃え火刑台にさらされる運命の処女戦士に、もう一方はその姿のうちに官能性、暑気、熱を抱え込んだ遠い土地を集約的に表現する島娘に結びつける優しくも不運なシルエットに刺激を与えている情熱などである。

あるひとつの夢の目録をつくり、あるいはその細部のひとつに密着しながら（この赤は、奇妙にもだいぶあとになってパジャマの一着の色でもあると気づくことになるのだが、この色が私の前に姿をあらわした夜はじかに肌にというわけではなくとも、下着類を収納している家具のなかにこれに対応するものが収まっていたわけであり、それを探しにひどく遠くまで行ったことになる）、私は似たような言葉に突きあたる。細部と全体がそれぞれこの同じメッセージを運ぶのか、あるいはこうした観念にしかるべき価値をおき、あらゆる機会を利用してこれを作動させるのか、それとも私の内部にあるといっても、たいていは眠り込んでいることが多い焰をかき起こすためにでたらめなことを口にしながら、それなくしては動物の暮らしも同然と感じる大きな感情の揺れに関して、あたかもこうした観念が表現可能な最終的真理をあらわしているかのようにして間違いなくそこに到達するのか、という違いはあるわけだが。

それにしても、夢の読解をそろそろ切り上げて、拒否の精神を悲観的態度と見なし、それがたしかに私の動きの邪魔をするのではなく、突き棒のようにして私を追い立てていた時代に立ち戻るときに見えてくるのは——そしてそのことがおかしく思えるようでありたい——、二音節からなる単純な一語によって、新たな状態の把握が可能になり、あとになって危険を顧みず自分にとって核心部への接近を試みるたびに用いたあらゆる種類の表現と同じく、少なくとも、この状態について多くを語ることが可能になるということだ。すなわち「狂える怒り」という語はまさしくあれほどまでに苦労して定義しようと試みた特別な赤のニュアンスとぴったり合致するものなのだ。「狂える怒り」という語には生への熱狂（あるいは怒れる欲望）と混じり合ったこの世に生まれたことへの怒り、社会への反抗（私を世に送り出した責任者であり、裁きの声を耳にすることができるこの世の唯一の円環）、詩的錯乱（あるいは復讐の女神フリアに捕らわれたオレステースのそれにも比べうる「怒り」）が合流するように思われ、カフェ「ドゥ・マゴ」（といっても小机の上におかれた二体の大きな木製もしくは彩色石膏の人形の置物との類縁関係を別にすれば、どこにも中国風のところはない）において、火柱と約束された土地へと向かうわれわれの歩みを導く大群の柱、すなわちシュルレアリスムと革命との関係を明確化する課題を負わされたかたちになった仲間の何人かと一緒に会合をもった際に、私はこの語の意味の柔軟さを少しばかり濫用しながら、これをシュルレアリスム精神の源泉と考えるべき要素を示すに好都合なものとして重きをおくとしてみせたのである。

だが、この地点にあってわが努力は砕け散る……。恐怖と貪欲、恨みと感情の奔流、狂った叙情と別種の精神状態を作り出そうとする意志を合体させる狂える怒りとは何なのか。たとえそれが感情と観念の嵐の軸として抽象的に把握された想像上の一点というべきものにすぎず、私がただひとつの源泉に結びつけたいと願ったものだというだけであっても、狂える怒り——いまでは熱も下がっていて、赤にも錆が出ている——の根源的曖昧さを記すだけでは核心部分には踏み込めない。実際に問題となっていたのは以下のような事柄である。私にとっては全身的と思われる瞬間が幾つもあり、最後の訪れは、たしかに陶酔が苦痛を和らげるのではなく、苦痛がさらに強まるなかで、昔馴染みの悲しい怒りが私の心を逆なでするままに放っておいたところ、驚異的なフラッシュバックを介した凝縮が生じて、ひとりのソプラノ歌手が歌いはじめ、その喉が甘美な旋律の嗚咽の虜となってリズミカルにふくらむにつれて聞こえてくる芳醇なアリアによって何かが注ぎ込まれるのを体験したのである。私は愛していた（というのも、愛に殉ずることができたから）。老いが進むにつれ、私は反抗していた（あまりにも拘束が多すぎるシステムを生活から捨て去ることで）。年齢のせいで生じる種々の衰えを私は馬鹿にしてきた。自分の運命は自分の手で決着をつけようと心に決め、こうして高みに立つことで、一挙にすべての事柄が広大なパノラマ的眺望をもってひとつながりに見えるとともに、大都市という大がかりな舞台装置、あるいは蜂の巣もしくは蟻塚ほどのサイズにまで縮小された肖像を見る場合がつねにそうであるように、人を感動に誘う地平にまで——平凡な現実の図版入りの本のなかで——舞い上がったのである。ニューヨークはごく急ぎ足の滞在でしかなかったが、それでも一望のもとに全体を摑もうと思い、その日の午前に私の水先案内人となってくれた美しいワルキューレの娘に導かれるままに有名な摩天楼のひとつに案内してもらった。バルセロナはティビダボの丘の上から見た光景（誘惑者は神の息子に目の前にひろがる世界のあらゆる富を示しながら「あなたにあげようと思う……」と言うのだった）。アルジェでは海に向かって扇形にひろがる市街が見えた。ジェノヴァは大講堂を思わせる形をもって築き上げられていて、（ケーブルカーから降りたあたりの遊歩道から眺めると）階段もそうだが街路がまた別の街路に跨り絡み合うさまが記憶に残ることになるだろう。トンネル、エレベーター、建物の重なり合い、教会、宮殿（バロック様式もしくはモンテ＝カルロ風様式、壮麗なアーケードをもつ九月二十日街に見られるような）、さらにはずっと下の層には現に「下層民の居住地区」があり、アメリカ軍占領下にある時代には「立入禁止《オフ・リミッツ》」なる悩ましい表現が到るところに貼り出されていた。こうした姿に混じって石造彫刻の聖母が街路の天使を崇める姿が到るところに見える。コペンハーゲンでは、コーダン・ホテルの最上階で食事をした際に目にした港の光景（中国旅行から戻る際の最終経由地で過ごした夕べの場合のように)。より最近の例としては東京ということになるが、滞在していたホテルの窓から眺めた、ごく部分的でありながらも巨大な風景を忘れることはないだろう。左手の風景の周囲を縁取る高層ビルには一瞥をくれるだけにすると、昔は皇居の内部だった広場が下にひろがるのがまずは見えるのだが、次に視線を右手に移すと、東京タワー(エッフェル塔よりも細長く、これより何十メートルか高いと言われてもぴんとこない)まで一直線に続く大通りを横切る幅のひろい大きな通りがあらわれ、交通量の激しい街路がわれわれ夫婦には奇妙なまでに静まり返っているように思われたのは、空調の効いた部屋の二重ガラスの窓によって隔離されているせいであり、そこでの規範的行動といえば部屋に閉じこもって暮らすことにあったわけだが、皇居を取り囲む警護の建物のひとつ(屋根の四隅が上に跳ね返っているかたちになっている)が空積みの石の城壁を眺め下ろす恰好になっているのが眼下に見えるのだった。ギリシア考古学ではたしか「ペラスゴイ様式の切り石」と呼ばれる方法にしたがい丹念に四角に切り取り、見た目を揃えた黒ずんだ石の集積は、それ自身がまたもや大きな堀を見下ろすかたちになっていて、さらにわれわれが見下ろすなかで、堀に白鳥が泳いでいるさまは、亡霊的な静寂のなかで力強い躍動がくりひろげられる印象をさらに強める効果があるように思われた。

原動力といってもよい地位にあるこの狂える怒りは私自身の手の届かぬところにあり、これと向き合う自分は、神の神秘を数え上げるだけでその内側に入り込めずにいる神学者、あるいは——自分の職業的フィールドにより近いところでは——まさに物差しの基準に外れるからこそ価値がある作品に向き合う批評家の状態にある。つまり批評家は「どのようにして」、そしてまたうまくすれば「なぜ」という問題に触れることで、かつて見たことも聞いたこともない何かが作品に含まれていると書き記すことができるが、点数をつけるのが主たる目的となる学校での宿題のように扱ってこれを分析するならば、本質からかけ離れたところに追いやられてしまう。いずれにせよ、重要なのは、あらゆる形態のもとに、すべて詩の本体をなすと自分には思われた要素の源にこの狂える怒りをおき直す際に、果たして問題を明確にしえたのか、それともただ単に点数をつけるだけだったのかを裁定することではない。嘘偽りなく「詩人」という（濫用されすぎた）名が喚起する種族の作家でありたいという思いが当時の私を突き動かしており――いまもなおそれは変わらない――その無条件の欲望には、倫理的かつ美学的な定言命令の彼方にあって、私にとっての本質的行為は以下のような事柄だという認識が意味に含まれているのである。「立入禁止地区」に自己を投げ込むこと、そこに記された言葉は、物と化した私自身の思考となり、そしてまたある種の死を通過して人生の有為転変から強引にもぎ取られ私自身と合致する思考になるのである。この場合、死こそが、もっとも高度な私についての理解をもたらしてくれるものであり、私を一個の島に閉じ込めるかのようにして虚空に渡される橋となり、私の時間が消去される場ともなるのだ（文章の時間と私がこれを書く時間と私の文章を読む人の時間のあいだの仕切りが完全に消え去る）。私がそこに見出しうるのは、じつに曖昧きわまりない説明であるにはちがいない。それでも私はこのようにして言葉を用いる、すなわち自分の言葉が同時代の人間のみならず、おそらくは将来の人間の耳に届くことを可能にするもの、すなわち自分より前の時代から受け継いだ遺贈物を用いるという操作は、なにも私だけをその働き手とするものではない。操作は他者への配慮を私に求める。その認識はほとんど取るに足らないものであると同時にきわめて重大な事柄でもある。理論的には重大だというべきであり、私の使命を前面に立てて私ひとりがこの世に存在するかのようなふるまいは禁じられているという認識につながる。現実面では、ほとんど取るに足らないものである。というのも、私が他者に対してどのようにふるまうべきなのか、あるいはまた他者といってもどれほどの数の人々を考慮に入れるべきなのかをとくに示してはくれないからである

（すべての人々なのか、それとも言語共同体の絆によって結ばれる人々だけなのか）。だが、骨を抜き去るとともに身を引き裂くという点において本質的な行為が自分を乗り越える意味をもち、このような他者、すなわち、それなくしては自分が話すこともできず、また話す必要すら生じないはずの他者という目に見えぬ存在への働きかけという意味をもつとしても、それはこのような動きの領野を限定するとともに、私と同じ資格で他者（誰でもよい他者）に向き合うための仕事に取りかからないでいることで自分を否定する羽目になる。詩を牽引する言葉はもともと私自身のものではなく、詩を受け止めようとする誰かに向かって差し出され――本質的には、私固有の領土の外側に向かう盲目的な拡張――一個の他者であるが、人間という種のレベルにおいては自分の同類でもある区別しがたい同伴者へと私を結びつけるのではないだろうか。

それゆえに、詩の実践を通じ他者を自分と対等なものとして考えることになれば、すでに手にしていた真理にまたしても立ち戻ることになる。正しくは「……かった」ではなくて「よかった」と言わなければならない、つまり言語には二面性があると悟ることだったのだ。すなわち顔の一方は内部に向き、もう一方は外部に向いているのであり、私が――自分という人間を題材とする書物を二、三冊書き上げたあとになって、他者への愛に気づき――詩人もまた隣人の運命に無関心ではいられないと確信するとき、その論法はやはり言語の二重性にもとづいていて、あたかも本質的部分はだいぶ前に私が見出していた事柄に含まれていたというかのようだ。

それゆえに、私自身の出発点にまたしても立ち戻る自分がはっきり感じられる。円環は完全なるものの象徴なのだから、円環をこのように閉じえた点を誇らしく感じることもできるだろう。だが、忌々しさ、徒労感、吐き気などを感じつつ認めざるをえないのは、長い年月をかけて解決法を探し求めてきたというのに、辛うじて手にした結論は、ほとんど効力などない純然たる論理的なものであり、それも最初の時点から明々白々なものだった。というのも、以下の問題はどれをとっても解決されていないのだ。つまり、多かれ少なかれ共謀関係にある少数の集団を相手にするだけで自分の外に出られるのだろうか。自分の言うことを聞いてもらいたいと思って口をひらくにしても、私が固執してきたのは、「よかった」に類するものを、あまりにも特殊であまりにも生硬な自分なりの「……かった」に類するものに置き換えることではなかっただろうか。私の手がすでに目標に触れていたことを知らせるものがありながらこれに応じずにいるなら(怠惰、自己表現の困難、表現すべきものが何もなくてペンをとる嫌な気持ち)、「交感」のために書くなどと言うに値する根拠があるのだろうか。自分もまた他者でありうる存在として語りながら、はっきりとした自己認識をもっていない人々が少しでもよく自分を知る助けとなればと思うのは、他者の役に立つのか、それともほとんど他者の役に立たないのか。詩が自由で真剣なものであれば、たとえそれが完全に現実離れしたものであっても、自由と真実の時代の到来に力を貸すといえるのだろうか。仮に詩がその本質からして、すべてを平等に認識する努力を私に強いるならば、いまの自分自身のやり方は私の課題とはならないのではないか。言葉を巧みに操るという点に限ってみれば、演説家は、詩人や誘惑者《ドン・ジュアン》を凌駕しているのではないか、というのもその役割は他者の心に焔をともすのではなく、自分が接する人々をスケールの大きな目標に向けて動員することにあるからだ。仮に社会的正義が実現されるべきであり、しかも革命こそがそのための唯一の手段であるとしても、革命陣営の分裂をめぐる論争について定見をもちえずに、革命を話題にできるのだろうか。自分に対する暴力は嫌うのに、革命がほかの人に暴力をふるう、しかも仮借なく、革命の最初の立役者まで攻撃するのを受け入れてもよいのだろうか。

　それゆえに、これほどたくさんの解決すべき問題を目の前にして怖じ気づき、気分は萎え、行き詰まりを感じて動き出せず、動き出したとしても所詮は証明の迷路に舞い込むだけと思って、私が最終的に手にした確実なもの、といってもあるかなきかのほんのわずかなものにしがみつくだけのありさまだ。すなわち最後に辿り着いたこの相手は相変わらず不透明なままだが、私が随所に滑り込ませてはいても、記憶のままに思い返すだけで現実に頼る気にはなれないイメージの道しるべとの関係でその位置を定めようというのだ。やみくもに魔術に執着するなかで、ときには「彼方」と「此方」の融合が生じるように思われても、これをもって非情な北京の方角を捨てることはできない。たとえ、巣から落ちた鳥の災難のごときものが、いかなる園芸の技によっても抜きえない棘だとしても、そしてまた私自身はおのずから辛辣な赤ではなく、親密な赤味をおびた照り返しが彩りを加えるクマシの方角を探りつつバロック的な影、光、襞の方へとおのずと身を寄せることになるにせよ、やはり北京の方角を捨て去ることはできないのである。

それゆえに、もし真正面から問題に取り組もうとすれば、ほんのわずかにこれに触れただけで、背後に数々の別な問題が立ち並ぶ光景が見えてくるにちがいなく、そのためにすでに樹液を失ってしまった言葉をあえて浪費する必要はなくなったと安堵の胸を撫でおろしつつ私は敗北を認めるのである。「それゆえに」、「ところで」、「そしてまた」、「しかし」、「それでも」などの接続の道具類、「仮に」、「というのも」、「なぜなら」、「だから」など、推論を組み立てるときに用いる言葉、「それでも」、「ほぼ」、「ほとんど」、「まったく」、「少なくとも」、あるいはあまりにも無防備なまま攻撃に身をさらさないように自分のために少しばかりの緩衝地帯を用意するためのその他の手段。

それゆえに、新たな基盤に立って、わが黄金律の探求をやり直すなど、はなから問題になりえない。詩法と生きる作法を同時に完成させる仕事に取り組むよりも、むしろ最大限自分の力を使って、賢者と狂人、あるいは占い師と大道芸人が同居するあの詩人と呼ばれる存在になることこそが重要なのではあるまいか。そしてまた他者への姿勢という点では、可能なかぎり、さもしさや心の狭さから自由になってふるまうべきではないか。この先どこかの時点で、深く肝に銘じるべきだと思われるのは自分がかかわるゲームには、最終的な勝敗の行方はどうあれ、もともと規則など存在しないのだし、いかに倍賭という手段を講じても、チャンスは引き寄せられず、そもそも勝ったか負けたかわからない状態に自分がおかれているということなのだ。

それゆえに、本書のちょうど中央部分で、どのようにして自殺したのか（お望み通りの小説めいた《ロマネ》挿話《スク》）を思い切って語ったあとで本来の主題に立ち戻り、もうそのことは考えないと決心したのだから、もはや最後の挨拶をもって立ち去るほかはない。この大道芸人の身ぶりこそ、――しんどい仕事にふたたび着手し――このような幕間劇という中断が加わった作品に最終的な決着を静かにもたらすのに何か特別なやり方があるのかどうかと思い返していたとき、頭に浮かんだ発想だった。いざ退場となったときにそれにふさわしい身ぶりは、ほかにはないというわけだった。舞台からの退場は、半ば死後の生に類するものであって、ドイツ・ロマン派の作家グラッベ〔喜劇『諧謔、風刺、皮肉およびより深い意味』（一八二二）への言及であるが、レリスはこれをジャリによる抄訳『シレーノスたち』を通じて知った〕の芝居の結末がそうであるように、どことなく亡霊的な味わいがある。この芝居の最後の部分で、グラッベ自身が暗い森から姿をあらわし、作中人物が一堂に会する部屋のドアをたたき、「灯をともしたランタンを手にして家のなかに入ってくる」。私の場合はランタンの灯をともすというより、灯を消したところだったわけであり、しかも登場人物が何人もいるようなコメディではなく、長い独話劇《ソリロック》が終わりにさしかかったあたりでのことだった。そういうわけで、ハムレット的精神をここでも押し通すならば、緞帳の降ろし方は次のようなものになるほかない。ページを破りつつ、作者は舞台挨拶をするために、鼻眼鏡をかけ、手にはパーカー万年筆を持って姿をあらわす。

それゆえに、この舞台の遊戯をフィクションとして演じ、これが終着点になるということにしよう。自殺をし損なったあとで、もうひとつ別の退場を試みるという滑稽をあえて演じて――輪をかけたアイロニー――退場と相成ったとき、ふたたび言葉を継いで、中国から完全に戻っていない段階での自分の精神状態に関する要素を多分に含む細かな事実を述べることにしよう。こうして、とある町の散策の話をしようという気になったのだが、とくに注記に値する出来事はそこに見当たらず、単なる印象記にすぎないとはいっても、話の前に一定の事柄を思い起こしておくのは無駄ではあるまい。話を熟成させ、さらには複雑化させるのに役立つというわけだが、どのような展開の可能性があるのか、自分でもすぐには見極めがつかなかったが、それは当初この話を持ち込む動機だとしたものよりラジカルな何かによって、現地にいたときは、私自身の国でもありえたかもしれないと思っても不思議ではなかった国すなわち中国に対する私自身の煮えきらない姿勢についての説明となっている。

フィンランド航空の便でコペンハーゲンに午後到着し、使節団同僚の男女と一緒に市内見物に出かけた。男性の方は私よりも何歳か年上の画家であり、模倣芸術に堕したタピストリーに本来そなわっていたはずの美点を取り戻すのだと言ってその仕事に携わっていた人物だ。女性の方は物書きだが、先の大戦前には、この人の夫に何度か会ったことがある。彼もまた作家で、レジスタンス活動のなかで斃れたが、民主主義の価値を信じるとともに、とくにスポーツ訓練を重視する姿勢がごく自然に彼を英雄的行為へと駆り立てていたのだった。市内散策の目的は、あるホテルの所蔵品となっているタピストリーを見にゆくことにあったが、私の同行者が作者だったというのに、本人はホテルの名前すら思い出せずにいた。われわれ三人のなかで、デンマークの首都をすでに訪れたことがあるのは彼だけだった。この港湾都市には斬新な面と古びた面が混じり合っているのところに独自の魅力があり、アンデルセン童話でお馴染みの人魚の等身大の裸の彫像がおかれた岩が組み合わさって台のように見える光景、水夫が集まるバーや漁師が集まる居酒屋、輸入品を大量に扱う店の数々、風格のある王宮建築とツボルグ銘柄のビール醸造工場を代表格とする工場建築が入り混じって存在しているが（このあたりは段々とわかったことだ)、それでもなおちぐはぐな雰囲気はない。われわれには目的があるといっても実情は口実にすぎず、案の定、市街にいったん出るとすぐ、アクアビットを飲むために一軒のバーに立ち寄ることになった。私の強い確信によると、どこの都市でも地方でも、地元特有の飲み物を試してみなければ表面的つきあいに終わってしまう。その伝でいえば、ローマならばフラスカーティがテノール歌手の形容として盛んに用いられる耳に心地よい声という表現と同じく心地よいということができて、グアドループのパンチは(とくにヴァニラ風味のものは)甘い香りでありながら強い刺激があってアルコール度も高く、香りそのものがアンティル諸島の複雑さを表現しているともいえるし、たしかにこれほど多様な人種と文化が混じり合っている場はほかにはありえない。アクアビットについても事情は似通っており、ずっとあとになってスカンディナヴィア諸国訪問の旅をした際に、私にいわせれば、とりわけ「北方的な」性格が最終的に確かめられることになった(たいていの場合は、きわめて繊細であると同時にかなり厳しくもあるこの地方の光と風景に特有なものとなっている、全体的に細やかでありながらもくっきりと浮かび上がる一連の色彩によく合った香りのよい乾燥した空気)。このバーにはなかなかよい雰囲気があり、エキゾティシズムを求める客を引き寄せる工夫がしてあって、オペラ＝コミックの舞台のようなメキシコの風景を思わせる絵が壁に掛かり、背の高い古典的なバーの椅子に腰を据えて、ほとんど目に見えないほどに透き通ったアルコール飲料の入った小さなグラスを前に、われわれは即座に満足を味わったのだった。客はもっぱら男ばかりで、彼らにしても——その様子から想像すると、ひょっとすると間違った印象なのかもしれないが——店内には使節団の同僚を別にすると、片隅に陣取る二人、年齢は若くはないし、容貌もがさつな印象の二人を除いてほかに女性の姿がないのを残念に思うような雰囲気は少しも感じられなかった。二人はブルジョワ的で清教徒的な一家に雇われた女中もしくは家庭教師を思わせる身なりであり、ひとりはピアノを弾き、もうひとりはコントラバスを弾いて、「屋根の上の牡牛」〔一九二二年にできたパリのキャバレー。ダリウス・ミヨーの同名の曲がある〕の時代のメロディを演奏し、ときにメガフォンを使って歌うこともあった。かつてわれわれが体験した一九二〇年代が思いがけずにそこに再現されてこちらもよい気分になり、陽気な市内見物を続行することにして、ほぼなりゆきまかせで商店街を歩いてショーウィンドーを眺めることにした。途中でまた二軒か三軒か店に立ち寄るたびにアクアビット（色はほとんどついておらず、しかも軽いので、ふだんは本物の指ぬきに入れて出されるのだが、もっと大きな器で飲んだとしても、せいぜいのところ頭はすっきり、そして快活な気分になるといった程度で大した影響はないはずだ）を一杯ずつ飲み、タピストリーのあるホテルにようやく辿り着いた。ホテル支配人を務める太り気味の笑顔を絶やさぬ男と挨拶程度の言葉を少し交わしてから、もちろんのこと、ここでも最後の一杯を飲んだ。中国で過ごした数週間は刺激的だったが忙しかったこともあって、コペンハーゲン市街の散策が文句なしにくつろげるものだったのに大いに満足し、同僚の一行に合流するため帰路についた。その後、夕食の時刻になって、われわれ少数のグループは先ほど行動をともにした男が知っているという別のホテルをめざして外出することになった。彼が言うには、ホテルの上の方の階にレストランがあって、美味な魚料理が食べられるはずだし、料理ばかりでなく眺めもよく、埠頭の船舶が見えるのだという。たしかに料理はなかなかのもので、これを堪能したあとで（この晩はとくに美味な魚料理は出なかったが）、会食者のひとりと一緒に最後の散策を楽しみ宿まで歩いて帰った。ホテルはたいへん便利な場所にあり、ふだん使っている手帳に名前を忘れずに書きとめておいた。コーダンという名だが、これは「コペンハーゲン」と「デンマーク」の両者を合体させた短縮形だと思われる。特別な要素はないこの話の一連の行動の流れは、わざわざここに報告する価値があるのかどうか怪しいものだが、むしろ無意味さに意味があるともいえる。

店の内装と同じく、そこに集まる客の方も、たしかに洗練されてはいてもありきたりな印象がつきまとうバーの雰囲気。懐古的気分にさせる音楽。かつて（わが青春時代には）流行していたが、その流行していた時代に覆いかぶさるようにしてすでに多くの時間が積み重なっている。特定の時代的特徴がないというほどポピュラーではなく、時間の経過に耐え抜いたというほど立派でもない。他愛ない音楽であり、都市生活の贅沢の一定の局面に対応してはいても、すぐに忘れ去られてしまう種類のものであり、変化が色々あるからこそ、贅沢という言葉も使えるのである。商店のなかには、格子縞の毛布や肩掛けをひろげて陳列しているものがあり、その美しい縞模様を眺めていると、かつて気ままな旅行者として出かけた旅の数々が思い出されるのだった。まさに通りすがりの旅行客にうってつけのレストラン、海産物がふんだんに並べられ、朝から晩まで賑わう埠頭の光景、清掃の行き届いた船舶には照明がともり、おそらく出港が迫っているのだろう。光景に彩りを加える要素として、娼婦がいる安酒場（詳しくは述べないが、午後一緒に行動した男の話にあったタトゥーの彫り師の店が数軒同じ通りにあるというが、今回の探索では発見できなかった）。要するにそのバーはカリカチュアのようなものだが、昔も今も訪れたあとでまた来てみたくなるような類の場所の雰囲気をもっており、行きずりの場というべきか係留点というべきか、よそ者と馴染み客が同居する――昼夜を分かたず飲むか、踊るか、あるいはその両方をおこなうための――場であって、たまたま隣り合わせになる孤独な人々が作り上げる西欧文明特有の象徴のひとつとすべきものなのである。都市として見れば、アルジェ、バルセロナ、ジェノヴァ、ロンドンあるいはその他の、どことなく落ち着かぬ感じがする点に魅惑がある都市と比べるとずっと寂しいが、この都市には遠方から運ばれてくる品々の香りを放つハンザ同盟という語を際立たせる独自のたたずまいを感じさせるものがあり、万国共通の国際港《エンポリヨム》のざわめきがひそかに耳に鳴り響くままにクマシと呼ばれる現実のアシャンティの土地をそこで思い起こすとき、私のもとに運ばれてくるのはその種のざわめきであり、あまりにも肥大化し明確な輪郭が見えなくなる大都市に特有のざわめきではない。とにかくクマシの市場にはアフリカのさまざまな地方からやって来た人々が集まっているのだが、人々を引き寄せる中心にあるのは、広場で売られる衣類の輝きだけでなく、その周辺地区に見出されるどちらかといえば目立たぬ歓楽なのである。コペンハーゲンでは、貿易取引という顔を見せる資本主義的形態（国内の流通と遠く離れた地域を相手にした商取引、独特のコスモポリタン的雰囲気がそこに生まれるにあたっては、服装モードも一因をなしているが、余暇を楽しむための施設の展開も大きな役割を果たす）を通じて、人を懐かしい気分に誘うフォークロアを見出すことになった。大部分は、大した価値があるとは思わずに親しんできた贅沢から成り立っており、なぜ愛着があるかといえば、それがいかにも壊れやすく脆いものであり、そしてまたあまりにも他愛ないものだと意識しているからかもしれない（本物の贅沢以上に、より壊れやすく脆く他愛ない偽物めいた贅沢に触れたときにより大きな快楽を感じるという、いかにも斜に構えた傾向が自分にあるのは確かであり、あくまでも安物であって、まったくどうでもよい分野でも何らかの意味で成功例となってしまえば否が応でも真面目くさった顔になってしまうが、そのような様子が少しも見られないからなのだ）。北京をあとにして（しかも、ほとんど涙ながらにといってよい状態だったが、いまもなおときには私のことを思い出してくれているのではないかと思う中国の友人たちと別れをいったん交わして、その後になると、彼らが私のことを思ってくれるとしても、あくまでも使節団の一員としてであって、とくに私個人のことではないと思うようになったが、別れる瞬間はそんな考えは頭に浮かばなかった）まだ時間はそれほど経たないのに、またもや私は自分が育った環境だと認識を新たにする偽りの光が虹色にきらめく水に浸る幸福感に包まれていた。

たしかに私は新生中国の未来を信じながらも古き中国に魅せられていた。むしろ——というのも、それだと、私には二つの中国があったと思わせることになるのだから——中国のうちに夢想を誘う豊かな主題のみならず、現在ある姿において、揺るぎなき希望を抱かせてくれるひとつの国を見ていた。ブラック・アフリカに関して、私は現地を訪れる以前に一個の神話を作り上げていたし、感傷が作り上げたものに執着するあまりル・アーヴルからの帰路の列車のなかで際限なく不安な気分に陥り、その神話ですら、もはや私を奮い起たせる力など少しももっていないと思いつつ、事態のどん底というべきところにまで落ちてしまったと思ったのだった。中国に関しては、事情はまったく異なる。この国に滞在中は、熱に浮かされていても、自分の想像が肥大化するのを制御しえたのだし、私がつぶさに観察したのも、考察の対象となる事物にあらかじめ自分自身が仕込んでおいたものを取り出すのではなく、ただひたすら判断に努めるためだった。中国の人々の少なくともある部分とは絆が得られた気分であり、その絆は同志としての固いものであるように思われた。すなわち目下進行中の巨大な作業との関係では、行為面で価値をもつ絆であり、一方的な友愛のしるしというわけではなかった。一方コペンハーゲンでの直接的体験を通じて、どことなくわが家にいる気分がする場合があるとしても、それは資本主義世界のどこかの都市にいるということでしかなく、このような都市がほとんど有効なものを大衆に提供しえない事実は厳然として目の前にある。自分なりに確実だと思うのは、こうした光り輝く泡のようなものが、どう見ても擁護など不可能に思える事態の表面に浮き上がることであり、共産主義国の中国が、私にとって、確実な価値をもつ点に変わりなかった。だが、まさに事の核心はそこにある。自分はこの泡のようなものを愛してやまないのだ。ここに感情と観念を分断する衝撃的な差異が表面化するに及んだのであり、結果として、このような食い違いに堪えきれず、これを軽視して取り繕うことなく、中国をもて余すまま——私の場合は、単なる観念に類するものに立脚して書くなど不可能だ——、まもなく八方塞がりの状態に陥ってしまったのである。この場合の中国は、熱を込めて、いくらでも長く語りたくなる対象であるわけであり、ごく私的な中国発見のあと、いまに到るまで自分なりの判断を変更する必要は感じてこなかったが、それでも私にとって好ましいものの圏外にすでに運び出されたと認めざるをえなかった。それなりの策を弄して私はこの困難を無視して先に進んだが、中国が突如として周辺領域へと去っていったとき、デンマークで脆く壊れてしまったものは以後決して修復されることはなく、それまで私の関心が長く続いただけにショックは大きかった。

旅への誘い（船舶から格子縞の毛布に到るまで）、根無し草あるいは本来の居場所以外のところにしか馴染めぬ人々のための場。その昔私を漠然たる欲望で満たした――快楽、恋愛へと誘い、とくに黒人のノスタルジーを翻訳する――メロディ、奇妙な姿でまたこれを耳にしたときには思わず笑みが洩れると同時に私のなかにあれほど強烈な欲望を呼び覚ました時代を懐かしむ気持ちを植えつけたメロディ。午前中は、まだそんな展開になるとは思いもしなかったし、あらかじめ予定に組み込まれていたわけでもない不意の寄航（というのもわれわれはスウェーデン経由で帰国すると思っていた）にあって私がとくに好ましく思ったのは、まさに現代の西欧が示すある種の側面、とくにアイロニーを含んだ無意味さへの暗示としてわれわれを襲う側面だったのだ。どこにいようが、そしてまた何をして時間を潰そうとじたばたしてみようが、その時間は命を奪うまでわれわれを欺きつづけるというわけで、顰め面をしてみせるほかはない。それらがこれほどまでに琴線に触れるのは、束縛から解放された散歩者としての私には、あまりにも明瞭で騙しようのない無意味を好む傾向があり、いわばホメオパシー療法のような作用を及ぼし意識を最大限にとぎすませて、西欧的人間の病という以上に、人間としての私自身の問題と思われる欠陥を和らげようとするからである。

「いったん与えたのだから取り返しはしない。」だが「本来の性質を追い払おうとしても、ただちに元に戻ってしまう」とも言われる。だとするならば、安易に誓いなど立てるべきではない。右手が分け与えたものを左手が取り返す。夢中に愛したものを燃やし、燃やしたものを夢中に愛する。雨降って地固まる、金曜土曜と笑う者は日曜に泣く。シーソーゲームのように跳躍と失墜、行進と背面行進、見せかけの出立と偽りの退出からなる私自身の動きを支配するものがある。私自身、他者。内部、外部。そして詩、モラル。好みと性癖、意見と果たすべき事柄。振り子の運動にもうひとつ別の往復運動が加わる。それはあまりにも習慣的なものなので、これについてとくに語ろうとは思いもしない。私に割り当てられた人類博物館の一室からグランゾギュスタン河岸五十三番地二の住居内の細長い木製の机まで。民族誌に類する著作(いまだ完成に到らぬブラック・アフリカにおける造形美術の歴史)から私自身のもっとも奥深い部分に横たわるものを表現しようと試みるこの『ゲームの規則』第Ⅲ巻という書物に到るまで——居場所が変われば仕事も変わる——一方には大量の事実を客観的に理解しようとして書かれるタイプのものがあり、この事実の連関を見出すのがかなり厄介なのは、それが遠い距離を介して私自身にかかわりをもつと思われるからなのだが、またもう一方には、対極的な類型に属すものがある。ただしこれを最初の類型の影響から切り離すことができずにいるのである。たえず脱落や錯誤の現場を取り押さえられてしまうのではないかと恐れざるをえないこの文体。一方には契約書を取り交わして着手される、研究者という公けの職業の延長線上にある仕事があり、もう一方にはより自由な仕事があって、こちらの方で私が合流しようと試みるのは、——いつでも取り消し可能な決定——私自身であって、周囲に位置するものに対する自分独自の態度なのである。ここにあるのは、いまのところもっとも厄介に感じる分割であるが、これが唯一の分割というわけではない。というのも私の人生はあらゆるレベルにおいて、またさまざまなリズムをもって、これ以外の揺れにさらされてきたのだ。仕事時間と気晴らしの時間(自分なりのわずかな能力に応じた読書、気の合う人間と落ち合い、ときに劇場に行く)、覚醒と眠り、両者のあいだには、ぼんやりした夢の境界領域があるわけだが、ただし幸運に恵まれればという留保があり、ことに午前中は(少なくとも早い時間は)不健康な思いに引きずり込まれることが多く、夜の方がすっきりした気分になれる。一週間のうち仕事をこなす曜日と田舎で過ごす週末、その週末の方は、必ずしも自分にとって好ましいことではないが、暇な時間がたっぷりあり、もっぱら個人的な仕事に明け暮れる。パリでの暮らしのせわしない時間の流れと、基本的にもっと解放的な休暇と旅行の時間。さらにまた、上昇局面と下降局面があるのは(すぐには気づかなかった)私が本書で語る事柄にも対応しているのだし、ある程度は気分の高揚と落胆が交代であらわれる説明となる。年、月、週、あるいは単純に日々の区分、大部分は持続の切断であり、同時にまた私という存在そのものに影響を及ぼし不動なものに仕立て上げる気分の切断である。そこから生まれるのはあの天秤の竿にも比すべき重さをはかるための道具となりはしないかという私自身の恐れであり、その秤は、とある夢のなかでひとりの優しいアンティル島の女性が雑多な品からなる塊を吊り下げる手助けをしてくれた例のものであって、夢の始まりの部分では山が、終わりの部分では庭つきの家が舞台となっていた。だが仮に「最善は善の敵」だとすれば、私のふるまいは、たしかに正確な計算に達するのを妨げる些細な厄介事の探求に相当するのではないか。

花壇のある庭の門を閉めよ
ああ、ミルテは色褪せ、ばらは枯れてしまった

私がこれを歌ったのは、北京の友人たちが催してくれた送別会のときだったわけだ。あえてこの歌を選んだについては幾つかの理由があった。まずは私が歌える曲の狭いレパートリーは記憶が不確か

なものばかりで、ほかの長い曲を選ぶよりも、一部でも——文脈から切り離すことが可能であり——披露するのがよかろうと考えたということがある。長い曲だと、記憶が欠けている部分があるせいで、歌ってみてもおそらく中途半端に終わってしまうだろう。さらにはかつてマックス・ジャコブが教えてくれた歌だからであり、私にとってみれば最初の道案内人となってくれた作家の姿に結びつくものであって、一定の感傷的な価値をもっており、別の道筋で発見していたならば、さほど詩的価値がこの歌にあるようには見えなかったかもしれない。そして最後に、くだんの二行を口ずさむのを聞く人たちはこれが暗に出発をほのめかしていると理解するだろうと予測できたのであり、実際翌日には、中国で過ごした花咲ける日々は終わりを告げようとしていた。だからこれ以上の選択はありえなかったはずだ。個人的な愛着のある美しい歌、とてもフランス的で、完璧なまでに場の雰囲気に似つかわしいものだった。送別会をひらいてくれた中国人男女に贈る言葉として、ほかにどのような友情溢れる献辞がありえただろうか。こちらが予想していなかったのは、一定の覚束なさはあったにせよ、中国に旅行した時期——「百花斉放百家争鳴」という毛沢東のスローガンが全体のトーンを決定していた——に続いて、自由が奪われる時代が到来したことだった。だとするならば、寛容はもはや季節外れのものとなり、閉ざされることになってしまった扉の向こう側で「百花」は萎れた姿を見せることになる。歌——詩人マックス・ジャコブの著作もそうだが、彼を包み込む伝説も同様にみごとなものであり、いまだなお存在がありありと感じられるその人が、どこか悲しげで情愛溢れる素朴さを愛でる術を私に教えてくれたのだ——を歌うことで、私はそうとは意識せずに予言的な言葉を口にすることになったのである。いまの中国（工業化された人民公社の中国は理性を失う年齢に達し、自前の原子爆弾の生産が可能になるまでになった）は、ほぼ十年前の中国に比べると、居心地がどことなく悪い感じがする。仮に中国を再訪するとなれば、一九五五年にもまして、帰路の旅では故郷へ帰還する思いが強まるにちがいない。だが、それに劣らず確かなのは、需要と供給の関係に支配された文明のあらゆる形態を断念すれば、あまりにも損失は大きいと意識しながらも、いますぐに中国と距離をおく決心ができているわけではない。現実の中国にかつて私が見聞した事柄がまったく認められないということはありえないはずだ。公けにはもはや西欧の属領ではないが、別のかたちで支配の手が伸びるアジアとアフリカの人々にとって、中国が「希望の赤いしるし」を表現しているときに、そこからわが身を引き離すことがどうしてできるのだろうか。

ほかに、なおも宙吊り状態にある種々の問題のなかで少なくとも以下の点が明確になる。あくまでも西欧の人間という刻印は私から消えないが、出発点で大いなるエキゾティシズムの誘惑を感じた相手の国すべてと同様に、中国に対しても忠実であり続けている。それでも、このような意識化が、観念の仕上げに終わり、いかなる決心もなされないのであれば、私が提示するものはごく平凡な何かであり、昔の小説家が、物語の終わりの部分で、ずっと本のなかで影のようにうごめいていた登場人物すべてについてその後の運命を読者に示さなければならないと考え、結末部分で何らかの情報を付け加えようとする場合がまさに例となるようなものだということはすでに明白であろう。結論を諦める一方、私が思い描いたような操り人形のごとき存在の身に何が生じたかではなくて、一貫性という点は自分でも驚くが、一途に道を辿ってきたなかで組み合わせを試みてきた要素にその後何が生じたのかを語らずして、いまから二十五年前に着手したひとつの試みを終わらせることなど不可能だと思ったのではなかったか。中国をめぐる思念については、さまざまな災難に見舞われたあと、いまは田舎の小さな家に引きこもって静かな日々を送る慎ましい人間のようにして、静かな穴居生活をしていると報告したところである。あるいは、かくかくしかじかの者が、自分の功績にふさわしい報償を得て、輝かしい経歴を得たと報告すべきなのか、さらにはまたある者がまったくの別ものに変化したなりゆき――悪人が善人に変化したりあるいはその逆だったりするのを語るようにして――を説明すべきなのか（おそらく子細に検討することでそれが明らかになるだろう）。現状認識のためには、すべてを読み直す必要が生じ、またしても泥のなかに足を突っ込むほかない。こうして徹底的な探求は試みないが、すでに物語を語り終えたという前提で、どのような「補遺《アデンダ》」が残されているのかという点に話を絞ってみよう。

愛犬ディーヌはいまもなお散歩に行きたがっている様子だが、その犬が崖から飛び降りる夢をみた頃に比べると敏捷ではなくなっている。人間の年齢に換算すれば、いまは七十五歳になっているはずだが、生まれてから死ぬまでの時間という点では、人間のそれを縮小したようにしか思われない動物を飼うよりも、われわれよりも長生きするものを飼い（たとえば象のように）、老化を感じずにすむのが望ましい――その方がうっとうしくない――のではないかとだいぶ前から思っている。

京都や奈良の寺院で彫刻を見ていると、中国で見たバロック的要素が目立つ彫刻を思い出した。それでも、昆明近郊の道教寺院で見た跳躍する人物像の奇妙な姿ほどに心に訴えかけてくるものは何ひとつなかった。日本で見たものの方が価値が優れており、また明らかに制作年も古いものだったが、その印象は訂正の必要がなかった。例の像が筆を手にしている点は、日本で見た彫刻にも似た例は幾つかあった。黄金色の彫像の作者についてわれわれに芝居じみた物語を語った西山で出会った頼りない案内人が言うような純然たる偶然のアトリビュートであるはずはなかった。

周口店ではアダムあるいはプロメテウスの洞窟を訪れる気分で「北京原人」の洞窟を訪れたが、古さという点でいえば、まずは「ジンジャントロプス・ボイセイ」が、その後は「ホモ・ハビリス」が記録を更新し、後者はいずれもタンガニーカ地方（現在はザンジバルに統合され、両者は合体しタンザニアと呼ばれている）で発見された遺物によって、動物界の興味深い例のなかでも、とくに人類のプロトタイプ（道具を発明する能力とともに、論理的な表現は無理としても話す能力をすでにもつと仮定できるだけの脳内物質を有すると推測できる種）が形成された大陸という地位をアフリカに与えるのに貢献した。

中国の少女からもらった本物そっくりの造作の小鳥が自分の部屋（書棚にベッドを見下ろす恰好で）に長いことおかれていた。ある日のこと、その姿が消えてしまい、どこに飛んでいったのかと怪訝に思ったものだ。実際は電気工がコンセントを取り付けに来た際に、私の推測では、作業中に小鳥に手が触れて床に落ちてしまい――とても軽くて、座りが悪かった――この小さな模造物は片隅に落ちて壊れてばらばらになり、電気工が帰ったあとの掃除のときに片づけられ捨てられてしまったのだろう。

これよりもさらに奇妙だと間違いなくいえるのは、その後の工事の最中に、ベルヌへの旅行の折に手に入れたバルビツール睡眠薬が見当たらなくなったことである。二軒の薬局を回りこれを買ったときはとくに面倒な手続きは必要なかったが、ただし二軒目では若い女性の店員に自分は外国人旅行者であり、この錠剤によって生じる危険のある悪影響に対する指定の対象はスイス国籍の人間に限るとなっているのだから私に薬を売っても大丈夫だと言い張った。この睡眠薬は注意深く隠しておいたので、わが家の誰も手にしたはずはなく、隠し場所を変えたという記憶はないが、あまりにも手が込んだやり方をしてどこに隠したのか自分でもわからなくなってしまったのかとも思った。いくら探しても出てこないので、最後は、夢遊病あるいはこれに類する状態にあったときに自分で処分してしまったのかもしれないと考えるようになった。だが最後の最後に思いつく仮説であり、私の場合だと、まずこのようなことはありえないはずで、謎は解決されぬままに残った。

物が見当たらなくなり、どうしてなくなったのか説明がつかないせいで、そもそも本当にあったのかどうか不思議に思う場合がある一方で、逆に神話世界にあると思われていたものが、突如姿をあらわす場合がある。「太鼓＝ラッパ」の例がそれであり、子供時代の私が喉から手が出るほど欲しいと思っていた玩具だったが、しばらくして、夢想の産物なのだと自分でも納得するようになった。ところが、これにまつわる逸話を書き記したあとになって、アルジェリア人の子供がそんな玩具を手にしているのを見て驚いたことがある。少年の父親はアルジェリア独立のために闘い、フレンヌ監獄に収容されていたので、母親に頼まれて数日間預かったのである。ラッパに息を吹き込み、小さな紐を引くとこれに連動して楽器に組み込まれた太鼓の薄い箱を棒がたたく仕掛けになっていた。マリク少年は私が彼と同じ年頃にそうしたように、欲しくてたまらない驚異を夢みていて、彼の場合は手でカメラを扱っている気になるのが嬉しかったようだ。

時間的距離をおいてみると、狂おしいばかりに欲しかった物が本当に欲望の対象だったのか、それともこのような欲望の純然たる表現というべきものであったのか判然としなくなるのだが、そんな不確かさは厄介なものであっても、自分の証言がほかの証言とは合致しないことを理由に、確かだと言われている事実の現実性を疑う気持ちになるのはこれと同じ次元の話ではない。共通の友人の家での夕食会の折に、まだ若い人で気心が合うと思った相手に出会い、ピエール＝ゲラン街五番地の体育館——私にとってみれば、「太鼓＝ラッパ」と同じいくらい遠い過去の時代にある——が相変わらずいまも存在していて、私が描いた姿とほぼ同じ状態にあることを知った。だが、私の書くものを注意深く読んでくれたこの人が言うには、そこで語られている階段室に相当するものはどこにも見当たらなかったという。体育館の経営者の男は（妻の出産の際に出血がひどいので助けを求めようとしてもの凄い勢いで部屋を飛び出し）この階段室にひと息で降りたのだった。数日間というもの、このときの話のせいで心が落ち着かなくなったのは、私が書き記した事柄が疑いの余地なく価値を失ってしまったせいである。現行犯逮捕された気分だった。嘘の現場を取り押さえられたというのではないにせよ、少なくとも思い違いの現場を押さえられたわけであり、この思い違いは私の仕事全体を疑わしいものにする性格をおびるだけでなく、私自身の目からすれば、脱線へと向から不安な徴候でもあるのだ。こうして、どのような経緯で虚偽の報告が生まれたのかとひとしきり考えたあとで、この経営者は実際にはピエール＝ゲラン街から至近距離のペルシャン街の家に住んでいたことを思い出して嬉しくなった。二つの通りは至近距離にあったせいで記憶のなかで場所の圧縮作用が生じたことになり、たしかにこれは間違いかもしれないが、許容範囲に収まるものであり、私が語った事柄の真正さを損なうほどではなかった。

かなり昔の材料をもとにして建てられる建築物は多くの場合は脆いものであり、漆喰の塗り替えに相当する補修がおそらく必要となるのだろう。たしかになおも配慮すべき一定の欠陥はあるにせよ、細かな点での不一致という以上に深刻な欠陥が随所に見出されるのに比べれば罪は軽い。この本（私独自の真実であるはずであり、これを書き上げるだけで自己正当化が可能になるとすれば、ひょっとすると流れにそぐわない事柄については嘘を言ってもかまわないとまで考えることもあった）が、たえず私の手元からすり抜けてゆくのは、これを貫くいくつかの主題——私がこれらの主題を摑んだというよりも主題が私を摑んだというべきだろう——にひそむ秘密は、自分の力では掘り起こしえないほど深いレベルにあり、それは、母から授かった生命を厄介払いして生を侮辱するこのうえなく血なまぐさい行為に及んだとき、もしも母が生きていて現場にいたとすれば、おそらくは私を引き止めていたはずのタブーがはっきりとした形にならずに沈み込んでいる深さでもあったのだ。

やっとの思いでセゼール論は書き上げたが、アフリカ芸術を論じる著作はまだ完成していない（枚数は不足しておらず、むしろ枚数が多すぎるせいで共同執筆者ともども大幅な調整を余儀なくされている）と包み隠さず言ってみても、この最近の事例にはエピソード以上の価値は見出せない。数々の調整や更新は、契約の条項以上の重みはなく、研究者意識を満足させる儀礼的なもの以上にやるべき仕事は、たとえば、なぜ思春期このかた、ある種の性的両義性をともなう女性の姿に私は強く惹かれたのかを探ることであるはずだ。アレキサンダーズ・ラグタイム・バンドを率いる女性リーダー、これは昔マルタ街にあったアルハンブラ劇場の舞台に出ていたイギリス籍とおぼしきミンストレル一座だが、当時は、どのアトラクションにもいわゆる「ナンバー」があって、プログラムの順番にしたがって数字が舞台のあちらこちらに示され、照明がこれを浮かび上がらせる仕掛けになっていた。この金髪の女性は、洗練された身のこなしと活気という点で、大農園の労働者に扮する楽器演奏者がわざとぎこちない動きをするのと対照的だったが、まず男装姿で登場し、これに続く影絵芝居による行列行進の場面のあと、一座の全員が（彼女も含めて）突如として姿を消すのは、おそらくフットライト照明を飛び越えてシルエットを浮き上がらせる趣向だと思われたが、次に彼女は豪奢なイヴニング・ドレス姿で舞台袖の桟敷席の手前にあらわれ、その姿がひとり照明に浮かび上がると、楽器演奏者も次々と緞帳の裏から舞台に出てきて、彼女のためにセレナーデを演奏するのだった。フィナーレを仕切るのはこの美しい創造物であり、また姿を変え、たしかピンク色だったと思われる生地の水兵服らしきものを着て登場し（若い女《ガール》）、そしてほとんど少女のような服装は、いまの私には歌と踊りで魂を導く親切なヘルメス・プシコポンプ〔プシコポンプは死者の霊魂を導く者の意味〕の長衣だったように思われる、その背後には、舞台装置として楽譜を模した衝立がおかれているのが見えた。『デキシーの家に帰りたい』という有名な曲は、その当時私がアンソロジーをもっていたアメリカのクーンソング〔リーダーと会衆が交互に歌う黒人の歌唱〕のひとつでなければ、ミュージック・ホールのレパートリーに入ってすでに五十年ほどになるアメリカ黒人歌のひとつだった。舞台の上では、大きな白いページの上にはっきり読み取ることができる音符がひとつひとつ天窓のようにひらいて、楽器演奏者がこの窓から顔を出す趣向になっていた。

心が落ち着かないという点では、たぶん秘密の鍵が手中にあるなどと主張せずに、自分自身が皆目見当のつかない状態にあるときに本当の意味で自分があらわれるとメモに書き記すとき――心が落ち着かない状態、説明能力の欠如、長々とした分析に身をゆだねることへの嫌悪――がとくにそうなのである。したがって他人はもっと距離をおいて、すぐにこのような特徴の意味を冷静に見て取るだろう。自分としては、あまりにもその含みが多いので、かえって寡黙にならざるをえない特徴なのである。私が執拗に喚起しようと努める――征服した女たちのカタログを作るドン・ジョヴァンニのように――既婚未婚を問わぬさまざまな女たちのシルエット、大部分は私にとってみればただの形象にすぎないものであり、全員がいまの時点ではどれもはかりえない重さをもち、この二重の冒険譚にあって随所に姿をあらわすニンファのように私には見えるのである。色恋沙汰に関して語るべきものに恵まれていない私の人生の彷徨えるありさま、そしてまたこれを紙の上に投影する際に一連の見取り図として示そうとはしても、結果としては、つねに複雑に絡み合う迷走ぶりを示すばかりだ。ニューヨークでは、鎧を身につけずにいる美しいワルキューレの娘のひとりが私の手を引いて市街を案内してくれた。この人は、少なくとも、通りや大通りを横断する必要がある際には手を引いてくれたのだ。中国では(真珠色の雲という意味の名をもつ勉強家の女学生が世話役であり、われわれのために働いてくれた案内人や通訳のなかでも、とくにこの人は細やかに気を遣ってくれた)、案内してくれた女子生徒は子供の会合場所となっているホールを歩くときに私の手をずっとにぎっていてこれを放すことはなかった。夢に登場したアンティル諸島の心地よい女性は私の指の動きに合わせて彼女の指を動かし、引き出しのなかに散らばった品々を集め直し、その全部を天秤の竿のようなものに引っかける手助けをしてくれた。クロード＝ベルナール病院では、てっきりそこにいると勝手に思い込んだのだが、女友達が――突然あらわれ、すぐに姿を消した天使――ある朝のこと枕元に立って、私を見守ってくれていたが、その後は運動療法を担当する敏捷な女性（ボーマルシェ大通りでタオルミーナのことを私に語った娘と同じく褐色の髪のぽっちゃりした女性）が喉の傷に起因する不具合を和らげる効果をもつ運動療法を教えてくれたし、そのほかに風通しのよい中庭に出て静かな雰囲気を味わうにはどこを通り抜ければよいのか案内してくれた。同病院では、クレール叔母の記憶が別種の幻覚のかたちをとりながら強く私に取り憑くようになり、やがて一個のミューズとして明らかに物質をともなわぬままに勇気づけてくれる存在になったし、あるいはまた、蘇生がごく初期の一段階にすぎぬ困難きわまりない生への復帰を司るかのように船首を飾る像として（より柔和な比喩）姿をあらわすに到った。エキゾティシズムと社会的距離のほかに「奇妙な戦争」にまつわる特殊な状況はハディジャを余談というべき位置に追いやっていたが、それでもなお彼女は一個の影像としてとどまり続けたのではなかったのか。彼女と私の関係は束の間のものでありながらも、情愛、さらには単純に肉体的な接触という意味で親密さに達した瞬間があり、たとえば彼女の暗く沈むたたずまいによって私はこの娘を死の天使として眺めるようになったが、彼女が保母もしくは看護婦のように私の体を洗ってくれた午後などは、まさにそのような瞬間のひとつだった。そしてまた、ほぼ三年前から、いかなる惑星から舞い降りたのか、もうひとりのアルジェリア人女性（この人はアルジェリア生まれのフランス人であり、シディ＝ベル＝アベスの出身だった）があらわれ、ブラック・アフリカでは割礼が少年から青年への状態の変化をしるすわけだが、西欧的風土にあっては多くの男子にとって老年に入り込む決定的なしるしとなる手術を受けたときに、入院中の私を勇気づけ主任として面倒をみてくれた気配りの行き届いたエキスパート、美人で、快活なその人のことをときに思うことになったのである。

老いるにつれ安っぽい信心へと容易に向かうようになる……。そして、このジオラマ仕掛けのニンファ、ヴィーナス、聖女たちは一体何者だったのだろうか。しだいに縮小する未来を前にして、まさに安寧を欲しがるわが身を抱きとめる聖像だったのだろうか。それも――祝別されたメダルの環が迷信めいた飾りとなる帽子の陰に覗く窶れ顔のルイ十一世のように——自己救済のために庇護もしくは救助を待ち望むのではなく、われわれの生はその流れのなかで幾度も驚異に似た何かに出会ったと考えれば（たとえ何の役に立たなくとも）つねに心の慰めとなるのだから。それでも凝り固まった信心というほかに言いようがないのは、思い出のよすがにすぎず、しかもそのひとつは夢にあらわれたにすぎないのだから、いわば影像の影像というべきものであり、それならば、これらの影像に支えを見出そうとするのは、生きた存在を相手に訴えるのではなくて、自力で自己認識をなしえずにいる人間が神々を考え出したのと同じく、実体をもたぬ創造物を相手に訴えていることになる。それらは、このような神々と同じく生きた存在ではなく、結局はあくまでも動かぬ状態にある。すなわち部屋の壁に掛けられた幾つかの聖像、年月とともに少しずつ家族アルバムのうちに蓄えられていった肖像写真の数々は、本のページに栞代わりに差し挟まれた花々に似ているが、一方では、これ以上ないほどに厳しく気難しい被造物の神に劣らず、つきあいがなかなか難しい神々が存在するわけである。私が安易な解決法を退けるというのであれば、どうしてこの種の影像に警戒心を抱かずにすませられよう。そこにあるのは漠然とした夢想の対象であって、これをもってしてもおそらくは自分の奥底にあって表に出すのがもっとも困難な部分を慰めるだけで、裸の現実から私を引き離したうえで、詩的現実という名のダイヤモンドにまで導いてはくれない。

「ダイヤモンドにまで私を導いてはくれず……。」わがニンファに向かって発せられる嘆きからわかるのは、詩の処女地の探索をふたたび始めようとする際にも、まるで子供のように誰かに手を引いてもらって案内を求める気持ちでいたということなのである。いくら時間が経っても私の内部にはなおも子供が存在しつづけ、その子供は昔も今も変わることなく、一個の成人男性として真正面から向き合わねばならぬ地上的な妖精に代わって、後見役の妖精を創造しようとするのであり、時間を脱け出した状態であり続け、ときには大人として行動していると思っても、まだ誰かに道を指し示してもらう必要があるのだ。まさにこれらの旅は、自分ひとりでこれに臨まなければならなかったとすれば、たじろいだはずであり（エジプトでは友人が案内役をしてくれることがわかっていたし、観光旅行的な行動へのシュルレアリスム的な嫌悪感を恰好の口実として、壮大な王家の谷は訪れずにいたが、実際は、単独行となるのが嫌だったからであり、ブラック・アフリカへの旅にしても調査旅行というお膳立てめいたものがあり、しかも自分が統率するものではなかったし、中国の場合、用意万端だったが、出発前はわれわれ文化使節の一行のなかの不穏分子のせいですべてがぶち壊しになりはしないかという不安が募り、かなり神経をすり減らすありさまであり、まもなく出発というのに、あまりにも馬鹿げた旅だと思われて、壁に頭を打ちつけかねない勢いだった）、模範と見なされた人々および国々（たとえばネルヴァルのような人、もしくはいまの時点では中国のような国であり、中国もやはり何がしかの非難の対象になりうる点がなかなか受け入れられずにいる）のお膳立てで実現した大きな選択、さらにまた、理性よりも心情に傾いた理由から、ほとんど目をつぶってこのような観念、すなわち真正さと交感という観念に身をゆだねるのだが、探求を支配するのも同じもの――かつて形而上絵画と呼ばれたイタリアの絵に見られる顔のない母たち――なのである。

「真正さ」は私にとってみれば至上命令というべきものであるが、真なる対象と典型的な偽りの対比のなかでしか意味をなさない。それゆえに、これを試金石として用いて、偽書、剽窃、虚偽の報告だとして退ける理由がないときに作品を認知するか否認するか判断したり、さらには、われわれの内部にあるもっとも貴重な宝として扱うべきものを選び出したりするわけにはいかないのである。

「交感《コミュニカシオン》」には、「共同性《コミュニオン》」ほどの宗教性の湿り気があるわけではなく、それにまた通路扉、電話連絡、学会報告などそれぞれの局面で用いられるものとしてのコミュニカシオンを超えた水準でこの言葉を用いるとなると、急に曖昧きわまりないものになってしまう。剝き出しの現実の喚起、数年前に自分を襲った危機、いまは完全に清算済みとなったその危機の帰結は、最終的に、道路や鉄道よりも繊細なものである連絡路のレベルと同じく、厳密な意味での言語的コミュニケーションというレベルでも用いられることで、あまりにもたやすく、身も蓋もない正確さの雰囲気を限りなく不確かな観念にもたらすこの「交感」という語に対する私の懐疑を強める働きをしている。思い違いなのか、それとも正直さを欠いた単純化なのか、コミュニカシオンという標識のもとに私はじつに不安定な二つの事柄を滑り込ませていたのであって、それはこの標識がひそかに私に働きかけていたように、ただ単純に社会的側面だけに話を限定すればすむというものではなかった。美的感性の次元での交感（自分が考えた事柄あるいは感じた事柄を相手と共有することで他人を感動させる）、恋愛の次元での交感（たがいに思いを募らせる）。しかるべき時が来れば、私が引き出した事柄の本質的部分に明確な輪郭を与える手助けをしてくれはずの観念に固執しようと思うばかりではなく、良き信徒として、私が抱く二つの大きな欲求に倫理的な風合いを与えていたのであり、それというのも、さまざまな箇所で問題になっていたのは、結局のところ、他者と自分との融合だったのである。だとすれば、作戦行動は、その認識が甘いかどうかは別にして、愛と詩が人々のあいだの交感のすべてをあらわすにはほど遠く——私はこの点をないがしろにしていた——あらゆる個人の情念の発露の枠外で人々が共同で取り組む何らかの行動もしくは事業のなかでそれが実現されることがありうるのだから、最終的だなどとはいえないものになる。心の深いところにある動機を飾り立てることなくして、実人生にあっても、芸術においても、私が設定する最大の目標が他者との「交感」を果たすことにあると主張できない点がこの作戦行動の欠陥だった。一方では、性愛行為を通じて他者との出会いばかりではなく、自然との出会いを期待するのと同じように、詩――もう一度自分の手で摑み取りたいと思うとともに、本書を見失った指輪の探求、あるいはまた故郷への帰還をめざす紆余曲折に満ちた試みへと変化させるもの――を通じて、世界との出会いを実現しようと望むのであれば、実際のところ、ひそかな黙契に達することが自分にとっての最重要課題なのだということで満足が得られるのだろうか。これに加えて、愛と詩もまた同胞とのつきあいの特別なケースをなすはずであり、さもなければ、愛と詩をきっかけとして、気も狂わんばかりにわれわれの心が強く揺れ動いたり、あれほど我を忘れることがどうしてありうるのだろうか。

しかしながら、愛と詩の双方が驚異に満ちた超越として姿をあらわすといっても、それは類推でしかないのであって、私がやったような文学と恋愛を混同する愚かな（完全に台無しにするまでの）やり方をいかなる意味でも許容するものではない。そのとき理屈のうえでは充実した実り多き交感を望む欲望に駆り立てられた状態の私が有頂天になっていたのは、ファンの女性読者に出会ったからだが、こうして私が引きずり込まれたのは、三文文士の通俗的な恋愛事件の域を出るものではなかった。そのひとりは、もうひとりの相手よりも教養はあったし、おそらく真剣度も勝っていたはずで、肉体的魅力には乏しかったが、私の方にも女性読者の支えが欲しいという気持ちがあったせいで、われわれ二人のあいだには、ほのかな恋愛感情に似たものが生まれた。もうひとりの女性については、やはり自分が惹かれていた証拠に、すでにあれから七年以上の歳月が過ぎたというのに、いまだなお思い出すと後ろ髪を引かれる思いがするのは――疑いなく愛人としては失格の私――、親称で呼びかける声を彼女から誘い出し、たとえ一瞬でも二人のあいだの距離が消えるのを見るまでにならなかったことであり、ここでの交感はどの点においても貧しいかぎりで、ある日私が涙にくれたのも、われわれのあいだの溝を深めることになった口論以上に、彼女の話から俗物性が透けて見えたのが原因だった。

二人のうちどちらの場合も、当初の自分の役割は、若い人が助言を求めにくる相手としてふさわしい位置にいる人間といったところで、私の弱みは、いずれの場合も、骨を咥えようとする犬みたいに、差し出された餌に飛びついてしまった点にある。自分は外からいきなり出現し、基本的には、いまの私と同じように、自分なりの文学的表現を探るのにやっきになっていたひとりの女の思いやりに抗しきれなかったのである。一方の相手とは知的な言葉のやりとりをし、もう一方の相手とは自分にとってみれば最後の恋愛事件（中国が私にとっては遠方への旅という意味では最後のものとなるようなぐあいに）に相当するものを体験するのはごく自然ななりゆきだった。だが自分の心に眠る作家特有の滑稽な虚栄心が勝り、いかにも飢えた動物のように獲物に食らいつくかたちになってしまったのを恥じるに余りある。この二重の恋愛事件とかかわるのにシニックなどというあり方ではなく、事態のコントロールができぬままに突き進んでしまったこと、そして私の共犯者というべき二人の相手のどちらにも、ほかのひとりの長所がもうひとりの短所を補うかのようにして接したこと（混乱した感情に突き動かされる思春期の子供）は別にして、肉体と精神による完全なる啓示を求める気持ちを満足させるための奇妙なお芝居《ヴォードヴィル》に甘んじていたといってよい。

　必要最小限の補足を加えることにしよう。交感について自分がとくに重要だと考えるのは、交感が生じると思われる瞬間である。まばゆい瞬間だが、限られた束の間のものであって、時間が消え去ったと思われる瞬間にひろく通じる要素がある。そのあとは生彩を欠いた瞬間がいつまでも繰り返されるだけなので、時間が砕け飛んだのが錯覚のように思われたりもする。交感が生じる、他者と溶け合う、さてはそのことだったのだろうか、つまり愛または詩において、わが身を生贄に投げ出してもよいという気分にさせるめまいの瞬間を貫き、二人の人間を隔てるすべてが透明になったときに生じる強固な相互理解や、水晶の輝きを放ちながらも熱をともなわずに発せられた言葉が周囲の事物（もしくは人々）とわれわれのあいだに成立する親密さを犠牲にしてまでも探求の対象としようとしたのはそのことだったのだろうか。このめまいは、むしろただのめまいとしてわれわれは愛しているのではないだろうか。すなわち、理由などはどうでもよく、いったん共有されてしまえば、婉曲語法をもって孤独な喜びと称されるものを取り囲む夢や突然生じた幻覚がそうであるように、本当のものとは思えなくなるものに執着しながら、ただのめまいとして愛しているのではないだろうか。めまいのなかにまで私が共有を求めるのは、めまいそのもののためではない。私の行為すべてにあって、たとえ気まぐれによる行為であっても、応答が必要となるのである。というのも、そうでなければ行為は中途半端なものとなってしまうのだ。というわけで大事なのは相思相愛の状態ばかりではなく、友情、共通の情念、またある種の文学的な再認識だと思うのであり、抑えがたいアルコール依存症の傾向はあるにせよ、ひとりで酒を飲んで酔っ払うのを嫌う気持ちもそこから生まれる。

交感、真正さ、そんな言葉が支えになるわけはないではないか。言葉の方がおのずから雄弁に語るようでもあり、私が言葉を用いるときに心の内部にかすかな顫えを感じずにいることはほとんどないが、その一方で私が用いる言葉の輪郭が曖昧なのに苛立って、話し相手はいかにも軽蔑したような表情を見せて、「おまえは何を言ってるのか自分でもわかってないんだ」という言葉を投げつけたことがあった。その昔、私は乳幼児も同然のカオスに近い知的混沌の状態にあると兄たちに言われてからかわれたのだが、頭にある事柄すべてと同じく、口にする事柄もみな幼児的な無駄な物言いだと言われた私はひどく困惑したことを覚えている。知ること、言うこと、すなわち知識を得ること、言語で表現すること。実際、成熟した大人になってもなお、自分が何を言ってるのかわかっていない場合が多いのは、言葉を拡大解釈して用いたり、通常の意味ではない別の意味へとずらして用いることで、言葉を用いる瞬間、言葉が使命として表現するものについての有効な理解が自分にとっても他人にとっても不可能になってしまうからである。私の目には重要な言葉《キーワード》としての魔力をそなえる「交感」、「真正さ」などの語についても事情は同じであるが、一方では、言葉の柔軟性、まさに不確定性を出発点として、たしかに限りなく豊かな内容が生まれる。

だが自己正当化と説得を試みようというのに、もっぱら言葉の実際の使用という方向ではなくて、理論化を代わりに思い立った背景には、どのような衝動があったのだろうか。実際の使用とは、すなわちシレーヌの歌によって丸め込まれぬように耳を蠟でふさいで（谺《エコー》の声を呼び覚ます喜びも含めて）、自分なりの言語をもって語り、心の赴くままに自分独自の曲線を紡ぎ出し、何らかの決まった場所に辿り着くことを前提にしてはいるのだが、私が描き出す軌跡が一体どこに辿り着くのかを見極める仕事は読者にまかせたい。これに加えて老いとともにさらに混乱が加わるのは、ただ単なる感覚や能力の鈍化というだけではなく、かなり昔におのずから解決を見たはずの問題が往々にしていまだなお提起すべき問題として（偽善的というのでなければ滑稽な生真面目さをもって）扱われたりするからなのだ。たとえば愛が問題となるのは、愛される対象となっても、これほど貧弱なやり方は思いつかないほどに情けない応じ方しかできないとき、それにまた、その女性の存在なくして生きることなど想像不可能なほどに強い絆で結ばれていると自分でもわかっているときだ（というのも空威張りというわけではなく、また自分には、強力な支えなくしてはやってゆけない途方にくれた子供に似た面があるのを完全に意識したうえで口にできる言い方は、かつては人気を博した年老いた女優へと変貌する以前の私がたったひとり自分だけの力でなりえたものにひとしい一心同体のカップルの未来が伴侶の死によって壊れるとき、自分が相手よりも長生きするならば、それは死を招き入れる身ぶりを目の前にして怖じ気づいたのだ、というものになるだろう）。詩が私にとって必要なものになったのは、賽が投げられたいま、愛をもってしても、大がかりな旅（今日では、旅を気晴らし、もしくは職業的必要という視点から眺めるだけで、決してそれ以上のものにはならない）をもってしても、革命的行動をもってしても（自分の忠誠心の限界、そしてまた革命の目的を認めることと革命家としての行動とのあいだの距離はよく心得ている）、私の生を変容させることなど夢想だにしえない現在という地点にあって、それが唯一頼りになる手段だからである。

死もしくは老衰をもってこの世から消えてゆくことを一個の運命として正面から受け止めるのではなく、いまこの瞬間にも人を襲いかねない悪として待ち受けるならば、何か事を企てようという気力まで失せかねない――それが自分の場合だ。自分になおも残されているのはほんのわずかな時間だと計算できるし、それは、ある企てが思うままの展開を見るに必要な時間的余裕は欠けていないと考えることができた時代における時間とは無縁の窒息した時間であることも理解できるのだから、なおさら跳躍の気分は萎える。同様に私のように、長い期間にわたって死に慣れ親しんだ場合、毎日のように、夜は――すでに疲労、もしくは眠りによって閉塞状態に陥り――もはや無限にひらかれた時間ではなくなり、人の力を弱める要素などどこにも見当たらずに愛したり、計算抜きでとことん力を浪費できる状態ではなくなっているのに気づくのは何ともつらいことである。私はほかの人間よりも視力が鋭く傷つきやすいのだろうか。それとも自分という人間に人一倍貪欲に執着しているだけなのだろうか。このように存在様態が無限から有限なものへと変化した人間は窒息状態を生きているように思われる。その埋め合わせをするにあたって、到るところで情け容赦ない限界にぶつかりながら、なおも無限の息吹が通うようにするには、ある種の抜け道を利用するほかに手立てはないのではないか。最後の手段、すなわち芸術と詩は窒息させる力を緩める手段としてそこにある……。しかしながら老年という嘆かわしい劣化を取り繕うための代替物として扱うほど価値を貶めるのはなんとも哀れではないか。気高さなど求められない役割である点は、私も否定はしない……。それでもこのような貧しい役割——ほんのわずかな勝利のかけらをもって最終的敗北を穴埋めする——は芸術と詩が偉大さの衣をその上にかけて覆い隠す唯一の悲惨というわけではない。さらにこれを推し進めれば、この悲惨なるものは、詩と芸術の根拠のもっとも壊れやすい部分と見なすべきではないだろうか。

だとするならば、芸術と詩はたしかに直接的欲求に応じているのであって、そのほかの生きるための理由が瓦解したあともなおこれに執着しうるのは、両者にそなわる力の証なのである。この話の対象が、芸術のための芸術とか、純粋な古典主義にとどまらぬ芸術であり、詩であることは言うを待たない。芸術と詩が、私の苦悩の求めに応じて、無限の可能性を有するものとなりえるのは、際限を知らぬ野心によって突き動かされる場合であり、計りえぬものをもって計られる場合である（このような挑戦がいかなる形態をとるにせよ）。難しいのは、そのような展開が生じるには、破壊がこの能力にまで及ばないと確かめる必要がある点であり、それはつまり物理的な偶然性の恐るべき圧力を無視して奇跡に賭けるにひとしい。

私という存在が近いうちに無に帰する（この世に生きるあらゆるものの宿命）ほかに、とくに私が嘆くべき対象があるだろうか。物質的に見て、また感情の次元にあって、ここに来るまでに自分がこうむった損害がいくら大きいとはいっても通常の枠を超えるものではなかった。規則正しく遂行される自分の仕事は想像しうるかぎり退屈からはもっとも遠いもののひとつであり、それにまた私は作家となり、別な言い方をすれば、これは芸術家あるいは芸人の一種だとも考えられるわけである。ごく若い頃に自分がそうなりたいと夢みながらも、決してなれはしないと思い、少なくとも意固地な芸術愛好家という以上の輝かしい称号をもつ者には、なれはしないと思ったときには胸が疼いた。うまくゆかないのは、もとより自分が想像していたようなあり方、すなわち鏡の向こう側に入り込んだ人間という意味での芸術家（あるいはまた詩人）になったわけではなかったということだ。だがそこでもまた、私自身が犠牲者となるような特別な呪いが問題となっているわけではない。いまの私は優れた芸術家を何人も知っているせいで、自分がある錯覚に囚われていたことに気づく。芸術家はたとえ天才的な存在であっても、その内部において生きているのは伝説ではなく、ましてBD《ベー・デー》と呼ばれる続き漫画でもない。芸術家には幾分かは不規則なふるまいがあるとしても、芸術家はわれわれと同じ集団に属し、それはまた、芸術家を外側から眺めて、芸術は芸術家にとってすべてを変えるものになると考える人々にもあてはまるのである。たとえ慎ましやかなものであっても、自分が選ばれた集団のなかに場を得たとしても、子供じみた素朴さをもって私が思い描いたものとの比較でいえば、失望は大きかった。それでもなお、人間の頭脳から生み出される美に対する私自身の熱狂の力は、これが極端に弱まって、普段の自分が考える水準にまで落ち込んだりはしなかった。私独自の仕事にあっては、よろめきながら続けている状態であり、自分自身の文学行為のみならず、文学一般に絶望することがしばしばある。それでもなお本を読み、舞台を見物し、絵を眺め、音楽を聞き、深い喜びを覚えることがある。このようにごく自然な芸術との和解を示す時間にあっては、文学は無意味だとか、絶えざる意味の取り違えだとするのは、もはや無意味になる。芸術を内側から見る際には厳しい批判がありえても、芸術を外側から見るとそれなりの価値がある。私の場合、執筆行為にはかなりの苦痛と苛立ちがつきまとうが、他人の著作に接するときは逆に喜びを感じ、そのことが自分にもわかるのであれば、東側の国々が称賛する衝撃的な働き手に倣って、私自身の得意分野にみずからを導き入れ、最初の頃に私が望んだ対象を手に入れたと言うのは無理であっても、与えられた時間を完全に無駄にはしなかったと評価してもよい根拠はあるだろう。未来はどちらの方向を選ぶのだろうか、予想は自分にはほとんど不可能だ。いずれにせよ、その答えは、仮に私の知るところとなっても、自分にとって満足ゆくものにならないのは予測がつく。これ以上考えてみても無駄だろうが、それでもなお問いのすべてが否定されたわけでもない。というのも、問いかけを通じて私の悲観的な姿勢は、流れのなかから少なくとも一個の信条の岩を浮かび上がらせることになるからだ。最後の審判のような何かが生じて、時間を浪費しなかった人間の側に私を分類するのか、その反対なのか、それは勝者も敗者も存在しないほど勝負が混乱に満ちていたと認めることである。

内側、外側。私の内部でくりひろげられる微細な生のありさま、そしてほかの人々の目に見える大まかなそのありさま。私は作家となることで、ある種の世界の表象を選び取ったわけだが、より正確には、世界を表象する独特の方法を選び取ったのだともいえる（理にかなったというよりも感覚的な解読格子をもってする世界解釈）。これと同時に、私はある種の行動の指針《モラル》を選び取ったことになり（あまりにも功利的な計算の拒否）、そしてまたこれを体系化する試みはおこなわずとも、たえずそれが私に行動指針を与えてくれたのだといえる。民族誌の仕事は、学問という視点を超えて、生きた現実に手を触れるための手段という点で大いに心惹かれるものがあったし、最終的にそれは作家としての仕事の補完物となったわけだが、民族誌を選ぶことで、観察することに慣れ、自分の思考の幅もひろがり、思考をヒューマンなものとする手助けが得られた。このような内発的なモラルは、知らぬ間に、あるいはほぼそれに近いかたちで私を支配していて、卑しい行為に及ぶ（仮にそれがさらに公然たる犯罪行為だったとすれば、このような恥ずべき中途半端な沈黙をもって隠蔽しはしないだろう）までに私を貶めることがなく、それでも日常生活の流れに浮かぶ些末事に滑稽なまでにこだわる気遣いを免除したわけではなかったが、外部に影響はどのようにあらわれたのか。行動といっても、その積極的様相は、どことなくボーイスカウト的な善行と、どことなく慈善事業を仕切るご婦人風の身の処し方のあいだで揺れている。すなわち私が属する組合の主たる守則事項をそのまま適用する。ときには、さほど強い意欲などないままに街頭での示威行動に加わる。個人の権利や人々の自由の擁護をめざす声明文、請願書、抗議文に名を連ねる。進歩的思想を抱く、あるいは人種偏見に抗する運動組織の支援のために署名する。弾圧下にある人々の裁判のために証言をする。そしてまた個人的なレベルでは、告白に身を投じ人生が生きるに値するという命題の主張（自分には関係しない議論をもって）に力を貸し、必要があれば自殺は敗北の証でしかないと切り捨てて勇気づける。時と場合によっては、自分が役に立ちうる存在だとアピールし、気前よく金を出すところを見せる。誰か援助に値する人を救って得意になれない場合も、もっぱらけちくさいと思われるのは嫌だと思う気持ちから、チップをはずみ、そして、気分が乗ったときは、また場合によっては迷信から（「神からのお返しがあるだろう」）、物乞いに硬貨を握らせたり、あるいは椀に硬貨を投じたりする。要するに、実質をともなわぬ空騒ぎである。私が日々の生活行動のなかで、血のにじむような努力を重ね、夢中になって火と焔をもって自分もそうなろうと目標にしたモデルは、進歩的人間であろうとするブルジョワの大多数と似たようなものであり、ひとりの作家としては、本質的要素だと自分でも思う稲妻を放つ不可解な要素など（ある種の作家の場合は）どこを探しても自分の文章に見つからないというのに、アンソロジーに文章が収録されるし、誠実を心がけ、文章表現の正確さを期し、さらには技巧的な文章のつながりと錯綜に習熟しているとして評価にあずかったりもする存在なのである。

それでも運命が私に授けてくれたごく小さな贈り物というべきもの、すなわち私の喉に刻み込まれた傷跡はいまもなお消えずに残っていて、これを入信儀礼のためのしるしに相当するものと考えることにした。半覚醒の状態でいたとき、あるときは傷跡の一辺を支えとして、あるときは傷跡の一点を支えとして黒い正三角形が立ちあらわれるのが見えたその曖昧さにもかかわらず、それは「生命の樹」をあらわしているように思われるのである。優れた詩とは、全身的なもの（生と死を結び合わせる）

でしかありえないというならば、どのようにしてモラルという意味での生と詩との一致を実現できるのだろうか。少なくとも履いている靴の一方の爪先部分を死の閾におくことなしに、そのような一致は可能になりはしないだろう。

死後の路銀としては縊死のための縄も、回転式拳銃の銃弾も——ランボーにおけるハラルもゴッホにとっての切られた耳もまた——渡されることがなさそうな私である。というのも、ようやく今頃になって、破産した自殺者、呪われた病人という以上の意味を見出そうと意を決してみても手遅れだとなれば、教会および美術館に陳列される聖人たちの像に本来そなわるアトリビュートはもち合わせていないのだし、この傷跡に見るべきは、勇者たちの十字架、もしくはトンキンでの戦闘で得た勲章、とどのつまりは昔話が好きな年老いた肉親らを埋葬した際に、彼らが別の時代と別の世界で手にしたものを一緒に墓に葬り去ったというような話に類する何かなのだ。むなしい虚栄心は別にして、いずれにせよ、それは私には留金(ホックもしくはブローチとして、それがなければ数センチの間隔で切り裂かれた私の喉に浮き上がる二つの唇がそうであるように、切り離されてしまう二つの縁の部分の結合を可能にする宝石)をなしているように見える。留金のおかげで、私が心にとどめるものすべては、私の肉体にじかに描き込まれたしるしという手段をもって縫合されて、凝縮を見るに到り、その結果、同じ留金のおかげで、かつて私が、散り散りばらばらになった私なりの洞察を接合し、ついには一望のもとにこれを見渡せるようにするために書こうと思いたった『フィブラ』なる書物の多大な苦労を要する執筆に私をつなぎとめる手綱が放されることになるだろう——しかしながらそれは「泉よ、おまえの水は飲まない」と言う、つまり先のことを軽々しく口にしてしまうことになるのではないか。

このしるし、鉤爪状の奇妙な形態は、喉仏の上の部分に刻み込まれていて、六本足の昆虫を思わせるのだが、私にとってみれば、あとから思い返して改めて恐怖の対象となるようなものではなく、中途半端に終わっただけの行為に比して、あまりにもバランスを欠いた傲慢さのオブジェであり続ける(やり損ないであっても、これがなければ実際のところは、誰かの影がかろうじて感じられるだけの三人称「彼」が残るはずで、私自身の傲慢さ、もしくは恐怖を語るにふさわしい一人称「私」はその影すらないということになろう)。旧従軍兵士が、ほかに大した冒険を体験したわけでもないのに、時に応じて自分たちの傷跡を見せびらかすのを好むように、ほどんど特筆すべき事件などない私の人生の流れにあって、私があえて踏み込んだただ一度の主たる危険を意味する大いなる冒険の瞬間であるかのように、私は仕損じた自殺という一件に執着しつづける。そしてまた私にとってみれば、まさにこの瞬間に生と死、酔いと視覚の鋭さ、熱狂と否定を娶せて、私がしっかりとこの手に抱きとめたのは、この狂おしい対象であり、それがつねに追うべき対象となっているのは、完全に手中に収めることなどありえないものだからであるのだが、その対象こそが意図的に一個の女性名詞によって指し示されたと思うほかはない。すなわち詩なのである。

訳者あとがき

『ゲームの規則』第Ⅲ巻は一九六六年にガリマール書店から刊行された。執筆期間は一九五五年十一月から一九六五年九月までの十年間に及び、完成までにかなり長い年月を要しているのは『ゲームの規則』のほかの巻にも共通する点だが、とくにこの第Ⅲ巻の場合は、執筆を始めて一年半後に著者自身が自殺未遂事件を引き起こしたこともあって、その前後の紆余曲折をそのまま反映したものになっている。そもそも自殺が未遂に終わっていなければ、読者が本書を手にすることはなかったというごく当たり前の事実を前にして、たしかに目の前に本はあるのだが、現実の書物という以上に、まるで可能態の書物を手にしているような不可思議な思いがしないでもないのである。同じく睡眠薬を服用し自殺を企てるにしても、ミシェル・レリスの盟友ともいうべき存在アルフレッド・メトローのようにシュヴルーズの谷の奥まった場所にひとり隠れるようにして、あるいはレリスみずから語るように人類博物館の一室に鍵をかけて閉じこもって事に及んだならば、誰にも邪魔されず冥府に旅立つこともできただろう。その場合、本書はおろか、これに続く数々の著作もこの世に存在しなかったことになる。本書の第Ⅰ部が終わりにさしかかったところで話者は突発的に睡眠薬をあおるように嚥んだことをわれわれに告げるのだが、それと同時に舞台は暗転し、続く第Ⅱ部では昏睡状態から抜け出したばかりの亡霊のような存在と化した話者が、いまだ自分がどこにいるのかも知りえぬまま、現実の知覚なのかそれとも幻覚なのか、奇妙な影像の数々が脳裏に代わる代わる立ちあらわれる様子を語りはじめる。自殺未遂事件の結果、著者の喉元には気管切開手術の傷跡が残されることになるが、生身の肉体のみならず、本書にもまた数々の傷と縫合手術の跡が歴然と残されることになるだろう。ある意味で、作品という以上にドキュメントに近いものがここにある。それから半世紀以上の時間が経過し、さらにまたレリスがこの世を去ってから四半世紀以上の時間が経過した現在という時点から振り返ってみても、冥府から帰還し、新たな生に向かってふたたび歩みはじめる語り手＝著者にとっての舞台となった本書は、彼の生涯を真っ二つに切断する深いクレヴァスの亀裂あるいは乗り越えがたい分水嶺のごとき姿を示しつづけている。

＊

「縫糸」と訳出した原題 Fibrilles は「小繊維」あるいは「原繊維」を意味する語の複数形である。この語は、大筋の幹にあたる部分がなかなか見つからず、錯綜した細い根茎ばかりが繁茂するリゾーム状のテクストのありようをそれとなく暗示しているかもしれない。あるいはまた、ファイバー以上に細いその糸は、しかしながら、それなくしてはすべてが空中分解してしまう危険のある脆い断片を縫い合わせるために必要不可欠な何かなのだと解することもできるだろう。本書巻末では、当初タイトルを Fibules すなわち古代の服やマントをとめた装飾つきの留金を意味する「フィブラ」とする予定であったことが述べられている。これとは別に、装身具、それもとくに過剰で無益な飾りを意味する Falbalas（余談だが、これは一九四五年に製作されたジャック・ベッケル監督の映画『偽れる装い』の原題でもあった）をタイトルにする案もあったとされるが、その変遷の経緯には、自殺未遂事件に並行する切実な事情、さらには後に触れるが、『ゲームの規則』全巻のタイトルを通してなされる言語遊戯の探求が絡み合っている。

些細なことのようだが、さらに本巻のタイトルに関しては、若干変則的と思われる要素が存在する。著者名と書名が記された扉ページをめくると、そのすぐ後のページにLA FIÈRE, LA FIÈRE… なる中断符つきのタイトルと、そのすぐ下に記されたローマ数字のIがあらわれる。以後はローマ数字だけがⅣまで記されるだけなので、見方によってはFibrilles とLA FIÈRE, LA FIÈRE… の二重のタイトルをもつ構成になっているように見えるのである（本訳書ではその意を汲んでLA FIÈRE, LA FIÈRE… と第I部を改丁扱いにしてある）。たしかにローマ数字によって四つの部分に分かれているが、レリス自身によれば、本書はそれまでの二巻と違って、切れ目なくひとつながりになっているとされ、この点でもほかの三巻との構成上の違いがある。二番目のタイトルとなったLA FIÈRE, LA FIÈRE… が何を意味するのかはすぐにはわからない。レリスが子供の頃に読んだ『海賊モルガン』の一節で、本来はla fièvre（発熱あるいは熱病）とあるべき箇所を読むのに、誤植があって、あるいは単なる思い違いでla fière と読んでしまったということが背景にあるのが判明するのはだいぶ後になってのことでしかない。『抹消』の冒頭におかれた「よかった（heureusement）」というべきところを「……かった（…reusement）」と言ったという逸話にも通じるものであるが、対象が何であるのかをダイレクトに問うのではなく、思い違いや錯誤も含めて、それがどのように生じたのかという点に目を向けるのを好む著者ならではのふるまいというべきだろう。「熱病」は旅の主題に結びつき、さらにはアリオストの叙事詩の主人公オルランドを駆り立てる詩的熱狂の状態（furioso）あるいはまた一九二〇年代にアントナン・アルトーとも認識を共有した詩の源泉としての「狂える怒り（la fureur）」にもまた結びつくものである。そのように考えるならば、この第二のタイトルは本書の内容を要約する結晶体のようなものとして受け取ることができる。しかもまた、それが「熱病」でも「狂える怒り」

でもなく、あえて歪んだ語によって示唆されるだけというのもレリス特有の迂回的な思考回路のなせるわざというべきだろう。

翻訳にあたっては、一九六六年にガリマール書店から刊行されたブランシュ叢書の一冊を用いた。手元にあったのは、遥か昔にパリで留学生活を送っていた頃に買い求めた一九七九年刊のものである。本書はその後同じ版型を用いた廉価版が同書店のイマジネール叢書に入り、さらに二〇〇三年には、ドゥニ・オリエおよびナタリー・バルベルジェの手で、『ゲームの規則』全巻と関連資料――本巻との関連でいえば、第Ⅰ部で語られる三つの夢の転記および本巻刊行直後になされたレーモン・ベルールとの対談――を収め、さらに詳細な脚注、解題を加えたものが同書店プレイヤード叢書の一冊として刊行されている。

本書の内容については、第一巻『抹消』の訳者あとがきで簡単なスケッチが示されているが、一九五五年九月半ばから十一月初旬にかけての中国滞在の際の見聞、一九四二年九月、一九五五年四月十六日、一九五六年十二月二日に見た三つの夢の解釈、一九二七年に親友ジョルジュ・ランブールを頼って出発したエジプト―ギリシア旅行の回想、自殺未遂に到る一九五七年五月二十九日午後から深夜にかけての記述、クロード＝ベルナール病院での二週間に及ぶ療養期間中にレリスを襲った幻覚と妄想の数々、タオルミーナに行きたいと彼に語った娘のこと、退院後のトスカーナ地方での療養生活、雲南省は昆明の道教寺院での見聞を出発点とする死と愛と芸術をめぐる省察、一九五五年秋の中国旅行と一九四五年四月に現在のガーナ共和国で得た見聞を、プルーストに倣い「北京の方へ」と「クマシの方へ」の対比のうちに体験の象徴的意味合いを探る省察、言葉のモラルの追求、新たにわき上がる詩への想い、北京からパリへ戻る途中で立ち寄った短時間のコペンハーゲン滞在の記録など、ここに盛り込まれた材料からは、第Ⅰ巻、第Ⅱ巻で顕著だった幼少期に遡る記憶の検証という要素は薄れている。一九五〇年代半ばから六〇年代半ばにかけて、執筆に並行するかたちで生じた中国旅行、ハンガリー動乱、自殺未遂事件、アルジェリア戦争などの出来事が、著者の判断と心境の変化につながってゆく流れを時間経過にそって追ってゆく点では、日誌に近い書き方になっている。あるいはまた回想以上に想起の行為そのもの、あるいは書く現在に意識が集中しているという言い方もできるだろう。

＊

レヴィ＝ストロースの『悲しき熱帯』(一九五五)第一部が「旅の終わり」と題されていたように、本書もまたひとつの旅の終わりを語る言葉で始まっている。著者にとって大きな意味をもつ旅はもはやありえないだろうという苦い認識をもたらすことになったその旅は、中華人民共和国の招きに応じるかたちで、共産党系の仏中友好協会が組織したものだった。派遣団は総勢十六名、作家、芸術家、学者、ジャーナリストなどからなるその顔ぶれは、レリスのほかには映像作家のクリス・マルケル、哲学者ポール・リクール、農学者ルネ・デュモン、ジャーナリストで劇作家のアルマン・ガッティ、画家ジャン・リュルサなどを含むものであった。これとは別にジャン＝ポール・サルトル、シモーヌ・ド・ボーヴォワール、ロベール・ギランなどがほぼ同じ時期に中国に滞在しており、周恩来が主催する北京飯店での歓迎晩餐会にはレリスのほかにサルトルとボーヴォワールも招かれている。当時のフランス知識人の中国への関心の高まりを示すほかの例としては、仏中友好協会理事のひとりであった作家クロード・ロワが一九五〇年代前半に中国に旅し、その見聞を交えた中国論を書いていることがあげられる。ロワは一九五六年のハンガリー動乱を契機として共産党と袂を分かつことになるわけだが、その直前に位置するこの一九五五年秋は、振り返ってみれば、新生中国に未来の希望を見出そうとする動きがフランスにおいてひときわ盛り上がりを見せた時期であり、レリスもまたその流れのなかにいたことになる。

五週間に及ぶ中国滞在の期間中レリスが克明なメモをとっていたことは本書の記述にもあるが、そのメモは彼の死後ジャン・ジャマンの手によって『中国日記』（一九九四）という表題のもとにガリマール書店から刊行されている。日付のみならず、場合によっては時刻も書き加えるという丹念な記録であり、本書には十月一日の国慶節のパレードを描写する一節があるが、『中国日記』ではおよそ八ページ分がこれに割かれ、あたかもドキュメンタリー・フィルムを思わせるような記述がなされている。クリス・マルケルの処女作となった『北京の日曜日』にも国慶節のパレードの映像記録が用いられているわけだが、それればかりでなく、幼少期の記憶に遡り中国との接触を辿ってみせるあたりも両者に共通する点となっている。本書第Ⅲ部における「北京の日曜日」と「クマシの復活祭」の対比はクリス・マルケルの仕事に触発されたものであり、それだけでなく、ドキュメンタリー映像とコメントを絡め合わせてゆくクリス・マルケル独自のスタイルはレリスの文章作法に通じる部分を多分に含み込んでいると考えられる。

＊

『ゲームの規則』第Ⅲ巻の執筆にとりかかったとき、自伝作家はすでに彼自身の記憶のアーカイヴに新たな材料を見出すのが困難な状態にあった。実際、『成熟の年齢』、『ゲームの規則』第Ⅰ巻および第Ⅱ巻で語られた事柄が繰り返し言及の対象となっているのを読者は目にすることになるだろうし、そしてまた第Ⅲ巻内部に限ってみても、『梁山伯と祝英台の恋』に関する部分、昆明の道教寺院に関する部分を始めとして、繰り返しが多い。語られる記憶の中身以上に、過去をいまここに呼び出して書くという行為そのものにレリスの興味が向かう傾向はこれまでもあったが、おそらくは、同じ話を繰り返すことしかできないのではないかという意識が強まるのに比例して、本書では、すでに書かれたメモ、ノート、カードの類を転写し、これに新たにコメントを加えてゆく場面が目立って多くなる。訳者が翻訳の作業を進めるなかで、レリスの筆がなかなか先に進まず、レベルはさまざまだが、堂々巡りをしているように見えることが度々あったが、なぜかベートーヴェンの最晩年の作品『ディアベリの主題による三十三の変奏曲』が繰り返し頭に浮かんだ。変奏曲といっても絶対にバッハの『ゴールドベルク変奏曲』ではありえない。ある種の美の典型ともいえるバッハの変奏曲に比べれば、このベートーヴェンの変奏曲は聞く者を当惑させかねない歪みを多分に含み込んでいる。ディアベリが提供したワルツの主題はあまりにも他愛ないものであり、発展性のあるものには見えない。これを追う変奏曲の部分もその第一曲からして威勢のよい行進曲であって、最初からパロディ的なトーンが響き渡る。題名は Diabelli-Variationen であるが、手もとにある楽譜（ヘンレ原典版）の表紙をめくると 33 Veränderungen über einen Walzer von A. Diabelli という表記が目に入る。Variationen も Veränderungen も変奏曲／変奏と訳されるのが通例だが、後者には別のもの（ander）に変化するという含みがある。自分でありながらもまた別のものになり変わるそのようなことが『ゲームの規則』第Ⅲ巻にあっても生じているのではないか。『ディアベリ変奏曲』のように、ここでも悲劇とパロディが同居し、ときに内向の極限に向かう動きのなかで限りなく美しいメロディが聞こえてくることがあるのではないか。

自分であると同時に別のものでもあるというのは、要するに「ゲームの規則」というときのゲームに相当するフランス語 jeu の意味合いに新たな奥行きが加わることでもある。すなわち「試合」、「賭」、「遊戯」に加えて「演戯」という次元がここにひらかれるのだ。通常の意味での演技という以上に演戯という表現を用いたくなるのは、問題になるのが劇場の舞台に限られた事柄にとどまらぬふるまいを意味するからだ。たしかに本書では劇場と舞台に関係するさまざまな人々が召喚される。クロード゠ベルナール病院で意識を取り戻したレリスの脳裏に浮かぶのは従兄のルルことルイ・シャスヴァンであり、オペラ歌手だった叔母のクレール・フリシェであり、『コルヌヴィルの鐘』の初演の舞台を務めたジュリエット・シモン゠ジラールであり、何らかの縁戚関係を通してレリスにつながる人々であった。第Ⅲ部の冒頭で語られるアルハンブラ劇場の芸人は舞台をいたずらに混乱させるばかりで何をしようとしているのかわからないその姿においてレリスの分身ともなるのであり、ほかに男装から娘役に変化する『梁山伯と祝英台の恋』の女優や、最初は男装姿であらわれ次にイヴニング・ドレス姿に早変わりするアルハンブラ劇場の女芸人など、異性装の魅惑をも含めて舞台の上で歌い演じる人々の姿が次々と呼び出されることになるのである。レリスがネルヴァルの「廃嫡者」を引用する箇所があるが、それはレリスもまたネルヴァルの詩篇の詩的主体と同じくアケロン河を二度渡ったという理由からだけではないだろう。自殺したこの詩人は女優ジェニー・コロンに報われぬ愛を注いだ人物でもあるのだ。

ただしここで演戯が問題になるのは、これらの artiste（芸人とも芸術家とも訳せる）が芸術のあるべき、あるいはあるべきでない姿を示すという理由からだけではない。「ゲーム」の意味が限りなく「演戯」に近づくというのは、ページという二次元の紙の舞台でレリス自身がひとりの芸人（この場合は芸術家というよりも芸人というべきだろう）となって、自伝作家ミシェル・レリスとしてモノドラマの芸を披露しようとするからである。小説家たる資質に欠けたレリスをフィクションの側ではなく、事実（真実）に即した自伝作家として捉えるのはもちろん間違いではないだろうが、事実を語ろうとする自伝作家の演劇的身ぶりを見ずにすますことはできない。レリス特有の複雑な文章作法もそのような演戯の一要素であり、自殺未遂はある点で動物の擬死にも似た行為にも見える。演戯というと、人はともすれば本来の自己とは別の何かを演じるというように短絡的に解する傾向があるが、行為こそがすべてであってその背後にはいかなる「存在」もないと説くニーチェ(『道徳の系譜』)の言葉を引かないまでも、ここでは映像作家ジャン・ルーシュが語ったように、ドキュメンタリー映像であっても、カメラを向けられた瞬間に人は自分を演じはじめるということの意味を吟味すべきところだろう。『成熟の年齢』で語られていたレリス兄弟が競馬騎手になったつもりで行動する「ごっこ遊び」に類する挿話を思い出してもよい。「語り」もまたごっこ遊びの延長上に位置する行為であるかもしれず、本書の翻訳の過程で、話者としてのレリスがまるでデフォレの小説『おしゃべり』の話者に重なって見えてくる瞬間があった。語ることが演じることでもあるという相においては、フィクションと現実(あるいは真実)の区別は必ずしも明確なものではなくなる。『ゴンダールのエチオピア人にみられる憑依とその演劇的諸相』(一九五八)は、憑依が装われたものなのか、それとも真正なものなのかという問いをめぐる民族誌の論考だが、一九三三年におこなわれたフィールド調査がもとになっているのに、なぜか完成までにほぼ四半世紀の時間を要している。この論考で提示された「生きられた演劇」という発想、すなわち装われた演戯ではなく、真正さの域に達する生きた体験としての演戯こそが、まさしく『ゲームの規則』第Ⅲ巻において体得された「ゲーム」のもうひとつの意味だとすれば、このアナクロニズムは必ずしも奇異ではなく、むしろシンクロニシティというべき現象へと変わる。つまり一九五七年五月末の自殺未遂事件をきっかけとして記憶の断片を縫い合わせる作業が一挙になされることになるのである。レーモン・ルーセルが現実に一切材料を求めることなく本を書いたとするならば、ミシェル・レリスはすべての素材を彼自身の体験から引き出しながらも、現実と併走する生きた演戯の世界を築き上げたと言うべきではないか。

*

最後にタイトルの翻訳に関してひと言述べておきたい。『ゲームの規則』連作の原題を改めて確認すると、第I巻 Biffures、第II巻 Fourbis、第III巻が Fibrilles、第IV巻 Frêle bruit となり、最終巻だけが二語からなっているが、いずれも発音上は二音節になる。各タイトルにはf、b、rの三つの子音字が必ず含まれており、四つのタイトルを連続して発音すれば、語音転換あるいは類似音の変奏にも似た効果が得られ、レリス特有の言語遊戯がこのタイトルの部分にも及んでいるのは誰の目にも明らかである。それにまた、四つのタイトルには控え目な姿勢、場合によっては否定的評価を思わせる意味上のニュアンスも紛れ込んでいて、これもまたレリス特有の身ぶりであるということができるだろう。さらにそのなかのある語は（fourbi もそうだが、fibre ならまだしも fibrille となると）必ずしも日常生活のレベルでよく見かけるという種類のものではないし、未確認飛行物体とまではいわないにしても、耳慣れない響きを紛れ込ませる効果を生んでいるようにも思われる。ちなみに岸本佐和子訳で知られるアメリカ人小説家リディア・デイヴィスはレリスの翻訳者でもある。評論集『獣道』のほかに、『ゲームの規則』の英訳を手がけており、現在三巻までその個人訳の仕事が進んでいる。第I巻が Scratches で、第II巻が Scraps となって出たのを見たときは、考え抜いたあげくにこうなったのだろうと苦労のほどを思ったが、第III巻はフランス語をそのまま英語に置き換えた Fibrils である。それ以外のやり方があるようにも思われないが、それでも拍子抜けの感があるのは、同じく翻訳に頭を悩ます者としてのないものねだりというところだろうか。

岡谷公二氏の提案のもとに、今回三名の訳者が全巻の翻訳を分担することになったとき、私自身の頭のなかには、レリスの言語遊戯がもともと翻訳困難という以上に翻訳不可能というべきものであるのは自明であるにせよ、少なくともタイトルはカタカナ書きですませるのではなく、読者の脳裏に何ごとかを連想させるような文字を当てなければならない、それも各巻のタイトルの蓋然的な意味を伝えるだけでなく、全四巻を通じてなされるフランス語の言語遊戯に反応する姿勢を何かしら見せるのが訳者としての務めではないかという強い思いがあった。当初三語の漢字の組み合わせをもって始まった試行錯誤が最終的に二語の漢字の組み合わせに落ち着いたのは、おそらく幸運な、というべき偶然の遭遇が関係している。タイトルの翻訳に頭を悩ましていた時期のこと、勤め先の大学の研究室を出たところで、古井由吉の仏訳で知られる旧知のフランス人女性にばったり顔を合わせたことは、それこそ絶望の淵にある翻訳者に幸運の女神が微笑みかけたのにひとしい瞬間だったと思わざるをえない。逡巡する思いを打ち明けたとき、彼女は即座に漢字三語の組み合わせはありえない、二音節のフランス語には漢字二語をあてるべきだと断定してみせたのである（ちなみに彼女は「山躁賦」を Chant du Mont fou と訳していて、フランス語の単語は四語だが、実質的には歌、山、狂を意味する三語の名詞から成り立っており、実際に両者を発音してみればわかるが、日本語のタイトルとフランス語のタイトルのあいだには響き合う谺が聞こえる）。といっても彼女に名案があり、それ以上のヒントを与えてくれたというわけではない。われわれ三人の訳者は、これをきっかけとして、送り仮名を交えずに二語の漢字を選び出しては並べ変える「ゲームの規則」にしたがい、試行錯誤の果てに「抹消」、「軍装」、「縫糸」、「囁音」の組み合わせに辿り着いたのだった。われわれとしては、ベンヤミンが言うように、この二語の漢字のつらなりからなる破片が、フランス語タイトルの破片と共鳴して独自の響きを生み出すことを願うばかりである。

最後に『ゲームの規則』の翻訳にいち早く着手され、全巻の翻訳という仕事の提案者となった岡谷公二氏、出版企画のみならず、文字通り苦労の尽きない編集作業に丹念にあたってくださった松井純氏、本書で語られるワルキューレの娘のように、難所を渡るときに訳者の手を引いて案内してくれたかつての同僚オディール・デュスッド氏、さらにまた装幀というかたちで『ゲームの規則』に思いがけない変奏をもたらしてくれた細野綾子氏に改めて感謝の言葉を記しておきたい。

千葉文夫

二〇一七年十一月末日

著者略歴

Michel Leiris（ミシェル・レリス）

1901年パリ生。作家・民族学者。レーモン・ルーセルの影響を受け、20歳ころより本格的に詩作を開始。やがてアンドレ・マッソンの知遇を得て、1924年シュルレアリスム運動に参加。1929年アンドレ・ブルトンと対立しグループを脱退、友人のジョルジュ・バタイユ主幹の雑誌『ドキュマン』に協力。マルセル・グリオールの誘いに応じ、1931年ダカール＝ジブチ、アフリカ横断調査団に参加、帰国後は民族誌学博物館（のちの人類博物館）に勤務、民族学者としての道を歩む。1937年にバタイユ、ロジェ・カイヨワと社会学研究会を創立するが、第二次大戦勃発のため活動は停止。戦中は動員されてアルジェリアの南オラン地方に配属される。動員解除後はレジスタンス活動に加わり、戦後、ジャン＝ポール・サルトルらと雑誌『タン・モデルヌ』を創刊。特異な語彙感覚を駆使した告白文学の作家として文壇で活躍、晩年までその文学的活動は衰えることはなかった。1990年没。文学的著作に『シミュラクル』（1925）、『闘牛鑑』（1938）、『成熟の年齢』（1939）、『癲癇』（1943）、『オーロラ』（1946）、本書を含む4部作『ゲームの規則』（1948-76）、『夜なき夜、昼なき昼』（1961）、『獣道』（1966）、『オランピアの頸のリボン』（1981）、『ランガージュ、タンガージュ』（1985）、『角笛と叫び』（1988）、民族学的著作に『幻のアフリカ』（1934）、『サンガのドゴン族の秘密言語』（1948）、『ゴンダールのエチオピア人にみられる憑依とその演劇的諸相』（1958）、『黒人アフリカの美術』（1967）など多数。また、ジャン・ジャマンが校注し、死後公刊された大部の『日記』（1992）がある。

訳者略歴

千葉文夫（ちば・ふみお）

1949年生。早稲田大学大学院文学研究科博士課程満期退学。パリ第一大学博士課程修了。早稲田大学名誉教授。著書に『ファントマ幻想——30年代パリのメディアと芸術家たち』（青土社）、『ストローブ＝ユイレ——シネマの絶対に向けて』『クリス・マルケル 遊動と闘争のシネアスト』（以上、共著、森話社）、『異貌のパリ1919-1939——シュルレアリスム、黒人芸術、大衆文化』『〈生表象〉の近代——自伝・フィクション・学知』『詩とイメージ——マラルメ以降のテクストとイメージ』（以上、共著、水声社）、『文化解体の想像力——シュルレアリスムと人類学的思考の近代』（共著、人文書院）など。訳書に『ミシェル・レリス日記』、ジャン・スタロバンスキー『オペラ、魅惑する女たち』、フロランス・ドゥレ『リッチ&ライト』（以上、みすず書房）、ピエール・クロソフスキー『古代ローマの女たち——ある種の行動の祭祀的にして神話的な起源』（平凡社ライブラリー）、ジェラール・マセ『最後のエジプト人』（白水社）、ステファヌ・オーデル編『プーランクは語る——音楽家と詩人たち』、ミシェル・シュネデール『シューマン 黄昏のアリア』（以上、筑摩書房）、同『グレン・グールド 孤独のアリア』（ちくま学芸文庫）、ミシェル・レリス『角笛と叫び』（青土社）、『マルセル・シュオッブ全集』（共訳、国書刊行会）、ヴラディミール・ジャンケレヴィッチ『夜の音楽——ショパン・フォーレ・サティ ロマン派から現代へ』（共訳、シンフォニア）など。

ゲームの規則Ⅲ　縫糸

2018年２月14日　初版第１刷発行

著　者　ミシェル・レリス
訳　者　千葉文夫
発行者　下中美都
発行所　株式会社平凡社
〒101-0051　東京都千代田区神田神保町3-29
電話 03-3230-6579（編集）
03-3230-6573（営業）
振替 00180-0-29639

装幀者　細野綾子
印　刷　株式会社東京印書館
製　本　大口製本印刷株式会社

落丁・乱丁本のお取り替えは小社読者サービス係までお送りください（送料小社負担）

平凡社ホームページ　http://www.heibonsha.co.jp/

ISBN978-4-582-33325-1　C0098
NDC 分類番号950.27　四六判（19.4cm）　総ページ390